MAD DOG

マッド・ドッグ

美達大和

河出書房新社

マッド・ドッグ

装画　長沢 明「マウンテンII」2007年
ブックデザイン　鈴木成一デザイン室

目次

プロローグ

街が眠りから覚めて夜明けの青が消え去ったが、ネオン街はまだ気怠《けだる》そうな空気に包まれていた。

昨夜の煌《きら》びやかな光も、虚飾に塗《まみ》れて舞っていた夜の男女の騒ぐ声もなく静まり返っている。

飲食店の入った雑居ビルの前に出されている大きなゴミバケツを漁りに、鈍い艶《つや》をまとった鴉《からす》の一群《ひとむ》れが我が物顔で舞い降りてきた。

両脇を雑居ビルに抱えられるようにして木造の家屋が建っていた。

中で二人の男が向かい合って座っている。

白衣を着た長身の男はこの家屋の主である平井《ひらい》院長だった。

その向かいの椅子に腰を下ろしている男に、平井は腫《は》れ物に触るような態度で話している。

「母体が弱っています。このまま産んでは危険です。今回は残念ですが、母体を助けるためにお子さんの方は諦《あきら》めて下さい……」

「今、何て言った?」

相手の男の声が微《かす》かに高くなった。男の目の光が強くなる。

平井は背筋を伸ばし、視線を宙に泳がせた。

「ですから今回は母体を助けることを最優先とするためにお子さんの方は……」

その途端、男は凄《すさ》まじい怒声をあげて立ち上がり、平井の白衣の胸倉を鷲摑《わしづか》みにして引き寄せた。

「きさまーっ、どっちか一人でも殺してみろ。今日がきさまの命日にしてやるからな。わかったか、俺の女も子供も両方助けるんだ」

男の目は血走り、顳顬《こめかみ》には太い血管がうねっている。

平井は返す言葉もなく身を竦《すく》ませ、はいと返事をするしかなかった。

なぜならばこの男の言葉が決して脅しでないことを知っていたからだ。

平井の病院は花柳の巷《ちまた》に位置していたために夜の女たちの出入りが多く、この男の評判は以前から耳にしていた。

男は狂犬、ギャング、そんな異名で知られ、街のヤクザたちからも恐れられていた。

男の名前は菊山尚泰《きくやまなおやす》。

背丈こそ高くはなかったが、盛り上がった筋肉の鎧《よろい》を纏《まと》った軀《からだ》からは紅蓮《ぐれん》の炎を迸《ほとばし》らせている。

浅黒い四角い顔に細い目、大きな鼻、薄い唇の菊山は平井を今にも引き裂かんばかりの形相で睨《ね》め付けていた。

いつもの菊山ならとっくに拳に物を言わせているところだが、今日はこれから生まれてくる子供とお産をする妻のために平井に危害を加えるのを避けたのだろう。

進退窮まった平井は、逡巡《しゅんじゅん》する間《ま》もなく覚悟を決めるしかなかった。

菊山が今さら説明してわかる相手ではないことは妻と共に何度か来院してきた時から知っていた。

平井は窓の外の景色に視線を向けた。

いつもと変わらぬ風景がなにごともなかったかのようにのどかに映っている。

今夜は無事にこの風景を眺めることができるだろうか、という思いが脳裏を過《よ》ぎった。

第一部　成金

菊山尚泰は、韓国併合前後に日本にも何度か来た後、上海で暗殺された独立派闘士の金玉均《キムオッキュン》と同じ忠清南道《チユンチヨンナムド》の出身である。

貧しい農家の長男として大正一三年（一九二四年）に生まれた。

併合前の韓国では王室（李朝）が頂上に君臨し、その下に文官・武官の両班《ヤンバン》・常民《サンミン》・賤民《せんみん》・奴隷と身分制が設けられていた。

国民の七・四パーセントしかいなかった両班が、文禄元年（一五九二年）と慶長二年（一五九七年）の豊臣秀吉の朝鮮出兵の後、一八五八年には四八・六パーセントにもなり、その分、逆に減少した常民・賤民・奴隷に塗炭の苦しみを背負わせ、民草を大いに疲弊させていた。

両班は自分たち以外の民を家畜同然に扱い、その生命までも己の気分により奪っていた。

明治四三年（一九一〇年）に日本に併合されて身分制が廃止になり、民の暮らしはいくらかは良くなったものの、当時の農民の貧しさは日々の食事さえままならず、米が口に入ることはない、と言っても過言ではなかった。

菊山が一〇代前半となる頃には内鮮一体化が図られ、種々の法律や制度が制定されている。

昭和一二年（一九三七年）には、朝鮮総督府、南次郎《みなみじろう》総督の作成した『皇国臣民の誓詞』により、朝鮮人の皇国民化が図られた。

その誓詞とは次のようなものである。

一、私ドモハ、大日本帝国ノ臣民デアリマス
二、私ドモハ、心ヲ合ワセテ、天皇陛下ニ忠義ヲ尽クシマス
三、私ドモハ、忍苦鍛錬シテ、立派ナ強イ国民トナリマス

昭和一四年(一九三九年)に内地と同じく官幣大社、扶余《プヨ》神宮が創設され、祭神は神功皇后、応神天皇、斉明天皇、天智天皇と、かつてこの地へ軍隊を派遣した天皇・皇族が祀《まつ》られた。三韓征伐の神功皇后の出兵を朝鮮の歴史教科書で教えるようにもなっている。

昭和一五年(一九四〇年)二月には創氏改名の受付けが始まり、時の朝鮮総督の斎藤実は強制することのないようにと通達を出したが、八月までに八割の民が日本名に改めていた。

また昭和一六年(一九四一年)三月には『朝鮮教育令』が『朝鮮国民学校令』に改正された。

その第一条には、

一視同仁ノ聖旨ヲ奉戴シテ忠良ナル皇国臣民タルノ資質ヲ得シメ、内鮮一体、信愛協力ノ美風ヲ養ワンコトヲ努ムベシ

とある。

併合後、小・中学校の少なさに唖然《あぜん》とした日本政府の施策により、昭和四年(一九二九年)から一面《ミヨン》(村)一校運動が実施され、昭和一一年(一九三六年)に二五〇〇校、昭和一九年(一九四四年)には五二一三校となり、児童・生徒も二四〇万人になった。

ただし民の貧しさのために就学率は四〇パーセント(女子に至っては一〇パーセント)であり、

非識字率は男子六四パーセント、女子九二パーセントであった。

菊山は村で一番賢い子と言われていたが、貧しさと父親の「百姓に学問はいらん」という方針のために上の学校に行くことは許されなかった。

村の子供たちのガキ大将であり、生来、不羈《ふき》奔放な性分を備えていたせいか、菊山はほかの子供たちのように素直に百姓を継ぐ気にはなれず、思春期を過ぎて日々悶々《もんもん》としていた。

「くそっ、百姓なんかになるもんか。何が悲しくて朝から晩まで真っ黒になって働いて、こんな貧乏しなくちゃならないんだ。俺は無能じゃない、何かをやってやる」

その頃、少し前から募集が始まっていた内地での出稼ぎから戻ってきた若者たちが、村の地主の子でさえ履《は》いていない革靴を履いていたのを見た菊山の胸は躍った。

そうか、内地があるんだ。内地だ、内地へ行って金を稼いでくればいい。

菊山の全身の血が沸騰《ふっとう》するかのように熱く滾《たぎ》ってきた。

昭和一四年（一九三九年）九月から始まった『国民徴用令』で、自ら希望する者は内地での就労が可能になっていた。

その後、昭和一七年（一九四二年）二月からは斡旋《あっせん》になり、事業主が厚生省や朝鮮総督府の認可を受けて各自治体に割り当てるようになっている。俗に強制連行と呼ばれる法的強制力を持つ徴用は昭和一九年（一九四四年）九月からである。

菊山は村の役場の掲示板で内地からの募集を確かめた。

そして勇を鼓《こ》して父親に切り出した。

「何を言ってるんだ、このバカ野郎がっ。お前は長男なのにわからんのか」

菊山の下には八歳下の弟と一〇歳下の妹がいた。

朝鮮では、長男という立場は当時の日本以上に重要な意味を持つ。

父親に一蹴《いっしゅう》された菊山だが、決して諦めることはなく、殴られながらも少しも怯《ひる》まず内地行きを毎度懇願《こんがん》していた。

その姿をじっと見詰めていた母が、とうとう菊山の背中を押してくれたのだ。

「尚泰、行きなさい、内地へ。行って一生懸命やりなさい。あとのことは私たちが頑張るから」

「母《オモニ》さん……」

感情のうねりが大きな朝鮮人の中にあって、人一倍その振幅の激しい菊山は軀の芯が一気に火照《ほて》りを帯びてきたのを抑えきれなかった。

こうして菊山は単身で内地に旅立ったのだ。

昭和一七年（一九四二年）、菊山尚泰、一八歳の夏であった。


漢城《ハンソン》から呼称を変えた京城《キョンソン》（現ソウル）へ出て、明治三八年（一九〇五年）開通の京釜《キョンブ》線で生まれて初めての汽車に乗り、関釜《かんぷ》連絡船で釜山から下関を目指した。

連絡船の三等船室。船室とは名ばかりの船底だ。そこに蹲《うずくま》っている男たちは家畜だった。

激しく揺れる電灯の弱々しい光が、人の姿をした家畜たちを照らし出していた。

閉塞感。澱《よど》んだ空気。吐き気を催す臭気が船底中に満ちている。

臭気は長い年月をかけて地層のごとく積もり、男たちの精気を吸い取っていた。

湿気と人いきれ。男たちのくぐもった声。仲間たちと不安を打ち消すように笑う声。

朝鮮人たちの希《のぞ》みと不安が、沈黙となって冷たく硬い床に吸い込まれていく。

船が揺れる度に光の届かない深海の底に沈むよ

うな気分が男たちの心の隙間《すきま》を満たしていった。

その中で菊山は夢と希望に軀を熱くしていた。まだ現実ではないのに光さえ見ていた。世の中を知らぬ無垢《むく》の若さと生来の熱い血潮が菊山の胸中に炎《とも》を点していたのだ。

やがて薄い闇の中で男たちの間から内地の仕事についての不安が小さな波紋となって広がった。作業の過酷さ、食事の悪さ、賃金も規定に足りない、怪我をすれば埋められる、逃亡は殺される。

時の移ろいと共に小さな波紋が大きくなり、男たちの心を攪拌《かくはん》し始めた。怯《おび》えと恐怖が膨れ上がった船底の中は息が詰まりそうだった。

どの男たちの目にも冥《くら》い色が映り、後悔と嘆きが通奏低音となって空気を震わせた。

壁と床を伝わるエンジンの低い音と振動が空気を冷たく凍りつかせる。

そんな男たちの中で菊山は何の不安もなく、変わらず内地への希望に身を焦がしていた。

働いても働いてもまともに食べられない暮らしからの脱出。

俺はやるんだ。働いて働いて働きまくって、人並みな暮らしをするんだ。

いつしか握った両拳の関節を白く震わせ、天に宣言するごとく裸電球のぶら下がる天井を睨《にら》んだ。澱みきった船底の中にどこからかアリランの調べが流れてきた。

それは故郷《ふるさと》を離れた家族に思いを馳《は》せる哀愁の歌だった。

アリラン　アリラン　アラリヨ　アリラン峠を越えて行く　アリラン峠は一二もあるよ

菊山の脳裏に、内地へ行きなさいと言ってくれた母《オモニ》の唄《うた》うアリランが蘇《よみがえ》った。

万景蒼波《マンギヨンチャンパ》　出港する船よ　もう少し帆を下げておくれ　日本に行く船は　どうしてそんなに無情なのか　わたしを乗せて　日本に連れて行っておくれ

オモニの顔が浮かんだ。息子のために哀しみに堪《た》え、瘦《や》せた手で菊山の手を握ったオモニの顔が。

わたしのオンマや　わたしたちを育ててくれた恩は世界一だよ

オモニ。俺はやるからな。絶対に負けないぞ。オモニ、楽をさせてやるから待っててくれよ。

菊山の全身が激しく滾《たぎ》った。

夢を抱えた菊山は下関から汽車に乗り換え数十時間揺られ、着いたところは陸《みち》の奥と呼ばれていた美冬《みふゆ》市だった。

貧しい暮らしの中で母が持たせてくれた僅《わず》かな金を倹約するために、食べ盛りだった菊山は一日一食しか食べずにいたが、夢の大きさのせいで空腹は気にならなかった。

汽車の窓から見る山々の景色は、気分が昂《たかぶ》っているせいなのか、あらゆるものが輝いて見えた。車窓を流れ去る紫紺の星空に残してきた母や弟妹の姿が浮かんできた。

「待ってろよ、たくさん金を貯めて帰るからな」

夜空に燦然《さんぜん》と煌めく星座に誓いをかけた。若き血潮を滾らせていた菊山はトラックに乗せられて美冬市から、さらに二時間ほど山奥の竜門《りゆうもん》鉱山に送られた。

ところどころ凹《へこ》み塗装も剝《は》げたトラックの荷台でほかの同胞たちといっしょに揺られながら見る

日本の地は若い菊山にとって黄金郷《エルドラド》のようだった。

街中には南方占領地で押収してきた新型のフォードやシボレーが走っていた。

菊山だけでなく荷台の若者たちは、歩いている人や走っている車を見てはその賑《にぎ》わいに朝鮮語で驚きの声をあげている。

日本はこの年のミッドウェー海戦の敗北を知らされず、戦捷《せんしよう》気分に浮かれていた。

トラックが山奥の竜門鉱山に進むに従って民家はなくなり、砂利道の砂利も大きく粗くなった。

車は、ゆっくりと山を登っている。

道は右に左に緩やかに蛇行し、次第に幅員が狭くなって片側が断崖になり、一〇間（約一八メートル）ほど下に川が流れていた。

山道は夜ともなれば一点の灯りもない漆黒の闇に包まれる。

誰かがあっと声をあげ、指差す方には目を光らせた狐がのんびり歩いていた。

二時間ほど揺られ、空気が涼気を帯びた頃、菊山は現場に着いた。

同胞たちと飯場に案内され、小さな包み一つだけの身を置いた。

「着いた、ここが夢の国か……」

菊山は興奮を隠しきれなかった。希望の地、自分の人生を開いてくれる地に着いたのだ。

竜門鉱山は、鉛・亜鉛を掘り出す鉱山だった。

軍需物資の需要が飛躍的に増加し、山は活気と喧騒《けんそう》に包まれていた。

徴用令による待遇は朝鮮人といえども、事務職の約三倍の給与が支給されることになっている。だが現実にはそれが守られているところは極度に少なかった。

契約期間は一年で、延長ができ、会社にもよるが、だいたい毎月一二〇円、残業で割り増しがあれば一五〇円から一八〇円にはなった。

しかしここから飯場での食費や宿代が引かれ約半分となってしまう。

明治四二年（一九〇九年）に七九〇人しかいなかった在日朝鮮人は、昭和一六年（一九四一年）には一四六万九二三〇人となっていた。

朝五時には起き、ゲートル、地下足袋《じかたび》、鉄帽、剣先スコップ、鶴嘴《つるはし》を持って坑道に入り、正午に二〇分だけ昼食と休憩、そして再び夕方六時、時には九時まで作業をする。

休日は経験年数により月に二回から六回と決まっていたが、本人が希望すれば休日返上で働くことも可能だった。

竜門鉱山は山奥深く、周囲が林に囲まれている。

木造の粗末な平屋の飯場には一棟五〇人の男たちが起居を共にし、その棟が二〇以上あった。

各棟には親方である日本人の職長と連絡を取ったり、鉱夫たちをまとめる班長と呼ばれる朝鮮人が一人ずつ配置されている。

鉱夫たちは一八歳からおおむね四〇歳までだが、菊山の配属された棟は若い二〇代が中心だった。

班長は金成一《キムソンイル》、日本名を金本成一《かねもとせいいち》と名乗っていた。

まだ二八歳だが、ここでは古株だった。

糸のように細い目で潰れた鼻から始終、煙草《たばこ》の煙を出している。

新しく入ってきた菊山たちは一〇人の仲間と挨《あい》拶《さつ》をした後、入り口近くの寝台を割り当てられた。

寝台と言っても一本の長い丸太が枕として寝台の頭の位置に渡してあり、一人分が幅三尺（約九〇センチメートル）ほどに仕切られているだけだった。

朝鮮は儒教の影響で長幼の序が厳しく、年長者には絶対服従だ。

酒を飲む時ですら年長者に正対せずに横を向か

なくてはならず、そのために初対面の際は必ず互いに年齢を尋ね、たいがい瞬時にどちらが上か決まってしまう。

菊山の一八歳というのは最年少であり、一棟五〇人の中で一八歳はほんの二人だけだった。

朝鮮は氏族意識が強いが、同じように郷土意識も強く出身地だけで反目し合うことも少なくない。

「菊山はどこから来た?」

金本が薄笑いを浮かべて紫煙を吐き出した。

鉱夫たちは日本語を使うように指示されているが、どの男にも妙なアクセントがある。

朝鮮では日本語が公用語になっていたが、訛《なま》りもなく流暢《りゅうちょう》に話し、漢字、平仮名、片仮名を自在に使いこなす者は上の学校に行けた富裕な家の出身者でも稀《まれ》だった。

この頃、菊山の日本語もほかの者よりはましだったが、いくらか訛りがあった。

「忠清南道《チュンチョンナムド》」

菊山が金本の正面に立ち、言葉少なに応える。

約一間(約一・八メートル)の通路を挟み、向かい合わせに二五人分ずつの寝台が並んでいる中で、古くからいる連中は耳を澄ましていた。

「けっ何だ。おい、新しい奴の中で慶尚南道《キョンサンナムド》はいるか?」

金本は煙草を通路に落とし地下足袋で踏み消したが、すでに菊山には関心がないという表情だ。

新しい『光《ひかり》』を銜《くわ》えた金本に、傍の大柄な男がマッチで火を点《つ》ける。

新入りの中で三人の男が手を挙げた。

金本は細い目をさらに細め手招きをして、親しく言葉を交わし始めた。

菊山はその様子を見ながら自分の寝台に腰を下ろした。

古くからいる連中は上半身裸で肩と腕に盛り上

がった筋肉をさらし、寝ている者、何人かで笑い声を立て話している者と、それぞれの時間を過ごしている。

鉱床が地中にあるため陽《ひ》に灼《や》けていないが、どの男も力仕事のせいで逞《たくま》しい。

「忠清南道《チュンチョンナムド》だってな。俺もそうだ」

隣の寝台に割り当てられた六尺（一八〇センチメートル）近くありそうな白皙《はくせき》の面長の男が口を開いた。

温かさを滲《にじ》ませた面貌の中で、双眸《そうぼう》を光らせている。

互いに名乗り、すぐに年齢を確かめ合った。同じ一八歳ということで同時に笑みがこぼれた。

その男、白井志良《しらいしろう》は、菊山の村とは一〇里（約三九キロメートル）ほど離れた村の出身で農家の次男だった。

朝鮮名は白志良《ペクチリヤン》である。

「菊山、頑張って稼いで帰ろう」

「おう」

その夜、同胞たちの鼾《いびき》を聞きながら、菊山の胸の中は希望の光で満たされていた。

単身で身寄りも頼りもない地に来た心細さは微塵《みじん》もなく、熱い闘志が溢《あふ》れていた。

山の中に虫の音がすだき動物たちの鳴き声が谺《こだま》し、月が煌々《こうこう》と柔らかな光を放っていた。

翌朝、いきなり枕にしている丸太の端を叩かれて目が覚めた。

新入りたちは誰もが顔を見合わせ、驚きの表情を隠せない。

前からいる連中がその光景を嘲笑《ちょうしょう》するかのように見ている。

彼らの寝台の丸太には、ゲートルや上衣《うわぎ》が枕のように置かれていた。

「さぁ飯だ、飯だ。ぐずぐずするなよ。喰ったら仕事だぞっ」

昨日、金本の周りにいた男たちの中の一人が怒鳴っている。

古参の連中の後で手早く顔を洗いゲートルの巻き方を教えられ、地下足袋を履く。

朝鮮では見たこともないおかしな形のズボンを、白井と指差し合いながら笑い声を立てた。それが終わる頃に大きな鉄の蓋《ふた》付きのバケツに入った食事が運ばれ、それぞれに与えられた丼に配られた。

「おっ米が入っているぞ」

白井が目を見開いて菊山に飯の入った丼を差し出した。

「本当だ、米だ」

思わず菊山は唇を緩ませる。

麦が大半だが、僅かながらも米も混じり、それが真っ白い輝きを放っていた。

菊山の故郷では粟や稗《ひえ》が主食で、それすら口に入らない時も多かった。

供された味噌汁には何だかわからぬ菜っ葉が少しだけ入っていたが、子供の頃から朝鮮の食事で作られた舌には慣れない味だった。

菜は細かく刻んだ漬物。

菊山も白井も同時に顔を見合わせてキムチじゃないのか、と呟《つぶや》き、互いに苦笑いする。

味は別として家にいた頃よりましな食事に、菊山は遠くまで来た甲斐《かい》があったと喜ぶと共に、これを母や弟妹にも食べさせてやりたいという気持ちが募った。

飯場から五分と離れていないところに坑道があり、明かりで照らされている中を鉱床まで進む。

空気がひんやりと冷たく、掘削する機械の音や怒鳴り合うような大声が近付いてきた。

亜鉛と鉛を掘り出す際に出る土を別のドンゴロ

スの袋に詰めて口を紐《ひも》で縛り、それをトロッコに積む班と剣先スコップ、鶴嘴を使って掘る班とに分かれていたが、菊山は袋に詰めて運ぶ班だった。

古参の者が袋の口を両手で広げ、菊山はスコップで土を入れていく。

湿った土は重く、一つの袋の重さは約八貫（約三〇キログラム）である。

その袋をいったんは指定された場所に積み上げ、蓄《た》まってからいっせいにトロッコに積み込むのだ。

「菊山さんは忠清南道《チュンチョンナムド》だってな。この班じゃあんまりいい思いはしないなぁ、それじゃ」

古参の古本《ふるもと》が気の毒とばかりに眉尻を下げた。

日本語の訛りが強い古本はこの班では年長の部類に入り、二七歳になる。

「いい思い？　何で」

スコップを振るう手を休めずに、菊山は古本の顔を見た。

「この班はな、金本と同郷でないとな……あいつらはみんな、そうなんだ」

古本は五間（約九メートル）ほど離れたところで、土の入ったドンゴロスの上に座って腕を組んでいる金本の周りに立ち、六尺棒を持って指図をしている棒頭と呼ばれる六人の男たちを一瞥《いちべつ》した。

「ここでいい思いって何？」

菊山の顔に汗の粒が浮いてきた。

「いい思いってのは、そうだな……。飯、煙草、仕事も楽だし、すべてだよ、菊山さん」

古本は頭をゆっくり振りながら軽く息を吐いた。

「どうしてそんなことができる？」

「金本はここじゃ一番、腕力が強い。ほかの班の奴だって何人も向かっていったが、誰もかなわない。それにあいつら慶尚南道《キョンサンナムド》の連中は、親方にうまく取り入っているしな」

日本人の親方にとっては、作業さえやっていれば脱走や大きな問題がないかぎり、朝鮮人の班長に任せていた方が楽なのである。

「腕力？　腕力なら俺も村で一番だったけどな」

子供の頃から勉強だけではなく運動でも負けたことはない。何よりも喧嘩《けんか》が強いのが自慢だった。

「村で一番？　世の中は広いぞ。ここには一〇〇〇人からの男がいるんだ。それも、あっちじゃもてあまされた荒くれも多い。気持ちはわかるが、大人しくしとくんだな」

古本に窘《たしな》められ表情を険しくした菊山だが、気を取り直してスコップを振るい始めた。

金本の周りの男は、時折思い出したように付近の鉱夫たちの作業を見に来るほかは、端《はし》ない笑い声を立てて話すのが日課のようだ。

日本人の親方が巡回してきた時だけは、急に働き出して卑屈な追従《ついしょう》笑いを浮かべ、頭を何度も下げている。

その姿を見る度に菊山の胸にはまるで自分のことのように屈辱感や情けなさが沸き起こってきた。

菊山は日本人が嫌いではないが、日頃は日本人を批判するくせに、日本人に卑屈に接する同胞に嫌悪感を覚えていた。

内地がいくら夢の地であっても、己を偽ってでしがみつく気はない。

機械の音と囁《ささや》くような私語の中、初めての作業で腕と腰が悲鳴をあげ始めた。

周りの新入りたちは、誰もが苦しそうな表情をしている。

菊山も同じだったが、何でも一番でなければ気がすまないだけに、痩せ我慢しながら休むことなくスコップを握り続けていた。

腕が麻痺《まひ》しかけた頃、やっと昼になった。

全員、坑道の脇の地面やドンゴロスの上に座り、麦飯で作られた握り飯と茶での昼メシだ。

過重な労働の後の握り飯は世界が引っくり返るほど旨《うま》かった。

生まれて初めての握り飯が疲れた軀に新たな生命の息吹を与えてくれた。

渇ききった喉を潤おしてくれる粗末な茶が至上の甘露のように感じられる。

旨いっ。菊山は天に向かって叫びたいくらいだった。

「菊山、疲れるなぁ。もう手が肉刺《まめ》だらけだ。腰も痛いし」

顔に土を付けた白井が人懐っこい表情で菊山の隣に座り、古本に頭を下げた。

笑うと左目の下にある傷が皺《しわ》の中に隠れた。

「俺も肉刺だらけだ。だけどな、これでいい生活ができると思ったら百姓やるよりずっといいさ」

握り飯で頬を膨らませた菊山の言葉に、白井は大きく頷《うなず》く。

決して楽な仕事ではなかったが、貧しさを常としていた菊山にとって、こんな麦飯が食べられるだけでも良い暮らしだった。

午後からは袋詰めを三時頃まで続け、その後、トロッコまでの一〇間（約一八メートル）ほどの坑道を袋を担いで運び込む。

慣れない新入りたちは約八貫（約三〇キログラム）の袋一つでよろけて体勢を崩している。

その姿を見て古参の鉱夫たちが頻《しき》りに囃《はや》し立てていた。

慣れている古参の鉱夫たちの多くは二袋担ぎ、上手にバランスを取りながら運んでいる。

それを見た菊山が肩に一袋を載せた後で、もう一袋載せてほしいと古本に合図した。

「無理するな。みんな、何カ月もやって、やっと担ぐんだから。軀を壊したら何にもならんぞ」

それでも載せてくれと催促する菊山に、仕方ないなとばかり一袋を載せてくれた。

ずっしりと重い袋を担ぎ、菊山はふらふらと歩きだした。

「菊山さん、大丈夫か？」

古本がよろよろと歩く菊山の背中に声を掛けているが、菊山は返事をすれば力が抜けてしまいそうなので黙々と歩いている。

やっとの思いで二袋をトロッコに載せた菊山は首を左右に振った。

初日の作業が終わり、飯場で焼魚と野菜の煮物を食べた菊山は、その旨さに疲れも吹っ飛んだ。

本当にここは夢の国だと喜びで胸が高鳴り、これからのことを考えると武者震いがした。

腹の底から生き生きとした情熱が、尽きることなく湧いてきた。


飯場での生活が始まり、二カ月が経った。

菊山は作業にも慣れ、ドンゴロスの袋も軽々と二袋を担いでいた。

新入りの中で二袋を担げるのは、ほかに白井だけである。

白井もなかなかの負けず嫌いな男だった。

強い意志と確たる目的を持った菊山の働き振りは、周囲が瞠目《どうもく》するほどだった。

働く振りをしながら休んだり、日本人の親方の陰で不平を言う同胞に交わらず、何かに憑《つ》かれたように働いている。

働く振りをするのも陰で不平を言うのも、この男の中では卑怯な振る舞いだった。

ただ何でもはっきりと言う性分のために、金本たちの一派から睨まれるようになり、それが次第に表面化してきている。

菊山は生まれついての性分のせいなのか、その性向が極端過ぎた。

それまでにも何度か金本の周りの男たちと険悪な雰囲気になることがあったが、古本やほかの男たちが仲裁に入ってくれ、その場を収めていた。

その日は朝からの雨が風をともなって威力を増していた。

美冬市の一〇月と言えばすでに紅葉も始まり、寒気の欠片《かけら》が辺りに舞っている。

特に竜門鉱山は山奥にあり、九月末より薪《まき》を燃やす鋳物ストーブが据え付けられ、夜には赤々とした炎を燃やしていた。

据え付けられたストーブの近くに金本たちの寝台があり、離れた寝台にいる者たちは吹き込む隙間風のために震えている時もある。

雨が降り続けていたせいで部屋の中が冷えていて、菊山も背筋に寒さを感じていた。

菊山の寝台は新入りたちに割り当てられた入り口近くで戸の隙間から冷たい風雨が吹き込んでくる。

「菊山、今夜は冷えるなあ」

昨晩より風邪気味の白井が部屋に戻ってきてから震えていたが、軀の揺れが激しくなっていた。

「お前、熱があるんじゃないか。暖かくしなきゃな。これ、着てろ」

自分の着ていた作業用の上衣を脱ぎ、白井の肩に羽織るように掛けた。

「いやいや菊山。お前だって寒いんだから、いらない、いらない」

白井は慌てて上衣を菊山に返そうとして、菊山の手に制される。

「白井。ストーブの傍に行こう。軀を暖めよう」

菊山は通路に立ち、木製の突っ掛けに素足を入れて、白井を促《うなが》すように顎《あご》をしゃくった。

「ダメ、ダメ。古い連中と金本さんたちがいるから……俺たちは近付いたらダメなんだとさ」

白井は声を殺し、首を左右に小さく振る。

見るとストーブの周囲は金本たちの一派が取り囲み、ほかの男たちはその外に離れて立っていた。

「そんなの誰が決めるんだ。ストーブは暖まるためにあるんだぞ。バカなこと言うな」

菊山はカラン、コロンと突っ掛けの音をさせ、ストーブに近付いた。古参の鉱夫たちの間を入れてくれとばかりに掻《か》き分けて、ストーブの近くに立ち、白井の腕を引っ張って自分の横に立たせた。

「おお、あったかい。さあ白井、近くに寄れ。軀をあっためろ」

怪訝《けげん》な表情になった鉱夫たちの視線が、菊山と白井にいっせいに集まった。

「菊山。お前はここに来てどれくらいだ？　何年になるんだ」

金本の隣に座っていた六尺（一八〇センチメートル）豊かな大男の町田《まちだ》が、貫くような冷たい視線を菊山に向けた。

「もう三年も四年も経ったのか、菊山」

金本を挟み、町田の反対側に座っている大石《おおいし》が茶化すような口振りで唇を歪ませて笑った。

金本一派の秦《はた》、久末《ひさすえ》、甲田《こうだ》、谷《たに》たちが、顔を顰《しか》めて睨んでいる。

「二カ月経ったよ」

菊山はストーブに両手をかざして、手をこすり合わせながら睨み返す。

「おい、二カ月だとよ。誰か、こいつにここの決まりってやつを教えてやれよ」

ストーブの周りの男たちから、どっと笑い声が起きた。

ストーブから離れている男たちは息を潜めて見ている。

菊山は全身が熱くなるのを感じながらも、ストーブの傍から動かずに立っていた。

「お前らは礼儀を知らないのか。俺はよお、来た時からこいつの目付きが気に入らないんだよな」

町田が立ち上がり、菊山に向かって歩を進めた。その軀からは憎しみの炎が揺らめいている。

ストーブの周りの男たちは、町田の勢いに気圧《けお》されて場所を空けた。

菊山も軀の向きを変え、町田の細い目を睨み付ける。

大男の町田に対峙《たいじ》する菊山は五尺六寸（約一六九センチメートル）、町田の耳までしかない。

「この野郎、謝るなら今のうちだぞ。若僧。さっさと自分のところに帰んな」

巨軀《きょく》の町田がその瞳に黒々とした憎悪を滾らせ、菊山の半袖シャツの襟を摑んだ。

次の刹那《せつな》、沈み込んだ菊山の額が町田の鼻っ柱を貫いた。

鈍い音。野太い悲鳴。町田が尻餅をついた。鼻を押さえた指の間から鼻血が洩れた。

「こ、この野郎っ。半殺しにして……」

最後まで言わせず、菊山の足が町田の顎を下から上に深く抉《えぐ》った。仰け反りながら倒れる町田。

すかさず上体に馬乗りになった菊山が顔面に激しい拳の雨を降らせた。

喘《あえ》ぎ声。肉を打つ音。骨が軋《きし》む音に小さな悲鳴が混じった。町田の目は宙空を泳いでいる。

呆気《あっけ》に取られる男たち。気を取り直した大石が菊山の背中を蹴飛ばした。

「ふざけやがってこの野郎っ」

前のめりになった菊山は素早く振り向き、立ち上がって大石に向かって身構えた。

カッと見開かれた目には猛々しい光が溢れ、顳顬に太い血管が浮き出している。

菊山は倒れている町田の頭を力いっぱい踏みつ

けた。

頭を強打された町田は短く喘ぎ白目を剝《む》いて気を失った。

憎々しげに顔を歪める大石。菊山との間合いを測るように慎重に足を運んでいる。

空気が張りつめる。大石の息遣いが次第に荒くなった。

両者の間に流れる緊迫した空気を破り、菊山が一気に踏み込んだ。

獣のように叫ぶ大石。菊山の両腕が伸びる。その腕が大石の襟首を摑んだ。

大石が何かを叫ぼうとしたが、鼻と唇の間に目にも留まらない速さで菊山の頭が突き刺さる。

マリオネット。まっすぐに床にめり込むように崩れた大石は、まさにばっさりと糸を断たれたマリオネットそのものだった。菊山の荒ぶる頭突きが天上からの透明な糸を断ち切った。


飯場の男たちが響《どよ》めき、空気が震えた。湿っていた空気が熱くなり、ちりちりと静かに燃えた。

「赦《ゆる》さねえ、こいつ。もう赦さねえっ」

久末が三白眼で睨んだ。赤黒く染まった顔に怒りが噴き出している。その後ろで甲田も身構えた。

甲田の喉仏が動き、唾を飲みこむ音が飯場の静寂の中を伝わった。

パチパチと薪が爆《は》ぜる音。強い風に乗って屋根のトタンを叩き続ける雨の音。

窓の隙間から吹き込む風の音だけが飯場を覆っていた。空気が厚い氷のように凍りつく。

白井も顔面を朱に染め、菊山の脇に歩を進める。瞳には闘志が溢れていた。

菊山はいとも無造作に久末に向かって左足を踏み出した。

たまらず飛び込んできた久末の左顔面に渾身《こんしん》の力を込めた拳を打ち込んだ。

二間（約三・六メートル）以上吹っ飛び、久末は寝台の枠に後頭部を打ちつけて倒れた。

顔には憎しみではなく、驚愕《きょうがく》が張りついている。飯場の男たちは再び低く響めいた。

後ろの甲田がストーブの横に積んである薪を手に取った。薪は長さが一尺五寸（約四五センチメートル）、太さが一寸六分（約五センチメートル）に切られている。

「汚いぞ、甲田っ」

白井が憤怒の形相で甲田を指差した。

その白井に秦が拳を振り上げて向かっていった。雨が奏でるトタンの音を唸《うな》り声がかき消した。

頬を殴られた白井が二、三歩、横にふらついた。すぐに体勢を立て直し、拳が秦の顎を吹っ飛ばした。秦も負けずに殴り返す。

白井が顔を顰めたまま、秦の髪の毛を摑み、自分の頭を打ちつけた。

ゴッとくぐもった音がして秦が後退《あとずさ》りする。その秦の鼻に白井の長い腕を生かした拳が飛んだ。

その二人に煽《あお》られたのか、甲田が薪を振り上げ、雄叫《おたけ》びをあげながら突進した。

その姿は怒り狂った雄牛そのものだった。

菊山は怒りに燃える双眸で向かってくる甲田の顔をひたと見据えた。

振り下ろす薪を左腕で防ぐ菊山。ガシッと肉を打つ音。菊山の瞳が狂気の色を発した。

もう一度薪を振り上げた甲田の腹に膝蹴りを入れ、くの字になった甲田の顔面に渾身の力を込めた右の拳が飛んだ。

甲田ががっくりと床に膝をつく。小さく振った顔には、切れた唇から鮮血が流れている。

菊山が膝をついた甲田の左腕を蹴飛ばした。薪は勢いをつけて飛び、壁に当たって床に落ちた。

菊山の拳が肉を潰す。吊り上がった目に仄白《ほのじろ》い光が浮かんだ。

菊山は馬乗りになり、狂った野獣と化した。

甲田の目尻が裂け、鼻がひしゃげた。太い血の筋が幾つも顔面を赤く汚している。殴る度に鮮血が沫《しぶ》く。口から吐き出された血と共に小さな赤い物が飛んだ。血に塗れた歯だった。

甲田の悲鳴が洩れ出した。怯えた瞳で菊山を見上げている。

甲田を殴り続ける菊山の頭に、起き上がってきた久末が手にしている薪を振り下ろした。

低くくぐもった音。菊山の頭がざっくりと切れ、真っ赤な血が噴き出した。

菊山の血走った瞳の奥に禍々《まがまが》しい光が宿った。

立ち上がった菊山に久末は再び薪を振り上げる。噴き出した血を拭《ぬぐ》い、菊山は拳を叩き込んだ。

久末の薪が菊山の頭を強打するより先に、菊山は久末の顎を抉るように打ち抜いた。


壁際まで吹っ飛んだ久末の髪を鷲摑みにし、力いっぱい壁に打ちつけた。

一度、二度、三度、四度と何度も打ちつけた。

壁が放射状に赤く染まっていく。凄まじい暴力のオーラが全身から放たれていた。

久末の瞳から光が失せ軀から力が抜けた時、菊山はやっと手を放した。

誰もが目の前の闘いに身を硬くする中で、金本だけが腕組みをして双眸を光らせている。

秦を追い詰めた白井に谷が背後から襲った。

羽交い絞めにされた白井。秦が唇の周りを血だらけにして殴り返した。

その様子を見た菊山が谷の脇腹を蹴飛ばし、横から襟を引き寄せる。

菊山の双眸には底なしの狂気が暴れていた。固めた拳に殺気を孕《はら》ませて谷の顔と腹に叩き込む。

頭からの夥《おびただ》しい出血で視界を赤く染めながら菊

山が猛っている。

片目の塞がった谷は、感情が枯渇したかのごとく虚《うつ》ろだった。

殴る度に菊山の軀の奥底に流れていた狂暴な血が哮《たけ》った。異様な光を湛《たた》えた瞳が谷を灼いた。

獣。一頭の獣がいた。軀に棲《す》みついた獣が血を求めて猛り狂っていた。

「菊山ぁ。ぶっ殺してやる。お前を殺してやる、ちくしょうっ」

起き上がった大石が剣先スコップを手に憎悪に燃える目で菊山を睨んだ。

飯場の空気がざらついた。乾き始めた茶褐色の血を貼りつけ、大石は間合いを詰めてきた。

谷から手を放した菊山は仁王立ちになり、ギラついた視線を大石に向けた。

顔も半袖シャツも鮮血を浴びて光っていた。細い瞳から白熱した色を放っている。

秦を制した白井が菊山の横で身構えたが、菊山は白井の肩を押さえて下がれ、と顎をしゃくった。

菊山の血が気化寸前まで沸騰した。大石が床に赤い唾を吐く。飯場の男たちが息を潜めた。

パチパチと薪の爆ぜる音と、風と雨の音が男たちを包んだ。

大石の喉仏が上下する。菊山は炯々《けいけい》と瞳を光らせ、大きく息を吐いた。

「くたばりやがれっ」

スコップの先が光った。菊山が頭を低くする。スコップが銀の光となって頭の上をかすめた。

菊山の瞳は大石の顔を捉えている。

勢いでバランスを崩した大石の腰を斜め下から蹴り上げ、菊山は片手で大石の腕を押さえ込んだ。

スコップを振り上げようとする手を押さえられた大石の顳顬に、菊山の拳が一閃した。

仰け反る大石に拳の雨が降る。硬い拳が肉を弾き、骨を震わせた。大石の喘ぎ声。血と汗が飛ぶ。

大石の手からスコップが離れ、床に大きな音を立てて落ちた。

顔面を血に染めた菊山は鼻っ柱に強烈な頭突きを叩き込み、大石の黒々とした怒りを灰にした。

菊山の頭突きにたまらず両膝をつく。その顔に膝がめり込んだ。

床に落ちたスコップを菊山が拾った。振り上げたスコップが閃き、空気を切り裂いた。

スコップが横殴りに大石の顔を払った。頬の肉が裂け、朱色の涎《よだれ》と鮮血が飛び散った。

大石は頭から血をかぶったように血達磨《ちだるま》になった。静まり返った飯場には激しい息遣いと肉を断たんばかりの不気味な音が響いている。ざっくりと顔が裂けた大石の瞳に戦慄が走った。

「菊山、やめろ。死んじまうぞっ」

白井が叫び、止めようと駆け寄ったが、うるさいっと菊山に寝台の上に押し返された。

大石は大の字に倒れ、塞がりかけた目は天井の一点を向いている。

殺気を湛えた菊山の瞳は狂人そのものだった。大石の口の端から赤黒い舌先が出ている。スコップが振り下ろされた。肉が裂ける。真紅の帯になるほどの夥しい血が天井に向かって飛び散った。

大石の片目が完全に塞がり、残った目には光がなかった。

ガラス玉が嵌《は》め込まれたような虚ろな目だった。いっさいの感情が消え、乾いた世界に沈んでいた。

頭と顔から流れ出た血がみるみる血溜りになっていく。

その血溜りに悪鬼と化した菊山のスコップを打ちつける影が映っていた。

大石の鼻はとっくに折れ、片側の頬骨は陥没している。それでも菊山の軀は動きを止めない。

「菊山、やめろ。本当にくたばっちまう。いい加減にしろ」

腕を組んで眺めていた金本が腕を解いて立ち上がった。その瞳には青白い光が静かに点っていた。

「うるさい。俺に指図するな。文句があるならかかって来いっ」

痙攣《けいれん》し始めた大石から離れ、菊山はスコップを放り投げ、金本を鋭く睨みつけた。

金本が一歩、二歩と菊山に向かって歩き出す。顔面を深紅に染めあげ、凄惨《せいさん》な表情の菊山も踏み出した。

二人の間の空気がひりついた。飯場に静寂が広がった。

低くなった薪ストーブの音をかき消すように、風と雨が暴れてトタン屋根を震わせている。

菊山の軀からは狂気と殺気が溢れ出し、熱が空気を揺らめかした。

二人の間には黒々とした憎悪と赫々《かくかく》とした敵意が膨れ上がっていった。

二寸（約六センチメートル）ほど背の高い金本の腕が先に伸び、菊山の血に染まった顔面に拳を打ち込んだ。

バランスを崩した菊山が体勢を直そうとした瞬間、金本の強烈な頭突きが鼻の下に刺さった。
二、三歩後退した菊山は顔を顰め、前に踏み出し金本の顎の先に拳を突き入れる。
頑丈そうな金本の顎に何発も打ち込むが、金本の拳も菊山の顔を打ち抜いた。

壮絶な殴り合い、そして相手のパンチなんか効いてないぞ、と言わんばかりにノーガードの男の意地がぶつかっていた。

二頭の野獣と化し、互いに牙を剝き出し、相手に喰らいつく。

金本が天に昇る龍ならば、菊山は天に向かって咆哮《ほうこう》する虎だった。

金本の拳が飛び、菊山の頭が揺れる。

菊山の拳が唸り、金本の膝が震える。

それは暴力という行為を介した男同士の対話のようだった。

肉体の言語だけが持つ真実の中に、二人は命を燃やしていた。

いつまで続くとも知れぬ果てのない闘い。

二人の顔から赤々とした血が飛沫《しぶき》となって宙を舞う。

男たちが息を呑む闘いだったが、時間の経過と共に僅かながら差が出てきた。

両者に差があるとするならば、スピードだった。菊山には速さがあった。

金本の拳が菊山を二発殴る間に、三発、四発と返している。

業《ごう》を煮やした金本の膝が菊山の腹を抉った後に、菊山は鬼のような顔で金本の鼻と口の間に頭を突き入れ、絶対に離してたまるかというくらい強く金本の襟を摑み、狂ったように頭突きを繰り返す。

疲れの見えてきた金本の動きが緩慢になり、菊山の優位が誰の目にもはっきりしてきた。

顔と半袖シャツを血で染め上げ、一つの炎と化して燃え盛っていた二人が、二つの炎に分かれ、一つは仄かにゆらめき、一つは燃え尽きた。

長い闘いが終わった。龍が地に臥《ふ》し、虎が天に向かって吼《ほ》えた。

金本一派の男たちは恐怖にかられたように菊山と金本を交互に眺めて息を殺している。

「俺に指図するな。ストーブは誰の物でもない、みんなの物だ。誰だって寒いのは同じだ」

精も根《こん》も尽き果てたと言わんばかりの金本が床にべたりと座り、大きく肩を上下させていた。

男たちが乱闘の跡を片付ける傍で、菊山と白井は血を拭き取り、傷の手当てを受けている。

古本が呆れた顔をして、冷やした手拭いを二人に渡した。

菊山と白井が視線を合わせ、晴れやかに笑った。

互いに目の周りを腫らし、傷だらけの唇を緩め、潰れている目を細める。

「白井、寒いのは吹っ飛んだよな、もう」

「ああ、すっかりな。こんな治し方があるなんて知らなかったよ、菊山」

白井は菊山の背中を叩く。自然と二人の顔から笑みがこぼれた。

「とんでもないのが来たな」

「おお。菊山の目を見たか、まともじゃないぞ」

「あの金本さんに勝つくらいだから、あいつは山で一番強いってことだ」

「このまま金本さんたちは黙っているだろうか。また、そのうち始まるんじゃないのか」

菊山と白井の笑っている姿を眺めながら、飯場の男たちは囁き合っている。

しかしその後の金本はなにごともなかったかのように菊山と生活していた。

金本は卑屈になることもなく、菊山もそういう金本を軽んじることはなかった。

その夜の出来事があってから、飯場の男たちの菊山に対する態度は大きく変わった。

菊山はあっという間に怒りが燃え上がる火病《ファビョン》だった。

やがて竜門鉱山にも冬が来た。

故郷の地でも雪が降ったが、竜門鉱山では降る量が違う。

朝、起きて窓の外を見た途端、菊山や新入りたちは、おおっと感嘆の声をあげた。

大地は一面の銀世界になり、膝の上まで埋まるくらいに雪が積もっていた。

菊山の魂を吸い取らんばかりに青みがかった白一色の清澄な世界。

「凄《すご》いもんだな、こっちの冬は」

菊山が興奮気味に窓の外を指差し、白井も歓声を洩らしている。

坑道に向かう道を全員で雪かきするが、大量の雪が珍しい菊山にとっては苦にもならなかった。

いや菊山にとって内地に来て働くことができたこと自体、夢と希望を形にできる喜びと充実感に溢れていたのだ。

そして内地に来た朝鮮人たちの中にも、同じ思いを懐《いだ》く者は少なくなかったのである。


初めての長く厳しい冬が終わり、待ちに待った春が来た頃、菊山は最も若い班長になった。

鉱内で事故の多い班が解体され、新しい班の長として金本と数人が送り込まれ、金本の後を継いだのだ。

これまで元日以外、一日も休まず働いたことに加え、日本語のうまさが親方の目に留まり、金本の強い推薦もあったおかげだった。

仕事の時には八貫（約三〇キログラム）のドンゴロスの袋を三つも担ぎ、さらに空いた手で二つの袋の口を摑んでいた。怪力。それだけで男たちの背筋を凍らせた。

菊山にとって肉体労働はそのまま心と軀の鍛錬だった。

菊山の働き振りは、毫《ごう》も骨惜しみがなかった。損得ではなく誰にも負けたくないという動機だけが、この男を動かしていたのだ。

空いた時間にはドンゴロスの袋を両手に持って振り回し、拳を石に打ちつけていた。

班員の入れ替えがあり菊山のことをよく知らない者が、時々、若い菊山の指示を無視したり、反発することがあったが、言葉で伝えるのが苦手な菊山は、圧倒的な肉体言語の力で改めさせていた。

激しやすいと言われている朝鮮人の中でも菊山は、胸の奥に鬼を飼っていた。

その鬼が暴れ出した時、勝手に瞋恚《しんに》の炎が燃え盛り、凶暴な野獣と化してしまうのだ。

一年も経った頃には金本との一件を含め、相手の返り血を浴びながら咆哮する菊山の獰猛《どうもう》さはほかの班にも知れ渡り、力を信奉する男たちから畏敬のこもった目で見られるようになっていた。

しかし普段の菊山は陽気で笑いの絶えない男でもあった。

同僚が休日に遊びに出ることがあっても、菊山は行かなかった。

目的は金を貯めることである以上、ほかのことには関心を持たないようにしていた。

昭和一八年（一九四三年）の後半には、食事の内容が悪くなってきた。

米の量が減り、副菜も減ってきたのだ。

サツマイモを主食にという標語ができ、警視庁は三割も増すという米の炊き方、『国策炊き』の普及に努めていた。

駅弁にも日の丸弁当が登場したのだった。

併せて食糧管理法が改正され、米麦のヤミ買いが罰せられるようになっていた。

まだ若い菊山たちは常に空腹を覚えるようになり、中には山にいる狐、リス、鳥、蛇などの動物を喰う者もいた。

「菊山、腹、減ったなあ」

白井の頬が少しこけてきた。それは菊山も同じだった。

班長ならばほかの者より多く食べられるが、卑しいこと浅ましいことを嫌う菊山はそれをしなかった。

「それでも家にいた頃よりいいぞ」

菊山もいくらか痩せてきた頬を緩ませた。

「おい、知ってるか？　親方の家で飼っていた犬がいなくなったことを」

向かいの寝台にいた菊山と同期の原口《はらぐち》が、意味ありげに笑った。

「あの犬か、原口」

白井も心得顔で目を細くした。原口が菊山と白井の顔を見ながら頷いた。

「あっりゃー、ほかの奴らに喰われるくらいなら、俺たちが喰いたかったなあ」

真剣な原口の言葉に白井が首を竦めた。

「だけどあれは赤じゃないぞ」

菊山が頬を緩めた。

「菊山、こんなに腹が減ってりゃ赤も白も関係ないさ。あの犬はたしかに旨そうだったよなあ」

露骨に悔しそうな表情の原口を見た菊山と白井が飯場中に響き渡る声で笑った。

犬の供出が始まるのは翌年のことで、この時はまだ犬が飼われていたのだ。

この頃、軍需物資の生産に拍車がかかり、金属鉱山での作業も忙しさを増し、過酷な労働となっていった。

菊山の班ではほとんどなかったが、作業中の事故や稀に脱走もあり、会社からの締め付けも厳しくなった。

幸いに菊山の親方は温厚で朝鮮人労働者にも偏見はなく、作業事故の防止のために菊山が提案したことや食事の改善に取り組んでくれたせいで脱走も少なかった。

もともと竜門鉱山は朝鮮人労働者に良心的であり、可能なかぎり菊山をはじめとする班長たちの要望を実行しようとしていた。

一年の契約をさらに延長した菊山も僅かに昇給

したが、遊びを覚えた鉱夫の中には借金をする者も出てきた。

毎日、一度は親方のいる事務所に顔を出す菊山の楽しみは、新聞を読むことだった。

ほかの者より少しでも日本語がうまくなりたいという思いのほかに、故郷の記事を探していたのだ。

戦況の報道の中に転進という文字が増えてきたが、菊山はさほど気にも留めなかった。

鉱夫たちは一通りの会話はきつい訛りがあってもこなせるが、日本語を読み書きできる者はぐっと少なくなる。

菊山はわからない漢字や言葉にぶつかる度に、親方に尋ね覚えるようにした。

小学校に行く前に通った書堂《ソダン》では箱の中に砂を入れたモレパンに棒で文字を書いて覚えていたし、紙も鉛筆も持っていなかったから持ち前の人並み外れた記憶力だけが頼りだった。

日本人の親方は他人《ひと》の何倍も働き快活な菊山に家族のように接してくれた。

二度目の冬を迎えた頃から菊山も月に一度は休むことにした。

空腹のために美冬市まで食料を調達しに行く。

菊山の流暢な日本語が力を発揮する時だ。

親方に借りた会社名入りの作業衣を着た菊山が農家に行って訛りのない言葉で交渉するので、逃亡した朝鮮人と思われることもなく、野菜などを売ってもらえるのだ。

朝鮮人とわかった途端に急に値段が上がることもあるが、菊山が行った時には一度もなかった。

昭和二〇年（一九四五年）に入り、食料事情はますます悪化し、副菜が山に生えている蕗《ふき》ばかりの日が続く時もあった。

食料だけではなく、生活物資全般が不足していたのである。

閣議では、『イモ類増産対策要綱』を決め、特攻精神で増産を目指そうとした。

節分の豆も不足し、米を炊くガスの供給にも支障が出ていた。

煙草の『光』が三〇銭から倍の六〇銭になるなど必需品の値上がりも多発し、配給も遅れていた。

「かーっまた藷か。藷、藷、藷じゃ嫌になるなあ」

白井が藷の入った丼を眺めて溜息をつく。菊山は白井の顔を見ると苦笑いした。

「こんな状態じゃ戦争、負けるな」

年長者の古本がぼそりと呟く。

「日本が負けたら俺たちはどうなるんだ？」

白井が首を捻《ひね》った。

「今よりずっと待遇が良くなる。朝鮮は独立だ、なあ、菊山。日本人に仕返しできるかもな。こんなところでこき使われてきたんだから、俺たちは。こんな物を履かされてな」

原口は枕替わりの丸太に掛けてある地下足袋を摑んで放り投げた。

朝鮮の足袋は先が割れずに完全な袋状になっていたから、豚の足みたいだと朝鮮人労働者たちは地下足袋に強い違和感を抱いているのだ。

日本人と朝鮮人を親に持つ者のことを『半チョッパリ』と言うが、この足袋の形が語源だった。

「何言ってんだ、原口。お前、何が仕返しだ。日本人が俺たちに何をした？　いい物を喰わせてくれ、金をくれて、少ないけど明日のメシの心配しなくてもいい生活をさせてくれてるんだ。貯めた金を持って帰れば家族も楽になる。第一、俺たちは自分の意思で来たんじゃないか。感謝こそすれ恨みだ、仕返しだなんてとんでもない。そんなことを言う奴は恩知らずだ」

菊山は浅黒い顔を険しくして、口から唾を飛ばしている。

返す言葉もなく俯《うつむ》いた原口の肩に手を載せ古本がその通りだな、と寝台の上に置かれた地下足袋に視線を向けた。

「菊山は今度の夏で帰るのか?」

「おお。白井は帰らないのか?」

「うん。もう少し貯めてから。菊山と違って俺たちは結構、金を遣っちゃったからな。な、原口」

白井に声を掛けられ原口は思い直したように明るい表情で、こくりと頷いた。

「そうか。俺は七月で帰るぞ。帰ったら家族に楽をさせてやれるからな。内地、様々《さまざま》だ。夢の地だ、内地は。また来るつもりだ」

その言葉にほかの男たちも、そうだと微笑《ほほえ》んだ。

七月下旬、二一歳になった菊山は貯めておいた大金を持って故郷に帰ることになった。

以前から親方に慰留されていたが、故郷の家族のことも気になっていたので一度は帰ろうと考えていたのだ。

「菊山、お前ならまたいつでも来てくれ。大歓迎だからな」

菊山の父親くらいの年齢の親方は温和な笑顔でこれまでの仕事振りを労《ねぎら》い、菊山の労働で節くれだった手に餞別《せんべつ》を握らせた。

朝鮮人には辛《つら》くあたる親方も多い中、菊山の親方は情に溢れた男だった。

飯場では同僚たちが別れを惜しみ、旅の無事を祈ってくれた。

朝鮮人の友人に対する情は、濃密で熱くまとわりつくような趣がある。

互いに感情をぶつけ胸奥にあるものを吐露し合うだけに、別れに対しても情の発露が激しかった。

菊山の熱い血が身を震わせ、別れを惜しんだ。

その夜、見納めだという感慨を抱き仰ぎ見る月は、内地へ来た頃と同じように白く輝いていた。静謐《せいひつ》な山々には夏の虫たちの涼やかな音《ね》が響き渡っている。

菊山にとって内地での三年間は希望と共に生きた時間であり帰郷は後ろ髪を引かれる思いだった。最後の夜なのでほかの班にも挨拶のために出向くことにした。

いよいよ故郷に錦を飾れるという高揚感があったせいだったのだろうか。

それともこれまで抑えられてきた魔物がその顔を顕《あらわ》したせいだったのだろうか。

菊山は休日前夜だという同胞たちに誘われ、普段やったことのない博打に加わった。

もともと血が熱くなるまでの時間が短い菊山だったから、負けだしてからの賭け方が荒っぽくなり、気が付いた時には貯めておいた金はあらかた消えるところだった。

かーっ俺は何てバカなんだ。吐息とも呻《うめ》きともつかぬ声が洩れた。

よほど暴れて金を取り返してやろうかと考えたが、笑い者になるだけだと呆然として自分の班に戻ってきた。

何も目に入らず耳に入らぬ夜となった。

帰郷を断念し再び働くことになったが、間もなく戦争が終わった。

それが契機となり、しばらくしてから菊山は古本、白井と美冬市に出ることにした。

菊山に行く当てはない。

しかし古本の親族が美冬市にいることから、行けばなんとかなるという若者らしい無鉄砲さが三人を街に駆り立てた。

鉱夫たちの間では美冬の街には自由と享楽があ

り、そして能力さえあれば富も手に入ると言われていたから、菊山は迷うこともなく新しい生活に踏み出したのだ。

爽やかな秋の風が吹く美冬市の街には戦争の爪跡はほとんどなかった。

人々の顔には虚脱や安堵、不安や希望が複雑に入り混じっていた。

それまでは鬼畜米英・聖戦完遂を唱え戦争をしていたのが、終戦により価値観を変えるところとなり、人々の胸には戸惑いが渦巻いていたのだ。

そんな大人たちとはうらはらに粗末な服を着た子供たちが喚声をあげながら遊んでいる。

菊山と白井にとってじっくりと見た美冬市は初めての都会だった。

空襲がなくなったので灯火管制も解除され、ささやかながら夜の街に明かりが戻った。

古本と訪ねた繁華街の雑多なビルの近くに住んでいる野村《のむら》は、古本の母方の伯父になる男であり、すでに五〇代の堂々たる押し出しの男だった。

美冬市の朝鮮人の間では顔役と仰がれ、艶やかな顔に精気が漲《みなぎ》っている。

仕事は金融業、人夫貸し、数軒の飲食店、廃品回収のほかに、万《よろず》、相談承るというところである。錆《さび》の浮いたトタン屋根の木造の家屋だが、界隈では大きな建物だった。

「お世話になります」

通された事務所の古ぼけたソファに軀を沈めている恰幅《かっぷく》の良い野村に古本が朝鮮語で挨拶し、頭を下げる。

菊山と白井も年長者に対する神妙な態度で会釈した。

「おお、貞根《ジョングン》、よく来たな。もう山は懲りたろう、ハハハハ」

野村も朝鮮語で応えていた。血色の良い顔を綻《ほころ》ばせ、長い眉毛の下の目を糸のようにした。

垢《あか》抜けた紺色の背広を着て、茶色の革靴を光らせている。

事務所にはほかに男が何人かいて、菊山と白井をじろじろと眺めていた。

「あんたたちは忠清南道《チユンチヨンナムド》だってな」

野村に訊かれ、菊山と白井はいっしょに返事をする。

「これからは俺たちの時代だ。以前みたく日本人に顎で使われたり、バカにされてヘラヘラするんじゃないぞ。民族の誇りを持って、今後は俺たちの住みやすい国にするんだ」

古本と白井は姿勢を正して同意したが、菊山はそうではなかった。

「俺は日本人に顎で使われたことはないです。親方は親切だったし、バカにされたこともないです。もしバカにする奴がいたら赦さないですけど。それにおじさん、日本はいい国です」

事務所にいる誰もが顔色を変えた。

野村は片方の眉を上げた後、そうかと唇の端を上げて笑っている。

「少しゆっくりしなさい。それから仕事を決めよう。貞根《ジヨングン》、これは当座の小遣いだ。部屋は案内させる。菊山君、白井君、よく世の中を見ることだ。今は大きなチャンスだ」

言い終えた野村は鷹揚《おうよう》に笑い、厚みのある封筒を古本に手渡した。

「菊山さん、あんた本当にいい度胸してるな」

案内された八畳ほどの部屋に入った途端に、古本が呆れた口調で苦笑した。

「何が?」

菊山は部屋の中を見回し、涼しい顔をしている。

「あの伯父さんにああいうことを言う奴はいない

んだぞ。第一、年長者に向かって失礼だろうが」

「ああいうこと？　俺は思ったことを正直に言っただけだし、年長者への礼儀と自分の思ったことを隠すのは別だ」

古本はうーんと唸った。


七月より配給が減り、米は一人一日二合一勺（約二九四グラム）と従前の一割減となり、一日当たりの配給での総カロリーは一〇〇〇キロカロリーにも満たなかった。

加えてこの年は米が大凶作で収穫量は例年の三分の二だった。

そのために米の配給は少なく、小麦粉、大豆、芋、豆粕《まめかす》、澱粉《でんぷん》、クズ芋や芋のツルまで配られた。

そんな世の中にあって野村のところは食べる物には困っていないようだ。

菊山たちのほかにも多くの朝鮮人が世話になっていたが、野村の下で働く者が大半を占めている。

表面上は整然として見える街も、その裏側は秩序がなくカオスの状態だった。

街には猥雑《わいざつ》な生気と暴力の匂いが漂い、得体の知れない有象無象の男たちが跋扈《ばっこ》し、獲物に目を光らせていた。百鬼夜行、魑魅魍魎《ちみもうりょう》の世界だった。

人々の欲望がぶすぶすと音を立てて発酵し始めていた。

満足な物もなく飢餓に喘いでいる中で、野心を覗《のぞ》かせる者たちが牙を研ぎすましていた。

菊山はカオスの中で目を凝らし、耳をそばだて新たな人生を模索する日々が続いた。

野村の世話になってから一〇日くらいした時だった。

「おい、貞根《ジョングン》、菊山君、白井君。ちょっと私の店に来てくれ。日本人が暴れている」

いつも悠揚として迫らぬ風情の野村の口調が昂

っている。

野村の経営する飲食店『ゴールド』は家のすぐ向かいにあるが、いつも野村のもとにいる男たちは、その日は田舎まで食料の買い出しに出払っていた。

店長では対処できないトラブルが起きたらしい。無為徒食に飽きていた菊山は脱兎《だっと》のごとく走って行った。

食事と酒、希望によっては女も供する店の引き戸をガラガラと勢いよく開けたところ、広い店の中では客と思《おぼ》しき三人の人相の悪い男たちがほかの客たちに頓着することなく声を荒らげている。

店内には敵性音楽の規制が解除されて、軽快なジャズが流れていた。

店長は殴られたのか、唇の端から僅かに血を流している。

「どうしたんだ?」

野村がテーブルに陣取っている三人の男たちに視線を留め訛りのある日本語で店長に声を掛けた。

「このお客さんが料金が高すぎるって言いますんで説明したところ……」

三人の男たちはカーキ色のズボンに茶色や灰色の作業服を着て脚を組んで座り、入ってきた野村たち四人を小バカにした様子で睨んでいる。

街に跋扈し始めていた愚連隊と称する輩《やから》だった。

三人のホステスが店の隅に固まって、身を震わせていた。

野村に知らせに走ってきた女は、まだ息が上がっているのか、小刻みに細い肩を上下させている。

「おい、ぼったくりか、お前んとこ。チョン公は解放されたからって、こんなにあくどい商売していいのかよ。このおっさんもチョン公だぜ」

角刈りにした男の言葉に残りの二人も気勢をあげた。

「日本に置いてやってんだから、少しは感謝して安くするとかないのかよ。ちぇんぢぇんわかってないね。ハハハハ」

朝鮮人の訛りを真似して高笑いしている。

菊山は何も言わず笑っている男に歩み寄り、いきなり顔面に拳をねじ込んだ。

男が椅子ごとひっくり返り、持っていたグラスが床に落ちて割れた。

「こ、この野郎、何しやがるっ」

残りの二人がほぼ同時に立ち上がり、菊山に向かってきた。

素早く踏み込んだ菊山の拳が右の坊主頭の男の顔面に叩き込まれ、男は後ろに翻筋斗《もんどり》打って倒れる。

「て、てめえっ」

倒れた仲間を一瞥し、髪を脂で光らせた男が両手をかざして菊山を捕らえようとするところを逆に摑んで鼻を目がけて頭突きが一閃した。

骨が折れた鈍い音を立て、男は足元から床に沈み込んだ。

最初の男が後ろからかかっていったが、瞬時に軀の向きを変えた菊山の膝が男の腹にめり込んだ。

菊山の双眸には牙を剝き出しにした獣の光が映っていた。

野村たち店の中の者は口を開けて見ている。

白井と古本が店の壁に寄り掛かり腕を組み、二人共唇の端を上げながら眺めていた。

「ちっくしょう、ぶっ殺してやるっ」

起き上がった坊主頭の男が酒瓶を逆手にして襲いかかってきたが、菊山は木製の椅子を振り上げ坊主頭に打ち下ろした。

椅子がバリンと壊れる。男の顔が激しく歪んだ。

手から瓶が落ち、コンクリートの床に当たって派手な音を出して割れ、破片と酒が飛び散った。

菊山は別の椅子で坊主頭を何度も殴った。

額が切れ血が流れるのも構わず、どす黒い衝動に駆り立てられるまま殴り続けている。

「や、やめてくれーっ」

顔と頭を両腕でかばっているが、菊山はやめる気配がない。

椅子がばらばらに砕けるのと同時に男は失神してしまった。

呆然と立っていた、髪を光らせた男が気が狂《ふ》れたように奇声を発してかかってくる。

菊山の拳が耳の上を殴りつけ、倒れた男の顔を踏ん付けた。

踵《かかと》を口の上に下ろす度に、口の中がトマトを潰したみたいにぐちゃぐちゃに赤く染まっていく。

残った一人が別人のような殊勝な態度になり、勘弁して下さい、と懇願し始めた。

菊山のズボンの裾に返り血がはね、赤い模様に染まっている。

「朝鮮人をバカにするな、お前らと同じ人間だ。お前らだって朝鮮語をうまくしゃべれるのかっ」

菊山に言葉を投げられた男たちは、朱に染まった顔を下に向け視線は行き場を失っていた。


事務所の中には野村、菊山、古本、白井が座っている。

菊山は返り血を浴びた顔を洗い、シャツとズボンを着替えていた。

「菊山君、あんたの強さは並じゃないな」

長い眉毛を指で撫でながら野村は微笑んだ。

「いやいや伯父さん。奴らが弱過ぎます。山の連中はずっとずっと強かったです」

「菊山さんは山で誰にも負けなかったんですよ、おじさん。この男は本当に強いです」

古本は我がことのように胸を張り、白井も大きく頷いている。

「どうだ、菊山君。店を任すからやってみないか？」

野村の銜えた煙草に古本が火を点けた。

「おじさん。俺は客相手の仕事ができません」

菊山はあっさりと断った。

「相手をするのは行儀の悪い客だけでいいよ。経営は別の者にやらせておけばいいし、ずっと店にいることもない」

野村の後を引き取り、古本が口を開いた。

「用心棒だな、菊山さん。口で相手をするのではなく、その腕力で相手をするんだ」

「そうだ。報酬は働きに見合った分を出すよ。近頃はおかしな奴が増えてきて金を出せと言ってくる時もある。チョン公とバカにする奴もいる。我々は君のように日本語がうまく話せないからな」

これがきっかけとなり、菊山は野村の持つ数軒の店の用心棒をすることになった。

菊山にとって用心棒稼業を引き受けてうれしかったことは、生まれて初めて背広、ネクタイを身に着け、そして顔が映り込むほどに磨き抜かれた本物の革の靴が履けたことである。

鉱夫の頃は稀に長靴・半長靴《はんちょうか》を休日に履いている者もいたが、贅沢は敵だとばかり金を貯めていた菊山は新品の革靴は持っていなかったのだ。

まだ社会では物が不足していたが、野村はどこからともなくいろいろな物を調達してきた。

年中、数枚のシャツと一枚の上衣で過ごすことが普通だった菊山にとって、野村が与えてくれた数着の背広とシャツは宝物になった。

「苦しいもんだな、ネクタイは。少し緩めるか」

菊山の筋肉の束が走る鍛えられた太い首には窮屈そうだ。

「ダメダメ。身嗜《みだしな》みは大事だね。変な恰好しているとやっぱりチョン公とバカにされるし」

白井も菊山の助手を務めるために背広を与えられ、鏡に映る自分に照れたように笑っている。

「似合っているな、二人共。日本の言葉でそういうことを馬の子にも衣装って言うんだ」

日本語の諺《ことわざ》を知っているんだと得意気な古本の言葉に菊山と白井が顔を見合わせた。


大東亜戦争が終わった時、日本にいる在日朝鮮人は約二一〇万人だった。

その年の一〇月に『在日本朝鮮人連盟』（朝連）が結成されたが、翌年に朝連が左傾化することに反発した人たちが『在日本朝鮮居留民団』（民団＝現・在日本大韓民国民団）を結成している。

「菊山は当然、民団だろう」

部屋で白井が菊山の顔を覗き込んでいる。

「ああ、思想だとか何だとか俺は知らないが、共産主義ってのがぴんと来ないし、無理に誘われるのは性に合わない」

「朝連の奴らはまるでほかの国はどうしようもないような言い方だ。赤でなければ朝鮮人ではないなんて。中には朝連を支持している奴らに連れていかれて袋叩きにされた奴もいるらしい」

古本が苦々しげに唇を歪めた。

「そうですってね。酷い奴らだ。俺たちも朝連の奴らを殴ってやろうか」

「おい、白井。俺たちは同じ朝鮮人だぞ。どうして同胞同士でいがみ合うんだ」

菊山がふーっと煙草の煙を長く吐き出し、ゆっくりと首を振る。

「菊山。奴らは赤だぞ。年長者も敬うことなく、みんな同じなんて間違ってるんじゃないか」

「白井。俺はわからない。興味もないけど、赤だろうと白だろうと同じ民族だ」

菊山に軽く肩を叩かれ白井は、うーんと唇を噛《か》みしめた。

朝連が結成されてから激しい勧誘があったが、たいがいの朝鮮人は共産主義の思想を正しく理解することなく、単に誘いかけてくる相手に対する好悪で決めていた。

菊山には判断するだけの知識がなかったが、他者を一方的に非難する点が好きになれず、民団に与《くみ》していただけである。

ただし再三、朝鮮人たちの間で繰り返される併合に対する恨みや日本への嫌悪感は露ほどもなく、この点だけは誰かが言い募った時は己の思いを告げていた。

生来、菊山という男は風評をそのまま信じることはなく、自らの目と耳で確かめてみないと気のすまぬ男であった。

小さい頃から併合前の理不尽な両班《ヤンバン》の振る舞いと、生きることすら危惧されるほどの貧しい暮らしが併合によって好転したことを母より聞かされてきたために、日本に対する怨嗟《えんさ》はなかったのだ。

終戦後、朝鮮人には解放民族と称して我が物顔で振る舞う者も少なくなかった。

裏の世界ではヤクザと争ったり、警察に頑強に抵抗するなどトラブルが頻発していた。

そのような時代にあっても、菊山は己の欲するまま自由に生きていた。


派手な音がして大きな男が吹っ飛んだ。

「この野郎っ」

小柄な男が菊山に摑みかかってくる。

その男の片側の襟を握った菊山の石頭が男の顔面を貫いた。

「わっ」

鈍い音と同時に小柄な男は、糸が切れた操り人形のようにまっすぐ床に沈んでいく。

大男が怒号をあげてかかってきたが、すぐに悲鳴に変わっていった。

ネクタイをしていない菊山が倒れた大男の背中と脇腹を機関銃のような勢いで蹴りつける。

狂気というより狂喜。水を得た魚のように菊山の筋肉は躍っている。

用心棒となってからの菊山は暴力という力の魅力に開眼したようだ。

次第にほかの店からも声が掛かるようになり、入ってきた金を財布が空になるのも構わず、故郷の母に送金していた。

菊山の評判を聞き用心棒を頼みにくる店が増えてきたために、出番は増える一方だった。

ネクタイを摑まれた時からいっさいネクタイをしなくなったが、相変わらず背広と光沢を放つ革靴が制服みたいなものだ。


喧嘩の相手が五人だろうと六人だろうと菊山は一人で立ち向かい、木っ端微塵に粉砕してしまう。山で初めて一戦を交えた金本に比べれば、これまでの相手は手応えがなかった。

あの頃に比べ、その強さも技術も日々、磨きがかかっている。

白井の出番はほとんどなく、薄笑いを浮かべながら菊山の奮闘を眺めるのが仕事だった。

「おっ菊山、見ろ。ハハハハ、またどっかのチンピラたちがお前を見て回れ右をしたぞ」

白井が遠く離れた通りを歩いていた一団を指差した。

いかにも柄の悪そうな五、六人の男たちが、歩いて来た方角に回れ右をして急ぎ足で去って行く。

「何でああして団子になって意気がるのかなあ……わからんなあ。白井。本当に強い奴が群れるか？　群れないぞ。なっ」

ズボンのポケットに左手を入れた菊山が不思議そうに呟いた。

闇で経営している店に出勤途中の夜の女たちや男たちが菊山の姿を見つけ、敬意と親しみを込めて声を掛けてくる。

肩で風を切るように歩きながら、菊山は気さくに右手を挙げた。

路上で突然、自分はどこどこの一家の者です、と挨拶をされるのは煩《わずら》わしいが、それも実力が認められている証拠と周囲に言われ、ふーんと首を捻っている。

煙草は山にいる時に覚えたが、用心棒稼業をしてから酒と女の洗礼を受けていた。

ただ酒に関してはくせがあった。

「あっ古本さん、そろそろ来てます」

「来たか……早く連れて帰ろう、白井」

所々に小さな綻びのあるソファに身を沈めた古本と白井が小声で囁き合っている。

斜め前の席にいる菊山が瞳を異様に光らせて酒を呷《あお》っていた。

「菊山、仕事もあるからそろそろ行こうか」

「なにっ白井。何の仕事だ？　仕事は酒を呑んでもできるだろう、バカ」

完全に大トラになった菊山が粘りを帯びた視線で白井を睨む。

「いや菊山さん、俺も用事が……」

「用事があったらさっさと帰れや、一人で。なっ白井」

凄まれた古本が青くなった。

「まぁ菊山、そう言わずに……」

「俺に呑ませたくないのか」

派手な音をさせて、菊山はテーブルをひっくり返した。

女たちが悲鳴をあげ蜘蛛《くも》の子を散らすように逃

げて行く。

「こらあっ酒の相手もしないでどこ行ったあ。くそっこんな店、ぶっ潰してやる」

菊山は立ち上がりテーブルとソファを次々に放り投げ、ほかの客のテーブルも蹴り倒し、かかってくる客は容赦なく殴りつけた。

こうなった時には何を言われても、はいはいと返事をして菊山の気のすむまで付き合うしかなかった。

翌朝の菊山は、俺、またやったか？　とケロッとしているのが常だったが、暴れさえしなければ明るく陽気な酒だった。

用心棒の仕事は夜だったが、菊山という男は夜に弱く朝に強かった。

夜中の二時、三時に寝ようとも、空が白む頃の五時前には目が覚め、さっさと起きてしまう。

「人間はやっぱりお天道様《てんとう》といっしょに働かなきゃダメだな」

日中、何もしないで過ごすことができない性分のため、飲食店、特に料理屋が食材不足ということを知り、近郊の農家や漁師から食材を集めてくるようになった。

食料不足のために空き地には野菜を植えた生活菜園が目立ち、インフレのために現金の価値が下がり、持っている着物や家財道具などを食料と交換する物々交換が多かった。

それを揶揄《やゆ》して『竹の子生活』という言葉も生まれたくらいだった。

特に田舎では現金より衣類が喜ばれることから街中の飲食店・料理屋から衣類を買い集め、それを農家で食材と交換するのだ。

そうして仕入れた食料はヤミの価格で高く売れていた。

昭和二〇年（一九四五年）一〇月に警視庁が発表したヤミ値は米が一升七〇円（基準価格五三銭）、味噌一貫目四〇円（同二円）、砂糖一貫目一〇〇〇円（同二一円七五銭）である。

闇市ではふかし芋三個一円、汁粉が一杯一〇円で飛ぶように売れていた。

菊山は野村から中古のトラックを買い、若い男を雇って運転手をさせた。

こうして稼ぐ金が少しずつ増えてきた頃、菊山は繁華街の近くに部屋を借り一人で暮らし始めた。白井と古本もその部屋の隣に住むことにした。

初めて自分だけの住居を持った時の感動は生涯を通して忘れることができなかった。

若い菊山にとっては少し遅れてきたものの、青春という甘美な香りに包まれた時代だった。

まだ二〇歳《はたち》を一つ二つ、超えたばかりの自分に周りの大人たちは頭を下げ世辞を言う。

世の中は金と力なんだ……。

菊山の価値観が固まったのはこの頃だった。

戦争が終わり一冬を越し春が訪れた頃には、街行く人々の衣裳《いしよう》も更生服だけではなくなり、女たちもモンペを脱ぎ捨て装いに工夫をこらすようになってきた。

G・Iを相手にした街娼のパンパンや一部の女の間では電気パーマやハイヒール姿も現れている。

前年の一二月には全国で四〇万人以上の進駐軍が駐留し、美冬市でもジープに乗って颯爽《さつそう》と走り回るG・Iの姿が見られるようになった。

まだ砂利道の多い街中を砂埃《すなぼこり》をあげて走るジープは子供たちだけではなく、若者たちからも憧れの眼差しを浴びていた。

子供の頃から貧乏を嫌ってきた菊山にとって、ピカピカに光るジープとプレスされた軍服に身を包んだG・Iを見た時は衝撃的だった。日本人は輪タクが精いっぱいだ。

発売されて間もないスクーターのラビットを見た白井が、いいな、あれ、と菊山に呟いた。

「ふん。いいって言ったって車にはかなわないさ。車にはな」

「だけど菊山。いくら小金が入ってきても車なんか買えないぞ。ラビットでいいじゃないか」

「いや俺は絶対に手に入れるぞ、車を。それも国産のポンコツじゃなくてピカピカの外車をな」

菊山はそう言って米軍将校の乗っている輝くばかりの外車に熱い視線を送った。

市内を流れる大きな川の傍《かたわ》らや繁華街近くの大きな公園の近くには露店が並び闇市と化している。

闇市では日用品をはじめ、ありとあらゆる物があった。

金さえあれば食べる物も豊富にあり、そこには常に飢えた人の輪が作られていた。

怪しげな男たちが、チンチロリンやデンスケ賭博に熱中している光景も珍しくなかった。

ほかにも米軍の煙草・菓子類が出回り、人々の羨望《せんぼう》の眼差しを集めていた。

街には薄汚れた国民服、戦闘帽の男たち、手足を失った元兵隊たち、濃い化粧の下に打算と狡猾《こうかつ》を隠し微笑んでいる女たちが、糖蜜に群がる蟻のように獲物を求めて跳梁《ちょうりょう》している。

その間隙《かんげき》を縫うようにして戦火で親も家も失い痩せこけた子どもたちがふらついていた。

G・Iにしなだれかかる派手な化粧をしたパンパンたち。その顔に愧《は》じるという色が見られなかった時、菊山は戦争に負けるとはこういうことかと心を重くした。

人間が自ら尊厳と誇りを放棄する醜さを目《ま》の当たりにしたのだ。

菊山は誇りを捨てて生きる人間が嫌いだった。長かった飢餓感の反動なのか、人々のギラギラとした欲望が辺りをはばかることなく激しい濁流となっていた。

理屈では説明のつかない生への欲望が一個の人間の形となって存在している、そんな時代だった。経済力の背景に暴力が顕然たる地位を与えられた時代に菊山は思う存分、血潮を滾らせた。

「こりゃうめえ。菊山、ほら喰ってみろよ」

茶色い袋に入ったハーシーのチョコレートを菊山に差し出し、白井は片方の頬を膨らませている。

菊山は袋を受け取りチョコレートを口に含んだ。

「おおっ何だ、この甘さ。凄いもんだな、これは……」

目を丸くした後に相好を崩した菊山は、袋をしげしげと見ている。

「アメリカってこんなのがいくらでも喰えるんだな。こんな国とよく戦争したもんだ、なっ」

「白井、この物のない国でちっぽけな軀をした日本人がこれだけの間、戦ったんだぞ。俺はその根性を褒めてやりたい。人間は根性なんだ」

菊山は自分に言い聞かせるかのようだった。

「菊山君、アメちゃんのPX《ピーエックス》からの横流しの品で商売するんだが、君に用心棒を頼みたい」

野村は目尻に皺を寄せ、テーブルの上の品物を指し示した。

事務所には野村のほかに古本、そして見たことのない男が一人座っている。

古本と同じくらいの年齢で、頬の肉がふっくらと張り出し広い額の下の目付きは優しい。

菊山は示された品物を珍しそうに眺める。

ラッキーストライク、コンビーフ、コンデンス・ミルク、黒と赤いラベルのジョニー・ウォーカー、カティー・サーク、美しい箱に入った石鹸などがそこだけ光を当てられたように輝いていた。

「俺は何をすればいいですか?」

菊山は怪訝そうな表情だ。

「何もしなくていいよ。ただ飲食店に売るから縄張りがどうとか文句を言ってきた奴がいれば、話をつけてほしい。もっとも今の君に何か言ってくる奴はいないだろうが。ハハハハ」

「それならいいですよ。これ、どうやって仕入れたんですか、普通に手に入るんですか?」

見たことのないコンビーフの缶を手に取り、菊山は耳元で振ってみた。

音はしなかったが、ずっしりと重かった。

ジョニー・ウォーカーもカティー・サークも滅多に見ることはなく、まして口に入ることはない。

「ハハハハハ。いろいろさ。いずれにしても金はかかっているがね」


野村が隣の男に同意を促すように顔を向けた。

「初めまして。私、滝川《たきがわ》と言います。菊山さんの名前はよーく知ってますよ。今後ともよろしくお願いします」

クリーム色の背広を着た滝川が肉の付いた顔を崩し、目を細めて軽く頭を下げた。

カーキ色の服を見慣れた菊山の目には鮮烈な印象だった。

言葉を聞いた瞬間に同じ国方《くにがた》の人間だということがわかった。

「よろしくお願いします」

菊山は相手の目を見つめ微かに頭を動かす。

「日本語、上手ですね、菊山さん。まったくわからないです、日本人と同じです」

「山で日本の人と話しながら直しました」

「滝川君。この菊山君は上の学校に行けなかったから学問はないが、頭はいい青年だ。そしてまっすぐな気性で何よりも強いのが取り得だ。男は強くなくてはいけないからな」

満足そうに野村は煙草に手を伸ばした。

野村の事務所から帰る時に竹で編まれた籠《かご》にテーブルの上の品を詰めてもらった菊山は、走るように部屋に向かった。

酒と煙草はどうでもいいが、コンビーフを食べてみたかったのだ。

どのようにして開けるのかしばらく缶と格闘し、苦労してやっと中身を取り出した。

嗅いだことのない匂いに戸惑いながら塊《かたまり》ごとかぶりつく。

脂肪分が歯と舌にねっとりと絡み付き、何とも言えぬ旨さが全身を震わせた。

圧巻はコンデンス・ミルクだった。

それまでズルチンやサッカリンの味が甘さだと思ってきた菊山にとって、この世の中にこんなに甘い物があるのかと自然と口笛を吹きたくなった。

それ以来、菊山はアメリカ人を見る度にコンビーフとコンデンス・ミルクを思い出す。

ジョニー・ウォーカーとカティー・サークは、用心棒を頼まれている中で菊山を特に慕っていたバーテンダーのいる店に持っていき、店の従業員と味わった。

自分では何もしていないのに仕事が増え、金が流れ込んでくる不思議さに菊山は自然と笑みがこぼれてきた。


時の移ろいと共にカオス状態の街に僅かずつ秩序と暗黙のルールが築かれていった。

最近は闇市の露店で売られる品物の種類も多くなり、アメリカ製の商品も増えてきた。

「おお、いいシャツが売ってるぞ、菊山」

前を歩いている白井が菊山と古本を振り返った。

広い通りに面して雑多な店が畳大の板の上や立てかけた棚に商品を並べている。

野菜、肉、水団《すいとん》、ふかし芋、ドラム缶でぐつぐつ煮ている進駐軍の残飯。

飢えた人々がその匂いに群がっている。

昼の太陽に照らされ鮮やかな色が氾濫し、どこかに置かれたラジオからは映画『そよ風』の主題歌である『リンゴの唄』が流れていた。

店にいた人相の悪い角刈りの男は剣呑《けんのん》な視線を飛ばしている。

七分袖のシャツから腕や胸の彫り物を覗かせたテキ屋だった。

「このシャツは俺の軀に合うかな?」

白井が派手な柄の開襟《かいきん》シャツの袖を抓《つま》んだ。

「さあね」

角刈りの男は木で鼻を括ったように応え、隣に座っている男がふんと鼻で笑っている。

その態度に気色ばむ白井に角刈りの男は朝鮮人の着るシャツはない、と嘲笑《あざわら》っている。

白井が声を荒らげると、近くの露店から男たちが集まってきた。

「どした、どした」

でっぷりと太った猪首《いくび》の男が薄ら笑いを浮かべている。

「いや、このチョン公が生意気にシャツを売ってほしいようなことを言ったんでね」

「チョン公か、こいつら」

猪首の男が菊山たち三人を値踏みするように上から下へ視線を動かした。

薄い唇を歪めて笑おうとした時、菊山の拳が岩となって飛んできた。

あっと声をあげ猪首は商品の上に転がり、菊山はそのまま板の上を飛び越え角刈りの頭を抱え、鼻の上に頭突きを放つ。

うっというくぐもった声をあげ、角刈りの男は蹲った。

「この野郎、何しやがるっ」

隣に座っていた男が立とうとしたその時、菊山の足が耳の上に飛び、椅子ごと横に吹っ飛んだ。

菊山の瞳に獰猛な野獣の光が宿っていた。怒りも憎しみも心ではなく動き出した軀が感じるのだ。

猪首が起き上がり菊山の腕に手を掛けたが、振り向いた菊山の拳が激しい勢いで乱打された。

ほかの店から男たちが駆け寄ってくる。

「二人共、ぼさっとするなっ」

菊山に怒鳴られ、古本と白井も寄ってくる男たちと乱闘になった。

白井も闘志を剝き出しにして猛っている。

菊山は露店をひっくり返し、土台になっている木箱を持ち上げ男たちの頭に打ち下ろす。

目には凶暴な光が宿っている。

軀の奥からとめどなく力が噴き上がっていた。

男たちの中には鉄火シャツの下に毒々しい刺青《いれずみ》を見せて凄んでいる者も少なくないが、菊山の怒りは留《とど》まることを知らなかった。

壊れた木箱からその怪力で長さ約二尺（約六〇センチメートル）、幅二寸（約六センチメートル）、厚さ三分（約〇・九センチメートル）の板を剝ぎ取り、向かってくる者を狂ったように殴りつけていく。

古本と白井の形勢が不利と見えた時には、すかさず加勢する余裕さえあった。

男たちは次第に戦意を喪失し周りを囲んで、誰か行けっと叫ぶだけで、菊山が近くに来たら逃げている。その顔には怯懦《きょうだ》の色がありありと浮かんでいた。

「おい、MPが来るぞっ」

誰かの声で菊山たちも男たちも逃げようとした

が、警棒を持ち白いヘルメットにMPの腕章を巻いた三人のMPと八人の日本の警官が周りを取り巻いた。

「全員、動くなっ」

警官の一人が帯刀から変わって間もない警棒を抜き、大声で怒鳴った。

それを合図にほかの警官も男たちを捕まえようと近寄ってきた。

「古本さん、白井、やっちまえ。逃げるぞっ」

菊山の目は闘志に溢れている。

「菊山、相手は……」

白井が途中まで言いかけた時に菊山は目の前の警官を捕まえ、あっという間に頭突きを放った。

警官が二間(約三・六メートル)ほど吹っ飛んだ。

「こ、こいつを捕まえろっ」

ほかの警官たちが菊山めがけて殺到した中をひょいとかわして横へ逃げようとしたが、後ろから警棒が背中に振り下ろされた。

激痛がして振り向くと、菊山より五~六寸(約一五~一八センチメートル)は背が高く、幅もあるMPが青い目で睨んでいる。

「くそっ、アメちゃんか。卑怯だぞ。後ろからやりやがって」

菊山はMPの広い両肩にぶら下がるようにして、ありったけの力を込めて鼻の下に頭をぶち込んだ。

十分な手応えがあり、白いヘルメットが吹っ飛び、MPは片膝を崩した。

さすがに警官たちも乱闘相手の男たちも、いや、古本と白井でさえ言葉を失い呆然とした。

「逃げろっ」

菊山の言葉を合図に古本、白井だけでなく、相手の男たちも散らばって走り出す。

菊山に恐れをなしたのか、警官たちは菊山を追わず相手の男たちを追っかけていた。

「菊山、ハジキだ。アメ公、ハジキを抜いたっ」

白井が血相を変えた。

MPが叫びながら空にばかでかいコルトの銃口を向けている。

乾いた銃声が轟《とどろ》き、狂おしいほどに真っ青な空に吸い込まれた。

三人のMPと三人の警官が声を荒らげて追っていた。MPたちの瞳が異様に光っている。

両側に低い軒をびっしりと連ねる路地を走る三人の前方に銃弾が弾け、土煙が立った。

「そこだあ。左だ、左。急げっ」

殿《しんがり》を務める菊山が左に折れる路地に入れと叫んだ。途端に銃声が追っかけてきた。

継ぎはぎだらけの木の塀に一発が命中し、木片が吹っ飛んだ。

木の皮を剝がし白い痕が残った。走る三人の辺りの空気が震えた。

三人共必死で走っているが、追ってくるMPも諦める様子はない。長い脚で執拗に追いかける。

特に菊山の頭突きを喰らったMPは顔に乾いた鼻血の痕をつけ、殺気を漲らせて走ってくる。

銃声の数が増えてきた。威嚇《いかく》ではなく本気で狙っている。ガンと鈍い音。民家の脇に置かれた風呂替わりのドラム缶に穴が開いた。噴き出した水が光に照らされ、小さな虹を描いていた。

菊山が角を曲がった。ほんの一瞬遅れで三発の銃弾が角の塀を削り、一発が民家の窓ガラスを割った。砕けた破片が白っぽい光を撒き散らす。

ちょうどそれは菊山の顔の高さだった。

振り返った古本が口をパクパクさせているが、声は出なかった。

「振り向くな。走れ、走れ。前だけ見てろっ」

菊山が叫ぶ。正気を失った古本は心臓麻痺を起ごさんばかりに駆け出した。

路地の反対側から歩いてきた男たちが菊山たちとMPを見て、慌てて民家の陰に身を隠す。

銃口から閃光が走った。乾いた破裂音が爆竹のように続いた。

弾丸は白井のすぐ横の家の軒に当たり、木片が後ろを走る二人を襲った。

それに怯む余裕もなく三人は必死で走る。走る。突っ走る。

命がけの逃走。生と自由への疾走だった。

菊山が走る。白井が走る。古本が走る。夢中だった。未来には夢が待っている。

「次も左だ、あそこだっ」

菊山の怒鳴り声が轟いた。

追い越しそうになるのをこらえ、菊山は古本の背中を押すように走っている。

MPたちも怒声を上げ瞳に激しい殺気を燃やして追ってきた。

「そこだ。右だ、右へ行けっ」

菊山が吼える。白井は交差する狭い小路を右に折れた。

遅れ気味の古本が続き、その背中を小さな頃から村一番の韋駄天の菊山が急《せ》きたてた。

「ああ、き、菊山。行き止まりだ。塀がっ」

白井の絶叫が路地の静寂を破った。一〇間（約一八メートル）に満たない先は高さ一間二尺（約二・四メートル）くらいの黒々とした石塀だ。

男たちの間に流れている空気が硬くなり、時間の流れが止まった。

「あぁぁ。もうダメだっ」

古本の甲高い叫び声。脅えと絶望が入り混じった声だった。

塀の前で白井と古本が呆然と立ち竦む。中天に輝く太陽がその苦悶に歪んだ顔を照らしていた。

ＭＰたちの声と足音がぐんぐん迫る。

白井と古本は世の中のありったけの恐怖を一身に背負ったような表情だった。

「何してる、行け、行けー。乗り越えろ。走って飛び上がれえぇ」

双眸を血走らせ、真っ赤な顔の菊山が周囲を震わせる怒声を放った。ほぼ同時に先頭のＭＰが角から姿を現した。状況を悟ったその瞳には獲物を噛み殺す猛獣の冷たい光が浮かんでいた。

白井と古本は菊山の怒声に押し流されるように、大きな石を積んだ塀に近付いた。ぜいぜいという荒い息。塀の向こうには太陽が輝いていた。二人共視線を泳がせ、菊山に救いを求めている。

「飛びつけ、行け、行くんだっ」

菊山の鋭い声が我を失った白井の背中を殴りつけた。白井が塀に飛びつき、てっぺんに両手を掛けた。その両足を菊山が勢いよく押し上げ向こう側へ放り込んだ。

古本は飛び上がれない。ＭＰが訳のわからない声を上げて撃ってきた。

銃声が轟々《ごうごう》と大気を震わせる。陽光の下で火焔が奔《はし》った。空《から》の薬莢《やっきょう》が勢いよく弾き出された。石塀が破片を飛び散らせる。その時、ほかのＭＰも追いついた。古本はまだもたついている。

「ええい、これでどうだあぁっ」

この世の終わりだと言わんばかりの顔つきの古本の腰のベルトと上着の襟首を摑み、菊山がその怪力で塀の向こうにぶん投げた。

まるで人形がロープかワイヤーで吊り上げられるみたいに古本の軀が宙を飛んだ。

ＭＰたちが声を上げながら菊山を撃ってきた。石の破片が当たるのも構わず、菊山は両手を掛けて軽々と乗り越え、向こう側へ飛び込んだ。

ほとんど同時に四発、五発と銃声が轟き、石の破片が飛び散った。

「行け、白井。あそこを左だ。走れ、速くっ」

菊山に促され、白井と古本は生と自由に向かって走り出した。中天の太陽が黄金色の光の粒子を燦々と降り注ぐ中を疾駆した。菊山の指示するままに路地を曲がり、胸も裂けよと風になった。

日本人の警官が馬になりMPが塀を乗り越えた時には、すでに三人の姿は消えていた。

汗みどろの三人のMPが怒気に溢れた目を吊り上げ、たくましい肩を大きく揺らしている。

それから、はあーと長く大きな息を吐いた。


錆の浮いたトタンが壁に打ち付けられた古い家の軒下。その影の中に三人は座り込んでいた。

「菊山ぁ、無茶すんな。いくら何でもMPを相手にするなんて。一生分走ったよな、俺たち」

苦しげな白井が途切れ途切れに言葉を絞り出す。


三人共三途《さんず》の川から浮かんできたみたいな汗だった。上着は綻び、菊山の自慢の革靴は泥塗れだ。

古本は胸を押さえて苦しそうに顔を歪めている。

菊山も大きく肩を揺らし玉の汗を拭った。

「捕まるよりいいべや。走ったなあ、それにしても。ガハハハハ。二人共もっと速く走れ、次は」

笑い出した菊山を見た白井がいきなり背中を叩かれ、心臓を鷲掴みにされたような顔付きになった。

「撃ち殺されるより捕まったほうがましだべや。死ぬんだぞ、あんなのが当たったら」

苦悶に顔を歪めた白井が一息に言葉を吐き出した。古本は地面に顔を向け、吐きそうな表情だ。

「捕まったら自由がないべや。それに死ぬ時は何をやったって死ぬんだ。アメちゃんのへっぽこ弾《だ》丸《ま》になんか殺《や》られてたまるかっ」

菊山は鼻の頭から汗を滴《したた》らせて目を輝かせた。

「菊山さんのチョッパンは天下無敵だな。あのバカでかいMPがぶっ倒れるんだからな」

古本が菊山の額を見つめながら、自分の額をコツコツと叩いた。

白井も菊山の額を見上げ、ゆっくりと首を振っている。

「なーに、喧嘩にでかいも小さいもないさ。あいつら体臭がきついな、やっぱり。コンビーフとコンデンス・ミルクの匂いだべ。なあ」

菊山は腹の底から歓びを噴き出させ、晴れやかに笑った。鼻の頭から滴る汗が光を弾いた。

「お前って奴は。古本さん。こいつは本当にネジが外れてますよ」

白井が目を丸くして空を仰ぐと、古本も胸を押さえたまま、まったくだ、と言って咳き込んだ。

「さあて、走ったらやっぱり腹が減ったなあ。メシだ、メシだ。腹が減っては何とかってな」

「腹が減っては戦《いくさ》に勝てぬだ、菊山さん」

まだ荒い呼吸の古本が顔を上げた。

「そうか、そうか。俺の場合は喧嘩ができぬってやつだな。あれだけ走ったからとびきり旨いメシが喰えるべ、今日は。なあ、ガハハハハ」

ポカンと口を開けた白井と何も言えずに絶句する古本。

二人を無視するように菊山は太陽に向かって高笑いした。

腹の底から笑いがこみ上げている。菊山につられたのか白井と古本も笑い出し、次第に声は大きくなった。澄み切った空に男たちの笑い声が響きわたった。

光の粒子を溶かした目映《まばゆ》い陽射しの下で一陣の風が爽やかに男たちの頰をかすめた。

「おい、また値上がりだとさ」

白井が新聞を畳の上に開き、指差した。

「何だ、今度は?」

古本は茶の入った湯呑みをズズッと啜《すす》る。

部屋の中にはNHKの『カムカム英語』が流れていた。

「また煙草と酒だ。一年に何回、上がればいいんだ。金なんか持っても買える物が減るばかりだ」

白井に話し掛けられた菊山は顔中に汗を浮かべ、キムチと飯をかき込んでいる。

社会はインフレの波に流されていた。

菊山は朝から丼メシを三杯、四杯と腹に納める健啖家《けんたんか》だった。

喰えない奴は使い物にならない、が口癖だ。まだ社会では食料が乏しいというのに、ここには豊富にあった。

言葉は知っていても口下手な菊山は物々交換する農家や漁師たちに飾り気がなく率直な性格が好かれ、いつも多めに食料をもらえ不足したことはない。

菊山にとって物価がどれだけ上がろうと、自分は大丈夫なのだという確信がある。

昭和二二年(一九四七年)は、一月に一〇本入りの『ピース』が七円で発売されたが、一人一個の制限付きで、買えるのも日曜と祝日だけだった。ほかに『光』が一〇円。それが七月、一二月と値上がりしピースは二〇円、光は五〇円になった。

闇物資を拒否して餓死した山口忠良判事のことが話題になったのもこの年である。

「さて喰ったらマーケットでも覗いてくるか」

菊山は満足そうにラッキーストライクに火を点け、長い紫煙を吐き出した。

白井と古本を連れ、街中を歩く菊山は時代の風を謳歌していた。

モンペ姿が減り、米軍の女性将校を真似た肩パッド入りの服を着る女も目につくようになった。

小金を摑んだ男たちが颯爽と街を流している。

菊山も車を手に入れるためにどんどん仕事を引き受けていた。

夏に全国いっせいの闇市取り締まりがあったが、人間の欲望のエネルギーは衰えていない。

潜在失業者が六〇〇万人と言われているが、マーケットと呼ばれる闇市には活気が溢れていた。

『職をよこせ』『食料を』という字の書かれた紙をかざし、労働者と失業者がデモ行進している。

「おっ不逞《ふてい》の輩だぞ」

「ご名答っ」

元日の吉田茂の労働組合の過激な指導者を指した『不逞の輩』と、ラジオ番組から流行している言葉を使い白井と古本が笑っている。

露店が立ち並ぶ通りに足を踏み入れた菊山に、その筋の者とわかる男が駆け寄ってきた。


白井と古本が鋭い目付きになり身構えた。

菊山もズボンのポケットから手を出し、片足を半歩引き軀を斜めにする。

菊山の前で止まった男はいきなり腰を沈め、片手を後ろにして仁義を切ろうとした。

またか……挨拶は不要だと菊山に言われ、自分の名前を名乗って何度も頭を下げていた。

後ろで白井と古本が軀の力を抜いて苦笑した。

マーケットでのMPや警官との一件以来、菊山の名前はヤクザ・愚連隊の間で一気に広がった。

裏では朝鮮人め、と思う者でも表面上は菊山に世辞を言い、頭を下げる者が多かった。

菊山は相手を見て弱いとなれば居丈高《いたけだか》になるくせに、強い相手には諂《へつら》うヤクザが大嫌いになった。

男なら勝っても負けても毅然とせよ、というのが菊山の矜持《きょうじ》だった。

菊山が歩く先から次々と男たちが挨拶をしてく

るのを見ている白井と古本の表情が緩んでいる。

「菊山は大したもんだ。俺たち、民族の希望だ」

「その通りだ。これであいつがその気になってくれたらなあ……」

古本の言葉に無念さが表れていた。

街のヤクザ・愚連隊の中には菊山の承諾も得ずに勝手に舎弟分だ、子分だと言う者も増えていたが、そうしたことに菊山は煩わしさを感じていた。

この年、再開された喫茶店に入り、さっぱり味のわからないコーヒーを啜る菊山に白井がコーヒーとはと講釈している。

それを聞きながら菊山と古本が、また始まった、と片目を瞑《つぶ》り合図した。

店内には『東京ブギウギ』の賑やかな音が流れ、煙草の煙も心なしか踊っているかのようだった。

昭和二三年（一九四八年）は、菊山たち、朝鮮人にとって大きな出来事があった。

八月に大韓民国が、九月に朝鮮民主主義人民共和国が建国されたのだ。

しかし菊山たち、民団に属する者たちは韓国籍とはならなかった。

終戦後、朝鮮人は一度は日本国籍になったが、昭和二六年（一九五一年）のサンフランシスコ講和条約締結までに外国人として登録され、国籍欄は一時的に『朝鮮』と記入された。

韓国・北朝鮮とは建国後も国交がなかったために変更はない。

当時は北朝鮮だけではなく、李承晩《イスンマン》が大統領を務めた韓国も『反日』を前面に掲げていた。

菊山が用心棒稼業で名前が売れていくにつれ、同胞たちが集まってくる。

群れるのは好きではないが、経済的にも恵まれていない者が大半だから、自然と面倒《めんどう》を見るようになった。

ＰＸからの物資は初期の貴重さが次第に薄れてきたが、まだしばらくは商売になりそうだった。

物資を希望する飲食店は多かったが、予想したほどトラブルはなく、菊山の生活には大いに益することになっている。

野村にしても腕っ節の強い菊山を『金星商事』の関係者として遇することは、当初の予想以上に効験あらたかだった。

その日、菊山は野村に誘われ、煌びやかな光が満ち溢れるバーにいた。

赤いビロード織りのクッションの利いたソファに腰を下ろし、向かい側には野村と滝川がいる。

三人の脇に流行《はや》りのロングスカートを纏ったけばけばしい化粧の女たちが座り、酒の相手をしていた。パーマネントをあて内巻きにした髪、マニキュアをした爪が艶《なま》めかしい。

テーブルにはジョニ黒が用意され、菊山はストレートで水のように呷っている。

年長者と呑む時には正対せず、必ず横を向いて呑むのが礼儀だが、野村の『郷に入りては郷に従え』という方針で、日本人と同じ呑み方だった。

「ようこそ『ミロワール』へ。私はママの光子《みつこ》です。いつも野村社長にはお世話になってます。これからは贔屓《ひいき》にして下さいね」

菊山と大して年齢が変わらないように見えるが、すでにママと名乗っているのを不思議に思いながら菊山は軽く会釈をした。

店内には軍服姿のＧ・Ｉが何組か来ている。

「ここは進駐軍の客が多いんだ。客層もいい。ほかに菊山君のように若い人はいないだろう」

野村の細い目が満足そうにいっそう細くなった。

「高級ってわけですか……」

気取った場所が好きになれない菊山は店の中を

ぐるりと見回した。

G・Iが嫌いなわけではないが、日本の女が凭《もた》れ掛かるように接客している姿に心が逆立った。

「菊山さん、気に入った子がいれば教えてね」

光子が満面の笑みを浮かべたが、菊山は気のなさそうな相槌《あいづち》を打っただけだった。

さっそく滝川は気に入った女を指名し、君の瞳に乾杯、とおどけている。

店内ではベニー・グッドマンの軽快な曲が空気を弾ませ、体格の大きなG・Iにぶら下がるように日本の小さな女がダンスに興じている。

女と踊り始めた滝川を眺め、菊山が口を開いた。

「あの人は本業は何ですか、こっちの人ではないですよね?」

菊山は人差し指で頬をさっと撫でた。顔に疵《きず》のある筋者かと訊いたのだ。

「いやいや何でも屋さんだ。近頃は金融や不動産もやっているらしい。菊山君も一度、仕事を教えてもらうといい。君のことは高く評価しているからな、彼は」

「へえー、金融と不動産か……」

そう言われ、滝川に金の匂いがする理由がわかった。

店の奥のボックスから軽やかな音楽に似合わない怒鳴り声が聞こえてくる。

時を移さず光子が席を立ち、奥のボックスへ歩いて行った。

大声をあげている男たちは背広を着ていたが、顔貌は険しく酔っ払っているようだ。

嫌がる女にからんでいる。

髪を短く刈った四人が喚《わめ》いていたが、光子が行くと何やら文句を言い始めた。

光子が何度も頭を下げているにもかかわらず威丈高になり、声を荒らげ店内の視線を集めている。

「菊山君、外に連れ出してくれるかな」

野村が眉毛を撫でつけた。

菊山はニヤリとして立ち上がり、つかつかと歩いて行った。

男たちの傍に立つと菊山が緊張感のない声で話し掛けた。

「おい、チンピラ、表に出ろ。俺が聞いてやる」

年齢は菊山より上に見える四人が顔色を変えて喚きだした。

「何だ、お前は。どこの馬の骨だ?」

「どこでもいいから表に行くぞ。それとも怖くて行けないいか。腰が立たなくなってるんじゃないのか、四人も雁首揃《がんくびそろ》えて」

男たちの一人がグラスを床に叩きつけた。

どうやら相手が誰なのか知らないようだ。

「恰好つけやがって。よお、色男振ると後で泣くぞ、あんちゃん。行ってやろうじゃないか」

その言葉を合図に四人が席を立ち、入り口に向かった菊山の後を追う。

光子が野村の席に戻り、不安そうに顔を寄せた。

「野村さん、大丈夫なんですか、一人で」

「ああ。四人くらいだと大丈夫じゃないなあ……」

のんびりと紫煙をくゆらせ穏やかな笑みを浮かべている野村に光子が目を見開いた。

「えっ……それじゃ警察を」

「いやママ。大丈夫じゃないのは相手の方だよ。ハハハハハ」

外へ出た途端、先頭の男はいきなりの頭突き一発で昏倒してしまった。

二人目は襟首を鷲摑みにされて子猫のように持ち上げられ、腹に膝が一発、くの字に軀が折れた顔面にもう一発命中し、顔を両手で押さえたまま尻餅をつく。

横あいから菊山に殴りかかってきた三人目の男は一発だけは殴ることができたものの、何倍ものの拳の嵐に見舞われ地面に片膝をついた時に、まともに顳顬を蹴られ転がった。

四人目の男はとっくに戦意喪失の態《てい》だが、菊山に捕まり石のような拳を浴びて自分から倒れ込んでしまった。

滝川と光子が店の外に見に来た時には二人目が終わり、三人目、四人目と片付けている時だった。

男たちを叱りつけ料金を払わせ、菊山は機嫌良さそうに呑み直している。


店の中にはデビューしたばかりの天才少女と呼ばれている美空ひばりの唄が流れている。

煙草の煙と脂粉の匂いが入り混じり、店内は女たちの媚態《びたい》と嬌声で咽《む》せ返っていた。

菊山が同胞を連れて呑んでいる。


五人の男たちは、ホステスの女たちに冗談を言っては愉快そうに高笑いしていた。

カウンターの奥にいるバーテンダーが、時折、ちらりと視線を送る。

近くのボックスにいた見るからに筋者と思しき男たちが、唇を歪ませ下卑た笑みを浮かべていた。

「おい、なんだかニンニク臭くないか」

眉に太い刺青をした男が菊山たちに聞こえよがしに言った。

「臭《くせ》え、臭え。ついでに臓物の腐った匂いもするべや。ぷんぷん、匂うべ」

唇の端に小さな傷のある男が菊山たちを睨みつけ、ふん、と鼻を鳴らす。

「何か勘違いしてるんじゃないのか、チョン公のくせにこんなところで呑むなんてよお」

髪をオールバックにした男が、傍らの女に、なあ、と同意を促した。

「何だ、お前ら。俺たちをバカにするのかっ」

菊山を兄貴と慕っている岡倉《おかくら》が気色ばむ。

「パカにするのかだってよ。パカにしているのか、俺たちは」

浅黒い顔貌の男が茶化すような口振りをすると、男たちの席からどっと笑い声があがった。

席についている女たちもいっしょに笑っている。

「この店はお前らの来るような店じゃないぞ。早く帰ってメチルでも呷ってな」

メチルとはメチルアルコールのことで酒に飢えている者がこれを吞み、失明する事故が頻繁に起こっていた。

朝鮮人には金のない者が多かったために、これを吞む者が少なくなかったことを揶揄している。

「何だと、この野郎っ」

白井が今にも殴りかからんばかりに立ち上がった。目が血走り拳が震えている。

相手の男たちも席を立とうとした時、菊山がすぐ目の前にいた。

端に座っている男の耳を蹴飛ばし、横にいた男に殴りかかった。

相手は八人。菊山たち五人と入り乱れての喧嘩が始まった。

口の端に傷を持つ男が菊山に摑まれ、鼻っ柱に拳を叩きつけられている。

菊山の後ろから眉に刺青をした男がかかってきた。

菊山は自分の後頭部を男の顔面に力を込めて打ちつけ、前の男を蹴り飛ばし振り向いた刹那に相手の口元を殴りつけた。男はそのまままきれいに後ろにひっくり返った。

横から男が酒瓶を振り上げ菊山に向かってくる。

菊山は逃げた女の座っていたスツールを持ち上げ、その男の頭に振り下ろした。

男が尻餅をついた時に酒瓶を取り上げ、そのまま頭のてっぺんに打ち下ろす。

ぎゃっという声と共にバリンと瓶が割れ、頭から血が太い筋となって噴き出した。

殴られて苦戦している白井の相手の髪の毛を摑み、自分の方に向かせ割れた瓶で鼻を抉った。

男の絶叫が店の音楽をかき消した。女たちの悲鳴が続く。

ざっくりと切れた傷から血が赤い噴水のように噴き上がった。

奇声を発して菊山に殴りかかってきた男を拳一発で吹っ飛ばし、その頭を爪先で蹴飛ばしている。

菊山の勢いに押され、男たちの顔に驚愕の色が張りついていた。

「てめえ、俺たちは北斗会《ほくとかい》だぞ。ただじゃすまねえぞっ」

北斗会は繁華街を中心として、新しくできた愚連隊の一団だった。

「だからどうしたってんだ。ただじゃすまないならいくらかくれるのか、この野郎」

菊山が男の胸倉を摑み、一発、二発、三発と殴打し、いとも容易《たやす》くテーブルの上にぶん投げた。

テーブルが倒れ酒瓶やグラスが割れる音が響く。グラスの破片が暗い店の中で光の粒をばら撒いたように飛び散った。

ほかの客は言葉も出せずに呆然と見ている。

菊山は殴ることによって新たな怒りが沸き起こり、近くで胸倉と摑み合い激しい息遣いをしている男を捕まえ腹に膝を沈め、くの字になった男の頭を上から殴り倒した。

菊山の中で地底のマグマのように怒りがぐつぐつと湧いてくる。

「お、お前、どこの組の者だ、名乗れっ」

顔中を血で赤く染めた男が苦しそうに菊山に目

を向けた。

「どこでもここでもない、バカ野郎。俺は菊山尚泰だ、覚えとけっガラクタ共め」

菊山の爪先がその男の顎を激しく抉った。男がぐえっと呻いてひっくり返る。

ひっくり返った男の頭の向いた方にある入り口の扉が開き、警官たちが雪崩《なだ》れ込んできた。

「全員、動くなっ。大人しくしろ」

先頭の年配の警官が四方に素早く視線を回し、ほかの警官たちが菊山たちに向かっていった。

「やばいっ逃げるぞ」

菊山は駆け寄る警官を殴り倒し、入り口に近付こうとした。

「こいつ、警察に抵抗する気かあ。おい、バカな真似をするなあっ」

年配の警官は真っ赤な顔になり怒鳴っているが、菊山の動きは止まらない。

次から次へとかかってくる警官を殴り倒し、投げ飛ばし、頭突きを見舞っている。

その姿は喧嘩の神が乗り移ったようだった。

二〇人は下らない警官たちはほかの者には構わず菊山一人に殺到した。

何本もの警棒が抜かれ、菊山の頭、肩、背中、腕に打ち下ろされる。

「くそー、こいつら、ポリ公めっ」

割れた額から血が噴き出し、仁王像のような凄まじい顔貌で菊山は暴れていた。

白井たちも北斗会の男たちも毒気を抜かれて、その成り行きを見ているだけだった。

「こいつ、イカれてる……まともじゃねえ」

血だらけの顔をした刺青眉が呟いた。

「離せ、きさまら、赦さんぞっ」

一〇人以上で菊山の手、足、肩、腰を押さえつけている警官たちだが、まだ菊山は蹴り飛ばそうと足を振り出している。

「こらー離しやがれっ、覚えてろよ」

やっと手錠をかけられ、警官が周りを団子状態に固めて菊山を連行した。

その後ろを残りの警官に連れられ、白井たちと北斗会の男たちが歩いている。

この時が菊山尚泰、初めての逮捕だった。


「おい、菊山。ずいぶんと派手にやってくれたなあ、初犯にしては。わざわざ喧嘩しに日本に来たわけじゃないべや、まったく」

調べ室で頭の禿《は》げ上がったヤクザ・愚連隊担当の刑事の富田《とみた》が腕を組み、首を捻っている。

当時は『暴力団』という呼び方のない頃だった。

菊山と向かい合って座っている富田は、すでに中年の域だ。

二人の間に菊山より少し年嵩《としかさ》で角刈りにした刑事の星川《ほしかわ》が座り、唇をきっと結んで菊山を睨んでいる。

「別に派手にやろうとしたわけじゃない。それに日本には働いて金を稼ぎに来ただけだ。朝鮮人をバカにする奴が悪いんだ」

腫れて痣《あざ》だらけの顔で菊山は言い返した。

「北か？　南か？」

富田の丸い穏やかな目が菊山に注がれ、分厚い唇の端が上がり笑っている。

「南」

「そうか……お前たちも国方の人間で組織があるべ。菊山はそこの者か？」

菊山は富田に尋ねられ、ああ？　というような表情をした。

「何か作ったのは聞いているけど、俺は群れるのが嫌いだから関係ないね」

「本当か、菊山。調べりゃわかるんだぞ」

星川が身を乗り出した。射貫《いぬ》くような鋭い視線を菊山に向けている。

「何だとっ。俺が嘘をついていると思ってるのか。冗談じゃない。俺は嘘をつくのが大嫌いなんだ」

菊山は腰を上げ、星川のワイシャツ姿の腕を掴んだ。

「おいおい、菊山。落ちつけよ。お前は本当に血の気が多いんだな。ここへ来た奴はゴロツキでも大人しくしてるというのに」

富田がいきり立つ菊山を宥《なだ》め、うっすらと目を細めた。

星川は口を少し開けたまま、こいつは何だと言わんばかりに菊山を見つめている。

「白井たちみたいのがお前を慕って集まってるじゃないか。あれは何かの一派ではないのか？」

「違う違う。あれは勝手に集まってきたんだ。来る者は拒まずだから飲み喰いさせてるだけで、一派でも菜っ葉でもない」

富田に問われ、菊山はかぶりを振る。富田と星川は視線を交わして頷いた。

菊山はこれ以上しつこく訊くなら、暴れ出すぞという顔付きになっている。

富田がふっと鼻で笑い『のぞみ』を銜え、箱から出した一本を菊山に差し出した。

富田の使ったマッチを受け取り、菊山は火を点け旨そうに煙を吐き出した。

「北斗会はもしかしたらお前に仕返ししてくるべ。俺たちにはそんなことありませんと言ってるが、そんな奴らじゃないべ。なあ、星川」

「ええ、奴らは筋もへったくれもありませんからね。菊山、ひょっとすると面倒なことになるぞ」

首を傾げる星川を見て、菊山は笑いながら紫煙を吐き出した。

「ガハハハハ。来たら返り討ちにしてやる。ガラクタは何人集まってもガラクタだ。俺は絶対負けない。こんな遠いところまで来て負けてたまるかっ。どっからでも来いだ」

北斗会の八人は別々の署の留置場に入れられ、菊山たち四人が同じ署に置かれている。

ただし白井や岡倉たちは二人、三人ずつの檻房に別々に入れられているが、菊山だけは一人だった。

市内で最も大きな警察署だけに檻房の数も多く、入れられている容疑者も何十人といる。

大半がヤクザ・愚連隊であり、罪名は傷害や暴行などの粗暴犯、そして物のない時代を反映した窃盗犯だった。

白井と岡倉たちが互いの檻房から大声で話している。

「うるせえぞっお前ら。ペチャクチャわけのわかんねえ言葉でしゃべりやがって」

どこかの檻房の男が怒鳴りだす。

それを待っていたかのごとくほかの男たちも口々にうるせえぞ、朝鮮野郎っと叫んだ。

菊山のことを知らないらしかった。

「何だと、この野郎。朝鮮人で悪いか。何をしゃべろうと俺たちの勝手だっ」

白井が怒鳴り返し、ほかの者がそうだ、と声を合わせる。

「何を勝手なことをほざいてんだ、他人《ひと》の国へ来たくせしやがって、バカ共めっ」

白井の向かい側に入れられているほかの男たちから親分と呼ばれていた、刺青を彫っている男が敵意を露《あらわ》にして白井に怒鳴った。

「他人《ひと》の国だと。もとは俺たちの国でもあったんだ。お前らの根性が足りないから負けてこんなことになったんだ、このバカッ」

白井の顔が怒りで真っ赤になっている。

「おいっみんな、やめろ。静かにしろ。今からいいと言うまでしゃべるな」

留置場を管理している七人の警官が慌てて走ってきて、檻房内の男たちに鋭い視線を向けた。

「担当さん、何とか言ってやって下さいよ、こいつらに。俺たちの国なのに……」

さっきと違い声を低めて阿《おもね》るような表情のヤクザが白井たちの方を顎で示したが、警官は静かに、しゃべるな、と言って取り合わない。

菊山は一人の檻房で胡坐《あぐら》をかいて野村の差し入れしてくれたリンゴを鉄のような歯で食べている。

いつも瓶の王冠を軽々と開けてしまうほどの丈夫な歯が、薄暗い光の下で輝いているリンゴを小気味良い音を立てて齧《かじ》っていた。

白井たちの檻房とは横に並んでいたから、互いに何をやっているのか見えていない。

見えているのは反対側の檻房にいるヤクザたちだけなのだ。

警官の中で責任者が双方をなだめるというより、命令する口振りでこの件は終わりと告げている。

戦後、変わったといえ、まだまだ警官の口調も態度も高圧的だ。

それ以来、朝夕の布団の出し入れ、洗面、面倒《めんどう》見《み》と称する煙草の時間は、朝鮮人だけが別の時間となった。

「菊山、悔しくないか、あいつらに言われて」

一〇畳ばかりのコンクリートで囲まれた通称『運動場』に腰を下ろし煙草を吸っている白井たちが菊山に思いを吐いている。

警官が二人隅に立ち、煙草とマッチを持って見張っていた。

「悔しいって言ったって檻の中で吼えてもしょうがないぞ。なあ、お前ら、弱い犬ほどよく吼えると言うじゃないか。ま、そのうちチャンスがくれば儲《もう》けもんだし、こなければ外に出てからのことだ。ガハハハハ」

盛大に紫煙を吐き、菊山は口を大きく開けて笑った。

初めての逮捕は見るもの聞くものすべてが珍しく、好奇心旺盛で新奇を好む菊山は退屈しない。おまけに警察でも菊山の勇名を知っているだけに、富田、星川両刑事は『調べ』と称して菊山を取調室に連行し、世間話をしていた。

彼らは朝鮮人たちの動向を知りたいのだが、他人のことに興味もなく警察を特別に思う気持ちもない菊山は協力する気は毛頭なかった。

「菊山、どうだ、日本へ来た感想は？　お前もやっぱり日本が嫌いか、恨んでるか？」

丸い目をした富田が目の前に新聞紙で作った袋から焼き芋を出し、湯呑みとともに菊山の前に置く。

富田も一個を二つに割り、半分を星川に渡し、喰え、と丸く短い顎をしゃくり上げた。

刑事とて食料不足は同じなのか、星川は精悍《せいかん》な表情でちょんと頭を下げてかぶりついた。

菊山は芋を齧り、茶をぐいっと呑む。

「俺は嫌いじゃないどころか、日本も日本人も好きだ。俺たち朝鮮人をバカにする奴、弱い者に威張りくさる奴は大嫌いだけど」

「そうか。好きか、珍しい……いや、初めてだな、好きだなんて言う奴は。国方の奴は大なり小なり連れてこられただの、騙《だま》された、差別されただのと恨みごとを並べるが、そうかあ」

「俺は自分で望んで来たんだ。騙されてなんかいないしな。文句があれば国に帰ればいい。もう戦争は終わった。自由なんだからな。それに日本は夢の国だ」

「夢の国だって？　戦争に負けた日本がか。喰う物だって着る物だって満足にないこの国がか。夢破れた国じゃないのか」

富田が訝《いぶか》しんだ。

「そうだぞ、菊山。今のこの国はかっぱらいや恥知らずが横行して、誰もが餓鬼みたいなもんだ」

芋で片頬を丸くした星川が眉を顰《ひそ》める。

「違う、違う。あんたたちは本当の貧しさを知らないからだ。それに俺の国では能力があっても、それを生かす場がない。でも日本には山ほどある。今みたいな時代だから実力さえあれば、夢を実現できるじゃないか」

「今みたいな時代だから夢を実現できるってか、菊山よ。この日本でそんなことができるのか？」

芋を持ったまま、富田は喰い入るような視線を菊山に投げかけた。

その視線を受けた菊山の顔が輝いた。

「できるさ。力さえあれば、百姓の息子だって金と自由を手にできる。できない奴は力がないからだ。いや根性が足りないからだ。みんなが似たような境遇で同じところからの出発だ。こんないい機会はないぞ、戦争でもなかったらな」

「金と自由か。同じところからの出発なあ……そうか、日本にはそれがあるのか」

富田は腕組みをして小さく唸った。

「そうだ、金も自由も何だってある。俺はそのために来たんだ。必ず手に入れてやるからな、この夢の国、日本で」

挑むような視線を二人に向けて菊山は、きっぱりと言い放った。

その瞳には一片の迷いもなく、強い光が宿っていた。

「そうか、手に入れるか、夢の国で。菊山にとって日本は戦争に負けても、ジパングってわけだな。なっ星川」

「何だ、それ。そのチパンゴってのは？」

芋の粉を唇の端につけた菊山が右の眉を上げた。

「黄金の国、ジパングだ、菊山。昔々、日本はそう呼ばれていたんだぞ、外国から」

柔和な笑みを滲ませ、富田が茶を啜る。

「黄金の国ぃっ？　そうだ、日本は黄金の国だ。俺はそれをこの手で摑み取ってやる」

その瞬間、天啓を受けたように菊山の軀の芯が激しく震えた。

「ハハハハ。菊山よ。楽しみにしてるぞ、摑み取るのをな。ただし俺たちに捕まるな。面倒だべ」

「ガハハハハ。富田さんが俺を捕まえなきゃいいんだ。俺は弱い奴や普通の人は殴らないからな」

菊山は胸を反らせ、鼻の穴を膨らませた。

菊山の言葉を聞いた富田の目尻に皺が寄り、星川の顔にも柔和さが表れた。

富田に勧められ、袋に入っていた残り一本の芋を少しの遠慮もなく菊山が喰うぞ、と手に取った。

二人の刑事は無言で頷く。

ポキンと折った半分の芋を星川に差し出し、これ旨いなあと促した。

戸惑う星川に富田がもらえ、と目配せする。

「刑事もたいへんなんだな。仕事でなくなれば俺んとこに遊びに来ればいい。刑事さんたちが喰わなくても家族の人に喰わせてやれる分があるから。俺は百姓の出だから百姓や漁師に好かれるらしい。中にはこんな柄の悪い俺を戦死した息子みたいだと、話したさに引き止めるおばさんも何人もいる。ありがたいことだ。朝鮮人だ、日本人だって言ったって同じ人間じゃないか」

「そうだな。だけど菊山。お前さんはその日本人を殴るじゃないか」

芋を頰張り片方の頰を膨らませた星川が、微笑みながら訊いた。

「俺のこと、朝鮮人をバカにするのは悪い日本人だ。そいつらは懲らしめてやらなければダメだ。俺はバカにされたままでいるのは大嫌いだしな。ごちそうさんでした」

食べ終えて茶を呑み干し、湯呑みを星川の前に差し出した。

富田に合図され、星川が新しい茶を淹《い》れに行く。

「しかし金星商事の関係やほかの店でも好きなだけ暴れてるなあ。どうだ、菊山、それくらい好き勝手に暴れたら気分がいいべ」

まるで褒めるような表情の富田に菊山が浅黒い顔を輝かせた。

「ああ。すかっとするな、終わった後は」

「そうか。でも、あんまり暴れるな。それだけ有名になったんだから名乗るだけで喧嘩にならないべ」

「いや、あんまりそういうのは好きじゃない。そのへんのヤクザか愚連隊のやり方だ。奴らの中には本当に強い奴なんかいないのにな」

菊山と富田はそうだと頷き、同時に笑った。

留置場に戻り富田と星川が出て行ったドアから先日の親分と呼ばれた男が面会を終え、顔中に笑みを浮かべて入って来た。

太い眉の下の目が菊山を見た瞬間に引き締まる。菊山より年上の三〇歳前後に見えた。

「お前だったな、朝鮮人をバカにしたのは」

言葉が終わるか終わらないかのうちに菊山が男に近寄った。

「な、なんでえ、おめえはっ」

菊山の拳が狙いすましたように、男の左目に入った。

「やめろ、菊山っ」

警官が菊山の腕を押さえようとしたが、菊山はその手を払い警官の腰を蹴飛ばした。

留置場の警官は丸腰で勤務するのが普通である。声をあげて飛ばされた警官を乗り越え、二人の警官が走り寄ってきた。

刺青男にもう一発、拳をくり出し、後ろの壁に頭を打ちつけた。

警官が菊山に触れた途端に一人は頭突きで、一人は拳で飛ばされ、頭突きを受けた方は起き上がれない。

「こ、こらー、やめろっ」

警官が奥から三人走ってくるが、菊山は刺青男の襟首を摑み、壁に顔面をまともにぶつけた。

バキッと音がして鼻骨が折れ、血がポタポタと床に落ちる。

警官が菊山の腕を摑んだが、足払いを掛けられ転がった。

蹲る刺青男を引っ張り上げ、血だらけの顔面に鉄拳の雨を降らせた。

「わかった、わかったからやめてくれっ」

男が哀れっぽい目つきで菊山を見た。

菊山の目からは凄まじい暴力のオーラが放たれている。

警官たちが笛を鳴らしドアを開け、制服私服入り交じって怒濤《どとう》のように押し寄せた。

その中に富田と星川もいて、刺青男と菊山の二人を見て目をかっと見開いた。

「菊山、お前。やめろー、もういい、やめろっ」

富田は警官たちを押しのけ、菊山に駆け寄った。

そして警棒を抜き殴ろうとする警官たちに、やめろっと鋭く一喝した。

菊山は大きく息を吐き、もう気がすんだと言いたげな表情だ。

刺青男は血だらけのまま、近くの病院に運ばれていった。

それ以降、留置場にいるヤクザ・愚連隊たちも菊山の前ではすっかり大人しくなった。

この事件以来、菊山の逮捕歴は堰《せき》を切ったように重なっていった。


ほかの男たちより高い罰金を払わされ、野村が迎えに差し向けてくれた車に乗り込み、菊山は野村の事務所に向かった。

菊山は車内で機嫌よく『憧れのハワイ航路』を唄っている。

野村の事務所の前には数台の車が停まっていた。事務所に入った菊山はあっと声をあげた。

ソファの上には山でいっしょだった金本がいたのだ。

「御苦労さんだったな、菊山君」

以前より肉もつき、それ以上に貫禄のついた金本が立ち上がり、大きな右手を差し出す。

菊山はつられるように、久し振りと白い歯を見せ、金本の右手をしっかり握った。

「びっくりしたなあ、金本さん。すっかり貫禄がついて見違えたよ」

りゅうとした背広に派手なネクタイ、きれいに櫛目《くしめ》の入った頭からはポマードの匂いがする。

「そっちこそ暴れまくっている勇名は聞こえてきてるぞ」

そんな光景を微笑を湛えて見ていた野村が男たちに座るように合図をして口を開いた。

「君も聞いたことがあると思うが、金本君は『東《とう》成《せい》総業』の社長をやっているんだ。表向きは飲食店や運送業だが、裏では我々南の者の親睦団体……というより日本人の暴力に対するための組織だ。北斗会とも何度かぶつかっているが、一歩も引いていないんだ」

野村は満足気に金本を見た。

金本の隣に座っている目付きの鋭い痩せた男が

大仰に頷く。

　菊山の視線に気付いた金本がその男を一瞥した。

「菊山君。この男は明石龍大《あかしりゅうだい》だ。君に劣らぬくらい血の熱い男だ。うちでは常に先鋒をやってくれている。彼も忠清南道《チュンチョンナムド》の出身だから仲良くしてやってくれ」

　紹介された明石は細い目でまっすぐな視線を菊山に送っている。

「菊山さん。あんたの噂はいつも聞いていますよ。でも俺も売り出し中だからよろしく頼みますね」

　明石は自信に溢れた表情で傷の走っている骨ばった手を出した。

　日本人と違い、朝鮮人は謙虚さを美徳とせずはっきりと自己主張するが、明石はそれがほかの同胞より顕著に表れていた。

「ああ、菊山です。よろしく」

　菊山の傷だらけの節くれだった手が明石の手を握った。

　二人の視線が空中で火花を散らすかのように白熱する。

「菊山君。北斗会のことは聞いているよ。俺たちを店で侮辱したのが原因なんだから俺たちも組織を挙げて対抗するからな。今後は君も東成の一員のつもりで暴れて構わない。なあ、金本君」

　野村が眉毛を指先で撫でつける。

「ええ。菊山君が仲間になったら千人力ですよ、伯父さん」

　金本は親密さの溢れる目を菊山に向けた。

「気持ちはありがたいけど、俺はどこかの組織の一員なんて性に合わないんでね。何かあればいつでも手伝うけど、これまで通り一人で好きなようにやらせてもらうよ。伯父さん、金本さん」

　野村と金本はええっというように細い目を見開いた。

「菊山君。そう言わずに国方同士、団結して戦おうじゃないか」

「伯父さん。徒党を組むのは俺は好きじゃないんでね。何か起こればいつでも駆けつけるけど」

菊山は毫も臆することなく、自らの思いを口に出した。

「あんたそれでも同胞か。俺たちは遠く故郷を離れて日本に来て、日本人に苛《いじ》められているのに……。それなのに悔しくないのか？　団結して我々の根性を見せてやろうとしてるのに、あんたはわかってくれないのかっ」

明石が口から唾を飛ばして、喰いつきそうな顔で立ち上がる。

菊山も立ち上がり顔つきを変えた。険悪な空気が二人を覆った。

「俺はいつも群れているのが嫌いだと言ったんだ。誰も戦うのがイヤだとは言ってないっ。俺がどう生きようと俺の勝手だ。おじさん、それが気に入らないなら今日で縁を切っても構わない」

菊山が言い終えると、明石は激しい勢いで菊山の胸に右手の人差し指を突きつけた。

「それでも同胞の赤い血が流れているのか。あんたの軀にっ」

「なにい、きさまあっ」

菊山は入り口近くに据え付けられている鏡を手の甲で、ばりんと割った。

部屋の中にいる男たちの表情が凍りつき、明石は何をするっと甲高い声で叫んだ。

菊山の手が切れ、真っ赤な鮮血がぽたぽたと床に滴り落ちた。

「俺にも朝鮮人の血が流れてるんだ。わかったか、これはほかのどの民族の血でもない、よく見ろ」

腹の底から絞り出すような叫びに、男たちは言葉を失っている。

「わかった。わかったよ、菊山君。それでは何かあれば必ず力を貸してくれ。君との付き合いはこれまで通りだよ、気にしないでくれ。明石もそれでいいな」

　野村が顎で合図し、男の一人が白いタオルを菊山に手渡した。

「菊山君、何かあればその時は頼むよ」

　金本は目を瞬き、明石の肩に手を掛ける。

　明石は不服そうだったが、腰を下ろし、菊山を凝視していた。

　菊山もタオルを手に巻き、明石に強い光を帯びた視線を投げている。


　墨を流したような夜空に星たちをともなった十六夜《いざよい》の月が白く浮かんでいる。

「ほおしのおぉ、ながれにいぃ……」

　菊山が上機嫌で鼻歌を唄い、少しずつ明かりの増えてきた夜の花柳の巷を歩いていた。

　ズボンのポケットに左手を入れ胸を張る、いつものポーズだ。

　その隣で顔を上気させた白井が苦笑する。山にいた頃に比べ、肉が付き軀も大きくなっていた。

　開店したばかりのビアホールをひやかし、いつもの店で呑んだ帰りだった。

「おい、菊山、あれを見ろ」

　半丁ほど先で体格の良い男が略装の白人のG・I五人を相手にして殴り合っている。

　懸命に殴っているが、横や後ろからもG・Iたちのパンチが飛び、苦戦しているようだった。

　男はボクサーのような構えから速いパンチをくり出し、相手を仰け反らせていたが、G・Iたちは奇声を発し、抱き付くように男の動きを抑えようとしている。

G・Iたちのギャリソン帽はすでに飛んでいた。

傍らに女が石像のように立ち竦んでいる。

「ありゃまずいな。よし、白井、助っ人だ」

菊山は猛然と走り出し、首半分から一つ分も大きいG・Iに殴りかかった。

一人が尻餅をつくが、ほかのG・Iが顔面を紅潮させ怒鳴りながら向かってくる。

その勢いも大きさも闘牛場の暴れ牛のようだ。襟首を摑み頭突きを入れようとしたが、長い腕が顔面に伸びてきた。

毛だらけの大きな拳だ。ガツンと当たった瞬間、久々に目から星が出た。

強いパンチだと感心しながらも、すかさず反撃の拳を顎に叩き込む。

吹っ飛んだ相手に構わず、男を後ろから羽交い締めしているG・Iの後ろの髪を引っ張り、振り向いたところに拳を一、二、三発と放った。

わけのわからない言葉を叫び、ほかのG・Iが勢いをつけて飛びかかってくる。

菊山はG・Iの攻撃をかわして横から耳の上を力いっぱい殴りつけ、足払いをかけて転がし頭を蹴りつける。

白井も一人のG・Iと殴り合っているが、かなり分が悪い。

六尺に一寸足りない白井より三寸は背が高い。がっちりした体軀と毛深さは羆《ひぐま》のようだった。

それまで一人で戦っていた男は突然の助っ人に驚きながらも、G・Iにきれいなフォームからパンチを速射砲のようにくり出した。

菊山に向かってきた相撲取りみたいに巨大なG・Iの膝を蹴りつけ、軀が前のめりになった時に顔面に拳を打って打って打ちまくる菊山の顔は狂気に満ちていた。

G・Iの顔面が血に染まり、前歯が折れて口から飛び出した。

耳の後ろを膝蹴りし、昏倒した腹を蹴ろうとする菊山に、別のG・Iが殴りかかってくる。

激しい衝撃でよろめく菊山が体勢を直し、闘志を目に漲らせG・Iの脇腹に拳を打ち込む。うっという短い呻き声に構わず、菊山は殴り続けた。

地獄の淵《ふち》から登ってきた悪鬼が取り憑いたように、相手の苦痛で歪んだ顔をただひたすらに殴りまくっている。

青い瞳に見蕩《みと》れながら、軀はそれが自分に与えられた本能であるかのように暴力の権化《ごんげ》と化した。

気が付いた時には五人のG・Iが地面に転がっていた。

「おい、さっさと逃げるぞ。あんたもだっ」

菊山に声を掛けられ男は女の手を引き、いっしょに大きな公園に向かって走り出した。

途中で幅の狭い川にかかった橋を渡り、一〇分くらい走り続けた。

街灯がぽつんと点いている公園のベンチに腰を下ろした時、菊山と男の目が合った。

何かが蕩《とろ》けるような温かい空気が流れ、月がほんの一瞬、光を増したように見えた。

「助かった。恩に着るぜ」

乱れた長い髪を後ろに掻き上げ、男は表情を引き締めた。

「危なかったな、アメちゃん五人となんて」

荒い息を弾ませ、左目を腫らした白井が大きく息を吐く。

「野郎共、どっかの女たちを無理矢理、連れて行こうとしやがったんだ」

白井と変わらず六尺近くある男は大きな目を菊山に向け、不快そうに鼻に皺を寄せた。

鼻が微かに曲がっているが、意志の強そうな面立ちをしていた。

「女って？　この人ではなくて？」

白井は男に寄り添っている、髪の毛にウェーブのかかった女に視線を向ける。

派手なワンピースに相応《ふさわ》しい化粧をしていた。

「いや、いなくなっちまった。薄情なもんだ。ところであんたたちは国方の人か、この人の言葉が」

男は白井の方を見た。

「ああ、そうだよ」

菊山が白い歯を見せ、小さく頷いた。

「あんたの日本語はまったく訛りがないが、やっぱ国方の人かい？」

「そうだ。ところであんた、これをやるんだな」

菊山は首を丸めて、ボクシングのファイティングポーズを取った。

「いいとこまで行ったけど、ゴロ巻いてパクられてばかりいたから、これだ。ハハハハ」

男は胼胝《たこ》だらけの手を手刀のようにし、自分の首を斬る真似をした。

「やっぱりな。アメちゃんが二、三人なら面白い勝負してたな、きっと」

菊山はポケットから煙草を出し一本を銜え、その箱を男と白井に差し出し、一本ずつ取らせた。

火を点け煙を勢いよく吐いた時、男はラッキーストライクの箱に目をやり、へえ、あんたのところにも入るのかい、これ、と意味ありげに笑った。

三人の男たちの目が合い、秘密を共有した子供のようにニヤリとする。

街の男たちが吸っているのは一箱三〇円で売られていた『ゴールデンバット』が多かったからだ。

「俺は南《みなみ》っていうんだ。よろしく。あんたは？ただの国方の人じゃないべ、あれだけ強いってことは。恐れ入っちゃうな、あんたの目は正気じゃなかったぞ」

南は旨そうに紫煙を吐き出し、熱い眼差しで菊山を見た。

「俺は菊山。こっちは白井だ。ただの国方だ、喧嘩は負けたことがないけどな。負けたら終わりだ、遠い日本に来てるしな」

「菊山さん……もしかして野村社長の関係の菊山さんか。用心棒やっているという」

南は目を大きく見開き、菊山の顔から軀へ視線を移した。そのまま爪先まで舐《な》めるように見た後、再び菊山の顔に目を向けた。

「そうだ、用心棒の菊山だよ。俺も少しは有名になったのかな。ガハハハハ」

楽しそうに肩を揺する菊山を見た女が、クスリと笑っている。

「少しどころじゃないが、こっちの奴らにゃ評判が悪いな。気を付けた方がいい」

南は表情を引き締め、頬の上から下へ人差し指を走らせた。

「びくびくしてもしょうがない。来たら返り討ちだ。あんたは違うのか?」

菊山も頬に指を走らせたが、南はかぶりを振っている。

「ま、気を付けることだ。今日の礼がしたい。この店にいつでもいいから連絡をくれ。南を呼んでくれと言えばいい。借りっ放しは気分が悪いから必ずしてくれ。あんたもだ」

南は白井に顔を向けた。

菊山に店の名が入ったマッチを手渡し、南は女と立ち上がった。

菊山と南の目が合い、どちらからともなく唇を緩ませた。

互いに軽く手を挙げ、公園を後にした。

振り返ることもなく、離れていく男たちの頭上に満天の星が瞬いている。

爽やかな風がさっきまで熱く滾っていた血を冷ましてくれていた。

「ほう、ハンマーの南と会ったか」

野村はソファに軀を沈み込ませ目を細めている。事務所には菊山、白井、岡倉をはじめ、一〇人ほどの男が座っていた。

「ハンマー……何ですか、それは?」

白井が片眉を上げ、首を捻る。

「ハンマーパンチのハンマーだ。奴は拳闘でかなりならしたらしい。筋者や愚連隊の間では有名人だよ。気性のさっぱりしたいい男だが、喧嘩っ早い。そして強い……いや、ここにも朝鮮人を代表してそういう男がいるがな。なあ、菊山君。ハハハハ」

事務所の中が笑い声で溢れた。

「それでアメちゃんはどうだったかな?」

「おじさん、奴ら、パンチは強いね、でも足腰が弱い。足払い掛けたら簡単に崩れるから、そこをぶん殴ってやればいい」

菊山の得意気な声が弾んだ。

「アメちゃんも菊山君が相手じゃしょうがないな。日本に代わって仇《かたき》を討ったわけだ」

野村が肉の付いた軀を揺するように笑っている。

「おじさん、付録だけど俺もいますよ」

左目の周りを青黒く腫らした白井が唇の片方の端を持ち上げた。

「おっと、そうだったな。どうだ、白井君もこっちはかなり鍛えられてきただろう」

野村が殴る真似をする。

「はい、お陰さまで。菊山といたら、いつどうなるかわからないですからね」

菊山の笑い顔を見た白井が、菊山の肩を叩いた。

「ハハハハ。それをこっちの言葉で常在戦場と言うらしいな」

野村の言葉に続き、白井が冗談戦場？　と真剣な顔で返したので、野村と菊山だけが笑っている。

「おじさん、そのハンマーの南って奴ですが、どこかの組織とは関係あるんですか？」

それまで離れた席で大人しく話を聞いていた岡倉が身を乗り出した。

「いや組織の男じゃないが、愚連隊のボスだからそのうち正式に何かやるかもしれないな。知っておいて損はない男だ。商売をいっしょにやっても信用できる日本人として」

その後、二週間くらいしてから、連絡をしない菊山に野村を通して招待の報が入った。

他人から奢《おご》られることを好まない菊山だったが、南には好感を持っていたので志を受けることにして白井と出掛けた。

どこで調達したのか靴が沈み込むほど深々とした絨毯《じゅうたん》を敷いた高級な店で、ジョニ黒を浴びるように呑まされた。

気分の良い酒のせいか、菊山の例のくせも出ることなく陽気に騒いで帰ってきたのだ。

南の傍にいた目付きの悪い男たちが噂の菊山の一挙手一投足に注視しているのを感じながら、菊山は有頂天になっていた。

世間では一ドル三六〇円とレートが決まり、失業対策として東京都が日当を二四〇円に決定し、これがニコヨンと呼ばれている時代だった。

「おい、ついにおっ始めたな」

白井が近頃、不自由なく読めるようになった新聞を両手に持ち、菊山に見せている。

周りの連中もその新聞を覗き込んだ。

昭和二五年（一九五〇年）六月二五日午前四時、北朝鮮が北緯三八度線（この当時の軍事境界線）

を越え、韓国側に砲撃し朝鮮戦争が始まった。

北朝鮮は奇襲をかけ、三日後には第一〇五戦車師団がソウルに進撃し陥落させている。

国連安全保障理事会は北朝鮮の南侵と認定、軍事制裁を決議し、米軍主体の国連軍を投入した。

当座は韓国軍・国連軍の敗走が続き、北朝鮮軍は九月には韓国南東部大邱《テグ》・釜山《プサン》まで侵攻した。

「とうとう始めたか。赤はどうしようもないな、くそっ」

岡倉が険しい目つきで新聞を見ている。

菊山は新聞から目を離し、ふんと鼻を鳴らした。

前年の九月に朝連は暴力主義的団体と認定され『団体等規正令』によって解散させられ、翌年一月の『在日朝鮮統一民主戦線』(民戦)結成までは正式な組織はなかった。

北と南に分かれていても仲の良い朝鮮人もいれば敵のように罵《のの》り合い、喧嘩ばかりする者もいた。


菊山を頼ってくる者が増えたので、滝川の斡旋により八世帯が入るアパートを借り、そのうちの三室の壁をぶち抜き自分と付き合って間もない女と使い、残りの五室を白井やほかの男たち十数人に割り当てた。

用心棒、PXの物資のほかにも飲食代金の取り立てなどに手を伸ばし始め、経済状態はかつて以上によくなっていた。

月給取りの給与が約一万一三〇〇円だが、菊山はこの一〇〇倍以上稼いでいた。

野村の紹介で車も米軍から流出した真っ黒なビックを乗り回すようになった。

ビックとはアメ車のビュイックのことだが、当時はビックと発音している。

オニキスのような光沢のあるボディが太陽の下で眩《まぶ》しく輝いていた。

ほしくてほしくてたまらなかった外車を見つめ

る菊山は羽が生えて宙に浮くような気分だった。

「どうだ、白井。とうとう手に入れたぞ、外車を。ガハハハハ。見ろよ、顔が映っているぞ。ピカピカだ。夢の国だな、やっぱりここは」

菊山は恐ろしいほどの艶を放つボンネットに顔を映し、笑いが止まらなかった。

「さて、そろそろ行くか」

菊山が掛けてある時計に目をやり呟くと、白井と岡倉が腰を上げた。

「おーい、行ってくるからな」

菊山が障子も震えそうな大声で奥に向かって叫んだ。

小走りにやってくる軽やかな音がして、同棲している里美《さとみ》が化粧っ気のない青白い顔を出して微笑んでいる。

面倒を見ている店の二一歳のホステスだった。

菊山は一月に出たばかりの聖徳太子の肖像画の千円札を、旨いもんでもみんなに作ってやれ、と渡した。

里美は、はいと受け取り、白井の方に視線を向けた。

「白井さん、岡倉さん、行ってらっしゃい。菊山が暴れだしたら止めて下さいね」

タヌキ顔の目を丸くして鼻の上に小皺を寄せて唇を緩めている。

「任しときな、里ちゃん」

岡倉がおどけて胸を叩く。

玄関に向かう菊山たちに、居候《いそうろう》している男たちが顔を出し口々に行ってらっしゃい、と頭を下げた。

男たちの口からはトリスや焼酎の匂いがする。

男たちの一人が黒光りするビックの後部ドアを開け、菊山と白井、助手席に岡倉が乗り込んだ。

頻《しき》りに岡倉が首を傾げて、クイッと動かした。

「岡倉、またお前、ポンか」

上衣の内ポケットから煙草を取り出し、菊山が片目を細める。

「へへへへ、目覚めの一発ね」

運転手の大松《だいまつ》と顔を見合わせ、鼻をひくひくさせる。

「適当なところにしておけよ。あれはくせになると厄介だべや」

「ええ。適当なところでね」

その岡倉の様子を見た菊山と白井はかぶりをゆっくり振った。

ポンとはヒロポン（覚醒剤）のことである。戦前からヒロポンは薬局で普通に売っていた。

菊山のところにいる男たちにも愛用者は多かったが、菊山はいっさい使わない。

べたなぎの海をゆったりと滑るようにビックは走る。

個人で車を持っている者はまだ少なく、道も舗装されているところは少なかったが、クッションの良いビックは少々の砂利道ならば、なにごともないように走っていた。

道を歩く人たちから羨望の眼差しが注がれた。

繁華街近くの一軒家の前でビックは停まる。

木造二階建ての玄関にはまだ新しい柾目《まさめ》の看板が掲げられ、黒々とした太字で『秀星興業《しゅうせい》』と書かれていた。

菊山、白井が勢いよく降り、岡倉と大松は待機する。

引き戸を開けるとすぐに事務所になっている広い土間に応接セットが置かれ、『秀星会』と墨字が入った額が鴨居《かもい》の上に架けてある。

机の上に置かれたラジオからは美空ひばりの唄う『東京キッド』が流れている。

三白眼を細めた坊主頭の男がシャツの胸から黒

一色の彫り物を剝き出しにしていた。

ほかにも四人の男が似たような表情で、入ってきた菊山と白井に舐めるように見入っている。

「ごめん下さいよ。島谷《しまたに》さんはいますか？」

白井が遊びにでも来たという軽い調子で事務所の中にいる男たちを見回した。

男たちは白井の妙なアクセントに気付き、薄笑いを浮かべて手をひらひらさせた。

「いないってことですか？　集金なんだけど。大人しく払った方がいいんだがなあ」

白井は表情を変えるどころか、薄笑いさえ浮かべている。

再び尋ねた白井に帰った帰った、と犬でも追い払うみたいに手を振った。それを無視して菊山がソファに座ろうとすると、坊主頭の男がこらっと怒鳴りながら菊山の肩を押した。

途端に菊山の拳が頰に、膝が腹に、最後は頭突きが顔面の真ん中に入り、坊主頭は足から沈み込むように倒れ込んだ。

「ふ、ふざけるなよ、チョン公めっ」

ぼさぼさ頭が飛びかかってきたのを捕らえた菊山が髪の毛を摑み自分の頭にぶち当て、鼻と口の間に傷だらけの拳をぶち込んだ。

男は一間ぐらい派手に吹っ飛び動けない。

同時にリーゼントの男と手拭いを首に巻いた男がかかってきたが、目にも留まらぬ速いパンチが右側のリーゼントの男をひっくり返し、左の手拭いの男が怯んだところを捕まえた。

「こ、この野郎っ。ここをどこだと思ってんだ。秀星会だぞ、わかってんのか」

声を震わせている男を菊山は壁際に追い詰め、力いっぱい壁に後頭部を打ちつけた。

起き上がった坊主頭が頭を左右に軽く振り、事務所の奥の棚から長さ一尺余りの白鞘《しらさや》の匕首《あいくち》を取り出し、鞘を払って叫んだ。

「野郎、ぶっ殺すっ」

坊主頭の匕首が白い光の線を描いて菊山の腹を狙ってきた。

かわす菊山。再び光が伸びてくる。下から上に斜めに流れてきた。

菊山の顎を匕首の光が撫でていく。

菊山は木の丸椅子を振り上げ匕首を叩き落とし、坊主頭の顔面を蹴り上げた。

仰向けにひっくり返った男の首に膝を載せ、匕首を拾って切っ先を片方の鼻の穴に入れ小鼻をはすった。

うわあっと絶叫し、男はやめてくれ、と哀れっぽい声を出した。

「俺にこんな物、出しやがって」

菊山は坊主頭の額を左から右へ一文字に斬りつけ、ほかの男たちを睨みつけた。

男たちの間には驚きの後、戦慄が走った。

「連絡を取ってくれ。菊山が集金に来たってな」

ソファに座り直し、匕首を手に菊山は凶暴な目をして睨みつけた。

「えっ菊山さんてあの金星商事の面倒を見ている菊山さんで?」

オールバックの男が甲高い声で目を丸くした。

野村の経営する金星商事は朝鮮人だけではなく、アウトローの世界にもその名が浸透していた。

「そうだ。早く連絡を取れ。俺も忙しいんだ」

白井は隣でククククッと肩を小さく震わせた。

連絡がついた島谷が金を事務所に持参し、その場で話をつけ菊山は悠々と引き揚げた。

菊山がヤクザ・愚連隊の連中から相手構わず金を取り立てることが広く知れ渡ると集金の依頼が殺到し、相手が菊山と知っただけで払う者も増えてきた。

菊山を知らぬ者、知っているのは名前だけで顔を知らぬ者、暴力に自信のある者だけが菊山に挑んだが、一度も負けることはなく、この頃、さらに狂犬・ギャングと陰で囁かれるようになった。

社会は朝鮮戦争の特需で、糸へん・金へん景気と称される好況にあった。

初めに日本を目指して来た頃の志はいつしか忘れ去られ、日々の享楽的で放恣《ほうし》な生活に菊山は流されていく。

五尺六寸の軀の中に鬼を飼っていた菊山は己の欲するまま暴力と快楽に耽溺《たんでき》していったのだった。

カオスの時代だからこそ、暴力という力が菊山の背中を押していた。

異国の地に来た菊山にとって、己の強さだけが自恃《じじ》だった。

昭和二六年（一九五一年）四月、朝鮮戦争を巡り、かねて反目していたトルーマン大統領との対立からGHQ最高司令官のマッカーサーが解任され、第八軍司令官のリッジウェイ中将が後任になった。

「凄《すげ》えなあ。マックの見送りにこんなに人出があるんだからな」

二〇万人が見送ったという記事を見ながら、白井が新聞を座卓に置いた。

大松、新しく加わった林《はやし》ら、菊山の取り巻き連中はその新聞に大きく載っている写真を眺めている。

「戦争だってマックのおかげで巻き返したんだべや。何でクビだ?」

朝から酒を呷り濁った目をした大松が、うーん、と首を捻った。

前年に北朝鮮に席巻された後、マッカーサーによる『仁川《インチョン》上陸作戦』が九月一五日から展開され九月二八日にソウルを奪回し、一〇月二〇日には北朝鮮の平壌《ピョンヤン》を制圧していた。

その後、中国軍は『人民志願軍』の名で一〇月末に北朝鮮入りし、二〇万人の人海戦術で一二月五日に平壌を奪い返した。

この年に入り中国軍はさらにソウルを占領したが、国連軍が反撃し三月一四日にソウルを再び奪還、その後は双方ともに一進一退を続けている。

その時、外の戸が大きな音を立てて開き、野村の若い衆が飛び込んで来た。

「たいへんだっ。うちの若い者《もん》が北の奴にさらわれた。菊山さーん、手を貸して下さい」

耳まで赤く染めた若者が玄関先で大声で叫んだ。すぐに菊山が顔を出し、わかった、すぐ行く、と短く応え、廊下で行くぞーっと叫んだ。

ビックと野村の若い衆が乗ってきた三台の車に分乗し、フルスピードで野村の事務所に向かった。

事務所には七、八人の男が緊迫した表情で待機している。

野村は額に汗を浮かべて経緯を話した。

繁華街で殴り合い、その場は収まったが、翌日、人数を頼んできた連中に捕まったのだ。

下手なヤクザより血の気が多いために、北と南の朝鮮人同士がぶつかるようなことがあれば流血の惨事は避けられなかった。

金本たちにも連絡したが、隣の町に出掛けていたために戻るまで一時間はかかるようで野村は待つしかないと言っている。

「いやおじさん、行きましょう。時間が経つほど、連れていかれた奴らは危なくなるから。俺は行くよ、お前らは好きにしろ。ふざけやがって同じ民族同士なのに」

菊山は一人でも行くのが当然と外に出た。

「菊山、俺も行くぞ。一人で行くなっ」

白井が慌てて後を追い、その後を男たちが引きつった表情をして続いた。

手に匕首や鉄パイプや木刀を持って車に分乗し、北の連中のいる事務所に向かって走り出した。

菊山は怒りで身を熱くしていた。

白井も頻りに軀を動かしているが、岡倉と大松は車が停まった時を見計らってヒロポンを取り出す。

菊山は黙って窓の外を眺めている。

天空が黄金色に輝き微かな風に吹かれ、色を増してきた木々の葉が揺れている。

一月に朝連の後の組織として『在日朝鮮統一民主戦線』(民戦)が結成され、構成員の動きが活発化していた。

次第に尖鋭化されていく活動は翌年、発足した公安調査庁が破壊活動防止法に基づき、調査・監視の対象としたくらいだ。

反体制運動を展開し、警察署長を火炎瓶で襲うほどになっていた。

戦後、戦勝国民と名乗っていた朝鮮人たちの一部が暴力で日本人を相手に不穏な空気を醸すことが多くなっていたが、韓国と北朝鮮の独立以来、それが同じ朝鮮人同士の争いに変わってきていた。

民戦の構成員にはソ連の指導する共産主義を絶対なものとして、それ以外のイデオロギーを信奉する者、あるいはそれに準じる者を断固、敵として実力行使に出る者が増えていた。

ごく少数、民戦にも同胞同士の争いを嘆じる者もいたが、流れには抗えなかったのだ。

相手の事務所の前にはずらりと乗用車・トラック・オートバイが停まっていた。

白井たちの顔が険しくなる。

菊山は車が完全に停まらないうちに飛び降りた。

神経か頭のネジが欠落しているのか、表情はいつもと変わらない。

菊山を衝《つ》き動かしていたのは怒りだった。

同じ朝鮮人なのにくだらない思想を吹き込まれ、互いに争わされる現実に怒りを感じていたのだ。

車から飛び降りるとどこからともなく、『桑港《サンフランシスコ》のチャイナタウン』が耳に入ってきた。

曇りガラスの戸を勢いよく開け放つ。

殺気立ったたくさんの男たちの視線が刺さってきた。

その顔を見た途端に、菊山だ、と喚く声がする。

暴れ者の菊山の名は北の連中の間でも知られていた。

さらわれた野村のところの若い衆三人は奥の長椅子の脇に頭と顔から血を流し倒れて呻いていた。

「こら、うちの人間に何しやがるっ」

菊山は窓ガラスを震わせるほどの大声を発した。

「うるさい、菊山だろうとこれだけいるんだ。怖がることはないぞっ」

相手の年嵩の男が朝鮮語を早口でまくし立てる。

四〇人近くの男たちが固唾《かたず》を呑んで身構えた。

菊山が躊躇《ちゅうちょ》することなく踏み込んでいく。

その後を遅れないようにと白井が追いかけた。

相手の男たちから絶叫か雄叫びかわからない怒声が天井に響きわたる。

恐怖で軀が動かないのか、目をかっと開いている男を殴り倒し菊山が突進する。

岡倉以下十数人の男たちの喚声が続いた。

菊山に向かって木刀を振り回してきた男が、それを奪われ逆に頭を割られた。

横からかかってくる相手を木刀でなぎ倒し、菊山は悠然と進んでいく。

相手の男たちは菊山を取り巻くように腰を落として構えているが、互いにほかの者をあてにしてなかなか向かってこない。

端にいる男から菊山が無造作に木刀で殴り蹴飛ばし、ぶつかってきた者には渾身の頭突きをぶちかましずんずん前に進んでいった。

後ろで白井が菊山に近付こうとした男のみぞおちに爪先をめり込ます。

「どうした、かかって来いやっ」

悪鬼のような表情の菊山が天にも届かんばかりの大音声《だいおんじょう》で吼えた。

うぉーっと雄叫びをあげ、男が走ってくる。

菊山は木刀を持っていない手で胸倉を摑み、鼻っ柱に石のような頭をぶち当てた。

男は静かに崩れ落ちた。相手の男たちが互いに顔を見合わせ、少しずつ下がっていった。

「行け、行けっ。びくつくな。相手は少ないんだ。やってしまえ」

年嵩の男が眉間に深い皺を寄せ、若い者たちの肩を頻りに小突いている。

男たちは菊山に睨まれ、石のように動けない。

わーっと一人の若者が棒を振り上げて、狂ったように走ってきた。

菊山は振り下ろされた棒を木刀で払い、たたらを踏んだ若者の髪の毛を片手で鷲摑みにし、ぐいっと引っ張り顎に膝蹴りを入れた。

若者はそのまま後ろに飛んでいく。菊山は飛んでいった若者を捕まえ引きずった。

奇声をあげて別の男が向かってきたが、菊山は捕まえていた若者をその男に放り投げた。

二人が激突し、共に倒れる。

「元気がないな。それじゃこっちからいくか」

菊山が木刀を斜め下にぶら下げ、速足で相手の中に突っ込んでいく。

白井が、岡倉が、ほかの男たちが激流のごとく集団の中に雪崩れ込んだ。

数は少ないが、気迫の込もった菊山たちが相手の男たちとの乱戦を優勢に進めている。

中には壮絶な殴り合いになっている者もいたが、次々に倒れていくのは相手の男たちばかりだった。

「菊山っ、俺はお前なんか怖くないぞ。ぶった斬ってやるからな」

完全に正常さを失い、激情にかられた男が白鞘の日本刀の鞘を投げ捨てた。

抜き放たれた秋水が青白く光っている。優美な反りに錵《にえ》が波のようにうねっていた。

乱闘の男たちは気付かず、まだ殴り合い組み合っている者がいたが、白井は菊山の傍に来て木製の丸椅子を持ち上げ、いつでもぶつけられるように構えている。

菊山は無言のまま男の目を見ていた。

これまでも刃物を出す相手はいたが、いずれも九寸五分《ヤッパ》だった。

間合いを測る。青みがかった光輝を放つ刀身が美しい。男が裂帛《れっぱく》の気合を発した。

その声に乱闘していた男たちが動きを止めて、菊山と男に視線を留めた。

混乱していた空気が鎮まり、静寂が広がった。

白刃が妖しい光を放ち、上から下ろされる。

菊山がかわすと白刃は銀色の糸と化して長椅子の背を深く斬り裂いて止まった。

すかさず菊山が男の刀を持っている手を押さえ、顔面に拳を入れた。

頭ががくんと揺れたところに、もう一発、力を込めた拳が飛んだ。

吹っ飛ぶ男の手から奪った白刃が次の瞬間、残像を残したまま一閃した。

光が帯となって流星のように尾を引いた。

あっと言う白井や男たちの声とほぼ同時に刃《やいば》を防ごうと咄嗟《とっさ》に出した男の左手が肘の先を三寸ほど残して二間以上飛んだ。

一拍置き、血が勢いよく噴き出してきた。

「うわあ、手がーっ」

天を仰いで絶叫した男が自分の飛んでいった手を拾おうとして這《は》いつくばる。

菊山が無表情に男の背中を眺めていた。

その場にいた男たちの表情に戦慄が走った。

腕を斬られた男の二の腕を白井が男のベルトを引き抜き手早く止血する。

「おい、兄《あん》ちゃん。腕を上に向けろ。上げろ」

白井に言われ、男は泣き顔になりながら腕を耳の横で高く掲げた。

「もう向かってくる奴はいないのかあっ。じゃあ連れて帰るぞ。ふん、根性《こんじょ》なし共め」

菊山が倒れている野村の若い衆を抱え起こそうとする。

白井と男たちが素早く手を貸して抱き起こし車に乗せようとする間、相手の男たちは一人としてて動かず、その様子を幻を見るかのように傍観しているだけだった。

血を吸った白刃が主を失い、長椅子の下に転がっていた。

車が走り出してから菊山が興奮した面持ちで切り出した。

「白井よ。日本刀《だんびら》ってやつは斬れるもんだなあ」

「当たり前じゃないか、菊山。何を言ってんだ」

白井は上目遣いに天井を見てから、ふっと息を吐く。

「それがよ、まるで空気を斬ったみたいに手応えがないんだ。やっぱり大したもんだな、日本の刀ってのは」

「腕で良かったな、菊山。頭や腹ならくたばってるぞ」

「なーに、そんなこと知るかって。あんな物、持って向かってきたんだから、くたばったって文句言いっこなしだ」

「それにしても悪運が強いのかな、お前は。これを不幸中の災《わざわ》いって言うんだっけ？」

自信なさそうな白井に岡倉と大松がおおっと声をあげた。

「不幸中の災いか……なっ、不幸と災いとどう違うんだ？　なあ、白井」

「わからん。これだから日本語は難しいな」

車の中の四人が神妙な表情で頷いた。

古ぼけてトタンが剝がれた家の玄関の三和土《たたき》の上に立った白井が奥に声を掛けた。

廊下の奥から野太い声がして体格の良い若い男が出てきた。

菊山たちより五、六歳は若そうだ。

頭を剃《そ》り上げ、眉には太い墨が入れてある。

薄い半袖シャツからはびっしりと彫られた般若《はんにゃ》が出ていた。
二六、七貫（約一〇〇キログラム）はありそうな軀は決して贅肉ではなく、筋肉が首、肩、腕と盛り上がっている。
「黒木《くろき》さん、いるかな？」

白井はいつものように口調が軽い。

「何の用だ？」

顔では左耳から顎にかけて五寸ほどの疵痕が話す度にうねっている。

小さな双眸の間隔が狭く、額も極端に狭いという異相だ。

獅子舞の獅子のように鼻も胡坐をかいている。

白井が集金に来たことを告げると、男はいねえよ、と素っ気なく応えて奥の部屋に戻ろうとした。

その男の背中に菊山が声を掛けた。

「黒木ってのはいるのか。いないなら連絡を取れ。いるならさっさと出せ。木偶《でく》野郎っ」

菊山の言葉が終わった途端に、男はがあっと熊のように両腕を上げてかかってきた。

すかさず菊山のパンチが男の腹にめり込んだ。男は小さく呻いたが、すぐに大振りのパンチを返してきた。

熊のような手をかわし、土足のまま廊下に上がった菊山が男の首に手をかけ、強烈な頭突きを頑丈そうな顎にぶち込んだ。

男が大きく仰け反る。口から血が涎のように流れてきた。

頭を軽く振り、男は雄叫びをあげながら摑みかかっていった。

菊山の拳が男の顳顬に打ち込まれ、男は廊下の壁にぶつかった。

「ちっくしょう、この野郎、赦さねえっ」

男は血走った目で菊山に向かっていった。

二人の争う音が聞こえたのか、奥から痩せぎすの長身の男が歩いてきた。

「どうした、花川《はなかわ》。あっ何だ、取り込み中だったか。こいつはいったい誰だ」

細面《ほそおもて》の目が大きくなり男はその場に立ち止まる。

「兄貴に集金だって言うんで断ったら、この野郎。ちょっと待って下さい。四つにたたんで放り投げてやりますから」

そう言って初めの頃に比べ勢いはかなり落ちているが、喰いつきそうな表情でまたかかっていった。

菊山の目の色が変わってきたのを白井は涼しい顔で眺めている。

菊山の拳が花川と呼ばれた男の鼻に抉り込むように入った。

血が垂れる鼻を押さえながら、男は獣のように吼えて突進してくる。

菊山の頭突きがその鼻に飛び込んだ。

気を失いかけガクッと片膝をついた男の顔面を、菊山が殴って殴って殴りまくった。

どうっと巨体が廊下に倒れたが、菊山はぴかぴかに磨いた靴で腹を蹴りまくる。

止めようとした黒木を殴り飛ばし、倒れ込んだ黒木の頭を蹴りつけ踵で首を踏んづけた。

「こら、払うのか、払わないのか」

菊山に怒鳴られた黒木はやっと振り絞った声で払うと言った。

その時、別の男が入ってきて目の前の光景を見た瞬間、おっと甲高い声をあげ、菊山に気付いて指差した。

菊山もおおっと声をあげた。声の主は明石龍大だった。

近頃、街のゴロツキたちの間で『ヤッパの龍《りゅう》』と異名を取っていた。

野村の事務所で会ってから三年が経っていたが、金本と会うことはあっても明石とはあれ以来会ったことはない。

風の噂で名前を知るくらいだった。

喧嘩相手を刺し、一年半あまり、社会を留守にしたということを野村に聞かされていた。

菊山より小さい体躯でしかも細身だったが、気性が荒く、すぐに匕首《ヤッパ》で刺すところからヤクザやゴロツキたちに嫌われていた。

明石は眉間に深い皺を寄せ、怒りに燃えた目を吊り上げた。菊山から南華園の集金だと聞くと激しい口調で非難し始めた。

「なにい、同胞の店ではないか。それなのに金を払えってのか。俺たちが軀を張ってるから安心して商売ができるってのに。あんたにはわからんのか。くそ、俺の大事な舎弟を。赦さんっ。前から一度、白黒つけようと思ってたんだ。こいつらの落とし前はつけてもらうぞ」

明石は紅潮した顔で怒り狂った野獣のようにかかってきた。

初めの一撃を頬に受けた菊山が、なおも踏み込んでくる明石の口元に拳をねじ込んだ。

明石は体勢を崩したが、ますます憎悪に燃える目をして菊山に向かっていった。

白井が真剣な表情で見入っている。

黒木と花川も痣と血だらけの顔で凍りついたように見守っている。

菊山も速いが、明石も負けてはいない。

闘犬同士の闘いのように、二人共うんともすんとも声を発さず、殴り合っている。

殴られても蹴られても明石の目に宿った光は変わらない。

互いに飢えた獣のような執念を燃やしている。

菊山の拳が唸る。明石の拳が吼えた。

相手の喉笛を喰い千切るような激しい攻防だ。


狂気。殺気。荒ぶる魂があらん限りに叫ぶ。

菊山の左右の拳が顔と脇腹を連打し、前のめりになった明石の顔面に膝が入った。

後ろに転がった明石が鼻から血を溢れさせ、異様な目つきになった。

「殺してやるっ」

さらしを巻いた背中から、飴《あめ》色になった白鞘を取り出し、銀色の刃を光らせた。

「明石、てめえ、汚《きたね》えぞっ」

白井が叫ぶ。

明石は匕首の刃を上に向け、右の腰に柄《つか》を固定した。

軀ごとまっすぐに当たってくる気だ。

明石が異常な目の光を放ち間合いを取っている。

匕首を振り回す相手を倒すのは容易だが、明石みたいに軀ごと預け相討ちを狙ってくる者に対しては防ぐ側も無傷でいることは難しい。

菊山は軀を瞬時に右半身《はんみ》になれるように両足に体重を配分する。
男同士の動きが止まり、息遣いだけが空気を震わせた。
これまでも多くの人間の血を吸った匕首が白い光を躍らせている。
血を吸い、骨を断ち切ってきた冷たい光だ。
鼻から流れる血が明石の胸を汚し、廊下に血溜りを作っていた。
外の通りを歩く子供たちのけたたましい笑い声が聞こえてくる。
時間がまるで止まったかのように、ゆっくりと流れていた。
菊山の目の色が挑発するように光った。
声を出すこともなく、明石が血走った目をかっと開いて踏み込んだ。
菊山の目には明石の素早い動きがスローモーションのように映った。
切っ先の一点から仄白い光が放たれる。
光が走る。空気を切り裂いた。菊山の半身がほんの刹那、開くのを待った。
早く開けば、明石はそっちへ向かってくるだろうと読んでいた。
それだけの技量は身につけているだろうと菊山の本能が警鐘《けいしょう》を鳴らす。
仄白い光が菊山の間合いに入ってきた。
軀を開くために左足を滑らかに引く。
左足を後ろに引かれ、かわされた明石の左半身が無防備になった。
二人の軀が一つの塊になる前に菊山の気魄《きはく》を込めた拳が明石の左目を深く抉った。
体勢を崩した明石の匕首が菊山の腹をかすめて壁に刺さった。
菊山が明石の手を下から上に蹴りつけ、手から匕首を落とそうとする。

手首に当たったのか、匕首が天井に飛んだ後に落ちてきた。

明石は拾いもせず向かってくる。まだ心は折れていなかった。

今度は菊山が一方的に殴りまくり、明石の大きく切れた目尻から血が幾筋も垂れていた。

菊山が明石の襟首を掴み、頭突きをくり返す。そこには殺気が満ちていた。

明石の目からはそれでも光が消えていなかった。歯を喰いしばる明石を力の続く限り殴り続ける菊山の息遣いが激しくなる。

三人の男がその様子に心を奪われたように見入っている。

頭から血の雨を浴びたような明石がずるずると床に頽《くずお》れた。

目から獰猛な光が消え、苦しそうに喘いでいる。


肩を激しく上下させた菊山は自分の赤く染まった拳に目をやった。

頭から真っ赤な染料をかぶったように顔も上衣も赤く染まっている。

「明石。いつでもかかって来い。何回でも相手になってやる。黒木、さっさと金を持って来い」

荒い息の下から菊山に怒鳴られ、黒木は焦って奥の部屋に金を取りに行った。

帰りの車中で白井が溜息をつく。

「あんたは凄いな、まったく。喧嘩の神様みたいだ。明石も只者《ただもの》じゃなかったけどな」

「ふん、只者じゃないってか。俺は誰だろうと絶対に負けんぞ、負けたら終わりだべ、夢の国に来たんだからな。なっ白井、そうだべ」

菊山は己の魂に確かめるように唇をきつく嚙みしめた。

街の中に食料をはじめとする物資が出回るようになり、PXからのアメリカ製品の取り引きが減ってきたが、菊山の下《もと》には飲食店などの集金依頼が引きも切らずに舞い込んできた。

飲食店に限らず菊山の名前を聞いたカタギの人々がゴロツキたちへの取り立てを頼みにやってくる。

今日も繁華街近くに事務所を構えた組織に取り立てに行き、態度が悪い組員を相手にひと暴れしてきっちりと集金をしてきたところだ。

「何でヤクザとかいう奴らは金払いが悪いんだ。金がなけりゃ家の中に引っ込んでいればいいんだ。弱い奴を苛めやがって」

菊山が腹立たしげに紫煙を勢いよく吐き出した。

「あいつらはクズだ。集団でなければ何もできない。代紋だ、看板だってそんな物がなければ威張れないからな」

菊山の言葉に、頬がこけ目の窪《くぼ》んだ林が黄色い顔で頷いた。

無駄な肉のない林は始終汗をかいている。

ほかの同胞と同じくヒロポン好きで、一日に何度も使っているせいだった。

男たちの中でも激しやすい性質《たち》で、菊山と白井以外の者には喰ってかかることもしばしばだった。

白井が大きな座卓の上に札を並べて数えている。

集金は依頼主との折半と相場が決まっていても、その約束事を守らない者が多い中、菊山は一円たりとも余分に受け取らず、集金が終われば即座に依頼主に払ってしまう。

残った額から自分が必要とする分を取り、あとは白井に任せていた。

菊山ぐらいの顔になれば、夜の街でも代金は要《い》りませんという店が多かったが、ただの一回であろうとタダ喰い、タダ呑みをしないというのがこの男の自恃であった。

終戦直後からしばらくの間、田舎の農家の田畑から作物を失敬するのが当たり前の時でも、リンゴ一個盗《と》ったことがない。

「菊山、みんなに分けてもこれだけあまった」

結構な厚さの札を菊山に渡し、白井は帳面に記帳した。

菊山はなにごともメモを取るという習慣がない。すべて記憶するというのが菊山の流儀だ。

家が極貧だったために帳面もろくに買えず、父親の「学問は不要」という言葉で夜も灯りは使えなかったので、教科書の類《たぐい》は学校だけで覚えるようにしていたからだ。

小学校へ通うことすら不要と考えていた父のせいで帰宅後もすぐに働くことが日課となっていた。それでも村の学校ではいつも成績は一番だった。

学識も教養も品性もなかったが、必要なことに対する探究心と洞察力は鋭い。

他方、白井は読書好きでやっと手に入れた辞書を手に暇があれば読んでいる。

そして菊山と自分たちの暴力と快楽の日々に青春と浪漫《ろまん》を実感しているロマンチストだった。

菊山は思想もイデオロギーもなく自分を不愉快にする者、仕事を邪魔する者は同胞であれ、日本人であれ容赦なく叩き潰すという素朴で単純な思考のみで生きている。

「あまったのか。それじゃパーッと行くか」

男たちの小さな歓声があがった。

日本に残留した朝鮮人の多くは生活に困窮していた。

働いている者でもドラム缶で作った密造酒を売ったり、リヤカーを引いてクズ鉄やウエスを集めるなど蔑視《べっし》を受けている仕事をする者が多かった。

職がない、あっても能力がない、理由はさまざまだが、同胞の間においても暮らし振りの良い者、悪い者の差はあまりにも大きかった。

もとより人間同士の紐帯《ちゅうたい》が強く濃密であるがゆえに、持たざる者が持てる者の世話になることに日本人ほどの抵抗も後ろめたさもない。

そのような男たちが、来る者は拒まずの菊山に寄生するのは自然の成り行きだった。

正業に就く気もなく朝から焼酎・酒を呑み、ヒロポンを使って怠惰《たいだ》な生き方に埋没している男たちは少なくなかった。

菊山は怠《なま》け者、アルコールとヒロポンに溺《おぼ》れている男が嫌いであり事あるごとに非難していたが、血の気の多い同胞たちも相手が菊山だけにヘラヘラと卑屈な笑みを張りつけ、やり過ごしていた。

きついことを言うのは同胞の感覚では普通であったし、文句を言ってもカラッとした菊山の性分は男たちにも暮らしやすかったのだ。


集まってくる同胞たちの生活のほかに仕事と金が音を立てて入ってきたために、白井は事務所を設けようと持ちかけ、菊山もその気になっていた。

厄病神と貧乏神の塊みたいな同胞が一群れになっていたが、菊山の背についた強烈な福の神が黄金色の光でこの男を包んでいたのかもしれない。

人生はまさに金色に輝く蜜が泉のごとく湧き出してきたようであった。

ジパング。黄金の国。夢の国。己を認めてくれた国。

自らが恃《たの》みとする力で摑み取る富と自由。

若き菊山の血潮が激しく脈打っていた。

菊山たちが妖しく漂う香りと嬌声の中で賑やかに呑んでいる。

ピアノも揃った生バンドは巷で流行っているジャズを演奏していた。

白井、岡倉、大松、林を含む七人の男たちが両脇に女を侍《はべ》らせ、頻りに大松と林が下手な日本語で冗談を言っては高笑いしていた。

「菊山さん、あちらの西条《さいじょう》の親分からです」

支配人が七本のビールを運んできた。

菊山が有名になるに従って夜の街では知らないヤクザやゴロツキから物を贈られることが増えてきたが、菊山は決して受け取らなかった。

西条は愚連隊出身の新興組織『西条組』の親分だった。

飲食店から見かじめを集めたり金融等を業《なりわい》とし、武闘派の評判を取っていた。

受け取りを拒否された支配人が困惑して何とか納めて下さいと頭を下げているが、菊山は持って帰れと、にべもない。

「菊山さん、せっかくだからもらえばよかったんじゃないですか」

大松が唇を歪めて支配人の背中に視線を送る。

「バカ野郎、大松。きさまは物もらいか、それでも男かっ」

菊山はいきなりグラスに入っているウイスキーを大松の顔にぶっかけた。

菊山に何度も頭を下げ、大松は女からハンカチを借りて顔と服を拭いている。

隣に座っていた岡倉にもウイスキーがかかったが、岡倉は無表情のままハンカチで拭いていた。

それまでの和やかな雰囲気が重苦しく変わり、女たちは菊山の機嫌を懸命にとっている。

「菊山さんですね」

髪を短く刈った二人の男が菊山の前に立った。

大柄な男はまだ三〇歳くらいだ。

血気に溢れた大きな目で、じっと菊山の目を探るように見ている。

もう一人は若い男だが、唇を固く一文字に結び、冷たい視線を送っていた。

「そうだ。何か用か?」

菊山の表情が引き締まる。

「うちの親分の気持ちを無にするってのは、どういうことですか?」

大柄な男は言葉は丁寧だが、挑むような目をしている。

「どうもこうもあるか。もらう義理はない。友達でも何でもないし、どこの馬の骨か知らん奴からどうぞと言われても、はいとは言えんな。わかったら行ってくれ」

「どこの馬の骨という言い方はないでしょう。西条と言えばこの界隈じゃ知らない奴はいないくらいの親分ですよ。それを……」

「うるさいっバカ野郎。ほかの奴が知っていようと俺は知らんのだ。帰れ。俺を怒らすな」

男たちを手で追い払おうとする菊山に向かい、若い男が啖呵《たんか》を切った。

「何だとこの野郎、稼業人を舐めんなよ。名前が売れてるからっていい気になってると長生きしねえぞっ」

「何だと、このガキッ」

突然、立ち上がった菊山の拳が若者を殴り飛ばしたところに親分と呼ばれた男がやってきた。

殴られた男が血相を変えて菊山に向かっていこうとするのを制止し、西条だ、と名乗った。

背丈は菊山と同じぐらいで、がっちりした体格だ。

太い眉の下の目が自信に溢れている。

「あんたんとこの躾《しつけ》はなってないぞ。長生きしないだとお。バカめ、俺は人生太く短くでいいんだ。誰が長生きしたいもんか。おい、あんた。親分だか土瓶だか知らないが、よく言っとけ」

菊山は口から唾を飛ばして怒鳴っている。

「菊山さん、そりゃ言い過ぎじゃないか」

西条の目が鋭くなった。ザラついた空気が漂う。

「バカ野郎。俺には関係ない、文句があったらかかってこい」

男たちは菊山の勢いに一瞬怯んだが、子分の一人の大柄な男が拳を振り上げた。

頬に一発くらったが、菊山はすぐに反撃のパンチをくり出し、フロアの上にひっくり返す。

フロアにはいつの間にか『ウン・ポコ・ロコ』の音が流れていた。

本家には及びもつかないが、ピアノが空気を叩くように弾み出す。

若い男が叫び声と共に菊山にかかっていった。

菊山の傷だらけの節くれだった拳が鼻と口の間を貫き、男は吹っ飛んだ。

西条組の若い衆がわっと押し寄せる。

菊山たちの方が人数が多いせいで、武闘派の西条組といえども相手にはならない。

それに喧嘩の数なら菊山たちには及ばない。

それまでの落ち着いた表情をかなぐり捨てた西条が太い声で怒声をあげ、菊山に向かってきた。

顔面をかすめた腕を取り菊山が逆に殴りつける。

その後は菊山に一方的に殴られ、西条はほかの組員と同様にフロアに転がった。

悔しさと恨めしさに拳を震わせ、唇から血を流したまま菊山を睨んでいた。

「ふん、大したことないな。おい、帰るぞ、こんな店」

菊山は釣りは要らんと、多過ぎる札を支配人に握らせて店を後にした。

菊山の唄う『かりそめの恋』が空に響いている。

白井が笑いを噛み殺し煙草片手に歩き、その後ろを林と岡倉が肩をいからせて歩いている。

すれ違う夜の蝶《ちょう》たちがある者は酔っ払いに構わぬように、ある者は笑いながら通り過ぎていく。行き交う女たちの装いも、すっかり華やかになっていた。

菊山を知っている者が挨拶する度に菊山はおお、と手を挙げ、また唄いだす。

漆黒の宙天を漂うように浮かぶ三日月に雲が一筋かかっていた。

「菊山。今夜はいい風だなあ」

気分良く酔っている白井が空を仰いで深く息を吸った。

男たちの耳元で夢を囁くような風だった。

初夏の夜はまだ肌に涼しく空気は澄んでいた。

菊山は応えることなく声を張り上げている。林と岡倉がそれを見て相好を崩した。

菊山の進む方向から鳥打ち帽を被《かぶ》った男が歩いて来た。

目深に鳥打ち帽を傾け、夜だというのに真っ黒な色眼鏡をしている。

男の両腕が薄いジャンパーのポケットではなく腹の中に入れられているのが、白井には不自然に見えた。

白井は正気に戻り、目を凝らす。

男と菊山の距離が一間に迫った時、白井は菊山の危機を察した。

その瞬間、男は色眼鏡を道に投げ捨てジャンパーの中から抜き身の匕首を取り出した。

離れないように手と柄を白い手拭いのような布で巻いている。

極彩色に染められた匕首が菊山に迫った。

「くたばれっ」

男が菊山に突進する。

ポケットから手を出しかけた菊山の後ろから白井が躍り込んできた。

ネオンサインのけばけばしい光の下で二人の軀が交錯《こうさく》した。

「あっ」

男が甲高い声をあげ、鳥打ち帽が地面に飛んだ。匕首の切っ先は飛び込んできた白井の脇腹を貫いていた。

「白井、白井っ大丈夫か。お前はさっきのガキだな。この野郎、赦さんぞ。おい、林、岡倉。白井を見てやれ」

若い男は匕首を顔の前にかざし、身を低くした。

「ぶち殺してやる、このガキめっ」

眉間を盛り上げ、目を充血させた菊山が若い男を睨みつけた。

座り込んで脇腹を押さえている白井の上体を林と岡倉が支えた。

「岡倉、その辺の店の奴を連れて来い。ついでに戸も外して持って来い。早くだっ」


林がシャツを脱ぎ、みるみるうちに赤く染まった白井の脇腹に押し当てた。

白井が苦悶に顔を歪ませ、大丈夫だ、と喘いだ。流れ出た血がズボンと地面を濡らす。

白井の脇腹から流れ出た血が赤い池を作った。

若い男は菊山の腹をめがけて突進した。恐怖のせいなのか叫び声が裏返っている。

菊山は突っ込んできた男をかわし捕まえた後、匕首を握っている手を力いっぱい蹴り上げた。

菊山の胸に黒々とした憎悪と怒りが渦巻いた。

しっかりと布で巻かれて匕首が離れないと知った菊山は、いとも無造作に男の手首と二の腕を握り膝を押し当て腕をへし折った。

男の絶叫が夜空に谺した。

肘から先があらぬ方向に曲がり、匕首がだらんとぶら下がっている。

「このガキ、よくも白井を……」

地獄の淵から上がってきたように憎悪の炎を滾らせ、菊山は男を滅茶苦茶に殴り続けた。

相手の殺意を押し潰し、闘志を叩きのめした。倒れた男の軀に馬乗りになり途切れなく噴き出す激情のままに、殴って殴って殴りまくった。振り上げた拳が留《とど》まることを知らなかった。

岡倉が付近の店のボーイたちを急き立て、戸板を持って戻ってきた。

白井を乗せて、いつも喧嘩の怪我を診てくれる、繁華街の一角にある大きな病院へ向かった。

菊山は怨嗟の声をあげ、ぼろ雑巾のようになった男を怒りと憎しみを込めて殴り続けている。

男の顔面は瞼《まぶた》が塞がり鼻が折れて前歯も折れ、赤い塗料を頭から被ったように血に塗れてぬらぬらと光っている。

男の目から生の光は消えていた。

菊山は立ち上がり、街灯の光を鈍く映している爪先で男の耳を削ぐように蹴りつける。

グチャッと音がして、皮一枚を残し耳が裂けてしまった。

それでもまだ気が収まらず、この野郎、この野郎っと叫びながら菊山は蹴り続けていた。

白井を刺し貫いた匕首を握っている手を踵で何度も踏み潰す。

いつの間にか人だかりがしてきた時に、やっと我に返り病院へ走り出した。

「白井、くたばるなよー、負けんなよっ」

夜の街を雄叫びをあげ、菊山が走っている。

かつてMPに発砲された時より、菊山は無我夢中で走った。

病院に飛び込んだ時、まさに白井の手術は始まるところだった。

止める看護婦を怒鳴り、手術室のドアを無理に開けて青白い顔をした白井の顔を遠くから眺め、菊山は馴染《なじ》みの医者に向かって絶叫した。

「俺の血でも命でも何でもやるから先生、助けてくれーっ。死なせたら赦さないからな、先生」

連絡を受けた同胞たちが続々とやってきた。

白井のために血を集めるのだ。

「お前ら、いつも売血なんかしてるから少ししか抜けないじゃないか。看護婦さん。五合でも一升でも抜け。俺は血の気が多いから平気なんだっ」

菊山が顔面を真っ赤にして喚いている。

「俺の血も好きなだけ抜いてくれっ」

「ポンをやってるけど大丈夫だべかっ」

「バカ野郎、こんな時に何を言ってんだっ」

同胞たちが口々に叫んでいる。

輸血のために看護婦が慌ただしく男たちから血を採った。

「白井っくたばるんじゃないぞ。もっともっといい思いするって言ってたじゃないか、俺といっしょに。何のために夢の国へやって来たんだ」

廊下の窓から見える空に細い月が漂い、黒い雲がたなびいている。

菊山の長い夜が始まった。

檻の中の熊のように落ち着きなく廊下を行ったり来たりする菊山の眉間には、深い皺が刻まれたままだった。

「菊山君、白井君の容態はどうなんだ」

普段は背広を纏っている野村が革ジャンパーをひっかけ、押っ取り刀で駆けつけた。

「まだわからないです。血はみんなからももらったけど。あいつのことだから絶対にくたばらない。そんなやわな男じゃない、あいつは」

間もなく金本が明石、黒木、花川を連れて入って来た。

男たちの間では西条組へ報復するぞ、の声が津波のように高まった。

仄白い光を目に宿らせた明石はすぐにでも走り出しそうに興奮している。

「待て。奴らもバカじゃない。今頃は人を集めて用心しているはずだ。菊山君を狙って失敗した以上、西条は青くなっているさ。まずは白井君の無事をみんなで見届けよう。やるのはそれからだ。なあ、菊山君。君の怒りはわかるが、今はそうしようじゃないか」

菊山に歩み寄り、野村はその肩に手を置いた。

この時、菊山は己の大事な軀の一部をもぎ取られたみたいだった。

自分が刺されなかったことに対する悔恨の情が菊山を苦しめる。

窓の外に見えていた細い月が黒っぽい雲に完全に覆われ姿を消していた。

やがて手術が終わり緊張した面持ちの医者が白井の無事を告げた。

菊山の張りつめた表情が緩み、男たちの歓声が廊下の静寂を破った。

その途端、菊山の中で西条に対する怒りが紅蓮の炎となって燃え上がった。

夜が明ける頃、菊山は野村の事務所にいた。

テーブルを挟んで菊山と明石が並び、向かい側に野村と金本が座っている。

男たちは報復について話し合っていた。西条組に対抗し拳銃の用意までしていた。

米軍の横流しのコルトなどが無頼の男たちに出回っていたのだ。

「そんなもんは要らないな、金本さんよ。あんな連中のへなちょこ弾丸《だま》が俺を殺せるもんか」

菊山は鼻で笑っている。

「いや菊山君。用心に越したことはない。君を殺《や》ることは奴らにとって最大の勲章なのだからな。用心することは決して臆病なことではないんだ。

君は君一人の命ではなくなった。わかるか」

「おじさん。俺はそんなつもりで暴れてるわけじゃない。ただ俺を邪魔する奴、バカにする奴は赦さないってだけでね。殺られることがあればそれは弱いからだ。それだけの運命だったんです」

菊山は唇を緩め、三人の顔を見回した。

「菊山さんはわかっていない。自分で考えるより菊山という名前はでかくなったんだ。菊山さんに勝てなくても、向かっていったというだけで、そいつの名は上がるんだ。何かあれば菊山さんを慕う奴らはどうなるんだ。白井は何のために自分を盾にしたんだ。そうじゃないのか」

明石が向き直り菊山の手を強く握り、喰い入るように見つめた。

口を一文字に結び、明石の目を見ている菊山になおも言葉を続ける。

「白井のためにも同胞のためにも命を粗末にしちゃいけないよ。俺たちはこれから伸びていかなくちゃいけないんだ。遠い日本まで来たんだから」

紅潮させた顔で説く明石を見て菊山はそうだな、と呟いた。


「おおっ大丈夫か、お前」

「ああ、いつから来てた？」

ベッドの上で白井が目を覚ました時、目の前に脂ぎった菊山の顔があった。

窓を通して、磨きあげたような青空から太陽の光が柔らかく射し込んでいる。

「ちょっと前だ。どうだ、どうなんだ？」

「どうってこともない。痒《かゆ》い程度だ。それよりお前、昨日の若僧はどうなった？」

「知らん。そんなこと。昨日はみんなの血を採ってたいへんだったんだぞ。人間はしぶといもんだな。あんなに血が出てもくたばらん。お前って奴はつくづく悪運が強いな」

「笑わすな、菊山。腹が引きつる。お前も血を採られたのか?」

白井の目に光が戻ったことを目尻に皺を寄せて菊山は眺めている。

途端に軀中に力が漲ってきた。

「五合でも一升でも採れってな。血の気が多過ぎるからよ、俺は」

白井が二、三回、目を瞬かせた。

「そうか。それじゃ菊山。お前の血が俺の軀の中に流れてるってことだな。俺もますます血の気が多くなったわけだ。いいんだか悪いんだかな」

「バカ野郎、いいに決まってるべや。ほかの奴の血も入ってるけど俺の血が一番強いからな。ま、ゆっくり治せや。病院には里美をよこすからな。身の回りのことは心配するな」

任せる、と白井は小さく息を吐いた。

つられるように菊山も息を吐き、二人が阿吽《あうん》の呼吸で頷いた。

白井が窓の外に顔を向け、数秒の沈黙が続く。それに気付いた菊山も外を見た。

「菊山。空ってこんなに青かったか? ちゃんと空を見たことあるか、お前。ほら、あそこに太陽があんなに光ってるぞ」

しばらく二人で空を見上げていたが、菊山が唐突に口を開いた。

「白井」

「何だ」

「腹が減らんか? 考えてみればお前のせいでメシもまだだ。昨日は死ぬほど走ったしな。俺はぺこぺこだ。ここの食堂から何かもらってくるけど、お前はまだ喰えないな、きっと」

白井ははあ……と呆れて、かぶりを振った。

「何でももらってこい。俺はいい。どうせ、まだダメだろ。そうか、腹が減ったか」

「それじゃちょっと待ってろ」

菊山は普段の表情に戻り、廊下へ出て行った。

後ろ姿を目で追った白井が独りになった病室で呟いた。

「お前って奴は……」

ふふん、と小さく鼻で笑って目を閉じた。

握り飯を頬張る菊山の傍らで看護婦が忙しそうにしている。

検温と点滴の準備を終えた後、夏ミカンほどもある大きな握り飯を頬をぱんぱんにして食べている菊山を見て眉を寄せて出て行った。

「旨いか、菊山」

点滴の針を腕に刺し、白井は面白いものでも見るような表情をしている。

「ああ、旨い。握り飯ってのは旨いもんだ。見ろ。ぜーんぶ米だぞ、米。豪勢なもんだな。梅干しは好かんが、この中に一個だけ入っているのは旨い。日本人は偉いもんだべ。でも中はやっぱりキムチに限るがな」

飯粒を唇の端につけて頓着しない菊山の姿を見て、白井は生を実感していた。

「菊山。奴らはどうすることになっているんだ。これで終わりか。お前の方が先にあいつらをやったんだということなら……」

「先も後もないだろ。俺の命を狙ったんだぞ。お前をこんなにしやがって。ただじゃすまさん」

白井の言葉を制して、菊山は飯粒をつけた顔に怒りを滲ませた。

「おじさんたちもか？」

「国方全部だ。金本さんも明石もだ。ハジキまで用意しているぞ。おまけに俺に兵隊がつくらしい、ハジキを持った。用心棒に用心棒がついてどうすんだよ。白井。あんなガラクタ共、いくらかかってきたってまとめてぶっ潰してやるのによっ」

「そう言うな、菊山。そうか……ハジキまでか。お前、用心しろよ。強いのはわかってるが、命は一つだからな、菊山」

白井が煙草を銜えた菊山に向かって目を眇《すが》めた。

「ふん、命？　俺は不死身だぞ。これまでも何回も狙われたが、あんな奴らにやられてくたばってたまるか。仮にそうなったら仕方がない。人生は太く短くだ、白井」

白井は何か言いたそうだったが、じっと菊山の目を見ていた。

菊山が自分の部屋に帰った時、ほかの男たちは酒を呷って寝入っていた。

里美が菊山と白井のことを心配し目を赤くして待っていたが、菊山の顔を見た途端に表情が明るくなった。


「お前、白井の身の回りの面倒見てやれや」

一風呂浴びてさっぱりした頃、刑事たちがやって来た。

玄関には富田と星川のほかに七、八人の私服の刑事たちがいた。

「やあ、菊山」

人懐っこい笑みを浮かべた富田が片手を挙げると、ほかの刑事たちは菊山に珍しい動物でも見るような視線を向けた。

これが噂の菊山か、というような表情だ。

精悍な面構《つらがま》えの星川が微かに口を開き、よお、と白い歯を見せた。

初めての逮捕以来何度も捕まっているが、所轄であればほかの刑事の担当の時でも必ず顔を出してくれるのが富田と星川だった。

刑事によっては朝鮮人というだけでずいぶんと辛くあたる者もいたし、反抗する菊山に手錠をかけて殴る者もいた。

その度に取調室を壊すくらい暴れる菊山をなだめに来るのが富田であり、星川だったのだ。

「富田さんも星川さんも。今日は何の用だ?」

菊山は薄ら笑いを浮かべている。

「何の用って自分が一番、よく知っているべや」

富田も頬の肉を盛り上げ目を細めたが、瞳の奥は笑ってはいない。

「いっぱいあり過ぎてわからんなあ、どれだか」

「菊山。来てくれ。お前が相手だからいい加減なことは言わんぞ。今度は金《きん》バで検事パイとは行かんかもな。ま、仕度《したく》して来いや。待ってるから」

金バで検事パイとは罰金で検察庁から釈放されるということである。

「なにいっ検事パイじゃないってか、大袈裟《おおげさ》だな。ま、いいか。紙は持って来たのか?」

菊山が指先で紙を抓《つま》んでひらひらさせるように手だけを動かしている。

「いや、まだだ。だけど要らんべ。悪いようにはしないから大人しく来てくれや」

「富田さんに言われるんじゃしょうがないな。わかった、仕度してくる」

奥へ消えた菊山は手早く里美に仕度させ、岡倉と林を呼び、野村と金本への伝言、そして白井のことを指示した。

菊山を襲った若者の訃報が富田によって知らされたのは翌日だった。

「くたばったか、あの野郎っ。俺に向かって来るからだ。ふん」

一瞬、眉を上げた後、菊山は吐き捨てるように言った。

その顔には微塵も動揺の色は見られなかった。

「菊山。これは重大なことだからよく聞いてくれ。

容疑が傷害じゃなくなるんだ。わかるか、お前さんにとって今は何よりも大きな問題だ」

富田の大きな目が菊山の目の奥のいっさいを透視するかのように向けられた。

「傷害じゃなかったら何だべ、殺人か?」

上目遣いで天井を一瞥し菊山は視線を戻す。

「傷害致死か、殺人か。菊山、天と地の差だぞ。俺がこんなことを言ってはいかんがな。菊山、正当防衛っていう日本語がわかるか?」

星川が目を少し見開いて富田を見た。

「せーとーぼーえー、何だ、それは……」

首を傾げ片眉を持ち上げた菊山に見えるように、富田は互いの間にある白紙の調書に字を書いた。

『正当防衛』

「ふーん、こう書くのか」

「そうだ。奴はお前を襲って来た。匕首《ヤッパ》を持って。白井がお前の盾になった。しかし奴は匕首を振りかざして再び向かって来た。匕首が離れないようにきつく布が巻かれている。お前が助かるためには相手が攻撃できなくなるまでやり返すしかなかった。逃げることもできただろうが、お前の気性じゃあり得ないしほかの奴でもそうだべ。な、菊山。殺す気はなかったが、そうなってしまった」

「俺は野郎を赦さんと思った。白井が刺されてカーッとなってぶっ殺すって思ったんだ。くたばったらそれも仕方ないという考えだ。俺は嘘をついて助かろうとか罪を軽くしようとするのは御免だな」

菊山は腕を組み渋い顔をしたが、富田はもっと渋い表情で首を横に振った。

「誰も嘘をつけとは言ってないべ、菊山。お前は酔っ払ってカーッとなって見境がつかなくなった。もともと短気を起こすと見境がつかなくなることは周りの誰もがよーく知ってるべや」

「ああ」

「匕首が離れない相手だからやらなきゃ自分がやられる。お前が奴に暴行しているところを見てた者はいて、その時、相手はまだ息をしていたし、お前が走り出したのも見ている。殺す気だったら息の根を止めるのは簡単だべや、もうのびてる奴だからな。そうだべ、菊山よ」

富田がゴールデンバットを銜え、星川が火を点ける。

二人の目が交差し、唇の端が上がった。

「うーん……そうかあ」

菊山は眉根を寄せ天井を見上げている。

富田と星川が苦笑するように目を合わせた。

「菊山。嘘はどこにもないべや。そうだべえ。お前さんの嫌いな嘘はないはずだべ。なっ星川」

「はい。どこにもないです。なっ菊山。そうだべ。お前が本気で殺《や》る気になったら最後まで行ってしまうべ?」

星川が目尻を下げ、菊山の腕に軽く触れた。

裁判の結果は傷害致死で二年六カ月の懲役刑だった。

西条組とは複数の組織が仲裁に入り、野村と金本が菊山の名代《みようだい》を務め、黒ブタの手打ちになった。黒ブタとは互いに条件なしの五分という意味である。

本来ならば稼業人でも愚連隊組織でもない菊山と西条組の手打ちはないのだが、相手が菊山であること、金本の東成総業を中心とした国方たちに軽視できないだけの力があったために仲裁に入る組織が出てきたのだ。

取り持った組織の長には国方の人間たちと西条組の両方に貸しを作れ、しかも誼《よしみ》も通じるという目算があった。

西条にしても菊山が生きている以上、手打ちをしなければ出所してきた菊山に狙われるのは恐ろしかった。

狂犬、ギャングの菊山だから、このままずむとは考えられなかったからだ。

稼業人の筋道からいけば西条の挨拶を無下に断り、そればかりか叩きのめした菊山に非がある。

菊山を狙った若者を殺したことを考えても何らかのけじめをつけるべきところだが、菊山は斯界《しかい》の理《ことわり》すら変えてしまった。

「菊山。お前が戻ってくる時には日本も一人歩きしているからな。どんなになってもお前のいない間は頑張るぞ。俺じゃ力が足りんが、みんなで力を合わせてな。安心して務めに行ってくれ」

「白井、頼むぞ。だけど無理はするな。一人でしょいきれないと思ったらおじさんと金本さんに相談しろよ」

「わかった。俺の軀にはお前の血が流れているんだ。留守は何とか守ってみせるさ」

裁判の終わる少し前に日本はサンフランシスコで対日平和条約に全権の首相吉田茂が署名したところだった。


菊山は下獄した。

務めが始まったその日、すぐに受刑者からハトが飛んで来た。

「菊山さん、南さんからです。どの工場に下りても話は通ってます。ほかの親分たちも菊山さんの来るのを待っていますから務めに専念して下さいとのことです」

独居舎房《しゃぼう》の世話をする受刑者が獄吏《ごくり》に知られないように顔と軀をあらぬ方向に向け、声を殺して南の言葉を伝えている。

それだけではなく菊山が入浴などで移動する度に知るはずのない受刑者たちが姿勢を正し、獄吏に見付からぬように小さく会釈した。

小さな食器孔から入れられる食事は、顔づけと言って特別に副菜が山のようになっていた。

数週間の考査期間を経て菊山が工場に下りた。サムライ工場と称され、各工場で暴れた者の吹き溜りと言われている工場だった。

指定された席に着いた途端に男が近寄り小声で囁く。

「お待ちしてました。自分は松方《まつかた》一家の吉村《よしむら》と申します。うちのオヤジがくれぐれもよろしくとのことです。菊山さんのことはきっちりと承ってます。何なりと言って下さい。後で担当の目を盗んで引き回しをします。この工場は自分が仕切ってますからすべて自分に任せて下さい」

「よろしく頼む」

菊山は吉村の顔を見て微かに頷く。

引き回しとは通常はヤクザ同士が自己紹介し合う儀式のことを指していた。

坊主頭の吉村は鼻から頬にかけて二寸（約六センチメートル）ほど横に走った疵痕がある。

左目が斜視だった。五尺八寸（約一七四センチメートル）のがっちりした体躯をしている。

吉村の親分の松方は同じ用心棒稼業から出発し、昨年、正式に松方一家を旗揚げした男だった。

五尺四寸（約一六二センチメートル）と短軀ながら柔道で鍛えた根性と軀で愚連隊から渡世人になっていた。

以前、菊山が松方の店で暴れ、若い衆を殴り倒した時に松方が駆けつけてきた。

衆人環視の中で菊山は松方を血達磨にしたが、どんなに殴られようと闘争心を失わず這ってでも向かってきた土性骨《どしようぼね》のある男だった。

狂犬の菊山相手にその凄まじい執念が逆に松方の評判を高めたが、菊山自身も感じることがあったのか街で会えば親しく言葉を交わすようになっていた。

菊山にとって相手の人間の地位や肩書きは端《はな》から問題ではなく興味もない。相手が何者かを判断するのは実力だけなのだ。

「菊山さんは南の叔父貴《おじき》とお知り合いですか？」

吉村の目に好奇の色が浮かぶ。

「おお。ちょっとしたな」

「うちのオヤジとも南の叔父貴は縁を持ってるんです」

「あの兄弟とか何とかいうやつのことか？」

菊山の声が少し高くなり、吉村が慌てて獄吏の方を見た。

「はい。兄弟分です、五分《ごぶ》の」

「ふーん……。南さんてのはそっちの世界か」

「ええ、ご自身が初代で組名乗りをしました」

菊山はふん、と短く鼻を鳴らした。

工場と舎房を問わず、菊山の務めは楽だった。中にはかけ出しの稼業人が喧嘩のやり方を教えて下さい、と来ることもある。

菊山をうんざりさせたのは舎弟にして下さいという者が後を絶たなかったことだ。

もともとそのような関係は煩わしく思い打算が大半のヤクザばかり見てきただけにその気もない。

服役中は事前に里美と入籍し手紙と面会の相手としていたが、白井からの伝言が中心だった。

中にいて焦っても仕方がないと、この男の人生の中では平和な時間が続いていた。

最初の冬が終わり、春の麗《うら》らかな陽射しを浴びるようになった頃、対日平和条約・日米安全保障条約が発効した。

昭和二七年（一九五二年）四月二八日のことである。

この時、刑務所では全受刑者が踊りだしたくなるような喜びに満ち溢れていた。

恩赦だ。

平和条約発効に伴って刑法犯の恩赦が行われることになったのである。

工場のボスのように崇められていた菊山の周囲はその話で持ちきりだ。

「菊山さん。何でも刑期の四分の一を務めたらパイだそうですよ」

左目が濁り焦点が定まらぬ目を瞬かせ、吉村がいかつい顔を綻ばす。

「いや吉村さん。四分の一をくれるんじゃないのかい? 兄貴、娑婆《しゃば》の姉《ねえ》さんから何か言ってこないですか」

菊山に毎日のように頭を下げ履物《げそ》の上げ下げから入浴後の軀拭きなど身の回りのいっさいの世話をするようになった勝山《かつやま》が、きかん気に溢れた目で菊山を見た。

「知らんなあ……お前のところじゃ、そう言ってるのか」

「ええ。今、娑婆にハトを飛ばしてます」

勝山は桐乃屋《きりのや》一家の組員だ。

吉村と同じ二三歳だが、短気で喧嘩っ早い。毎日、懲りもせず舎弟にして下さいと頭を下げてくるので菊山も根負けしたようなものだ。

勝山は周りから羨望の眼差しを受ける半面、押しかけ舎弟と茶化されている。

日本人、ヤクザ者としては初めての舎弟だった。

まもなく里美が恩赦について知らせに来たが、菊山にとって獄の中は居心地が良く、すぐに出たいとは思わなかった。

そんな話をしていた頃の五月一九日、白井義男がダド・マリノを破り、ボクシング世界フライ級で初のチャンピオンとなり、獄の中の男たちは我がことのように血潮を熱くしていた。

この春からNHKラジオ小説で「忘却とは忘れ去ることなり。忘れ得ずして忘却を誓う心の悲しさよ」という語りが有名になった『君の名は』が始まり、放送日の木曜日の夜は女湯ががら空きとなると言われていた。

服役中、菊山は思うことがあり、法律の勉強を始めている。

富田との取調室での一件がきっかけになったが、菊山の下へさまざまな相談や仕事が持ち込まれるようになったことも理由になった。

白井に選んでもらった六法全書と国語の辞書を常に座右に置き、毎日こつこつと勉強していた。

この時、菊山は同じ条文であっても運用一つでその結果に雲泥《うんでい》の差があることに気が付き、法律の重要性を知ることとなった。

相変わらず稼業人の世界に興味もなかったが、多くの斯界の男たちの生活を垣間《かいま》見てその実態を深く知ることになる。

同時に街で親分と言われているたくさんの連中と知り合うことにもなったのである。

短い夏の名残《なごり》を惜しむ間もなく秋がやって来た。

付近一帯が車列で埋まる出迎えを受け、菊山が出所した。

野村、金本、白井をはじめ街のヤクザの親玉が顔を並べる中、菊山は娑婆の空気を胸いっぱいに吸い込んだ。

自由の匂いが肺の末端までを洗ってくれた。

菊山を待ちわびた多くの男たちと再会を祝う握手と挨拶が続いたが、当の菊山はさっさと部屋に戻りのんびりしたかった。

もとから儀式や形式が面倒だと思っているだけに、白井と金本に辛抱辛抱と目で合図され、こらえていた。

刑務所の中で知った者、舎弟にした者たちに交じって多くの若い衆を引き連れた南も来ていた。菊山は中での礼を言うと、南は以前の借りを返せたと笑みを浮かべている。

やっと解放されて野村の事務所に向かったが、街は大きく変わっていた。

新しい建物と舗装路が夥しい勢いで増え、歩く人々の服装も色合いが美しくなっていた。

道を行く女の間では薄いナイロンブラウスを中に着て、チューリップラインと呼ばれる膝下のスカートとウエストを絞った上衣を着るのが流行り、レースの手袋や洒落《しやれ》た帽子まで被っていた。洋画に出てくる女優と同じファッションだった。

「たった一年でこんなに変わるのかあ。こりゃ何年も入っていたら浦島太郎だな、白井」

菊山は名曲喫茶やシャンソン喫茶に首を捻り、街中を走るトヨペット・スーパーを目で追いかけている。

「ハハハハ。今はどんどん新しい建物が建っている。夜の街だってそうだ。店が増えた。それだけ酒を呑める人間が増えたってことだ。日本は独立したんだからな、もっと景気も良くなるべ。俺たちの仕事も増えるってわけだ。頼んだぞ、菊山。ただし暴力はほどほどでいい。今じゃ菊山と言っただけで十分に御利益《ごりやく》があるからな。これからは仕事に力を入れよう」

「仕事か……いくらでも引き受けてくれ。さあ、やってやるぞ。それに何たって俺たちには面倒を見なくちゃならない奴らが多いからな」

菊山の家は一年前と変わらず多くの居候を抱えていた。

「さあ、菊山君。厄落としだ」

金本が平皿に載った豆腐を差し出した。菊山はその豆腐の四隅《しすみ》の角だけを食べている。

獄から出所した時、心身の獄の垢を落として社会での安泰を祈って縁起を担ぐ儀式だった。

「御苦労様でした」

改まった野村の挨拶に、事務所にいた三〇人あまりの男たちが声を合わせる。

菊山は困ったように苦笑いした。

菊山が務めに行っている間に野村の会社は『太極《たいきょく》総業』と社名を変え事務所を広げ、女子事務員を雇い入れていた。

新たに建設業に手を伸ばし、業績は日の出の勢いだった。

面倒を見る飲食店だけで一〇〇軒を軽く超え、白井たちがその忙しさを得意気に語った。

小一時間ほどした頃、菊山は野村の事務所を引き揚げることにした。

腰を上げた菊山に野村が分厚い袋を手渡した。

放免祝《ほうめんいわ》いというやつだ。

朝方の盛大な出迎えの時に集まった金と合わせて洒落た家が一軒、楽に建つほどだった。

自宅へ走る車中で菊山はその金をそっくり白井に手渡し、ふーんと唸っている。

「下手に娑婆で仕事してるより、務めに行って帰ってきた方が金になるんじゃないのか」

相好を崩す菊山にまったくだ、と言って白井は封筒を鞄《かばん》にしまい込んだ。

里美と男たちの出迎えを受け、やっと落ち着くことができた菊山は変わらない顔ぶれを見回し、娑婆に出たという実感を味わった。

第二の人生。全身の血が希望で熱く脈打っていた。新たな門出だ。

菊山と二人だけになった部屋で白井が帳簿を取り出し、菊山が社会を不在にしていた間の収支報告をし始めた。

「おい、こんなことまでやってたのか、お前」

「おお、そうだ。菊山、いつまでも丼勘定をやってるわけにはいかないべや。まあ、見てくれ。お前がいない間にこれだけの金が貯まった」

白井が指差す帳簿を覗き込み、菊山はおおっと声を大きくした。

月給取りの平均が二万円あまりの時代に、数百万円を超えていたのだから無理もない。

煙草の『光』三〇円、米一キログラム一〇一円、国鉄初乗り一〇円、銭湯一二円（東京）の時代である。

「菊山。これからは暴力より経済力の時代だべ。だから貯めてみたんだ」

「ふーん……しかし目的のない金を貯めてもしょうがないべ。墓の中に持っていけるわけじゃないし。まずは好きなことをしてだな、それでもあまるのは仕方ないが。なあ、白井」

菊山に言われても白井は応えず、かぶりを振る。

「ま、お前の好きなようにしてくれ。俺は前と同じように仕事をすればいいわけだべ」

その夜、菊山は放免祝いの場で久々にネオンサインのどぎつい光に身をさらし、浮世の塵《ちり》に酔いしれていた。

飲食店の看板に使われる煌びやかなネオンが増えたことが社会の復興を物語っている。

終戦直後はパンパンにしか見られなかった濃いメイクの女が一気に増え、男もソフト帽や小ぎれいな背広姿だ。

敗戦直後に社会の通奏低音のように流れていた虚ろな空気はどこにもなく、夜の闇に輝くネオンサインのごとく人々の思いは目映い光を発するようになっていた。

妖しい空気にトランペットの音と嬌声が混じる

店内のボックスには菊山がいた。

『モロッコ』は、二〇〇人以上収容できる大箱だ。

新し物好きの菊山が近頃、贔屓にしていたジャズを唄う女を待っている。

菊山が呑みに来ている日にはリクエストしなくても菊山の好みの曲を唄い、菊山が祝儀をはずむというのが恒例になっていた。

今日に限ってまだ現れず、店長に訊いても前の店がどうとか要領を得ず、ただお待ち下さい、との応対が菊山の顔を粗く削った岩のように険しくさせていた。

白井たちもその様子に気が付き、いつ爆発するのかはらはらしている。

「ええい、ちくしょう、気分が悪い。来るのか来ないのか、はっきりしやがれっ」

黒服に蝶ネクタイ姿の店長が菊山の席を見ない振りをして素通りした時、それに気付いた菊山の怒りは火山のごとく噴火した。

「こら、バンド止めろっ」

グラスを力いっぱいフロアに叩きつけると粉々に砕け散った破片が、ダイヤモンドダストのようにキラキラと光を反射しながら四方八方に飛び散った。

「止めろ、この野郎っ」

立ち上がった菊山がバンマスに向かって歩く。

店長が走り寄り、菊山を制止しようとして押し倒された。

バンマスは菊山の狂気を浮かべた目を見た途端、バンドに演奏を止めさせた。

店内の喧騒が鎮まり客とホステスたちは、バンドに近寄っていった菊山に視線を集中させている。

白井たちもこうなったら好きなようにさせるしかないと諦めた。

「くそ、いい加減なことばかり言いやがって。おい、俺に唄わせろっ」

怯えるバンマスを指差し、菊山は吼えている。

店の用心棒をしている吹雪《ふぶき》一家の男が四人、店の奥から出てきたが、菊山の姿を見ると顰めっ面をしてバンマスに合図をする。

「菊山さん、何を唄いますか？」

「うーん、かりそめでもやるか。お前、わかるか、かりそめだぞ、かりそめ」

赤黒くなった顔に目を爛々《らんらん》と光らせている菊山が、スタンドマイクを握り締める。

店長が来て恭《うやうや》しくマイクのスイッチを入れた。

「菊山さん、かりそめの・こ・い、ですね」

バンマスは上ずった声で確かめている。

「かりそめだ、かりそめ。こら、楽団屋。そんなものもわからんのか」

マイクを通した菊山の声が広い店内に響き渡る。

客とホステスたちは硬い表情の者、嫌悪を露にしている者、面白そうに笑っている者とさまざまだが、店長と白井たちは笑っていない。

バンマスの指揮で前奏が始まった。

菊山はまだ前奏のパートだというのに唄いだし、バンドのメンバーはバンマスより菊山の声に合わせて音を切ったり伸ばしたり苦労している。

険悪な表情の菊山だったが、一番が終わり拍手をもらうと顔の筋肉が緩んできた。

ボーイが気を回してピンスポットを当てる。

「こらっ眩しい。俺の目を悪くする気か、このバカ野郎」

鼻を鳴らして怒っていたが、客席から拍手と酔っ払った客のいいぞ、という掛け声で目尻を下げて二番を唄いだす。

バンドの音などさらさら耳に入っていないようで、自分のペースでどんどん進む。

酔うほどに語尾の音が伸びてくるのが菊山のく

せだが、バンドは音程もさることながら勝手にテンポを変える菊山に合わせるのに必死だった。

皆、額に汗を浮かべバンマスの腕の動きと菊山を忙《せわ》しなく交互に目で追っている。

吹雪一家の男たちが七、八人息急《いきせ》き切って入ってきたが、その様子と白井の大丈夫という指で丸を作った合図で取り敢《あ》えずカウンターに陣取り苦笑いしながら菊山の歌を聴いていた。

「ああ、にいじの、こおいぃぃぃっと」

かなり聞こし召している菊山だが、すっかり機嫌が良くなったようだ。

「よおぉし、おいお前ら、下手だな、ちゃんと合わせろよ。ご清聴ありがとおっ」

バンドに文句を言ってから片手を大きく挙げ、菊山は近付いてきた店長にマイクを返したかに見えたが、拍手と口笛まで鳴ったためにマイクを取り返した。

「それじゃ『ああモンテンルパの夜は更けて』をやるぞ」

店内は爆笑の渦に呑み込まれた。

娑婆に戻ってきてからの菊山の花柳通いはますます熱が入っていたが、それに合わせて女の数も増えて朝まで帰って来ないことが多くなった。

それ以上に始末に負えないのは隠し立てせず、堂々と外泊してくることだった。

聞かなくともどこそこの店の誰々と、と平然と話すだけに里美も呆れていた。

こそこそやる、わからないようにやる、という思考がないのだ。

帰って来た菊山に文句を言えば、嫌なら出て行け、と怒鳴る自分勝手な男だった。

こんなことばかり繰り返した挙句、酔って帰って気分が悪ければ暴れだす。

とうとう里美も堪忍袋《かんにんぶくろ》の緒《お》が切れ、出て行くことになる。

「そうすると滝川さん。その連中を追い出せばそこを売りに出せるってわけですね」

白井の問いに滝川は悠然と頷いた。

滝川の事務所も歓楽街の近くにあり、社員を一〇人以上使っていた。

初めて会った頃に比べ、六、七貫は太ったと思えるくらい肉が付いている。

滝川はひっきりなしに額と首筋の汗をハンカチで拭きながらテーブルに図面を広げた。

八〇坪ほどの敷地に古い家が建っているのだが、家賃も払わずヤクザが居座り家主は売るに売れずに困っているらしい。

立ち退きを迫った家主を脅し法外な立ち退き料を請求して、家主は不動産屋の滝川に泣きついた。

街の中心に近い場所にあり売ることは容易だが、立ち退き料は相場以上に出したくないという単純な話だった。

「何だ、そんなことか。そんなもの、あっという間だ。すぐに解決してやるから」

菊山は雑作もないという表情で湯呑みを呷る。

「それが菊山さん。結構、厄介な奴らみたいなんですねえ。海堂《かいどう》組って知ってますか?」

「海堂組? おいっ白井、聞いたことあるか」

小首を傾げた菊山に白井は眼球を左右に動かし、たぶんと口を開いた。

「お前が入っている間に金融と売春宿で伸びたところだ。親分の海堂って奴はかなり強引なやり方で同業にも嫌われてるらしい。明石が去年、揉《も》めて金本さんと海堂が話をしたことがあるそうだ。俺たちと年は変わらないが、勇ましいらしいぞ」

「ふーん。勇ましいか。それじゃ楽しみだな」

笑みを滲ませた菊山に、用心して下さいよ、と滝川が深刻な表情になった。

「これを売った利益は折半で行きましょう。正月の餅代どころじゃないですよ」

滝川は菊山と白井を見ながら汗を拭く。

「それじゃ良い正月でもやるべ。白井」

何事も深く考えるという習慣を持たない菊山は、まるで近所に散歩に行くような口振りだ。

師走《しわす》も半ばに入り、街は真綿の絨毯を敷いたごとく白一色に厚く化粧が施されている。

襟に毛皮の付いた革ジャンパーを着込み、菊山は件《くだん》の家へ向かった。

車の中に林と大石を待たせ、白井と二人、探し出した家の玄関の前に立つ。

古いトラックが屋根と荷台に雪を積もらせて停まっている。

氷柱《つらら》が軒下からずらりと下がり、玄関の引き戸のガラスの罅《ひび》には紙が貼り付けてある。

引き戸の脇には海堂組と筆で書かれた看板があった。

白井が引き戸を開けると、玄関には汚れたゴム長靴と雪駄《せった》と革靴が乱雑に置かれていて奥の部屋まで素通しだった。

「何の用だべ?」

五人いた男の中で眉が薄くて体格の良い男が顔を出した。

ほかの四人は顎を突き出し、菊山と白井を挑発するかのように睨んでいる。

白井は家主の名を告げ、用件を切り出した。

男たちはヒャッヒャッヒャッと野卑な笑い声をあげ、金さえくれたら出てやるよ、と小バカにしたような面持ちだ。

「海堂さんてのは、いるのか?」

それまで黙っていた菊山が男たちの顔を見回す。

「いねえよ、ここには。用事なら俺たちに言ってくれりゃ足りるからな」

「あんたたちで立ち退きを決められるのか?」

菊山は腕を組み、玄関の壁に寄りかかる。

「こっちの言った金を出せば決められるって」

眉の薄い男が菊山に向かって、金をくれとばかりに手の平を出す。

「金はやる。相場でな。それがイヤならタダだな。どうだ、決められるか、ダメなら海堂って人を呼んでくれ」

「はあっ気は確かか、おい。自分が何を言ってんのかわかってんのか、恰好付けやがって」

眉の薄い男が嘲笑うと、ほかの四人もいっしょになって笑い出した。

「そうか、それじゃ俺も忙しいからさっさと呼んでもらうようにするか」

「やってみろよ、ほら」

その声が終わった瞬間に、菊山は漆黒に光っている半長靴のまま部屋に上がり込んだ。

菊山の拳が男たちの笑い声を切り裂いた。

玄関の引き戸が勢いよく開けられた。

「お前ら、何やってんだ、五人も雁首揃えやがって相手は二人じゃないか。このバカ野郎」

若い衆を三人連れた髭《ひげ》だらけの男が部屋の様子を見た途端、怒鳴り出す。

「海堂さん?」

部屋で椅子に腰掛けている白井が声を掛けた。

隣に菊山が座り、その横に五人の男たちが顔に痣と血の痕をつけて正座させられている。

どの顔も目、鼻、唇が腫れたり、切れていた。

「おお、俺が海堂だ。こいつらやったのはあんたらだな。くそっ」

「いやいや。こっちが一人でやったんだけどさ。それで十分だったたんで」

白井は菊山を指差した。

「何だと、あんたらはどこの者だ?」

部屋に入ってきた海堂は五人の男を睨みつけ、舌打ちしている。

「どこの者でもない。こっちは菊山。俺は白井って言うけど」

「あの菊山さんか、もしかして」

海堂の太い眉の下にある黒々とした目が光を増した。

「知ってたかい、それじゃ話は早いや。立ち退きの件だけど金を払うから出てほしいんだ。相場でね。どうだい、海堂さん」

白井一人が話し、菊山は無表情に海堂を睨んでいた。海堂も目を眇め、負けずに睨み返す。

白井の提案に対して海堂は、話にならん、とふんぞり返っている。

「じゃあ喧嘩ってことだぞ、いいんだな」

菊山と海堂の視線がぶつかり、火花を散らした。

海堂の後ろの三人が息を殺して見ている。

海堂がおおっと応えた途端に菊山の拳が海堂に飛んだ。

まさかいきなり来るとは思っていなかった海堂は呆気ないくらい簡単にひっくり返り、若い衆が慌てて菊山に向かっていった。

正座させられている五人を一睨みし、菊山は三人の男をあっさりと片付け、海堂の襟首を摑んだ。

そのまま胡坐をかいたような鼻に一発、また一発と頭突きを見舞う。

海堂はされるがままだ。

床に鼻血が垂れるのにも構わず、今度は殴り始めた。

「出ると言うまで止《や》めないからな。くたばっても知らんぞ」

結局、片目が塞がった顔で海堂は首を縦に振ることになった。

書類に署名させ立ち退きと同時に金を払うと約束し、立ち退きの期日を二日後にして引き揚げる。

あっさりと立ち退かせたことに驚く滝川との間で話がまとまり、この地に菊山の自宅兼事務所が建つことに決まった。


昭和二八年(一九五三年)、新しい年の正月を迎えた。

月の終わりには野村の傘下の建築屋が内外装の工事を終え、菊山と居候している連中が入居した。白井は近所に部屋を借り、毎日定時に通勤することになった。

二〇畳ほどの土間に応接セットと机が二台。

事務所と自宅には別々に電話が引かれ、新たに事務所の名を記した看板まで付けられた。

『忠清《ちゆうせい》商事』

菊山と白井の故郷から取った名前だ。

二〇畳の事務所の奥に二〇畳あまりの和室が二つあり、バラバラの応接セットが二組置かれて居候たちの住居となっている。

この時、寝泊りしている者は八人、ほかに日中だけ食事と仕事ほしさに顔を出す者が一〇人前後となった。

仕事をした者には月給を払い、飲み喰いはいっさい合財《がつさい》、菊山が面倒を見る。

「岡倉、お前いつまでもポンばかりやってる場合じゃないべや。働かざる者喰うべからず、だぞ。少しは自分でも仕事をする気になれや」

岡倉はヒロポン中毒になっていた。

菊山に叱られても言葉もなく、血色の冴えない顔で弱々しく笑っている。

社会でもヒロポン中毒が問題となっていた。

気性の荒い林にバカにされ顎で使われ、要領の良い大松にも軽んじられていた。

それがほかの男たちにも伝染し嘲笑されることが増えてきたが、菊山にとっては面白くないことの一つになっている。

「こら、岡倉。きさまは人にバカにされて何とも思わんのか。みんな、きさまより年下だぞ。しっかりしろ、しっかり。ポンと酒ばかり喰らってないで男の根性見せてみろ」

たまに二人、あるいは白井も入れて三人になる時には厳しい表情の菊山が叱責するが、気の抜けた笑いでやり過ごすことが常だった。

周りからあんな役立たずは追い出してしまえという声が日を追うごとに大きくなるが、菊山は首を縦に振らない。

「あんな穀潰《ごくつぶ》し、ここ以外じゃ野垂《のた》れ死にだっ。それを知ってて出すわけにもいかないべ」

腹立たしげな菊山の言葉が周囲を沈黙させる。


朝鮮人の中でも読み書きができない者は運転免許すら取れない。

ほかの同胞たちが何とか読み書きを身につけ運転免許を取っても、何人かの男は取れずにいた。戦後、日本にいた朝鮮人の大半は同胞と寄り集まって暮らし、抜きん出た者が庇護《ひご》者のごとく世話を焼く。

人の紐帯が日本人より濃く感情の襞《ひだ》が多いせいなのか、世話を焼く側も焼かれる側も当然に近い感覚を持っている。

それだけに自活・自立しようという気が薄弱な者は、時が経っても変われなかった。

二階には菊山と同棲することになった純子《じゅんこ》が住んでいる。

純子は菊山が面倒を見ている『ヴィーナス』のホステスだ。

肉付きがよく、ふっくらした顔付きに丸い目がよく動く。

のんびりとした笑い方が人の良さを滲ませる。

男女を問わず性格の暗い人間が嫌いな菊山の好みらしく明るいのが取り柄だった。

それに太めの体形で丈夫そうだというのが気にいった理由の一つになっている。

年齢は二一歳、純子も世間で地獄からの使者のように恐れられている菊山が、陽気で笑い声の絶えない男だとわかり、野蛮な部分に紗《しゃ》がかかったのかもしれない。

同じ頃、白井にも相手ができ、近くのアパートでいっしょに暮らしていた。

相手の貴江《たかえ》も夜の女だった。

純子は菊山と同棲するようになり、店を辞めることになった。

菊山の頭の中には共働きという観念はなく、男が獄にでも入らぬ限り、女は家の中に入るものと決めている。

その点は白井も同じ考えである。

「女に働かせて金を得てどうすんだ。情けない」

というのが二人の思いであり、同胞の中に女のヒモのようになっている者がいれば、顔を顰め激しい口調で罵るのだった。

「自分が働けるのに女に喰わせてもらうくらいなら男を辞めろ、首でも吊ってしまえ」

こんなことを言われるので、菊山に世話になっている男たちは自分の女を働かせている限り、菊山の前で女がいるとは言えない雰囲気だった。

「ああ、とうとうやりやがったな」

大松がやっと不自由なく読めるようになってきた新聞を掲げている。

事務所にいた菊山、白井、岡倉、大石、神田《かんだ》がその新聞を回し始めた。

「バカみたいなことを……」

白井が眉間に皺を寄せた。

「日本はどうすんだ、もう独立国だからな」

土気色の顔をした岡倉が新聞に目を落とした後、ふーと息を吐き顔を両手でこする。

二月四日、韓国警備艇が日本の漁船を拿捕《だほ》し、その際、日本人一人を射殺したのだ。

前年に反日の急先鋒の李承晩《イスンマン》大統領が一方的に設定した水域境界線が、日本の漁業水域と竹島を含むことから外交問題となっていた。

とうとう韓国は実力行使に出たのだが、在日の間ではこれに快哉《かいさい》を叫ぶ者が多く、論理より感情が先行した反応を示した。

「何考えてんだかな、李《イ》は。そんなことして何になるんだ、その前に解決することがあるべや」

神田がテーブルの上に置いた新聞に目もくれず、菊山は椅子に背を預けて軀を反り返らせる。

「北との休戦か……」

白井の呟きに一同は押し黙る。

朝鮮戦争が始まった翌年の昭和二六年(一九五一年)六月末からソ連のマリク国連大使が休戦協定を提案し、七月一〇日から開城《ケソン》で会談が行われていたが、南北の軍事境界線の引き方を巡り互いに自国に有利な条件を主張し交渉は難航していた。

特に李は休戦に反対し調印しなかったのである。

実現にこぎつけたのは昭和二八年(一九五三年)の七月二七日だった。

「いったい同じ朝鮮人同士でいつまでやらされてるんだ。バカ共めっ。ソ連・中国とアメリカの代理戦争だべや」

「菊山、共産主義との戦いだべ。赤はまずいべや、赤は。なあ」

白井は顎に手を当て真剣に菊山を見ている。

「赤でも白でもどっちでもいいけど、やるならほかの力を借りないで自分らだけでやれや。民族だとか、へちまだとか能書き垂れるならな」

菊山は両手を頭の後ろに組み、遠くを見るような目をした。

「赤は悪いなあ。すぐに騒ぎ出すもんなあ」

大松は菊山の顔色を横目で確かめながら、ほかの連中に話しかけた。

騒ぐと言ったのは、前年の血のメーデー事件と吹田《すいた》市のデモのことを指している。

血のメーデー事件とは、第二三回メーデーで使用禁止となっている皇居前広場にデモ行進をしようとして警官隊と衝突し、死者二人、重軽傷者二千数百人、逮捕者一二三〇人を出し、二六一人が騒乱罪で起訴された事件である。

吹田事件は、同年六月二四日に朝鮮戦争二周年の集会後、デモ隊と警官隊が衝突し、六〇人が逮捕された事件のことだ。

事件の真相は北朝鮮・ソ連・中国に呼応した日本の左翼が企図したものだった。

「みんなが平等なんて、そんな夢みたいな世界が本当にあるんだべか……」

「大石。バカなことを言うな。能力のある奴とない奴、強い奴と弱い奴が同じなんてまともな世界じゃないべや」

遠慮のない菊山の言葉に大石は、はい、と言ったきり貝になってしまった。

「ふん、バカみたいだ。平等なんてないんだ。自分の力でほしい物を手に入れるしかないべや。そうだべ。何が平等だ、笑わせるな、ふん」

菊山は独りごちた。


「今夜は冷えるなあ」

白井の吐く息が真っ白になり、そのまま宙空へ広がっている。

「冬だもの冷えるのは当たり前だべや」

天上に星の瞬く夜空を見上げ、菊山は白い息を吐き出した。

夜の香りが闇に光る粒子のように菊山を包んでいた。

「そうだな。それじゃあったまりに行くか、軀の中から」

白井が首を竦めると、後ろについて来ている岡倉、大松、林がニンマリとした。

まるで日課のごとく、ネオン浴する日々だ。

仕事帰りの男女が漫《そぞ》ろに歩いていた。判で押したように真知子巻きの女で溢れている。

色とりどりの光が瞬く通りを菊山が歩けば、出勤途中のホステス、男子従業員、怪しげな男たちが媚《こび》や畏怖やさまざまな感情を胸に秘めて挨拶をしてくる。

ヤクザやチンピラならば肩で風を切り精いっぱいの虚勢を張って歩くところだが、菊山という男は周りがどう見ようと一人の村の素朴な青年の域を出なかった。

どんなに衣裳を煌びやかにしていても、その中身は変わることがない。

山や川で泥だらけになることも厭《いと》わずに、遊んでいた子供の頃の気風が残っているようである。

「どっかの奴ら、またバックしてるぞ、菊山」

面白い物でも発見したかのように、白井が前方に顎をしゃくった。

「臆病者め。あれでもゴロツキか、情けないべ」

一丁先の一個小隊ほどの男たちが菊山の姿を発見し、向きを変え足早に歩いて行く。

菊山を見ただけで逃げる者もいれば、逆に走り寄り大声で名乗り最敬礼する者もいた。

若い連中が畏敬と憧れを湛えた目で、菊山の一挙手一投足を眺めていることも多くなってきた。

その日も三軒はしごして上機嫌で家路についた。

大松と林が近くに停めてある車を取りに行き、菊山と白井が前を歩き、半分眠っているような面持ちの岡倉が足元をふらつかせて後ろを歩く。凍《い》て空には白っぽい星が遠大な時を通り過ぎてきた光を放っていた。

酔いで火照った軀には、大気まで氷の粒となりそうな冷気が快い。

「今日も呑んだなあ。おい、白井、岡倉。腹が減ったな。焼肉でも喰って帰るべや」

「お前は本当によく喰うなあ」

「腹が減っては戦ができぬってな。岡倉を見ろ。この野郎はポンと酒ばかりで腹っ減《べ》らしだから戦ができないべ。こらっ岡倉。しっかりしろよ、負けんなよ、いいかあ」

上機嫌の菊山は星に語るように上空を見上げてしゃべっている。

白井と岡倉はそんな菊山を見て肩をすぼめて笑みを交わした。

街灯の光が汚れのない白い雪に反射している。

「車はまだかっ。くそ、遅いな、あいつら。どこまで行った?」

待つのが嫌いな菊山は通りを眺めながら歩いている。

キュッキュッキュッと雪を踏みしめる音がする。

寒気が厳しい時の雪の音が一定のリズムを刻んでいた。

どこからかテンポの速い雪の音が耳に入ってきた。次第に近くなる。

初めに白井が、そして菊山が音のする方に振り返った。

白い毛糸の帽子を被った男が三間(約五・四メートル)くらい向こうから背中を丸めて足早に近づいて来たが、菊山と白井が振り返った瞬間に半コートの内側から手を出して短く叫んで踏み込んだ。

「菊山、くたばれ。あっ」

男は踏み込んだ勢いで足を滑らせ、背中を下にして、どすん、とひっくり返った。

そのはずみで半コートから出した手に握られていた拳銃が、輝く星空に向かってパンッと赤い閃光を走らせた。

乾いた破裂音が滑らかなビロードのような闇の帳《とばり》を引き裂いた。静寂が細かい破片となって砕け散った。

「あっ」

叫んだのは白井だが、菊山は一瞬で軀の奥に凄む狂暴な鬼を露《あらわ》にした。

男は焦って起き上がろうとして引き金を引き、二発目はとんでもない方向に火を噴いた。

長い炎が闇を舐めるように美しく尾を引き、銃口から発射された弾丸は天空に吸い込まれた。

「きさまあーっ」

菊山が男の方に駆け出そうとした時、白井が軀ごとぶつかり止めようとした。

男は背中と腰に雪をつけたまま立ち上がり、向かってくる菊山に発砲した。

轟音が澄んだ冷気を劈《つんざ》き長く谺した。

銃声が二回轟き、長い火炎が赤い照明のように雪に色をつける。

辺りがその瞬間だけ昼間のように明るくなり、菊山の相貌を赤く染めた。

岡倉は雪道に蹲り、尻尾《しっぽ》を巻いた犬のように背を丸めて頭を抱えて震えている。

近くの店々のドアが開きボーイが顔を出し、その光景を見た途端にいっせいに顔を引っ込めた。

弾丸は二発とも外れたが、男は腰が引けた姿勢でもう一歩近付き、菊山に狙いを定めようと拳銃を握っている。

「どけっ怪我するぞ、白井」

菊山は白井を軽々と雪の中に放り投げ、この野郎、撃ってみやがれっと叫んだ。

瞋恚《しんに》の炎《ほむら》を宿した目で拳銃をもぎ取ろうと左手を伸ばし、男に向かって行った。

信じられないと目を剝いた男が後退《あとずさ》りし、腕を震わせ拳銃を向ける。

菊山は目に狂気を滾らせ、一歩また一歩と前に進んだ。俺は不死身だと疑いのない歩みだった。

「菊山ー、やめろっ」

白井が絶叫したが、菊山はぶっ殺す、と歩みを止めなかった。

男は恐怖に雁字《がんじ》搦《がら》めにされた表情のまま、わーっと雄叫びをあげ引き金を引く。

一発が長い火箭《かせん》を引き、菊山の着ている革のコートの左袖をかすめ闇を走った。

「この野郎っ」

菊山の怒声が男を促したように続けて発射音が響く。

揺らめく拳銃の火花が幽鬼のごとく前進する菊山の姿を夜の闇に浮かび上がらせた。

発射された弾丸が菊山の左手の手の平に命中した。

それでも菊山の歩みは止まらず、激しい怒りを込めた形相で男に迫って行く。

その姿から狂気が熱く立ち昇っていた。狂おしいほどの怒りが菊山を一つの修羅へと駆り立てた。

真っ白い雪の上に真っ赤な鮮血がぽたぽたと点を描き出した。

「菊山、止まれっ」

白井が後ろから捕まえようと菊山に近付いた時、男はくるっと向きを変え口を開け目を剝き、ひー、化け物だーっと絶叫しながら走り出した。

追いかけようとした菊山の背に白井が飛びつき、

羽交い締めにした。

「白井、放せ。あの野郎、ぶち殺してやる」

菊山は羽交い締めしている白井の腕を振りほどき追いかけようとしたが、男は雪道に足を取られながらも必死に走り、角を曲がって逃げて行った。

大松と林の乗った車が菊山と白井の傍に停まり、林が勢いよく降りてきた。

菊山と白井の様子を見て、察したらしく菊山の視線の方角へ走ろうとしたが、白井に追うな、と止められた。

「菊山、傷の手当てだ。病院だっ」

白井が叫び、菊山の肩に手をかけ車へ急がせる。

「おい、何か布切れないか。このまま乗ったら俺の車が汚れる」

菊山はまだ血の流れ出てくる左手を広げ、他人《ひと》事《ごと》みたいに眺めていた。

驚愕の色を浮かべた大松が布切れを渡すと菊山は無造作に巻き付け、よし、と呟き車に乗り込んだ。

走り出すのとほぼ同時に男の逃げたのとは反対の方向から十数人の警官たちが一塊《ひとかたまり》となって白い息を盛大に吐き散らしながら走って来た。

リアウインドウからその一団を眺め、今頃来たって何もないぞ、と菊山が唇を歪めている。

「菊山、手は大丈夫か?」

「何だ、こんなもん。大したことじゃない。くそ、どこの野郎だ、とっ捕まえてぶっ殺してやろうと思ったのに。白井、余計なことをするな」

「お前が奴《やつ》を殺るのも殺られるのも俺は御免だぞ、菊山」

「きっさまー、この俺が殺られるだとぉ。バカなことをほざくな。俺は不死身だ。あんなガラクタに殺られるわけがないべや」

今にも喰いつきそうな表情の菊山に、わかった、

わかった、と白井は両手を挙げた。

「先生、麻酔も何も要らん。穴が開いてるなら、さっさと縫ってくれ」

菊山が手の平を上にして左手を差し出した。弾丸は貫通していた。

馴染みになった医者は白井や看護婦と顔を見合わせ、しぶしぶという様子で縫合し始めた。

「痛むべ、菊山」

自分の手が縫われているように顔を顰める白井に、痛いわけないべ、ふん、と菊山は笑っている。山で共に暮らすようになってから一〇年以上が経つが、痛い、疲れたなどの言葉を知らない菊山に、白井は感嘆を通り越して呆れていた。

病院からの帰途、菊山は頻りに犯人捜しをするが、日頃の行いが行いだけに相手には事欠かない。最近ならば海堂が思い当たるが、決定するだけの証拠がない。

菊山の相貌に激しい苛立ちが露になった。

帰宅した菊山に珍客が来ていた。

部屋の応接セットの長椅子に二人の男が背広姿で腰掛け、純子が向かい合って座っている。

「おお、怪物、やっと御帰還か。その手だな、なるほど」

富田が丸い目を眇め、包帯を巻いた菊山の左手を捉えた。

星川の目が菊山の手と顔を交互に行き交う。

奥で純子が目を見開き、大丈夫？　と口を尖らせている。

「早耳だな。相手がわからないべや。ちくしょう。富田さんらで調べてわかったら教えてくれや」

「菊山、わかったとしても教えるのは、ちょっとな。誰かさんは血が熱過ぎるから、殺《や》りに行くべや。なっ星川」

「ええ。菊山、本当に心当たりがないのか、もしあるなら言っといた方がいいぞ。こっちで落とし前つけといてやるからな」

まだ新しい背広を着込んだ星川が菊山の目の色を探るように唇を緩めたが、菊山は目を吊り上げて知るわけないべやっと口を尖らせる。

「わかった、わかった。旦那さん、あんまり暴れて歩くな。もう十分過ぎるくらい暴れたべや。こんな彼女がいて心配させるなや、なあ」

目尻をたるませた富田が化粧っ気のない純子に向かって微笑んだ。

そうだよ、と純子の目が菊山を睨みつける。

「うるさいっ。俺の勝手だ」

菊山は一喝し、茶だ、茶をくれ、と湯呑みを突き出した。

「菊山よ。ゴロツキって奴らは根性の汚い奴がほとんどだ。お前さんのように強い奴にはへいこらするが、腹の中は違う。この街のゴロツキ共にとってお前さんは一番邪魔な存在だ。今夜みたいなことがこれからもあるべ。どこの誰だかわかってしまったら、お前さんに何をされるか恐ろしい。だから闇討ちだ。仁侠道《にんきょうどう》だの侠客だの言うが、そんな奴は片手で数えるほどだ」

純子の出してくれた茶を啜り、富田が人懐こい笑みを滲ませる。

「ああ。奴らはガラクタよ。クズだクズ。強くもないのに徒党を組んで意気がってな」

菊山は茶を呑もうとして、あち、このバカッと純子を睨んだ。

失礼しました、やっぱり虎って猫舌なのかな、と純子は首を捻りながら茶を取り替えに行った。

富田と星川が相好を崩すのにつられ、菊山も笑い出す。

「あんたら日本人は何でも熱いのが好きだもんな、

茶でも風呂でも。人間は冷めてるのにな……俺は闇討ちなんか怖くないぞ。来るなら来いってよ。まとめて返り討ちにしてやるっ」

黒衣を纏った闇が薄明かりに包まれ街灯の光が暁に吸い込まれる頃、富田と星川は和やかな空気を残し帰って行った。

「本当に気を付けてよねえ」

「うるさい。心配ない」

枕に頭を載せた菊山は三つを数える前に、獣の咆哮のような鼾をかいて寝入ってしまった。

その後もヤクザや正体の知れない男たちに命を狙われることが何度もあったが、菊山はその度に乗り越えていった。

いつしか自身だけではなく周囲の男たちからも、不死身と呼ばれるようになっていた。

忠清商事の男たちがテレビの前に群がっている。

二月からNHKのテレビの本格的な放映が始まった。

この時、月給取りの給料が二万円あまりに対し、テレビは二〇万円前後もしていた。

そのために放送が始まった時には、全国で僅か九〇〇台に満たない台数だった。

新しい物が好きな菊山は、すぐに大枚をはたいて手に入れた。

同じ月に吉田首相が衆議院予算委員会で「バカヤロー」と発言し、翌月の解散に繫《つな》がっている。

短い夏が来た頃、白井は貴江と正式に結婚した。貴江は日本人だが、白井の希望で極彩色のチマ・チョゴリを纏い式を挙げている。

テーブルには到底、食べきれない量の皿が並べられ、アルコールで顔を赤くした男たちが白井を囃し立てていた。

朝鮮戦争の特需景気も終わり農作物の凶作だっ

き立っていた。

た年だが、八月には民放のテレビ放映が始まり、街頭テレビのプロレスや野球中継に人々の心は沸き立っていた。

菊山の仕事は用心棒というより、債権回収、商取引に関するトラブルの解決に移っていった。

ヤクザや愚連隊の不法に占拠する不動産から彼らを排除するという新しい仕事も加わり、簡単な案件はほかの者に任せ、厄介な案件は菊山が顔を出すことになっている。

占拠している連中が、菊山に対して利益を折半するという条件で不法占拠を認めるように求めるが、曲がったことが嫌いという菊山は取り付く島もなくはねつけていた。

仕事が楽しかった。暴れることはそれ以上に楽しかった。

風が吹いている。自分の背中に風を孕ませて。

菊山は天に昇る龍のごとく、上昇気流に身を躍らせた。

鯨《くじら》が小魚を呑み込むように酒を呑み、どぎつい原色のネオンの光を浴びる日々が続く。

呑んで気分が悪ければ見境なく暴れ出すのはいささかも改まることなく悪名はますます高くなる。

それに呼応するかのごとく、菊山を取り巻く男たちの素行も悪くなり、菊山の若い者を名乗り傍若無人の振る舞いも目立ってきた。

菊山も相手が無頼の徒ならば、それを問題とはしていなかった。

無頼の男たちが菊山に砕かれて唸った。そしてそれ以上に金が唸りをあげて押し寄せた。

春には純子の妊娠がわかり、菊山は日本での自分の血が繋がっている初めての子の誕生を心待ちにしていた。

「男、男の子以外は要らんぞ。純子。いいか、男だ。わかったな。女はダメだぞ。女はどっかにもられるんだからな」

菊山が買ってくる産着の類はすべて男の子の物だった。

「菊山。まだ決まったわけじゃないべ」

白井が男の子の服を手に取り、呆れたように純子と目で合図している。

「バカ野郎。今から決めとけば男が産まれるべや。なあ、純子」

その白井も夏が終わった頃に貴江の妊娠を知り、喜びの感情に包まれていた。


その年の師走に入った頃、街は雪に覆われて白い世界に闇が広がっていた。

間もなく日付が変わろうとする頃に、菊山が酒を呑んでいる店に純子から電話が入った。

「家が、家が燃えてるのっ……」

普段のおっとりした純子からは想像のできない甲高い声がことの異常さを告げていた。

林の運転する車でフルスピードで家に戻った菊山の目に入ってきたのは、闇の中で赤々と燃えている炎の舞だった。

猛り狂う炎。熱。音。匂い。それらが一団となって菊山の家を焼いていた。

ボンネット型のトラックを改造した消防車が二台、躍り狂う炎の根元にホースから放水している。

消防士たちの持つ鳶口《とびくち》が建物の壁を壊している光景を、純子が涙ぐみながら見上げていた。

近くでは岡倉が呆然として炎を見上げ、ほかの男たちはなす術《すべ》もないという風情で菊山の周りに集まった。

文字通りのきな臭さが鼻孔の奥を刺し、紅蓮の炎の熱が寒さ厳しい大気を揺らしている。

「菊山っ」

白井が絶句し、口をぽかんと開けた林が、燃え上がる屋根に逆巻く炎の光を顔に映していた。

木材の燃えさかる音が静まり返っていた星空に響きわたる。

菊山の顔はガラスの割れた窓から天空に伸びる炎で赤々と照らされていた。

「菊山、家が……」

白井の表情に滲んだ苦渋をかき消すように菊山は、ふんと鼻を鳴らした。

「よく燃えるもんだな、白井。どうだ、豪勢な焚《た》き火だべ。こんなに熱いぞ」

音を立てて燃え盛る炎に両手をかざし、菊山はグラニュー糖をばら撒いたような星が瞬く空に向かって躍る炎を仰ぎ見た。

菊山にとって、躍り狂う炎が鮮やかな光景に映っていた。

「そんなことを言ってる場合じゃ……」

「白井。これだけ景気良く燃えてるものをどうしろってよ。燃えるものは燃える。あたふたしても仕方ないべや。凄い音と匂いがするもんなんだな、火事というのは。ガハハハハ」

時折、何かが破裂する音がする。

「お前、走り回ったのか、腹はどうだ。さぞかし腹の中で坊主はびっくりしたべや。ガハハハハ」

菊山のさばさばした態度が伝染したのか、純子は目をくりくり回し、びっくりしてるよねえ、と笑顔を取り戻した。

「それじゃどっか旅館でも行くか。ああ、腹が減ったぞ。焦げ臭いから風呂でも入るべ」

「菊山、まだ燃えてるぞ」

かなり小さくなった炎が、あちこちの窓のあった辺りからチロチロと赤とオレンジの舌を出しているのを見つめている白井に菊山は背を向け、林に車を用意しろと顎を上げた。

「見てたって仕方ないべ。もっとでかい家を建てろってことだべや。俺はやってやるぞ、白井。軀もあったまったし、メシだ、メシ。お前も来い」

天上を焦がすように燃え盛った炎は菊山の心にも火を点けたのだった。

「この穀潰しが。ポンと酒しか能がないのか。挙句に火まで出しやがって。燃やすなら俺の家じゃなくて、きさまを燃やせ、このガラクタめっ」

罵声《ばせい》を浴びせ、それでも腹の虫が収まらないという面持ちだが、菊山は臨時に借りた事務所から出て行った。

出火の原因は岡倉の寝煙草だった。

誰もが壮絶なヤキが入ると思ったが、ほんの数発殴られただけですんでしまった。

誰も床に倒れている岡倉を構う者はなく、軽蔑を表す視線で眺めている。

白井が菊山の後を追い、近くの喫茶店に入った。


店の中には『街のサンドイッチマン』が軽快に音を響かせている。

「あのバカ、放り出すのか、やっぱり」

煙草に火を点けた白井が煙に目を細める。

「この年の瀬にあんなバカ、放り出したらくたばるべや、寒さで。どうしようもないべ、ふん」

菊山の返答に白井は、ふーっと長い紫煙を吐き出した。

菊山の家が燃えたことを知った多くの人々から火事見舞いが集まり、中でもヤクザの親分たちは菊山と交誼《こうぎ》を結びたいのか、大金を包む者が多かった。

「菊山。こういうのを焼け太りと言うんだ」

「白井。これなら何年かに一度、火事もいいな。ガハハハハ。世の中は面白いもんだな」

火事で焼け出された慌ただしさの中で、菊山は新年を迎えることになった。

翌年の二月中旬、菊山に待望の第一子が誕生したが、信じた男児ではなく女児だった。

「くそっ。あの女が来やがるから、女なんか生まれたんだ。あー、腹立つ」

菊山は喜びに溢れる純子と白井の前で、熊の胆でも舐めたような顔付きで吐き捨てた。

あの女とは二月に夫のディマジオと来日したマリリン・モンローのことである。

「そう言うな、菊山。女の子だって可愛いべや。純ちゃんも頑張ったんだし」

表情を曇らせている純子を慰めるような白井の言葉に、菊山は不機嫌を露にした。

「何が可愛いってよ。どっかに行っちまうんだぞ。ふん」

純子の両親が来ても仏頂面のまま、外へ出て行く始末だった。

遅い春が訪れ柔らかな光が満ち溢れ、草が芽吹き花の咲く頃、菊山は焼け落ちた跡地に新しい家と事務所を建てることにした。

そして菊山の新居の近くに白井の家も建てられることになった。

建築中に白井にも子供が生まれたが、こちらも女の子であった。

しかし白井は菊山とは違い、すっかり目尻を下げ顔を綻ばせている。

娘のためにヒルマン・ミンクスを購入したほどである。その時、菊山も二台目の車としてルノー・オースチンを手に入れた。

菊山が我が子の名前――恵《めぐみ》――を女の子だからと言って純子任せにして一顧だにしなかったのに比べ、白井は自分で命名した。

忠清南道《チユンチヨンナムド》の清から取り、清子《きよこ》と名付けた。

新居が完成し、真新しい木の香で咽せ返る中、菊山一家と取り巻きたちは入居した。

一〇坪の事務所と二〇坪弱の男たちの部屋が六つに仕切られ、二階の四部屋に菊山一家が住むことになった。

男たちは赤ん坊好きと珍しさで恵に構おうとするが、菊山は興味なさそうだ。

「可愛いもんだべ、菊山」

白井に言われても菊山は顔を顰めるだけだった。

朝鮮人の男児優先の心性が深く根付いているだけではなく、菊山個人の観念が強固に反映されていたのかもしれない。

男の子でなければ我が子にあらず、と素っ気ないものだった。

不憫《ふびん》なのは恵と母の純子だが、菊山に変わる気配は塵ほども見受けられなかった。

故郷の家族には民団の人を介し十分過ぎるくらいの送金をしていたが、自分の希んでいる真の家族ともいうべき男の子が誕生したならば、その写真を送ってやりたいという思いもあったのだ。

今の菊山の経済状態ならば、故郷に豪奢《ごうしゃ》な錦を煌めかせて帰れるところだが、粗暴な前科がたたり、いったん出国したならば日本への再入国がほぼ絶望的と言われ、そのうち時の流れと共に可能になる日も来るだろう、と帰郷を断念していた。

己が意識する、しないにかかわらず、これだけ暴れて前科もついた以上、自業自得である。

ただ幸いだったのは時代がこの男に味方をしていたことだ。

粗暴犯の罪と罰が紙風船のごとく軽かった。

そのために塀の中での暮らしが行為に比して最低限ですんでいた。

事務所には野村のほかに金本、明石の舎弟の黒木、花川が硬い表情で座っていた。

呼ばれた菊山と白井に明石がやった殺人の件が告げられた。殺されたのは大道組《だいどう》の若い衆だった。大道組を束ねる水村太《みずむらふとし》は街のヤクザでは武闘派で鳴らした男だ。

これまで香具師《やし》一筋の先代が引退し、水村の代になり債権回収や夜の街の利権に乗り出した。

その水村との交渉のために菊山に声が掛かった。

「向こうとしては死んだ若い衆の命を金に換えたいところだべな。相場なら一本というところだ」

この昭和三〇年（一九五五年）、月給取りは約三万円、大卒初任給は一万円強の時代の一〇〇万円である。

「金本さん。それを少なくするわけにはいかないですか?」

白井は眉を寄せた。

「うーん、難しいべ。それどころか明石のけじめとしてふっかけられたら、小指《エンコ》の一本も覚悟しなきゃな。向こうにも非があるが、こっちは話し合いもなくいきなりだからなあ。ふっかけてくるべ、二本だ、三本だってな。頼むぞ、菊山君」

上衣の内側から煙草を取り出した金本に、花川が急いで立ち上がり両手で火を点ける。

「菊山、あっちの世界の人に仲裁に入ってもらったらどうだべ。南さん、松方さんは顔だべ」

「バカ、白井。きさま、何を言うか。何で他人の力をあてにしないとならない。誰かを仲裁に立てるのはガラクタのようなヤクザのやることだ」

突然、菊山は血相を変え激昂《げきこう》した。

夕刻、歓楽街にある喫茶店で菊山と金本は水村と会っていた。

一本の毛もない頭を光らせ眉もない水村は容貌魁偉《かいい》という言葉が相応しかった。

相手を切り裂きそうな鋭い目に闘争心と不敵な

色を宿らせている。

金本から菊山を紹介され、その瞳の色がいっそう濃くなった。

対峙する菊山と視線が激しく殴り合う。

代貸しと紹介された石田《いしだ》が深海魚を思わせる目で軽く会釈した。

どんよりとした目には光がない。

店の外には双方共、若い衆を車に乗せ、いつでも戦闘開始という状態だ。

話し合いは金本と水村が自分の主張を曲げず、平行線となった。

菊山が襲いかかりそうな顔付きで、水村の言葉を聞いている。

石田はありありと好奇の色を湛えた目を菊山に注いでいた。

次第に金本と水村の声が大きくなった。

菊山は水村から視線を外さず煙草をくゆらせる。

「なあ、水村さんよ。これは話し合いだべ」

それまで黙していた菊山が突然、口を開いた。

「え、そうだよ。話し合いだ、今のところは」

一瞬、虚を衝かれた水村が凶暴な光を宿した目を菊山に向けた。

「そしたら何でこっちの奴は道具を呑んで《隠して》るんだ。初めから喧嘩のつもりだべか？」

菊山は紫煙を代貸しの石田の顔に吹きかけた。

「急に何を言い出すんだ。因縁つけてるのかい、うちらに？」

水村は不敵に笑い、下唇を舐めた。

「何もなければ因縁だけど、あったら違うべ」

言い終えるのと同時に菊山はテーブル越しに石田の胸倉を鷲摑みにし、ぐいっと引き寄せた。

目を大きく剝いた石田の軀が浮き、菊山の右手が石田の上衣をまくり上げ、腰に差し込んだ拳銃を引き抜いた。

鈍く黒光りした拳銃が機械油の匂いを振り撒き、姿を現した。

「な、何しやがるっ」

低く叫んだ石田を椅子に放り投げ、菊山は声を殺して話し始めた。

「これはあんたらの世界じゃ御法度《ごはっと》だべや。俺たちだってこんなことは認めてないべ。さあ、これの落とし前どうすんだべな？」

石田が立ち上がろうとしたところを水村が止め、座れと険悪な目で椅子を見る。

数秒の沈黙の後、水村は目を細めた。

「どうしてほしいんだべ？　喧嘩しかないのか」

「喧嘩なら生きて帰さん。今日があんたらの命日だ。俺を舐めるな。これであの世行きだべ」

菊山は上衣の中に手を入れ、石田から奪った拳銃の銃把を握り、銃口を服の下から水村に向けた。

ゆっくりと水村に狙いを定め、動揺している顔を冷ややかに見ている。

金本は油断なく水村と石田の挙措に目を凝らし、いつでも応戦できる体勢だ。

石田の喉が鳴る。沈黙がその場を押し潰した。そこだけが別の世界だった。

水村の顔に汗が光っていた。石田の握った拳が震えている。

店の中には仕事を終えた会社員や待ち合わせのホステスと客の賑やかな声が弾んでいる。

客たちの胸の中のように『酒とバラの日々』が甘い旋律を奏でていた。

石田の澱んだ目が頻りに水村の口元に注がれている。

ふふん、水村が小鼻を動かし小さく笑う。

「わかった、菊山さん。これで手を打つべ」

金本と石田の軀から音もなく力が抜けた。

「いいんだな、水村さん、二言はないな」

「ああ、これでもサムライのつもりだべ、俺は」

「サムライか。それじゃこれで終わりだな」

「本当にギャングだな。こんなやり方は渡世人ではできねえべ。石田が持ってなかったらたいへんなことだべ」

「それはあんた方の決まりだべ。俺はギャングだから俺のやり方が決まりだ」

菊山が歯を見せると、水村も二度、小さく頷き、笑い出す。

金本もつられて笑い出したが、石田だけはどす黒い屈辱を顔貌に滲ませ下唇をきつく噛みしめた。

白井の待つ車に乗り込んだ菊山に金本が唸り声をあげた。

「あんたって男はまったく……。あれでもし何もなかったら、どうしようと思った?」

「なけりゃどっちみち喧嘩だな。だけど石田ってのが座った時に、腹の辺りを触るのが気になったからな。ま、なけりゃその時はその時だ」

「本当にギャングだ、菊山君は」

「俺は口が下手だから理屈はダメだ。筋《すじ》だの皮だのって。それならさっさと暴れた方がいいべ」

この年の五月、それまでの在日朝鮮統一民主戦線(民戦)が解散し、『在日本朝鮮人総連合会』(総連)が結成された。

相変わらず、李承晩《イスンマン》大統領が一方的に引いたラインは解決できないまま、時間だけが流れている。

六月一日、アルミで作られた一円硬貨が発行され、電気洗濯機・テレビ・電気冷蔵庫が三種の神器と言われて普及し始めていた。

菊山と白井はフォードを手に入れ、まだ車の少なかった街中を颯爽と乗り回している。

大道組の若者を刺殺した明石は滅多刺しが残虐だとして懲役八年の刑を言い渡され、網走《あばしり》刑務所に送られた。

菊山からの承諾を得られないまま金本は国方の人間を中心とした義人会《ぎじんかい》を組織し、初代会長に収まっている。

相談役には街の韓国人の重鎮でもある野村が就き、他組織の親分が集まる中、襲名披露をした。

他組織の者は菊山が参加していないことを知っていたが、義人会に一朝、事が起これば必ず出てくるはずと考え友好的だった。

菊山は何度も請われたが、相談役、顧問などいっさいの役職に就くことを固辞している。

この頃、菊山の仕事は多忙を極め、金融に本格的に手を出すことになった。

不法占拠をしているゴロツキたちを追い出す仕事も盛況になり、その気がなくても金が机の上で賑やかな音楽を奏でるようになっていた。

昭和三一年(一九五六年)になった。

夏に発表された経済白書は「もはや戦後ではない」と謳っていた。

前年から流行りだしたマンボダンスのせいで細身のズボンがマンボスタイルとなり、この年には慎太郎刈りにした太陽族など街を闊歩《かっぽ》する若者の風俗が大きく変わり始めたのである。

「パチンコ店? 俺がですか……」

昭和二七年(一九五二年)の暮れ頃から名古屋を発祥としたパチンコ店がこの街にも数軒開業したが、民団では同胞に経営させるべく資本の援助に力を入れた。

ある程度の資金力や同胞たちの評判がある者には優先して支援することが不文律となっていたので、野村は古本のほかに菊山を考えていたのだ。

「パチンコ店の経営はいいぞ。一度、店を出せば、黙っていても向こうから金がドアをノックする。どこの店も大盛況だし、日銭が入る。それに景品でまた儲けが出るんだ。どうだ、菊山君」

白髪が増え、ロマンス・グレーの紳士然とした野村が三つ揃いのチョッキのポケットに親指を引っ掛け、ゆったりと煙を吐き出す。

「そうだ、菊山さん。何もしなくても金が入ってくるんだ。やってみようや。金はいくらあっても不自由しないよ。日本人を相手に儲けて国の家族に大金を送ってやってさ」

皺と肉を増やした古本の豊かな頬が盛り上がる。野村の差し出した葉巻を断り、菊山はポケットから煙草を取り出し火を点けた。

旨そうに紫煙を吐き出し、かぶりを振った。

「おじさん。何もしないで勝手に金が入ってくるのはつまらんでしょう。自分が働かないなんて俺の性に合わんなあ。それに店を構えてか……鎖で繋がれるみたいだな。白井、お前やるか?」

白井はいや、と手を振った。

野村と古本はうーん、と押し黙る。

「だいたいおじさん、古本さん。金を稼ぐのはいいけど自分で遣いきれないくらい稼いでどうするのさ。俺は墓の中まで金は持っていかないよ」

「いやいや菊山君。家族がいるじゃないか。自分がいずれ死んでも、金や財産を遺《のこ》してやれば家族はいい生活ができるべ」

「伯父さん。自分の力で儲けた金ならわかるけど、親や身内に金を遺すってのは俺の性に合わないね。生きてる間はできるだけのことをするけど、自分の能力がなければないなりの生活をすればいい」

菊山は煙草を揉み消し、首をコキリと鳴らした。

野村は椅子の背に軀を預け苦笑いした。

「ほら、これで足りるべ」

菊山の分厚い財布から、この年に発行された五千円札の束が純子に手渡された。

「こんなに要らないです。いつも多いよ」

恵の相手をしながら、大きな腹の純子は口を小さく尖らせ表情を曇らせている。

「いいんだ。俺の金はいつ無くなるかもしらんから、ある時は多めに持っとけ」

「はい、わかりました」

恵が純子の後ろに隠れてそっと菊山を覗く。

「こら、何をそこから覗いてるんだ？」

菊山がニイッと笑ったが、恵は純子の肩と首に小枝みたいな腕を回し、隠れてしまった。

毎晩のように呑み歩き、翌朝、事務所にやってくる菊山のことを父親だとは思っていないらしい。大声で取り巻きの男たちや客を怒鳴り、時には純子さえ大喝する菊山を怖いと感じているようだ。

自分になつかぬ恵を疎ましく思う時もあり、菊山は余計に家に寄りつかなくなっていった。

「さあて、それじゃ今日の最後の仕事に行くか。農家だったな。トラックを持っていくぞ。夕方には戻れるべ」

彼らの現金の流れは収穫（漁獲）があった時に一括して入金になり、あとは次の収穫までは支出が続く。

タイミングを逸すれば現金での回収は覚束《おぼつか》ず、菊山は代物弁済を受けてやることにしていた。

金の無い者から無理に取り立てることは、菊山の好みとするところではない。

ただし払える状態にもかかわらず、のらりくらりと払わない者、嘘を並べる者、騙そうとする者への取り立ては苛烈《かれつ》を極める。

菊山のフォードに運転手の大松、菊山、白井が乗り、トラックを大石が運転し岡倉、神田が乗り込んだ。

美冬市の北東に車を走らせ、一時間ほど経った頃、目的の農家に着いた。

辺り一面は目にも鮮やかな緑に囲まれ、牧歌的なパノラマが広がっている。

車から降りた菊山と白井が頬を緩める。

「久々の田舎だな。のんびりしていいべ。年を取ったら田舎にでも住むか、なあ、菊山」

田舎育ちの白井は周囲をぐるりと見回す。

「いいや、俺は田舎はこりごりだ。都会がいい。お前はジジイになったら引っ込めばいいべや」

菊山はにべもない。

今にも倒壊しそうな農家の裏手から、モオォという間延びした鳴き声がする。

開けっ放しの玄関の戸に向かって白井が声を掛けた。

家の裏手から渋紙のような皮膚をした初老の男が現れた。

継ぎ当てだらけの汚れたズボンに泥だらけのゴム長靴を履いている。

白井は訪問の趣旨を告げたが、男は白いものが混じった眉を下げて口をモゴモゴさせた。

「米でも持ってくべか？　芋も少しあるけんど」

男は茶で煮しめたようなタオルで額の汗を拭いている。

菊山は白井にしゃべらせ、男の目の底を透視するような視線を放っていた。

「おじさん。米なんかもらったら、あんたら困るべや、芋もそうだ。何かないのか？」

家の周りにざっと視線を走らせた菊山は穏やかに言った。

家の中から女房らしき女が怖々と顔を出し、菊山と白井に小さく頭を下げた。

菊山と白井も、どうも、と会釈する。

女は菊山のフォードを見て、あらあっ、おっきい車だべぇ、と声をあげた。

「かーさん、いい車だべ、これ。なっ」

車好きの菊山は顔をくしゃっとさせた。

毎日、男たちが宝石でも扱うように磨いている自慢の車だ。

少しでも手荒に扱おうものなら、間髪《かんはつ》をいれず菊山の鉄拳が唸りをあげた。

「あれえ、これ兄《にい》さんのかね？　若いのに大したもんだべ」

「かーさん、この車はだな、アメリカの……」

菊山と女は車の話に花を咲かせていたが、白井は男との返済の話がちっとも進まない。

やがて女と盛大な笑い声を立てていた菊山が戻り、どうなった、と白井と男の顔を交互に見た。

「牛を持ってってくれってよ。肉屋にでも売れば、まずまずの金になるからうちらの返済をして残った分はほしいってさ」

「うしいぃ？　あの牛のことか……」

菊山の声が裏返った。

引かれてきた牛を見た菊山は感心したように、牛の頭をぺたぺた叩いている。

菊山が覗き込むと向こうも菊山を見つめていた。きれいな二重瞼が光っている。

牛は小さな耳をぴょこんと動かした。

道を歩く人がトラックの荷台の牛を見て指を差したり、子供はわあっという顔で喜んでいる。

菊山の家の横は駐車場を兼ねた広い空き地になっていたが、牛をここに降ろし縄を荷台にしっかり結んだ。

「えー、うしいぃ。本物の牛を連れてきたんだー。恵、これ牛だよ、牛」

恵をそっちのけにし純子が一人で興奮している。

牛は濡れた鼻をひくひくさせ、珍しそうに純子を眺めた。

菊山が牛を怖がっている恵の前で、ほら、と牛の頭や大きな背中を撫で回す。

近所の家からも大人や子供たちが集まり、牛だ、牛だと騒いでいる。

「こいつ、メシはどうすんだ?」

菊山は首を捻っているが、白井たちは一晩くらい大丈夫だ、と問題にしていない。

翌朝、まだ夜が明けきる前から牛は、モオオオと鳴き出した。

田舎で鳴くぶんにはのどかだが、街中ではかなりうるさい音だ。

早起きが取り得の菊山が牛の様子を見に行った。

「おい、お前。ここは町の中だからあまりでかい声で鳴くな。腹、減ったのか?」

牛は話しかけられてうれしいのか、図体のわりに情けないくらい細くて短い尻尾を振っている。

吸い込まれそうなほど、真っ黒く光る目が菊山をじいっと見た。

「何だ、何か言いたいのか、お前」

菊山の手が牛の頭をペタペタと軽く叩くと、牛は鼻を震わせた。

「お前、今日、売られたら肉になるんだもんな。肉にはなりたくないよな、誰だって。それで鳴いてんのか……そうだべ。お前ら、牛も憐《あわ》れなもんだな。よし、それじゃあ、おまえを帰してやる。向こうでしっかり働くんだぞ」

牛は耳をぴくりとさせ口をモグモグと動かした。

二人目の子は不幸にも死産だった。

これが男の子であったなら医者はたいへんな目に遭っていたのだろうが、またも女の子ということで事無きを得た。

「女腹なんだべ、純子も……」

菊山はぼそりと呟き、それ以来、この世に出られなかった子供のことは二度と話さなかった。

歓楽街では大箱が増え、その度に菊山の事務所にも店の経営者と男子従業員が挨拶に来る。

菊山の名前が有名になるにつれて、若い衆になりたいという若者も増えてきたが、たいがいは断られていた。

しかしその中で菊山の下で働くことになったのが上杉鉄男《うえすぎてつお》と宗像則久《むなかたのりひさ》だった。

二人共、少年院から出たばかりの暴れ盛りの一八歳だ。

少年院でも上杉が番長で、宗像は副番長になっていた。

上杉は五尺八寸の贅肉のない軀が発条《ばね》のようで、鋭い目が飢えているようにぎらついている。

宗像は一寸低いが、がっちり型で大きな目と胡坐をかいた鼻、厚い唇を持つ陽気な男だった。

二人共、子供の頃から暴れ者で親も持て余している。

こうして菊山の下に二人の日本人が加わった。

上杉と宗像はその日から事務所一階に住み込むことになった。

仕事の方は新しい人間が加わったが、私生活では家に帰りもせず、子供を可愛がることもしない菊山に愛想をつかした純子が菊山の下《もと》から去って行った。

自分勝手な菊山だが、少しは負い目があるのかありったけの金を白井に持たせて純子の実家に届けさせた。

昭和三三年(一九五八年)の夏、真っ盛りの頃だった。

独身になった菊山だが、遊び相手には不自由しなかった。

夜の蝶だか蛾《が》だかわからない女たち相手に降りかかる鱗粉《りんぷん》をものともせず、精力的に遊んでいる。

クラブ『白鳥《はくちょう》』はこの歓楽街で有数の高級店だ。

刑務所で知り合った吉村の所属する松方一家が面倒を見ている店だった。

街で目敏《めざと》く菊山を見つけた吉村に連れて行かれたのが、この店に来たきっかけだった。

そこで菊山は椿《つばき》という一人の女に夢中になった。一〇〇名いる白鳥のホステスの中でナンバーワンであり、その存在は菊山の目にはまさに白鳥そのもので、ほかの女は醜いアヒルにしか映らない。

涼しそうな切れ長の目に鼻筋が通り、ぽってりした小さめの唇は五尺余りの小さな軀と相俟《あいま》って、夜の湖に舞う華麗な白鳥のようだった。

これまで怠惰だったのか、射貫くこともなかったキューピッドの矢が突如として一〇人引きの強弓になったかのごとく、毛が密生しているであろう菊山の鋼鉄のハートをあっさりと貫いた。

店に入るなり、本も読まずに温存している鷹の目みたいな視力で椿の姿を探し出す。

ナンバーワンの椿だからほかの客席も回らなければならず、菊山の席からいなくなる時は途端に顔を曇らせ、一五分も経とうものなら腹の中のマグマがぶくぶくと激しい泡を立て始めていた。

元来、この男は待つというのが嫌いである。

「こら、いつまで待たすんだ。さっさと戻せっ」

菊山が目から野獣のような光を放ち、店長や支配人を怒鳴りつけている。

菊山の暴虐ぶりを知る店長は、ひたすら平身低頭で何とか菊山を宥めようとする。

「椿さん、今に来ますから。呑みましょうねっ」

席に着いているほかの女たちは、白井と目で合図しながら菊山の機嫌を取るのに必死だ。

「お前が呑め。くそ、早く呼んでこいっ」

菊山の目が三角になり、一座の者はぴりぴりしている。

フロアで椿がほかの客とダンスをしているのが

菊山の目に入った。

仕事なのだから踊るのも笑顔で話すのも致し方ないのだが、菊山は腹が立つばかりである。

くそっと菊山が立ち上がり、フロアに歩いて行った。

「うわっな、なんだ、これは」

椿と踊っていた男の頭の上からビール瓶を逆さまにしてビールを注いでいる。

「お前、何するんだ」

強面《こわもて》の客が怒り出した途端、菊山の軀が反射的に動き、その男をフロアに吹っ飛ばす。

「いつまで踊ってんだ、きさまあ。ぶち殺すぞ。さあ、椿、行くべ」

口をぽかんと開けている男を残し、菊山は椿のか細い腕を引き、強引に自分の席へ連れ戻した。

「さあ椿、呑むぞ。ガハハハハ」

椿は半ば恐怖で震えながらグラスを差し出した。


日を経るごとに菊山の振る舞いはエスカレートしてきた。

椿が座っているほかの客席へ行き酒をかけたり、テーブルをひっくり返すようになり、その度に松方一家の吉村が駆けつける。

ほかの組員は狂ったような菊山を遠巻きに眺めているだけだった。

今では松方一家の番頭と呼ばれ貫禄もついた吉村だが、菊山が相手とあってはいつもの迫力が出せるはずがない。

「おお。俺のところにずっと置けや、吉村」

そうは言っても客商売である以上、ほかの席も回らず菊山の席ばかりとは無理な話である。

それ以降も椿が客と踊る度にビールを浴びせ、虫の居所次第では客を殴り、バンドを止めるという無法の限りを尽くしていた。

吉村が白井に泣きつき、二人はあれこれ知恵を絞ったが、結局は親分の松方が菊山の要望を受け入れることになった。

菊山はさらに自分の女にしろとゴリ押しし、困り果てた松方は何とか二人が会う段取りを作ることだけは請け合った。

椿は拒んだが、最後は同郷の年長者である松方に頭まで下げられ、会うことだけは承知した。


初めてのデートになり、二人は喫茶店で待ち合わせをした。

菊山は精いっぱいのお洒落をしてきたつもりだった。

店の中には、『クール・ストラッティン』が、菊山の思いを告げるように流れていた。

椿がドアを開けて入ってきた時、菊山はこの世に美の女神が降りてきたかとばかり目が釘付けになった。胸の鼓動が速まり全身の血が逆流するかのようだった。

椿は引きつった表情で近付き、菊山を見て驚いている。

朝鮮人の民族衣装が派手な原色であるように国方では、はっきりした色合いを好むのが普通だ。

まして菊山は日頃は着る物に頓着しない方で、子供の頃に憧れた革靴も光ってさえいたらそれでいいのである。

アマガエルのような目立つ緑の上衣に真っ白なマンボズボン、そして極めつきは燃えている菊山の心意気を示すごとく真っ赤な靴下を穿《は》いていた。

椿は悪い夢でも見ているかのように、何度も切れ長の目を瞬《しばた》いた。

黒い靴は相変わらず上杉と宗像が毎日、汗をかきながら磨き込んでいるだけあってピカピカに輝きを放っていた。

コーヒーがテーブルに置かれた途端、いつものように菊山はスプーンではなくシュガーポットごと持ち、カップに砂糖をザーッと放り込み、スプーンでカップを叩くような音をさせて混ぜると、水を溢れんばかりに足し一気に呑み干した。

椿は信じられないという様子で目を丸くし、唖然としている。

ソーサーに乱暴に置かれたカップの底に溶けきれない砂糖が飴色になって厚く溜まっていた。

「さっさと呑めや。ドライブするべ」

菊山は腰を上げかけている。

「あの、もういいです」

椿は目を瞬かせ、席を立とうとした。

「呑まんのか、それ」

「ええ、おなかいっぱいで」

「じゃ、行くべ」

店の前に停めた真っ黒に光る鯨のようなフォードのドアを開け、菊山はさっさと乗り込んだ。

少しでも傷をつけようものなら、洗車係の上杉も宗像も岩のような拳で殴られるほど、菊山は車を大事にしている。

「おい、何やってる。乗れ」

「はい」

フォードの厚くて重いドアをやっとの思いで開けると椿は助手席に腰を下ろした。

近くの通りでフラフープで遊んでいた子どもたちが、惚《ほう》けたように車に見入っていた。

道を歩く人が滅多に見ることのない外車に羨望の眼差しを向けている。

車中での菊山はいっさい口を開かず車内は重苦しい沈黙に息も詰まりそうだった。

車は一目散に街外れの山の中に向かっている。

山道に入り砂利がボディにはねる音が激しくなるごとに椿の表情は暗くなった。

車はずんずん山奥に走っていく。

道さえ定かでないほど奥に入った時、急に車が停まり菊山は目に野獣の光を帯びながら、やっと口を開いた。

「お前、俺の女になるか、ここで死ぬか、どっちか選べや」

菊山の表情は真剣だった。

すべての希望を放念したように椿はその魅力的な唇を開いた。

「はい。なります。だから殺さないで下さい」

「よし」

菊山に脅され、付き合わなければならなくなった椿は店を辞め、菊山と同棲し始め、間もなく籍も入れ正式な夫婦となった。

椿こと、律子《りつこ》の第二の人生が始まった。

こうして翌年、待って待って待ちくたびれた待望の男の子が授けられたのだった。


男の子が生まれた菊山の感激は、ときめきと狂喜の嵐で天の高みに舞い上がりそうだった。

「菊山、よかったなあ、おめでとう。跡継ぎができたな。本当によかった」

白井が手放しで祝福し、ほかの男たちも桎梏《しっこく》から放たれたような喜びに溢れている。

菊山は病院に朝から晩まで居座り、飽くことなく我が子を眺めていた。

「見ろ、見ろ。俺にそっくりだべ。俺の子が一番可愛いべや。なっ、なあ」

白井だけでなく男たちが入れ替わり立ち替わりに病院に連れて行かれ、ベッドの前に群がった。

男の子は翔太《しょうた》と名前を付けられた。

国方の野村、金本をはじめ多くの者が菊山の男児誕生を祝っていた。

律子の妊娠がわかってから菊山は自宅を改築して二階を男たちの住居とし、一階に自分と律子の部屋を作り直している。

子供を抱いた律子が階段の上り下りで怪我をしないようにと、それまでとは違った気配りをした。

一階はさらに増築し、十分すぎるくらいの広さになった。

翔太を初めて我が家に迎える日、菊山は朝から男たち全員にクレゾールで家中を消毒させた。

戸、窓、障子の桟《さん》、廊下、ありとあらゆるところを念入りに拭かせ、悪い菌が翔太につかぬようにというのが目的だった。

「お前ら、今日からよく手を洗え。汚い手でその辺を触るなよ。不潔な奴は出ていってもらうぞ、いいな」

菊山は男たちを前にして険しい顔でこう言った。

「テツ、ノリ、さあ病院へやれ」

「はい」

角刈りにしたテツと呼ばれている上杉が運転席に、そして後ろのドアを開け菊山が乗り込んだ後にノリと呼ばれている宗像が助手席に滑り込んだ。

菊山の若い衆になって以来、ヤクザが相手でも少しも躊躇することなく殴りつける二人の若者は菊山のお気に入りだ。

時には菊山の機嫌を損ね、鉄拳が飛ばされるが、二人共、忠犬のように仕えている。

白井の言うことは聞くが、ほかの男たちが理不尽なことを言えば、いつでも腕力で決めようとする姿が菊山に気に入られていた。

激しい気性の林とは互いに同じ匂いがするのか仲が良い。

仕事も熱心なので菊山の信用は厚くなる一方だ。

「お前ら、翔太が乗った時には安全第一だぞ。無理な運転はするなよ、いいな」

「はい」

テツがルーム・ミラーで菊山の目を見て返事を

する。

ノリも後ろに振り向き、表情を引き締めた。

病院の中に菊山が入り、すぐに平井院長と看護婦に見送られ、律子が翔太を抱いて出て来た。

翔太は過剰なくらいに何重にも御包《おくる》みに包まれている。

菊山がこの男と思えぬほどの柔らかい表情になり、さあ、翔太、お前の家に行くぞと声をかけた。

その顔を見たテツとノリが車の中で、ぷっと噴き出している。

「すみませんね、テツちゃん、ノリちゃん。翔太のこと、よろしく頼みますね」

菊山が母の胎内《たいない》に置き忘れてきた分の品性まで備えている律子がテツとノリに微笑んだ。

二人はぴょこんと頭を下げる。

白井が探してくれた籐《とう》の籠に翔太を入れ両脇に菊山と律子が後部座席に座り、車は走り出した。

道が悪いところでは車が揺れるので、菊山はこらっとテツを叱りつける。

「スピードを落とせ、バカモン。段差のあるところはブレーキを軽く踏んでだな……ええいっテツ、停めろ。俺が手本を見せてやる」

テツは菊山に見えないように舌を出し、車を停めた。

車好きの菊山が運転する車は絶妙のタッチでブレーキとアクセルを踏み、悪路や段差の衝撃も振動も感じさせなかった。

「わかったか。練習しとけ。翔太が寝てる時は起こさないようにするんだ、いいな」

テツとノリは、はいっと殊勝な態度だ。

籠の中の翔太は御包みのせいで暑いのか、顔が真っ赤だ。

「お父さん、この子、暑過ぎるんじゃないかしら。顔が赤いわ。脱がせましょうか？」

律子が、丸々とした頬を赤くしてじっと車の天井を睨んでいる翔太を覗き込む。

「脱がせるだとお。風邪でもひいたらどうすんだ、バカ野郎。赤ん坊は顔が赤いから赤ん坊だべや。そんなことも母親のくせにわからんのかっ」

律子は仕方ないというように唇を結び、翔太の頬に手を当てていた。


菊山は翔太が生まれたのを契機に正式に会社を設立することにした。

業種は債権回収と貸し金業である。

それを機に白井を独立させ、不法占拠者を追い出すほかに土地・建物の売買を中心とした不動産会社を設立し、菊山の下に居候していた男たちの何人かを住居と共に移している。

また接客業に向いている大松に担保で取った飲食店を経営させた。


会社の名前は『菊山物産』とし、担保物件の売買も行うことにした。

菊山を社長とし、社員は岡倉、林、テツ、ノリの面々である。

それ以外の男たちは白井と今はパチンコ店を開業して儲けている古本と野村の会社に振り分けた。

もともと宵越しの金は持たないような生き方をしてきた菊山だけに金融業を始めるにあたって商品、つまり資金は潤沢とは言えなかったが、話を聞いた野村や小金を握った同胞たちが遣ってほしいと出資を申し出た。

カタギの会社だが、一番の顧客はヤクザである。

「奴らはぶん殴っても何しても警察に駆け込まんからな。安心して取り立てできるべ」

ヤクザ相手の債権回収ができるのは、この街では菊山だけだったから依頼は引きも切らない。

菊山と世代を同じくした終戦後の混乱期からの

ゴロツキたちは、菊山、と告げただけで払った。

誠実に約束を守るならいいが、そうでないヤクザには理屈も何もなく暴力でわからせるのが菊山のやり方だった。

会社は別になっても、白井の事務所は歩いて三分もかからず、毎日のように白井はやって来る。

菊山よりも翔太が目当てのようでもあった。

「菊山、二人目は作らんのか?」

「あいつは軀が弱くてダメだってよ。お前こそ一人だけでも男の子を作らんのか?」

「こればかりは天からの授かり物だからなあ」

「俺が天まで行って男の子を授けてくれるようにかけ合ってくるか」

「ハハハハ。やめてくれ、菊山。暴れられたら女の子ですら授からんべや」

白井と菊山は顔を見合わせて笑っている。


翔太にとって初めての冬がやってきた。

菊山は風邪をひかせてはならないと、家の中が三〇度近くになるくらいストーブを燃やしている。

誰もが顔を赤くして汗をかいているが、菊山は少しも気にする様子はない。

まん丸い顔の翔太はいつも赤い顔をして汗をかいていた。

「おーい、消毒液、持って来いや、マスクと」

事務所に松方と吉村が翔太に会うためにやって来た。

クレゾールを入れた洗面器、タオル、マスクが運ばれ、松方と吉村は目を剝いている。

「ほら、ちゃんと消毒してくれよ。大人はバイキンだらけなんだぞ。ゴロツキは念入りにな」

菊山以外の事務所の男たちもマスクをし事務所の空気を入れ換えるために窓と表の戸を開け放つ。

冬なのに汗を噴き出させている男たちが、ほっと胸をなでおろす。

火照りきった軀に外から差し込む冷気が快い。その後、閉めきり、室温が上がるのを待ってからいよいよ翔太の登場となる。

もちろん禁煙になった。空気を汚すことは、断じて菊山が赦さない。

咳をすることも御法度で、咳をしてしまった者は即退場だった。

「話には聞いていたが、菊山さん、こいつはすげえなあ。天皇陛下でもここまではしないべ」

肉が厚くなった顔には小さく見えるマスクをさせられた松方が唸っている。

吉村は洗った手でその辺を触らぬように手の平を上に向け、膝の上に置いていた。

「よし、連れてくるからな」

表情を緩ませた菊山がパンパンと手を打ち、おーいと声を掛け奥へ入っていった。

「あんた方も毎日たいへんだなあ」

松方が気の毒そうに男たちを見回した。すぐに菊山が腕に翔太を抱えて戻ってきた。

「よく肥えてるなあ、この子は」

膨らんだ餅のような頬をした翔太は無表情で松方を見ている。

「どれどれ菊山さん。ちょっと抱かしてや」

「慎重にだぞ。翔太の顔から離れてしゃべってくれよ」

菊山はこれ以上ない貴重な宝を預けるように翔太を手渡した。

「おおっ重いな。おーい、翔太。おじさんはお前さんのパパとママの仲を取り持ったんだぞ。わかるかなあ。パパに似て強い男になるんだぞ」

松方は眉尻を下げて翔太に話しかけていた。

吉村もおっかなびっくり抱き終わると、菊山はさっさと翔太を律子の手に戻しに行った。

戻ってきた菊山は上機嫌だった。

「これで菊山さんも跡取りができ、先が楽しみだねえ。人生、どこに縁があるかわからないな」

しみじみと言った松方に吉村は、はいと頷いた。

「大きくなったなあ。どら、おじさんに抱っこさせてくれ」

事務所の前には黒々と艶を放つクライスラーが一台、それを挟むようにトヨペット・クラウン二台が並んで停まっている。

事務所の中には菊山と社員のほかに南がいた。

全国的に有名な組織の盃を受けて『俠真会《きょうしんかい》』を興していた南だが、上部団体が解散し独立することになったのだ。

昭和三〇年代後半から昭和四〇年代前半にかけて、警察庁・警視庁を中心とした『頂上作戦』が全国いっせいに行われ、ヤクザ・愚連隊の取り締まりが強化された。

全国の主だった組織の長が警察に逮捕されたり、説得や圧力を受け解散が相次いだ。

その数は四〇〇団体、三万人とも言われている。

終戦後の混乱期に警察の力が弱かったため、取り締まりにヤクザ・愚連隊の力を借りたのだが、そのヤクザたちが勢力を伸ばし、社会での跳梁跋扈が目に余るようになってきたことがこの作戦を実施した理由の一つである。

この時に『暴力団』という名称が巷間《こうかん》に流布されるようになった。

取り締まりが始まると菊山もその対象になり、刑事たちが家に来ていた。

新聞でも菊山に対して、なぜ不良外国人を強制送還させないのかと大きく報道されていた。

「カタギにならんのか、あんたは?」

五歳になった翔太を膝の上に抱き自分の顎髭を

好きなように触らせている南は小さく首を振った。

「ああ、今のところはな。会が軌道に乗ったところで次の奴にバトンタッチだ」

「ふーん。あんたんとこの若い衆は無事か?」

「いや、ごっそり持ってかれた。俺にもかなり前の件で来たが、何とか追い返した。そういうあんたはどうだった?」

「毎回俺のところにも刑事が来るが、昔から知っている奴だからうまくやってるさ。ただ時には俺の社員を引っ張っていく。金バで戻してくれるがな。それに新聞もうるさいが、へっちゃらだ」

翔太が南の膝を小さな拳で叩き出す。

「翔太、おじさんを殴ってるのか、ハハハハハ。元気がいいな」

「最近、俺を見てるせいか殴ることを覚えた。うちの連中も俺のいないところで教えてるんだべ。男の子だから殴られるよりは殴った方がいいべ」

菊山の顔に穏やかな笑みが広がった。

「菊山さん、翔太の前でやるのか?」

南は右手で宙を殴る真似をしている。

「子供の前だからって気取ることはないべ。俺の息子なんだからな」

「ハハハハハ。あんたがこんなに子供を可愛がるとはなあ。松方の兄弟もたまげていたぞ。翔太、命だな。この間の誘拐は他人事じゃなかったべ?」

「あんなバカ野郎がいるんだ。翔太を外で遊ばせる時は必ず誰かをつけるようにしたんだ。俺の息子におかしな真似をした奴は絶対に赦さん」

話している間に激してきた菊山は、肘掛けをどんと叩いた。

真似して翔太もとんと叩いている。

春先に『吉展《よしのぶ》ちゃん誘拐事件』があり、日本中の幼い子を持つ親は不安を感じていたのだ。

「翔太、ほら、アトムだぞう」

鉄腕アトムの大きなプラスチックの人形をもらい翔太は、白井におじさん、ありがとう、と真っ黒い顔を綻ばせた。

開け放たれた事務所の窓からは澄みきった爽やかな初秋の風が吹いてくる。

「八年だ、もうあの時から。早いもんだべ。過ぎてみると短く感じるもんだ」

白井はふっと遠い目をして『しんせい』の箱を弄《もてあそ》んだ。

隣にいる林は深い溜息をつく。

「八年か……浦島太郎みたいなもんだべ、奴も」

菊山がもう一度、八年かと口の中で呟いた。

それから間もなくして金本に連れられた明石がやって来た。

「長い間、御苦労さんだったたな。出迎えはヤクザ者《もん》ばかり集まるんだろうから行かんかったけど元気そうだな」

「ああ、何とか。そうかあ、金融会社をなあ……俺は一からですよ。八年も娑婆を留守にしたんだからたいへんだ。兄貴がいるから助かるけど」

長い桎梏の生活から戻ってきた明石の目は以前と変わらず強い光を放っている。

長期間の服役によるムショぼけとは無縁だ。

痩せていたが、外の作業をしていたらしく真っ黒に陽灼けしていた。

また軀が大きくなった金本が笑みを滲ませ話を聞いている。

「じつは今回を機に俺は明石に代を譲って隠居することにした。そんなわけで菊山君、明石を引き立ててやってくれ。こいつもあんたほどではないが血が熱い奴だ。組を伸ばしてくれると思っているが、その時がくれば力を貸してもらいたい」

金本の細い目が和やかに微笑み明石は、頼みます、と頭を下げた。

「俺にできることならな。あんたらの業界もこれからはたいへんだけど頑張ってくれや」

菊山に励まされ、明石は表情を引き締めた。

明石が引き継いだ義人会は金本の力で組員を増やし、半分以上が日本人になっていた。


東海道新幹線が開通し、東京オリンピックが開催される昭和三九年（一九六四年）、菊山は山の手に位置する高級住宅街に居を移した。

広い屋敷には一〇〇畳敷きの部屋もあり、万事に堅実な律子は大学生相手の下宿を始めている。

一〇以上の部屋に大学生を住まわせようと考えたのは菊山の金の遣い方が荒かったこと、凶暴だったためにいつ獄に入るかわからなかったこと、そして何でも疑問に思って、どうしてどうしてを連発する翔太の遊び相手にするためだった。


林は女と部屋を借り、テツ、ノリは同居した。

同じ頃、ノリの後輩の竹田《たけだ》貴士《たかし》が社員になった。

やはり一〇代後半に少年院に入り、その後も仕事が続かず両親も困っていたのをノリが聞き、うちに預けてくれと引っ張ってきた。

五尺八寸あまり（一七五センチメートル）のがっちりした体軀、色白の顔に黒々とした大きな目が光っている。

短気な面は否めないが、まっすぐな気性を気に入られ、菊山をはじめみんなに可愛がられていた。

林と神田は担保で取ったトヨペット・クラウン、テツとノリは中古のブルーバードを菊山に与えられ、暇があれば磨いたり乗り回していた。

菊山の花柳通いは続き、帰って来ない日も少なくなかったが、早朝の取り立てを休むことはない。

テツ、ノリ、竹田貴士ことタカの三人が最も苦手だったのは、早朝の取り立てである。

どんなに遅くまで酒を呑んでも、菊山は午前四時過ぎには取り立てに行くのを休まない。

「こら、お前ら。酒呑んで遊び倒して眠くて仕事にならんくらいなら、男なんかやめてしまえ、このバカモンが。仕事も、呑んで騒ぐのも人生だべ」

渋い顔をしている菊山だが、目は笑っていた。

白井が事務所にいた。

「とうとう決まったかあ……長かったな」

韓国で昭和三六年（一九六一年）にクーデターを指揮した国防軍少将の朴正熙《バクチョンヒ》が二年後に大統領に就任し、さらにこの昭和四〇年（一九六五年）六月、『日韓基本条約』の調印が行われていた。

調印により日本から韓国に対し無償供与、借款《しゃっかん》、技術供与を含め、八億ドルが支払われ、これで日本と韓国間のすべての賠償は終わったとされたのだ。

是非はいろいろあるが、法律上では個人の賠償請求いっさいの放棄も含むとされている。

朴大統領は戦時中、日本の陸軍士官学校に学び、元満州国軍中尉として終戦を迎えていた。

李承晩《イスンマン》と異なり親日的信条を持ち、以後、韓国の発展に大きく貢献している。

「いつまでも反日でもないべ。これからはお国も良くなるべ」

調印の写真が載った新聞を手にした白井はゆっくりと湯呑みを口に運んだ。

「反日、反日といつまで騒いでるんだ、まったくわからん。日本に併合されて生活は良くなったべや。てめえらの力がなくて併合されたのに何を文句言うんだってな。そんな奴らが」

菊山の銜えた煙草にタカが火を点ける。

「兄貴は親日だもんなあ。民団の連中が頭が痛くなるわけだ。ハハハハ」

林は笑いながら隣の菊山の顔を見た。

「親日でも反日でもない。いつまで過ぎたことにこだわっているんだ。でっかい未来が目の前にあるというのに。お前らに訊くぞ。お前ら、日本に無理矢理、引っ張られたか？」

白井たちはかぶりを振った。

「国にあのまま残ってたら、あの時代、ちゃんと飯が喰えたか？　酒が呑めたか？」

再び全員がかぶりを振った。

「そうだべえ。俺の周りではイヤでたまらないのに来たという奴は知らんなあ。チョーセンだの、チョン公だのバカにする日本人もいたけど、親切な人もいた。俺の親もじいさんもばあさんも併合されてからの生活の方が良くなったって言ってたぞ。俺んとこは本当に貧乏な百姓だったからな」

ほんの刹那、故郷を思い出したのか菊山の視線が宙を彷徨《さまよ》った。

「いや菊山。俺もそうだ。うちも貧乏してたからな。山で喰った米を覚えてるか？」

白井が問いかけると、林が真っ先に米ねえ……白い米と呟いた。

「ああ、忘れるもんか。握り飯の贅沢なこと、麦《バク》シャリだって旨かった。懐かしいべ。今じゃすっかり金持ったから何も感じないがな」

菊山の言葉に、男たちは同意している。「民族の誇り？　それがなにかは知らん。でもな、俺は自分に誇りを持っているから、いつまでも恨みごとなんか言わんぞ。俺の人生は全部己の力で切り開いていくんだ。過ぎたことをいつまでもグズグズ言うことが、誇りある民族のすることか？　違うだろ。俺たちはな、未来に生きるんだぞ」菊山の双眸が光を帯びた。

肉が悲鳴をあげ、骨が軋んでいる。

林とテツとノリとタカがヤクザの事務所で暴れていた。

傍らに腕を組んだ菊山が佇《たたず》み、薄笑いを浮かべて眺めている。

十数人はいるヤクザたちが林たち四人に殴られ蹴られ、薙《な》ぎ倒されていた。

林とテツの目には酷薄な冷たい光が宿り、ノリとタカは顔を紅潮させて手足を振り回していた。

ヤクザたちが床に転がり無抵抗になったのを見計らい、菊山が組長と名乗る男に淡々とした口調で話し掛けた。

「おい、この事務所から出て行くんだべ。なあ」

男は短く息を吐き、がっくりと首を折った。

歓楽街から歩いて五分ほどの場所にその事務所はあった。

街の中心からも近く、事務所や店舗を構えるには相応しい一等地だった。

白井と滝川の勧めもあり菊山は自分の事務所にするために入居しているヤクザを追い出したのだ。

正式なヤクザの事務所をカタギの菊山が乗っ取ったことはすぐに業界に知れ渡ったが、どこからも苦情一つ出てはこなかった。

菊山はそれまで住んでいた屋敷と呼べる広い家を寺院を建てるために物色していた不動産屋に売却し、この地に住居兼事務所として移り住んだ。

併せてそれまでの事務所も売り、新しい住居の近くに社員たちの部屋を借りることにした。

その時機を菊山の人生で最も大切な翔太の小学校入学に合わせている。

昭和四一年（一九六六年）三月下旬だった。

転居を機に社名も新たに『日本商事』とし、社章は一六弁の菊とした。

事務所の二階に幅一メートル、長さ五メートルの大きな看板が据え付けられ、菊の紋が燦然と光っていた。

建物は広い通りに面した一階にある、約一六畳の床にタイルを貼った部屋と奥にある一段高い絨毯張りの同じ広さの部屋がそれぞれ事務所と社長室、その奥に一八畳ほどの居間がある。

二階も同じ広さの部屋が三つ並び通りに面した一室が翔太の、残り二つが菊山と律子の部屋だった。

ただし菊山は家で寝ることは少なくほとんど外泊であり、これは軀の弱い律子が菊山の体力を考えて金を相手に払うことを条件に愛人の存在を認めていたからだった。

菊山は子供の前であろうとも隠れてこそこそやることを嫌っていたために、翔太は父に女がいるのを知っている。

この頃の菊山は律子の計画性と金銭管理能力のお陰で相当に富裕な生活をするようになっていた。

もともと菊山という男はフローとしての金には恵まれていた。

絶えず己の周りに金が循環し、その限りでは遊びの金には不自由することはなかった。

本人は自分の身の丈以上の欲もなく、多く持っていれば配ってしまう性分である。

金貸しを開業する時の資金も、菊山の性格を知る周囲の人間が利息について細かい注文をつけずに出資し、他人に借りや義理を作るのが嫌いな菊山は何よりも優先して払ってきたが、財力を持つにつれ、律子に指図し元金をも返してきた。

借金をしたくないだけに、取引銀行が融資しますと来ても木で鼻を括ったような断り方をする。

その度に律子が菊山の非礼を謝りに行くのだ。

菊山はベンツ、夫婦で一台ずつの白と赤のスポーツカーのトライアンフ、少し前から始めたクレー射撃とハンティング用のジープとライトバン、それに翔太専用の運転手を配したキャデラックを所有していた。

翔太の運転手は五〇代後半の山崎《やまざき》という実直で温厚な痩せた男だった。

首が長く眼鏡をかけた山崎は白井の紹介で菊山のところへ来た。

山崎の仕事は翔太を監視することであり、翔太の行くところにはどこへでもついていく。

菊山は午前中に仕事をすませると午後からはクレー射撃に出掛ける日が多かった。

夜は酒を呑み歩き、女の家で寝る。そして仕事にまっすぐ出掛けていた。

律子も常に高価な和服に身を包み、踊り・三味《しやみ》線《せん》・華道・茶道などの稽古《けいこ》事や招待されている和服と宝石の展示会などで忙しい。

翔太の食事などの世話をするために事務員を兼ねて二人の女が雇われた。

派手な化粧をして香水の匂いを漂わせている二二歳の圭子《けいこ》と、まったく化粧っ気がなくリンゴのような赤い頬をしている一八歳のいずみが、平日は交替で翔太の朝食作りから面倒を見ている。

昼は小学校の給食、夕食は圭子といずみのどちらか残っている方と二人で食べている。

両親といっしょに食事をするのは休日の夕食を外で食べる時だけであった。

菊山が午後から会社を留守にするようになったのは、しっかりした番頭を手に入れたことも大いに影響していた。

森岡征一《もりおかせいいち》という菊山より一つ歳上の男だった。

名の通った大学を出て大手企業に勤めていたが、友人の連帯保証人になったことが災いして職を失い、以前、顧客で通っていたクラブ『ミロワール』の光子の紹介により菊山の会社に来ていた。

きっちりと櫛目の入った髪をオールバックにし、太い眉の下にくっきりとした目鼻立ちの渋い紳士である。

森岡は菊山の気性を素早く見抜き、その頭の良さから最終決断以外のほとんどを任されるようになっていた。

この時代の菊山は金が勝手に奏でる甘美なハーモニーにどっぷりと浸かっていた。

日本の地を目指した頃、一八歳の若い精神が求めていた夢の国がまさに具現化されたのだ。

菊山にとって日本は、やはり黄金の国、ジパングだったのである。


「あっ犬だ」

テツとノリに一頭ずつ抱かれたイングリッシュセッターの子犬が事務所の中に入って来た。

白地に黒のぶちが入り、よく光る黒い目を忙しなく動かし、小さな鼻をひくひくさせている。

「翔太。いい犬だべ。こいつらが父さんの撃った獲物を銜えてくるんだ。今はこんなに小さいけど、でかくなるんだぞ。可愛がってやれよ」

子犬は事務所の床に下ろされると、クンクンと鼻を動かし匂いを嗅ぎ回った。

翔太はころんとした犬の背中と頭を撫でながらうれしそうだ。

「父さん、まだ赤ちゃんなの?」

「そうだ。こんなにチビなのに親から離されて可《か》哀想《わいそう》だべ。大事にしてやるんだぞ」

菊山は片手に一頭ずつを乗せてひょいと膝の上に置き、目を細めて撫でていた。

「おい、チビたち。俺が今日からお前らの親だ。いっぱい喰って早くでかくなれよ。翔太、動物は人と違って嘘をつかん。だから大事にしてやれ」

子犬は菊山の言葉など聞こえてはいないかのよ

うに辺りを見回していた。

子犬の名前はオスがジョン、メスがパピーと付けられた。

毎日、朝夕の散歩はテツ、ノリ、タカのうち誰かの仕事だった。

大きな鉄鍋に入れられたエサを忙しく頭を揺らして食べる子犬を見ている菊山は、いつも子犬たちに何やら話しかけていた。


「菊山、翔太もいよいよ小学生か。早いもんだな。ついこの間までこんなに小さかったのにもう一年生だ。そんなに経ったか……」

白井が顎髭に手をあて目尻の皺を深くする。

「あっという間だ。子供の大きくなるのは早いもんだ。最近はあれも口が達者で油断できん。学校も気に入ってるようだしな」

「あのでかい車で送り迎えしてるのか？」

「おお」

「送り迎えか……あの車で運転手付きでか。大した坊ちゃんだな、翔太は」

「お前、誘拐されて殺されてからじゃ遅いべや。いくら俺が犯人をぶち殺したところで子供は戻らないんだぞ。車がでかいのは交通事故のためだ。相手がダンプでもキャデラックは大丈夫だべ。何かあってからじゃ金ですまんべや。なっ」

菊山は厳しい顔つきをしている。

「まあそうだけど翔太は箱入り息子ってわけか」

白井は柔和な表情でコーヒーカップを手にした。

「あれを守るためなら箱でも金庫にでも何でも入れてやる。あれは俺の宝だ。俺の血が入ってんだぞ。どれだけ金がかかろうと構やしないさ」

「そうだな、血の繋がった息子か……この世で一人だからな。それにしてもお前の暮らしは豪勢なもんだ。あんなに車を持ったり昼間っから遊び歩くとはいい身分だべや」

白井に言われ、菊山は、ふんと唇を綻ばせる。

「生きてるうちにいい思いしなくてどうすんだ。聖人君子じゃないんだぞ。人生は一生懸命仕事して一生懸命遊ぶ。それが男の生き方だべや」

「ハハハハ、お前は成金《なりきん》になったか」

「成金でいいんだ。百姓の出なんだから成金だ。みんな初めは成金だべや。なあ。俺は成金が気に入ってるんだ。ガハハハハ」

天井を向いて高笑いしている菊山を見て白井は苦笑いしている。

「先のことを考えて残してはいるんだべ？」

「先？　先って何よ？　どうなるかわからんことに気を揉んでもしょうがないべ。金なんかなくても能力があればどうとでもなるべや。俺は先のこと、先のことと言うのがわからんなあ」

「会社を大きくするとか、家族のためとか、いろいろあるべや。どんどん人も増やしてもっと稼ぐために残すとかだ」

煙草に火を点けた白井が紫煙を吐き出す。

「会社？　ばたばたして必要以上にでかくしてどうすんだべ。あの世まで持っていけるわけではないのにな。お前は先のことをずいぶんと考えてるんだな」

「うーん……普通は少しは考えるべや。老後のこととか翔太のこととか」

「老後っ。四〇を過ぎたばかりで何が老後だ、バカ野郎。わからんなあ。翔太は将来、自分で働いて稼ぐべ。親の金をあてにするようなら無能ってことだ。そんな男なら俺の息子でないべや」

「そうか。無能は息子でないか……厳しいなあ」

白井が笑い出すと菊山もいっしょに笑い出した。

「俺の息子なら自分の力で何でもできるべや」

「お前ら、聞いてるのか。翔太はなあ、俺の息子は天才児なんだとよ、わかるか、天才児って。知能指数がこの街で一番だとよ。ガハハハハ」

事務所には菊山のほかに七、八人の客がいた。

小学校へ入学して受けた知能検査で翔太は街で一番高かったと教育委員会から学校に連絡があり、校長と担任教師が告げに来たのだ。

菊山はそれを聞いた時から誰彼構わずその話を繰り返している。

「わかるか、天才だぞ、あれは。俺の息子だから。何たって俺は村で一番だったからな。ガハハハハ。さすが俺の息子だ、血は争えんな、血は」

「社長、将来が楽しみですね、息子さんは」

客の一人が揉み手をせんばかりに阿っている。

「当たり前だべや。俺の息子だからそんなのはわかってたけどな」

実際に翔太は優秀だった。

小学校へ入学してからテストがある度に満点か間違えても一問というのが普通だ。

翔太が帰宅し事務所に入った時に菊山がいれば、挨拶の次に訊くのはテストの有無である。

「翔太。テストはあったか?」

事務所の客が愛想笑いを浮かべる中で翔太は、うんと応えてランドセルを下ろし、テスト用紙を出して菊山に手渡す。

テストはほとんど一〇〇点、稀に九五点もあるが、菊山はそれを客たちに見せるのが喜びだった。

「何だ、また一〇〇点か。ガハハハハ。お前は本当に頭のいい子だ。父さんの息子だからな」

「おや、これは何だ。九五点か。何だ、大したことないな。いいか、翔太。習ったところから出るんだから一〇〇点が当たり前なんだぞ」

僅かに顰めた顔をして菊山は翔太の肉付きのよい頬をぴたぴたと叩く。

翔太はそれが当然なんだという表情で、うんと頷いた。

そして菊山は厚い財布から札を取り出して翔太に手渡した。

翔太との約束は一〇〇点が一枚につき一〇〇〇円、本来なら一〇〇点以外は価値がないというのが菊山の持論だが、翔太に粘られ九五点は五〇〇円、それ以下はなしということになっている。

テスト用紙は一カ月に一五枚前後はあるから、翔太の小遣いはちょっとしたものになる。

翔太の小遣いの基本は一日一〇〇円であり、これだけで月に三〇〇〇円だ。

それにテストでの小遣いが加わるのだから一万数千円から二万円近くになっていた。

この年のサラリーマンの平均月収は約七万円、大卒初任給は約二万五〇〇〇円だ。

煙草のハイライトが七〇円、米一キログラムが一四六円、銭湯（東京）が二八円であり、子供の菓子はアイスキャンディ一本五円、菓子が当たるクジ引きも一回五円であった。

ほかの一年生の小遣いは一カ月一〇〇円からせいぜい一〇〇〇円だから、翔太の小遣いは大金だ。

日本では謙遜が美徳だが、菊山には微塵もその意識はない。その代わり、翔太が己の思い通りの結果を出さなければこれ以上ないくらい罵倒して怒るのだった。しかし、翔太は反発せず、自分の努力が足りなかったのだと、常に奮起する思考を持つ子供だった。

事務所に金を借りに来る客は仕事の内容や返済計画よりも、翔太を褒めまくる方が融資を受けやすかった。

菊山は日頃から翔太に家で勉強することを誤りだと言っている。

「学校で勉強するのがお前の仕事だ。すぐに覚えられないような子は父さんの子ではない。家でなんか勉強しなくていいように学校でしっかり覚えてこい。本は読むな、目を悪くするからな」

貧しさでノートを買えなかったこともあり、何でもその場で覚えるのが当たり前だと信じている。

いつも菊山に言われていたこともあり翔太は家で勉強することはないが、本だけは周りが呆れるほど読んでいた。

律子も勉強しなさいとは言ったことがない。

ただし三歳の時に翔太に文字を教えてから、たくさんの本を翔太の周りに置くようにしていた。決して読みなさい、とは言わず、ただ置いておくだけだったが、いつも翔太は本を読んでいた。

菊山自身はまったく本を読まず、新聞を読む程度である。

ただしこの男は教養はなかったが、頭の回転の速さと何よりも優れた記憶力を持っていた。


翔太が学校から戻り事務所に座っている。

菊山はいつでも翔太を傍に置いておきたいのだ。

森岡の隣に座り黙って菊山と客の話を聞き、客が帰った後にその客がどういう人間なのか、菊山が説明するのが楽しみだった。

「翔太、今の奴はどうだ？」

菊山は帰った客のことを訊いた。

「うん。いいおじさんでないの？」

「どうしてだ？」

「だって僕にマーブルチョコくれたよ」

翔太はマーブルチョコをみんなに配り、自分の口にも色とりどりのチョコをまとめて放り込む。

「そうか。でもな、あいつは嘘つきだ。お前にチョコをくれたのは父さんの機嫌をとるためだ。わかるか？　お前が父さんの子だからだぞ。どうして父さんの子ならチョコをくれる？」

顎に手をあて菊山は愉快そうに笑っている。

翔太はすぐに短い腕を組み、頬の肉を盛り上げるように口を開いた。

「父さんの機嫌が良くなるから。僕がチョコをもらうと僕は喜ぶ。そして父さんも喜んで機嫌がいい。そしたら、おお、貸してやるぞって父さんがお金を貸してくれる」

「そうだ。いいか、父さんは成金の金貸しだ。みんな、金が要るからここへ来る。何とかして借りたいから父さんの機嫌をとる。わかるべ、翔太。でもな、くれるというならもらっとけ。なっ」

「うん。そしたら父さんは貸してあげるの？」

「いや。ダメな奴はダメだ。チョコ一個で変な奴にも貸してたら、父さんは後で怒ってぶん殴らなきゃならんべや。いいか、翔太。人の機嫌をとる奴は嘘つきだ。男は嘘をつくな。父さんはいつも正直に生きてきた。だからお前も正直でなきゃダメだ。そして自分の思ったことははっきり言え。思ってないことは言うな。相手が誰だろうと何人いようと自分を曲げるな」

菊山の目に射るような光が点り、翔太は元気よく、うんと頷いた。

怒れば狂ったようになる菊山に誰もがどこかで遠慮していたが、翔太は心の中で思ったことをそのまま菊山にぶつけてくる。それが菊山の喜びでもあった。

その時、外で犬たちが吠え出した。

「どうしたんだ、見てこい」

翔太が外に出るとサングラスをした角刈りの二人の若い男がジョンとパピーに石を投げている。派手な柄のシャツを着てすぐにヤクザとわかる男たちだった。

「父さん。ジョンとパピーを苛めてる奴がいる」

翔太が叫ぶと菊山はなにいっと腰を上げ、急いで外に出た。

男たちがへらへら笑いながらジョンとパピーに石を投げている。

「こらっ。俺の犬に何しやがる、このガキ共」

怒鳴られた男たちは石を投げるのをやめ、なんだ、こらあ、と菊山に向かって怒鳴った。

菊山の瞳の奥に怒りが渦巻き、顳顬に太い血管が現れた。

「きっさまらあ、このガラクタがっ」

菊山は黒いシャツを着た男の胸倉をむんずと摑み、ぐいっと引き寄せた。鼻面に鋭い頭突きをくらわせる。

男のサングラスがくるくると回りながら吹っ飛んだ。

骨の軋む音。こもった唸り声。男の鼻がひしゃげて一筋、二筋と血が流れてきた。

男が地面に片膝をつき、鼻を押さえて蹲る。

「何すんだ、てめえ。俺たちはなあ……」

もう一人の男が組の名でも名乗ろうとしたのか、その前に菊山の怒りを込めた鉄拳が顎に刺さった。

男はそのまま吹っ飛び這い蹲《つくば》った。

菊山は間を置かず、その男のシャツの後ろ襟を引き寄せ、顔面に何度も膝蹴りを入れる。

呻き声。菊山の血走った目。膝が走る。

折れた歯が飛び出した。噴き出す血。怯えた目が揺れた。

ジョンとパピーが小屋から飛び出し、繋いである革紐がピンと張りつめた。

今にも空に舞い上がるくらいに尻尾を勢いよく振り、頻りに吠えている。

黒シャツの男がこの野郎っと菊山に殴りかかったが、菊山はひょいとかわし顎に拳を叩き込んだ。

後ろにたたらを踏んだ男の黒シャツの胸を摑んで引き寄せると、その後は殴り放題となった。

そのまま両腕で持ち上げ思いっきり地面に叩きつけ、物でも潰すみたいに顔面を踏んづけた。

菊山の踵が口にめり込み血が溢れ出し、熟れ過ぎたザクロのようだ。

もう一人の男が立ち上がり向かってこようとしたが、菊山が近寄っただけで後退りし始める。

青白い酷薄な光を湛えた目の菊山が、男の顔面に一発、二発、三発と拳をくり出した。

その度に男の頭が激しく揺れて、男は地面にどさっと倒れてしまった。

二人の若者は虚ろな目をしてぼろ雑巾のようになった。

「勘弁して下さい……」

半ば泣き声に近い口調で男が菊山に詫《わ》びを入れているが、菊山はその口を爪先で蹴飛ばした。

菊山の悪魔のような目が倒れている黒シャツの男を睨みつけると、男は口から血を霧吹きのように飛ばしてすひまへんと頭を何度も下げだした。

菊山はふんと鼻を鳴らし、後ろ脚で立ち上がって尻尾を振り回すジョン、パピーの頭を撫でてどらどらと傷の有無を確かめている。

「こら、わかったか、ガラクタ共。俺の大事な犬におかしな真似をしやがったらタダじゃおかんからな。次は殺すぞっ」

男たちは恐怖に身を竦ませて頷いた。

ジョンとパピーが吠え、菊山の顔を忙しなく舐めている。

途端に菊山の顔が溶けるように緩んだ。


骨と肉がぶつかる音が響いている。

翔太の頬が赤くなり目に涙が滲んでいた。

菊山は薄笑いを浮かべて翔太を見ている。

互いに相手の頭を抱えてぶつけ合っているのだ。

「何だ、翔太。もう泣きが入ったのかあ。父さんの息子か、お前は？　弱いのか？」

　翔太は目を潤ませながら、きっと吊り上げ、唇を突き出し真っ赤な顔で菊山の頭に自分の頭をぶつけだす。

「お父さん、やめて下さい。あんなに痛がってるじゃないですか。翔太も参ったって言いなさい」

　見かねて律子が助け船を出そうとするが、うるさいっと菊山は一言のもとにはねつけた。

　いつものことだが、律子は深い溜息をつく。

「さあ翔太。どうなんだ？　お前は父さんの息子なのかな、それともリンゴ箱に入れられて橋の下に捨てられてた子なのかな？」

　挑発しながら菊山は翔太の頭を両手で持ち、頭突きをくり返す。

　翔太の目から涙が一筋こぼれた。

「何だ、泣いてんのか、この弱虫」

「泣いてない。弱虫でないっ」

　菊山を怒りに満ちた目で睨みつけ、翔太は頭をぶつけていた。

　菊山は、そうかと唇を緩ませる。

　やっと終わった時、翔太の額は赤く腫れ上がり瘤《こぶ》になっていた。

　菊山は誰かが翔太に傷をつけたならば、どんなに些細《ささい》な傷でも狂ったように怒りだすが、自分が傷つけるのは平気だった。

「翔太。チョッパンはなあ、ここここを狙うんだ。あまり下だと相手の歯で頭が切れるからな」

　自分の鼻と唇の間を指差し、菊山は翔太の顔を見下ろした。

　翔太は口をへの字にして、こくりと頷いたが、その拍子にまた一粒の涙が床に落ちた。

「泣きべそか、翔太？」

「違う。泣いてないっ」

　翔太は両腕でごしごしと目を拭き、上目遣いで菊山を睨んだ。

菊山は唇の端を上げると床にハイライトを置く。

「さあ翔太。これを拾いながら父さんの方に勢いよく踏み出してこい。ここを狙うんだぞ。まっすぐ立ち上がるなよ。下から斜めに突くように伸び上がるんだ」

菊山は手本を示すと一メートルほど離れ、右手を開いて翔太の頭の高さに構えた。

翔太は右足を踏み出しながら身を沈め、ハイライトを拾い、そこから斜め上方に菊山をきっと睨んだまま伸び上がり菊山の右手に頭突きを入れた。

「ダメだ、それじゃ。もっと膝を使え。頭だけでやろうとするな。ほら、こうだ」

菊山は何度も手本を示した。翔太は唇を閉じて意地になってやっている。

右手から乾いた小気味よい音がしてきた頃、菊山は満足そうに目を細めた。

「次はこれだ。思いっきり殴ってこい。思いっきりだ。ずるしたら赦さんぞ」

菊山は歴戦をくぐり抜けた拳を翔太の目の前に差し出した。

翔太にとって岩のように見える拳だ。

頭突きも辛いが、これはそれ以上だった。

小さな拳をぎゅうっと握り、息を吸って口を固く結ぶ。

ちらりと菊山の目を見て意を決したかのように顎を引いた翔太が菊山の拳を殴った。

翔太の顔が歪んだ。

「あたってないべ、そんなの。こらっ」

菊山の拳骨《げんこつ》が翔太の頭の上に降ってくる。

翔太の目に銀色の星がパチッと瞬いた。

翔太は奥歯を噛みしめ、力を込めて菊山の拳を殴る、殴る、殴る。

歯を喰いしばり、殴り続ける。

「その調子だ。さあ、もっとガンガン殴れ。父さんの子だべ、翔太。やれっ」

翔太の目にまた涙が溜まる。

「お父さん、お願いだからやめて下さい。翔太が可哀想です」

律子が菊山の腕にすがり、きれいな弧を描く眉を歪ませたが、うるさいっと押し戻された。

「ママ、僕、大丈夫。可哀想でない」

翔太は憎悪と怒りを込めた目を向け、菊山の節くれだった傷だらけの拳を殴りつける。

その小さな拳は真っ赤になっていた。

翔太にとって石を殴っているようだった。

殴る度にその振動で涙がぽとり、ぽとりと絨毯の上に染みを広げる。

翔太の目が一発ごとに憎しみと怒りの光を増していた。

「よおし、じゃあ次は父さんだ」

翔太が大きく息を吸った。

翔太にとって最も痛い時間がやってきた。

菊山の半分にも満たない拳を握り、翔太は差し出した。

菊山は唇に笑みを張りつけ、その拳に自分の石の拳を打ちつける。

痛そうに唇を歪ませる翔太を見て菊山は笑っていた。

肉と骨が叫びをあげ翔太も胸の奥で叫んでいる。

「父さんの息子なら強いんだ。わかるべ」

子供が相手だが、菊山は次第に力を加え翔太を試すような目で見ている。

翔太にとって菊山の気分次第で一時間以上も続くこの時間は逃げ出したくなる時でもあり、菊山が憎くて憎くてたまらない時だった。

窓の外には冷たい雨が繊細な銀色の糸になって

落ちていた。

トタン屋根にバラバラとあたる雨の音が暗く陰鬱な部屋に響いている。

青白く疲れた表情の女と寒そうに背中を丸めた男の子が生気のない顔でテーブルを挟んで菊山と翔太の腰掛けている椅子の前の床にぺたんと座り込んでいた。

テーブルの上には茶菓子はなく湯呑みだけが二つ並んでいる。

「社長すみませんねぇ……茶菓子も坊ちゃんの飲む物も出せなくて」

女は顔を歪め、声を低めて言った。

菊山はいらん、いらん、と手を振っている。

翔太が殺風景な部屋のあちこちを眺め、目の前の暗い顔をした男の子に視線を走らせた。

もうすぐ冬だというのにストーブの火はなく、雨が降っているこの日は特に肌寒かった。

律子が買ってくれた胸にバットマンの描かれた白い厚手のセーターとシャツを身に着けた翔太でさえ寒いのだから、目の前の肘に継ぎの当たった薄いセーターを着ている子供は寒さで震えていた。

菊山は遠慮ない仕草で部屋の中を見回し、ふーっと長い紫煙を吐き出している。

「奥さん、あれは生活費をちゃんと渡してくれてないべ？」

奥さんと呼ばれた女は化粧っ気のない青白い顔で頷いた。

ほつれた髪の毛と皺だらけの手を見た翔太は、いつも凜と和服を纏っている律子と比べている。

「しょうがない野郎だな。金のできない時は何をやってもできないもんだ。あれみたく人のほら話を追っ掛けて一攫千金なんて考えてる時はな。返せなくてもいいから連絡よこせって言っとけ」

女は弱々しく、はいと正座をした膝の上で手を握った。

　菊山の目が傍らの子供に注がれる。

「兄《にい》ちゃん、何年生だ?」

　菊山に見下ろされた男の子は上目遣いのまま、三年生、とぽつりと言った。

「ふーん。翔太の一つ上か。そうか……細いな」

　菊山は煙草を消し、茶をずずっと啜る。

　翔太と男の子の目が合ったが、男の子は下を向いてしまった。

　菊山に連れられ債務者の家に行くことが日常茶飯事の翔太にとって、関係ないはずのその家の子供まで元気がなく卑屈な態度でいるのには慣れている。

　坊ちゃん、坊ちゃんと王子様のように扱われている翔太とは天と地の差だ。

　なぜか翔太はそんな子供を見る度に消えてしまいたいくらいにいたたまれなくなる。

「それじゃ帰るか。兄ちゃん、たくさんメシを喰って大きくなるんだぞ」

　菊山は男の子の顔を見つめ上衣のポケットから鰐革《わにがわ》の分厚い財布を取り出し札を何枚か抜き、テーブルの上に置いた。

「奥さん、兄ちゃんと旨いもんでも喰えや。ストーブも焚いたらいい。兄ちゃん、寒いべ、なっ。風邪ひかすな、奥さん」

　立ち上がった菊山に女は今にも泣きそうな顔をして何度も頭を下げていた。

　玄関まで歩いたところで菊山は翔太のバットマンの絵が描かれた真っ白いセーターの袖を引き、これ、くれてやれ、と男の子に向かって顎をしゃくった。

　えっと顔を歪めた翔太に、寒そうだべや、あの子、と男の子に目を向けている。

　翔太はうーんと口を尖らせたが、しぶしぶセーターを脱ぎ菊山に渡した。

見送りに来た女にセーターを渡し、兄ちゃんにと告げた菊山に女は土下座するように膝をつき、断ろうとしたが、菊山に押しつけられ翔太にしつこいくらい頭を下げ始めた。

外へ出た途端、銀の雨滴を弾くベンツからタカが勢いよく飛び出し、後ろのドアを開けた。

車が走り出すと菊山が翔太の頬を引っ張った。

「いいべや、お前は母さんに山ほど服を買ってもらってんだから。みじめなもんだべ。親が金がないばかりに寒い思いして暗い顔で生きなきゃならんのだぞ。痩せっぽちであんな粗末な恰好して」

ヒーターの効いた暖かい車の中で翔太は男の子の家の寒さを思い出し、うんと頷いて頬をぷるんと揺らしている。

「翔太。お前は父さんの子でよかったべえ。いい服着ていい物喰って坊ちゃん坊ちゃんてちやほやされて。全部、父さんの力だぞ」

菊山が嘆息すると運転しているタカは深々と頷いた。

翔太が再びうんと小さく呟き、外を眺めている。

翔太にとって恐ろしい時もある父親だったが、こういう時の菊山が誇らしかった。

雨が斜線となって流れ去る外の寒さが別の世界のように車内は暖かかった。


翔太とタカが大きくなったジョンとパピーのリードを持って事務所に向かって歩いていた。

翔太の家から歩いて七、八分ほどのところに市内を流れる平松川の堤防が長々と続いていたが、ここはジョンとパピーの散歩と運動の場になっている。

毎日、川沿いの堤防の広い草地で骨や鳥の人形を遠くに投げては取りに行かせるのだ。

犬たちは成犬になり、体格もすっかり逞しくなっている。

立ち上がると翔太と背丈が同じくらいあり、力も強かった。

翔太が気を抜いた時、メスのパピーが翔太をリードごとそのまま引きずり倒した。

タカはニタニタ笑っているが、翔太は鼻の頭を擦《す》り剝き気に入っていたウルトラマンの描かれたジャンパーが泥だらけになった。

家に戻った翔太はジョンとパピーを繋ぎ、事務所のガラス戸を開けた途端に菊山と目が合った。

菊山の目がかっと開かれ、何だ、その面《つら》はっと荒々しく怒鳴った。

「転んだ。堤防の坂で。僕が独りで」

翔太は菊山の目から視線を外そうかどうか迷ったが、次の瞬間、ばっちーんと殴られ目からいくつもの星が飛んだ。

「てめえ、親に嘘をつくとは何事だあ。こないだも言ったべや。父さんは何でもわかるって」

平手で殴られ拳で殴られ、倒れて椅子に頭をぶつけたところを蹴飛ばされ、再び椅子の脚に後頭部を打ちつけて翔太はみるみる目に涙が滲み出す。

「立て、この野郎。父さんの息子のくせに嘘をつきやがって。その根性、叩き直してやるっ」

テツが飛んできて止めようと菊山に謝っているが、菊山はどけっと手を振った。

窓ガラスを震わせるほどの怒鳴り声と音に律子が奥から走ってきた。

「お父さん、勘弁してやって下さい。ほら、翔太、翔太も謝りなさいっ」

端整な顔容《かんばせ》を崩した律子が菊山の右腕を握ろうとしたが、その手を払われた。

「うるせえ、あっち行ってろ。この野郎、誤魔化すことを覚えたのか。くそっ、俺の息子なのに」

菊山は怒りで正気を失った目で翔太を起こし、殴り始めた。

翔太は、ごめんなさい、と声を振り絞るが菊山はなおも殴りつけ、翔太の小さな唇の端が切れ鼻血が噴き出してきた。

ジャンパーのウルトラマンの顔に鼻血が垂れ泥に赤黒い染みが広がっていく。

事務所にいた森岡と山崎が勘弁してやって下さいと言っても、菊山は凄惨な形相で殴っている。

この前も九〇点のテスト用紙を悪い点を取ったために叱られるのではないかと、居間の屑《くず》入れに捨てたところを運悪く菊山に見つかり、ゴムボールのように投げ飛ばされていた。

翔太の目の前が真っ赤に見えだした頃、ようやく石のような拳の雨が止《や》んだ。

「何で嘘言った？　どうせジョンかパピーに引きずられたんだべやっ」

翔太は鼻から赤い鼻提灯《はなちょうちん》を膨らませ、うんと応え菊山をじいっと恨めしそうに見る。

翔太の頭の中には自分に怪我をさせたパピーが叩かれるんではないか、あるいはパピーに引きずられた自分の力の弱さを叱られるんではないかという虞《おそれ》があったのだ。

「バカモンッ。相手が犬なら父さんは怒らんぞ。仕方ないべや、うれしくて走るんだから。お前は小さいから犬に勝てないべ。二度と嘘を言うなー。父さんの息子は嘘は言わんぞ。いいかっ」

翔太は、うんと鼻提灯を膨らませた。

「男が嘘をつくのは最低だべや。父さんのところにいっぱい来るべ、嘘をついても平気な野郎が。人間は正直に生きなきゃならんのだぞ、翔太」

菊山は眉を下げ悲しそうな顔をした。

「おい、こいつの顔、拭いてやれ」

菊山は律子を手招きした後、ジョンとパピーの小屋に行き、そこにしゃがみ込んだ。

二頭の大きな犬が千切れるくらいに尻尾をびゅんびゅん振って飛びついてきた。

「ガハハハハ。そうか、翔太を引きずったのか。しょうがないな。強くなったなあ。でもな、俺の息子だから大事にしてくれよ。なあ」

菊山は二頭の犬にされるがまま顔を舐めさせ相好を崩し、犬の頭を荒っぽく撫でた。


その日、翔太は菊山に連れられ税務署に来た。税務調査の協力をという連絡を受けて呼ばれ、森岡と翔太も応接室にいっしょに座っている。

何度かやり取りがあった後、菊山より一回り年長らしい署長と名乗る男が菊山を値踏みするような眼差しで入ってきて、テーブルを間に挟み腰を下ろした。

「さっきからあんたんとこの若い衆に言ってるけどよ、俺んとこは申告した通りだ」

菊山は長椅子にふん反り返って足を組み、ぴかぴかの靴を覗かせた。

眼鏡をかけた気難しそうな顔をした署長は菊山の言葉を聞き流し、車の台数、派手な暮らしについて話し始め、修正を求めるような口振りだ。

「なにい。俺に申告し直せってかっ」

菊山の目が怒りのために赤く染まっている。

署長は眼鏡の縁に手を掛けて持ち上げ、苛立たしそうに口を開いた。

「車の台数、クレー射撃など、こちらの調べではかなり派手な生活をされてるようで。申告額からすると規模がちょっとね……」

署長はねっとりと絡みつくような視線を菊山に向けている。

「何だと。稼いだ金を目いっぱい遣う俺と金を持っててもしみったれてる奴らをいっしょにすんな。

俺は稼いだらパーッと遣うんだ。金をちょろまかすようなこ汚いことができるか、バカ野郎」

署長はバカ野郎と面罵され、顔色を変えた。

「バ、バカ野郎はないだろう。ここは税務署で私は署長だぞっ」

「バカ野郎だからバカ野郎と言ったんだ。何が税務署だ、何が署長だ。そんなもんが何だってよ。バ・カ・ヤ・ロ・オだ」

菊山は鼻を鳴らし、テーブルをひっくり返した。湯呑み、灰皿、ライターが飛び散り、煙草の灰が噴き上がり、窓から射し込む光の中をゆらゆら漂っている。

署長はゆでダコのようにいきなり顔を真っ赤にして、さ、査察だ、査察にかけてやるぅ、と菊山に力いっぱい指を突きつけた。

「ふん、査察でも何でも勝手にしやがれ、このバカ野郎っ。おい、帰るぞ」

呆気にとられている署長に見向きもせず、菊山は応接室のドアを威勢よく開けて出て行った。

森岡と翔太が慌てて後を追いかける。

タカの待つ車に乗り込んだ菊山は、あのバカ野郎がと片眉を上げて煙草を銜えた。

助手席から後ろの菊山に手を伸ばして火を点けた森岡が目を瞬かせている。

「社長、税務署ですから、相手は……」

「何が税務署だっ。世の中、税務署だ、警察だ、ヤクザだと言ったら何でも通ると思ってるが、俺には関係ないぞ。誰だろうと何だろうとな」

菊山は煙を吐き出し腹減ったな、メシだ、とタカに顎をしゃくっている。

「父さん、あの人、怒ってたね。父さんのこと、射殺だって。大丈夫？」

翔太が心配そうにつぶらな目を向けると菊山は一気に顔を綻ばせ、ガハハハハと大量に翔太の頭に唾を降らせて笑い出した。

「しゃ・さ・つ、でなくて、さ・さ・つ、だ。調べに来るかもな、父さんのところに」

「どうして？」

翔太のどうしてが始まった。

翔太の何事につけ知りたいという欲求は異常なほどで、そのために高価な百科事典が揃えられ、どうしてが始まると翔太だけではなく圭子といずみもほかのことはそっちのけで、調べまくらなければならなかった。

それでもわからない時は新聞社や大学に電話をして調べることも少なくない。

菊山は翔太のどうしてが始まると、知らん、とそっぽを向いてしまう。

「父さんが税金ってやつをちょろまかしてると思ってやがんだ、あのバカ野郎は」

「どうして？」

「お前みたいに持ってる金は全部遣おうとするからだべ。だから実際より稼いでいるように見えるんだべや、きっと。ふん、ちまちまして貯め込んでたまるかってよ。男の人生は太く短くだ」

菊山は不思議そうな翔太の頭をぐしゃぐしゃと撫でて、なっと頬を緩ませた。

「どうして貯めるの、ほかの人は？」

「うーん……将来のためとかな、けちなんだべ」

「どうして？」

「あとのことは帰って母さんに訊け」

その後、税務署ではなく国税局が査察に入ることになった。

地味な背広姿の男たちが何人も事務所にやって来た。

男たちの中で最も上席の男が菊山に帳簿の提出を求めた。

「ない。そんなもん」

菊山と同年代の髪の毛が縮れ目の大きな男は、そんなことはないでしょう、これだけ手広くやってるのにと訊き返す。

「ないと言ったらない。帳簿は俺の頭の中だ。どうだ、俺の頭でも持っていくか？　ガハハハハ」

菊山は社長室の椅子にふんぞり返り、豪快に笑っている。

男は何度か首を横に振り何かを決したように大きな目をぎょろりとさせた。

「わかりました。そういうことならしばらく通わせてもらいます。気が変わったら出して下さい」

「ないもんは出せんべや。ま、気のすむまで通って来いや。ガハハハハ」

菊山は晴れやかに笑った。

翌日から男は部下を連れて菊山の事務所に弁当持参で通ってきた。

針の穴ですら見逃さないような目つきをした男は田辺《たなべ》と名乗り、菊山と同じ年齢だった。

毎朝九時から夕方五時の終業まで事務所の隅に張りつき弁当を食べる時には居間を使い、律子に言われた圭子といずみがコーヒーやお茶を出している。

律子は田辺と部下がよほど気の毒に思ったのか、午前と午後に菓子とコーヒー、紅茶まで用意した。

田辺はすっかり恐縮していたが、仕事に対する鋭い目つきは崩さなかった。

「ただいまあ」

昼食を終え、一服が終わった頃に翔太が帰ってくる。

「おじさん、こんにちは」

翔太は明るく元気良く挨拶する。

菊山が小さい頃から男の子は大きな声で元気に挨拶しろと、壊れたレコードみたいに言っているからだ。

もともと小さい頃からたくさんの大人に囲まれて生活しているせいか、人見知りせずどこに出ても態度は変わらない。

「翔太君はいつもはきはきして元気だなあ」

田辺は表情を和ませ、翔太を見つめる。

「そうだべ。おい、テストはあったか？」

菊山に促され翔太は、うん、といつも菊山が手入れをして光っている黒いランドセルを肩から下ろしテスト用紙を抜き、早くもパブロフの犬みたいに顔を綻ばせている菊山に手渡した。

菊山は翔太から渡されるテストは一〇〇点だと信じて疑わず、偶《たま》に九五点があるとむむっと表情を曇らせるほどだった。

「どうだ、俺の息子は。ほら」

渡された三枚のテストはどれも一〇〇点と赤い字で大きく書かれている。

テスト用紙一面に赤い丸が気持ち良さそうに並んでいた。

「いつも凄いな。この子は本当に優秀だ。社長、たいへんな息子を持ったねえ」

田辺と部下は度々、見せられる翔太のテスト用紙にひたすら唸るばかりだった。

「天才だぞ。学校じゃ神童って呼ばれてんだ。わかるか、神童。神のわらべだべ。それじゃ俺は神だべや。おーい、あれを持って来い」

菊山は調子良く、両手をパンパンと鯉でも呼ぶかのように叩き律子を呼んだ。

そして恥ずかしそうな顔をした律子が持ってきた物を田辺に渡した。

翔太の一年、二年の成績表だが、すべての教科が五である。

どの学期もどの教科も五以外の数字はなく、きれいに揃っていた。

「うわーっこいつは凄い。ここまで凄い成績表は初めて見たなあ……社長、将来が楽しみだねえ」

「東大に行って医者か弁護士だって教師も言ってるべや。ガハハハハ」

それから菊山のこれでもか、これでもかという翔太自慢が始まった。

律子は恥ずかしさにこらえ切れず、奥に引っ込んでしまった。

菊山には謙遜、恥じらい、遠慮のいっさいがない。それらは菊山にとっては悪徳のようなものだ。

そのような感情や行為を嘘の一種と考え、まったく臆面もなく自慢する。

「いやあ社長。本当に羨《うらや》ましいなあ、翔太君は」

目尻をしっかり下げた田辺の表情から有能で鋭敏な官吏の面影は消えていた。

「いいべ。俺の息子だからな。血ってもんだべ」

普通ならばこの辺で相手のことを尋ねたりもするのだろうが、菊山にはそのような気配りはない。

「社長、俺なんか女ばかり三人だ、子供は。家に帰ったら女房を含めて女四人対俺一人だ」

「女が三人かあ。それはまた不幸だべえ。一生懸命育ててだぞ、その辺の馬の骨といっしょになったら父親のことより馬の骨だべや。あんた、気の毒だなあ。女が三人も。次を頑張っても女だな。嫁さん、取っ替えるか、外に女作って産ませるか」

菊山は我がことのように身を乗り出し、膝を叩き顎をごしごしこすっている。

「そうなんだ。馬の骨なんて犬も喰わないべさ。おまけに口が達者で一つ言えば、一〇になってしかも四人だ。もうたいへんだあ」

田辺は部下のことも忘れ、一人の父親になっている。

「そうか、そうか。女の子だからぶっ飛ばすわけにもいかんしな。ふーん、そりゃ厄介だべ。あんたも苦労してんだな」

その後の二人は打ち解けて、友人同士のように話に花が咲き出した。

「社長、交際費はどうしてます？　内部留保は？　賞与は？」

細かい質問の半分以上は律子が答えるが、菊山は他人事みたくそうか、とか、ふーんと感心すること頻りである。

田辺と部下は顔を見合わせ苦笑いした。

「遊びの金で領収書？」

菊山の声が裏返った。

「領収書って何だ、それ。なんでてめえの遊ぶ金をてめえで払わんのだ。経費だとおぉ。接待費……そんなもんないぞ。俺が誰を接待するってよ、金貸しだぞ？」

菊山は大きく首を捻り、わからんなあと眉を顰める。

「社長、金主を接待したりしないの？　ほかに仕事絡みとか？」

「あのなあ、呑むってのは遊びだべ、てめえの。金主と金の話なんかしながら酒なんか呑まんし、俺の金主なんてほとんどいないべ。なあ、人に頭を下げるくらいならやらん。あっちが勝手に遣ってくれって来る。今は返し終わってんだべ？」

傍で柔和な表情で控えている律子が、ええ、もう完済してますよ、と応える。

「自己資金ですかっ。えー、それは驚きだ」

目を大きく見開く田辺に菊山が当たり前だ、という顔をした。

「借りてくれって来るけど、いらんなって断るべや。だから接待も何にもない」

「しかし社長、毎晩のように派手に呑み歩いてるでしょう。その金は……」

「俺の金に決まってるべやっ田辺さんよ。男が遊ぶ時はてめえの金だべ。会社の金で遊ぶなんて考えられないべ。てめえで遊んだぶんはてめえで払う。なっ」

菊山は興奮して口から唾を飛ばしまくっている。

「はあ……それじゃ社長、稼いだ分はぱーっと」

田辺は花咲か爺さんが灰を宙に撒き散らすように右手を上に振った。

「おお、当たり前だべ。田辺さんよ。男の遊びの金は花びらよ。見事にぱっと散らせなきゃダメだべ。何たって成金だからよ、俺は。ガハハハハ」

それまで黙って大人の話を聞いていた翔太が小鼻をぴくりとさせ、遊びの金は花びらか、と呟きこくりと頷いた。

宵越しの小遣いは絶対に持たず遣い切らなければ帰宅時間が遅れると家に連絡してまで、必ず遣い切る菊山にとって遊び以外の金はない。

何か強烈な天からの啓示を受けたかのごとく、生涯この言葉は翔太の脳髄の襞に刷り込まれた。

「花びらかい、社長。男らしい人生だべ……」

田辺は心から感心しているのか、腕を組み両目を閉じて、うーんと唸っている。

「そうだ。桜吹雪のようにパーッと景気良く散らせて現金払い。これが男の遊びだべ」

そっくり返って呵々大笑する菊山の傍で翔太も目を輝かせ、桜吹雪、桜吹雪かあ、と呟いている。

菊山は不必要なほど陽気だが、田辺も堅い役人という鎧の下は明るく陽気な精神性を満々と湛えていただけに、一度、琴線に触れて微かな音でも鳴れば、賑やかなハーモニーを奏でるまでさほどの時はかからなかった。

「社長、もうわかった。例年通りでいいや」

「そうか。ガハハハハ。よし、それじゃ一杯やっても平気だべ、あんた」

三週間も経った頃、陽気な二人の男は意気投合し呑みに行くことになった。

酒乱の菊山だけに律子をはじめ周りの者は大いに気を揉んだが、何と田辺も大トラでこの日は先に吼え始めたために菊山の酔いはすっかり醒《さ》めてしまった。

気前の良さは天下一品の菊山だから腕に銀色に光っているパテック・フィリップをぽんとプレゼントしている。

外見の地味な時計なので大して高価でもないと思ったのか、片手を挙げてごっつぁんです、と気分良く受け取った田辺は、何日も後に値段を知り慌てて返しに来た。

菊山は何を言うか、あんたは友達だべと田辺の腕に時計を巻いた。

以来、二人は終生の友になり、後に国税局を中途退官し会計事務所を開いた田辺が菊山の税務いっさいを任されるようになった。

そして男の子のいない田辺は度々、翔太を自分の家に招き、スキーに連れ歩くようになったのだ。

いざなぎ景気に沸く日本は昭和四三年（一九六八年）に国民総生産（GNP）で西ドイツを抜き、世界第二位となった。

四月には地上三六階建て、高さ一四七メートルの霞が関ビルが完成している。

菊山の稼ぎも加速度をつけて増え、翔太の成長と相俟って事務所は明るい雰囲気に包まれていた。

事務所には新しい社員として児玉雄二《こだまゆうじ》が入った。

そんな中で唯《ただ》一人、暗い雰囲気を醸していたのが岡倉である。

とっくの昔にヒロポンは卒業していたが、アルコール依存症になり仕事が終われば事務所近くの部屋で安酒を呷っていた。

土気色の顔がますます黒くなり菊山からも医者に行け、メシを喰えと言われていたが、生返事をして過ごしてきた。

その岡倉が突然倒れ、医者に診てもらった時には肝硬変から肝臓ガンに移り、かなり進行した後だった。

菊山は即座に入院させたが、医者は首を振るだけで治療らしきことはできなくなっていた。

「兄貴、すいません。何の役にも立てなくて。これまで面倒を見てもらったのに」

少しも訛りの抜けない日本語を話し、落ち窪んだ目とこけた頬の岡倉が病室のベッドに寝ている。

「このバカ野郎。あれほど言ったべや、酒やめてメシ喰えって。ま、なったもんはしょうがない。ゆっくり治せ。治るまでいくらでも休め」

岡倉はやっとというようにかぶりを振り、助からないんだ、兄貴、とか細い声を出した。

「病は気からって言うべや。根性がないんだ、てめえって奴は。こら岡倉。生きて楽しかった、あ生きててよかった、ってことがあったか」

菊山は怒りを込めた視線を気力の尽きた岡倉に注いだ。

岡倉は黙ったまま唇を噛みしめる。

「これからだべ、このバカ。何のために日本に来た。死にに来たんじゃないべ。こったら遠くまで来てよお。こら、しっかりせい、しっかり。てめえも翔太がどんな男になるか楽しみだって言ってたべや。嘘か、あれは」

「いや兄貴、本当だ。楽しみだ、翔太は。俺も見たい、兄貴。だけど……」

「バカ。弱気でどうするんだ。負けてたまるかってな。俺はいつもそう思ってきたぞ。てめえの思いも遂げずに負けてたまるかってよ。こら岡倉」

菊山の両手が岡倉のパジャマの襟元を摑み、すっかり軽くなった岡倉の上体を揺さぶった。

風に翻弄《ほんろう》される木の葉のように岡倉の軀は揺れ、目には涙が滲んでいる。

「兄貴、俺はくたばりたくない。助けてくれ」

「医者でも何でもいくらでも替えてやる。だからてめえも根性出せ、いいなっ」

菊山は少しでも腕のいい病院と医者を探し回ったが、すでに岡倉の病状は末期だった。

それから間もなく岡倉は静かに息を引き取った。

葬儀を終えた菊山は白井と会社の社長室で向かい合っている。

「あのバカ、何の楽しみもなく、くたばりやがって。何のために日本に来たんだ。日本に来なくたってあんな人生なら送れるべや。バカ野郎だな」

「菊山。あれはあれなりによかったんじゃないのか。あの何一つ持ってなかった時代からお前といてたくさんのいい思いがあったべや」

白井は白くなってきた髪の毛に手をやり、菊山の険しい目を覗き込んだ。

「いい思いなんか、あったってしょうがないべ。そんな昔のことなんか。人間は前だけ見ていつも働いて楽しく暮らすのが本当だべ。生きてて、よかったって明日もあさってもずっと思えるのが本当だべや。だから人生太く短くでも文句はないべ」

菊山が握った拳にケロイドになっている傷と血管が浮き上がった。

「あいつにしてはいい人生だったべや。ほかへ行ったら使いもんにならんかったからな。死んで本人はほっとしてるかもしらんぞ。人の運命なんだから仕方ないべ」

「ふん、何が運命だ。運命は自分が作るもんだべ。なっ白井」

白井は黙したまま、唇を固く結んだ。

「ただいまあーっ」

翔太が帰ると事務所には菊山と森岡だけがいたが、菊山は見るからに不機嫌そうである。

「お帰り、翔ちゃん」

森岡が相好を崩すが、菊山は上の空だ。

社長室を通り奥の居間に入った翔太に圭子といずみがお帰り、と立ち上がり、圭子は冷蔵庫からファンタグレープ、いずみは戸棚からクッキーの箱を取り出した。

「はい、翔ちゃん」

圭子からは塗りかけていたマニキュアの匂いがする。

「ママは？」

「今日は踊りとお花。帰りは七時くらいだよ」

いずみがふっくらとした赤い頬を緩めた。

「父さん、機嫌悪いの？」

翔太はクッキーをカリカリと齧っている。

「悪い人が捕まったんだって。今、こっちへ連れてこられるんだよ」

圭子のつけ睫毛《まつげ》がバサバサと子供に人気のあるモスラのように羽搏《はばた》いた。

事務所でこらっとドアのガラスが割れるような菊山の怒声がした。

シャッターの閉まる音がして暗くなった事務所の蛍光灯が点けられた。

「翔太。ちょっと来いっ」

せっかちで短気な菊山に呼ばれてぐずぐずしていられず、翔太ははいっと大声で応え、クッキーを一枚口に入れ走って行く。

圭子といずみが気の毒というように眉を寄せて翔太の後ろ姿を見送った。

事務所の中には髪を短く刈った男が顎を押さえ、菊山の前の椅子に倒れ込んで怯えた目で菊山を見上げていた。

　普通の人間からすれば十分怖そうに見える男だが、相手が悪かった。

「よく見ろ。この野郎は嘘ばっかり言いやがって逃げてたんだ。二度と嘘のつけないようにしてやるからな。人に嘘をついて平気でいる奴がどうなるか、よく見とくんだぞ」

　菊山の両眼には青白い酷薄な光が宿っている。

　男は勘弁して下さい、社長、頼みます、と情けない声を出した。

　テツ、ノリ、タカ、児玉雄二ことユウジは離れたところに座って静かに見ている。

　森岡と山崎は見たくなさそうだが、仕方ないという雰囲気で隅に座っていた。

　視線で心臓を突き刺すような目をした菊山がいきなりパイプ椅子を持ち上げ男の頭に振り下ろす。

　ひぃーっという甲高い悲鳴の後に椅子が振り下ろされる音が続く。

　派手な音と悲鳴が不協和音を奏で始めた。

　頭がざっくりと切れ、大量に血が流れ出した。

　翔太の見るプロレスの乱闘シーンのようである。

　菊山は殴る度に激しい憎悪が沸いてくるのか、狂った目つきで殴り続けた。

　男の悲鳴が哀訴に変わったが、菊山は容赦なく強打している。

　人を殴る菊山の姿を見慣れている翔太だが、この日は特に凄絶だった。

　社員たちもテツ以外は表情を歪ませていたが、テツの目だけは冷ややかだ。

　客と話す時は絶対に笑わないテツらしい。

　菊山の息が荒くなってきた。怒りが辺りの空気を熱くした。

　男の顔は血だらけになり、服だけではなく革張りの椅子や床、壁にも夥しい血が飛び散った。

菊山のシャツには返り血が付いている。

グシャッという音がして男の鼻が折れ曲がった。

片方の目は完全に潰れ、男の声が次第に弱々しくなってきた。

このガラクタめっと菊山は耳を真上から削《そ》ぐように殴りつけ、耳が少し切れた辺りから耳の上を握り一気に引っ張った。

ビリッと大きな音がして耳が千切れた。

男はうわーっと耳を押さえて床をのたうち回っている。

菊山は引き千切った耳を男の腹に投げつけた。

「あそこへ連れてってやれ。よけいなことを言ったらぶっ殺せっ」

今にも目から炎を噴き出さんばかりに男を睨みつけ、奥へ入っていった。

菊山は血の付いた服を脱ぐと、社長室のロッカーから着替えを出した。

「翔太、わかったか。父さんを騙そうとか、嘘をついても平気な顔をしてる奴はああなるんだ。嘘をついたり、人を騙して平気な奴は絶対に赦すな。わかったべ」

「うん」

翔太の瞼には全身を血で赤く染め、ぼろ雑巾のようになった男のみじめな姿が焼き付いた。

そして人の耳が千切れる時にビリッと音がする違和感が刻まれることになった。

「父さん。耳……取れちゃったね」

翔太は菊山の顔を見上げた。

「ふん。あんな嘘つき野郎なんかに耳はいらんべや。ガハハハハ。な、翔太」

菊山は翔太の耳をくいっと引っ張った。

翔太は菊山に殴られる者は律子以外には理由があると思っている。

何もしない者に暴力を振るうことはよくないが、

悪い奴にはいいんだと単純に考えていた。

故郷からの手紙を握りしめ社長室の椅子に身を沈め、ぼんやりと宙を眺めている菊山がいた。

社員たちが帰り、奥の居間には律子と翔太がいるだけである。

菊山は弟からのハングルで書かれた手紙をもう一度、ゆっくり読み返した。

父の訃報だった。

不良外国人をなぜ強制送還させないのかと新聞で叩かれたくらいだったために、韓国へ帰りたくても再び日本に入国できないと考え、これまで手紙と金を送るだけでいたのだ。

多額の仕送りで家族は大きな家を建て、弟は板金工場や醸造業をやっている。

母に会いたかったが、父を残して母一人だけを日本に呼ぶわけにもいかず、翔太が大きくなるまでの辛抱だと考えていた。

以前から父の心臓が悪いと書かれていたが、急に発作が起こりそのまま逝ったとしたためられている。

そうか死んだかと独りごち、煙草に火を点け胸いっぱいに紫煙を吸い込み、静かに吐き出した。

立ち昇った紫煙がクレー射撃の大会で取ってきた何十本というトロフィーの光に揺らめいている。

菊山は少し前の律子とのやり取りを思い出す。

「オヤジが死んだ」

「まあ……お父さん、何と言ったらいいのか、一度、あちらへ帰らなくてもいいんですか？」

律子の顔に悲しみが翳《かげ》った。

「帰らなくてもって俺が帰ったら二度と日本へ戻って来れないべや。お前はそれを望んでいるのか、この野郎っ」

菊山が眉間に皺を刻んだ。

「いいえ。何を言うんですか。そんなこと考えてませんよ。やっぱり再入国できないんですか」

律子の長い睫毛が伏し目がちに瞬いた。

「バカッやっぱりも何も万一、戻って来れなかったらどうすんだ。お前なんかどうでもいいが、翔太を韓国へ呼ぶってのか。あれは日本で生きていくんだっていうのに。よけいなことを言うな」

「はい、お父さん、悲しいでしょうけど」

「うるさいっ何が悲しいってんだ。俺はびくともしないんだ。根性が違うんだ、その辺の奴とは。わかったか」

律子は目の色を変えた菊山の剣幕に戦《おのの》き、目を伏せて押し黙ってしまった。

何本目かの煙草を灰にした時、不意に翔太が菊山を呼んだ。

「父さん」

翔太が眉を下げ、心配そうな顔で入ってきた。

「父さんの父さんが死んじゃったんだってね。元気出してよ、父さん」

翔太は小さな手で座っている菊山の膝をとんとん叩いている。

菊山の顔に笑みが広がった。

「バカモン。父さんはいつも元気だべや。何を心配してるんだ。ガハハハハ」

菊山は拳を握り、翔太の頭のてっぺんをごりごりと押す。

翔太は、いたあと菊山の岩みたいな拳を両手で押さえた。

「父さんの父さんはどんな人だった？　ママのおじいちゃんみたいに優しい人なの？」

「いや。あんなに大人しくて優しい人じゃない。怖くてすぐ殴る人だ。父さんはよく殴られた」

菊山の傍に立つ翔太は唇を少し突き出し、ふーん、父さんみたいな人だ、と呟いている。

「父さんは理由がないと殴らんべや。父さんの父さんは何もなくても殴るんだ。機嫌が悪いといっぱい殴るし、父さんの言うことは全然、聞いてくれない人だった」

薄笑いを浮かべ、菊山は翔太の頭をコツコツと叩いている。

菊山の脳裏にちょうど翔太くらいの頃の自分の姿が去来した。

殴られた。とにかくよく殴られた。理由もなく自分の機嫌一つで家族を殴った父だった。

当時の朝鮮では家長の権限が絶大であったために、家族を殴る男は少しも珍しくなかった。

菊山は気が強かったのでよけいに殴られている。母の存在がなければ父殺しの極悪人になって死刑に処されていたかもしれなかった。

「言うこと聞いてくれなかったの……ふーん。父さんはだから日本に来たんだ。家出して」

「父さんはなあ、村で一番、勉強ができたのに貧乏で上の学校に行かせてもらえなかった。百姓なんてやりたくないし、それで日本へ来た」

「お百姓さんはやりたくなかったの?」

翔太は不思議そうに訊いた。

「ああ。朝から晩まで真っ黒になって働いて、それでもちゃんとメシが喰えなかったんだぞ。怠けてるなら仕方ないけど、働いても貧乏するのはおかしいべ。わかるか?」

「ちゃんと働いても貧乏なの。それは変だよね。でもどうして日本に来たの、遠い遠いところでしょう。近くになかったの、働くところが?」

「父さんの国ではまともな給料をくれる仕事が少ないし、日本へ来た方が給料をたくさんくれたからな。たくさん稼いで帰る気だったんだ」

「父さんは暴れ過ぎて帰れなくなったんでしょ。

帰ったらもう日本へ戻れないから。僕とママに会えないから」

翔太が菊山の目をじいっと覗いている。

「そうだ。ちょっと暴れ過ぎた。悪い奴、父さんの邪魔をする奴がいたからな」

「父さんは父さんの父さんのこと、好きだったの？　会いたくなかったの？」

「嫌いだ。会いたくもない。殴られてばかりでただの怖い人だったからな」

菊山は翔太から目を外し机に置いた手紙を見た。

「嫌いなのか……父さんでも怖い人がいたんだ」

「おお。父さんも子供だったし、父さんの国では絶対に父親に逆らったらダメだからな」

「ふーん。僕ん家《ち》と同じだね。そうか」

翔太は独りで納得したように首をうんうんと振っている。

「お前、父さんが怖いか？」

菊山は愉快そうだ。

翔太と話しているうちに父親の死んだことなどどうでもよくなってきた。

「うん。怖い時は怖い。普通にしてる時は怖くない。誰かを殴ってる時も怖くないよ。その人が悪いんだから。でもママを殴ってる父さんは怖くて嫌いだ。わかる？」

「ほお、そうか。母さんは父さんに殴られるようなことをしてないか？」

「してない」

翔太はきっぱりと言い、菊山の目を見つめた。

「そうか。覚えておこう」

「父さん、父さんの母さんはどんな人？」

「父さんの母さんは本当に優しい人だ。いつも父さんをかばってくれて父さんの父さんに怒られていた。うーん、優しい人だったなあ。父さんに日本に行ってもいいと言ってくれたしな。それでお前がいるわけだ」

「父さんの母さんに会いたい？」

「ああ、会いたいな。お前が大きくなったら連れてきてくれるか？　日本へ」

「うん。連れてきてあげるよ、僕のおばあちゃんだからね。僕も会いたいな」

「大きくなったら会えるさ」

目に入れても痛くないという言葉通りのこの翔太を母にも見せてやりたかった。

きっとあの優しい母なら涙を流して喜んでくれるだろう。

菊山は頬の肉を緩ませ、早く大きくなれ、と翔太の頬の肉を引っ張った。


学校から帰ってきた翔太が友達を連れてきた。

軀の大きな翔太の耳までしかなく、ほつれたシャツと膝に継ぎの当たったズボン、泥だらけのゴムの短靴、通称ゴム短を履いている。

「父さん、連れてきたよ。『希望園《きぼうえん》』の河原春男《かわはらはるお》君。ほら、春男、父さんに挨拶して」

翔太に言われ、春男はペコリと頭を下げた。

「何だ、元気ないな。男はでかい声でこんにちはだべ。ほら言ってみろや」

菊山は目を細めて春男の顔を覗き込んでいる。

春男は困っていたが、翔太にほら、と促され、こんにちは、とさっきより大きい声を出した。

「うん。もっと元気にな。ま、今日はいいか。野球できるのか？　お前は」

菊山の目が春男の頭のてっぺんから爪先までゆっくりと見下ろす。

「いや、やったことなくて。下手だと思うけど……やりたくて」

春男は何度も翔太の顔を見ながらやっと言葉にした。

「そうか。やりたいなら精いっぱいやれ。春男。誰かがお前を仲間外れにしたら翔太に言え。ぶん殴ってやるからな。でもな、お前も強くならなくちゃダメだぞ、男だからな」

菊山は、なっと笑っている。

春男は養護施設希望園の子だった。

四年生になりクラス替えがあって翔太と同じクラスになったが、前のクラスからいっしょの子供たちに仲間外れにされていた。

綻びた服や履いているゴムの短靴を指差され、ボロとかゴム短とからかわれていたのだ。

小さな頃から弱い奴を苛めるなと言われていた翔太が、からかっているクラスメイトたちを怒鳴りつけ、みんなで野球をすることになった時にグローブは革紐が切れたお古でユニフォームが買えずにいたのを翔太が菊山に打ち明けた。

菊山は親がいない施設の子と聞いただけで、すぐに連れてこいと言ったのだ。

ずんぐりした短軀でじゃが芋みたいな顔つきの春男は菊山の前で緊張している。

「おい、春男。これからスポーツ店に行くぞ。新しいグローブとバット、それにユニフォーム、俺が一番いいやつ買ってやる」

「父さん、スパイクもストッキングもベルトも帽子も……」

「ああ、わかった、わかった。一式全部だ、父さんに任せろ。さあ行くぞ」

春男はぽかんと口を開けて立っている。

ユウジの運転するベンツに乗り、街で一番大きなスポーツ店に行き、道具一式を揃えた後、靴屋でごっそり靴を買い、翔太の行きつけの店で服も買って帰ってきた。

それから食べたことがないと聞き、社員全員を連れて春男のために焼肉を食べに行った。

焼けた肉を春男の皿に入れ、春男の食べる姿を満足そうに眺めている。

「春男、いつでも来い。毎日でも喰わしてやるぞ。苛められたら翔太に言うんだぞ。いいな」

春男はうん、と頷き、夢中で食べている。唇の周りについた脂が虹色に光っていた。

春男の両手に持ちきれないほどの紙袋を見た希望園の職員は驚きを隠しきれないという表情で何度も頭を下げた。

「父さん、春男、喜んでいたね。あんなにいっぱい買ってもらったから」

宵闇を煌びやかに輝かせる街明かりの中を走る車の中で翔太の顔は上気している。

「あいつは親がいないんだ、翔太。いつも淋《さび》しい思いをしてんだべ。ああいう奴らは仲良くしてやらなきゃダメだぞ。ほしくても手に入らないのは悲しいもんだべ、翔太。お前には父さんがいるけど、あいつは一人なんだぞ」

菊山は穏やかな表情で翔太の頬の肉を引っ張る。

「うん。仲良くしてるよ」

「お前は父さんの息子でよかったべえ。みんながちやほやしてくれてほしい物はなんでも手に入るべ。春男の奴、いつでも連れてこいや。なんでも買ってやる。なんでも喰わしてやるからな」

翔太は目を輝かせて頷いた。


「金本さん、まだまだくたばる年でもないべ。しっかりしてや、しっかり」

菊山は湧き起こる熱い思いをようやく抑え込みながら言った。

「ああ。しかし人間には寿命があるからな」

殺風景な病室のベッドに金本が上体を起こして座っていた。

ベッドの脇に丸い椅子を並べ、菊山、白井、翔太が腰掛けている。

躯の大きかった金本が別人のように痩せていた。目の前にいる男がかつて死にもの狂いで闘った男だとは信じられなかった。

菊山の胸の中に冷たい風が吹き込んだ。

翔太は痩せた金本をじっと見つめている。金本は胃ガンだった。

くっきりと疵痕の残る頬は萎《しぼ》んだ紙風船のようにこけている。

「菊山君。俺も最近は昔のことばかり思い出す。あの山の生活から街へ出てきてからのこと。いい時代だったべ」

「まだ昔のことを懐かしがるのは早いべや。そんなのはまだずっと先だ。弱気を出さんでこったら病気なんかぶっ飛ばす気持ちを持たにゃ。俺たちが日本へ来た時の気持ちを思い出して。負けてらんないべ、金本さん」

菊山は燃えるような眼差しを向けた。

「菊山君、白井君。俺はこれでも俺なりにいい思いをしてきたつもりだ。自分の躯も知っている。長くないべ。あれから何十年も経つのにこうして山でいっしょだった人間と話すことができてありがたい。一足先にあの世だかに行くけど、あんたらは躯を大事にして長生きしてくれよ」

パジャマの胸元から肉のない骨ばった胸を覗かせた金本が穏やかな笑みを浮かべた。

「金本さん。そんなことを言うな。何を言ってる。まだやれることはあるんじゃないか」

「いや菊山君。もう自分で喰うのもやっとだ。あんたの気持ちはわかるが、あの世で待ってるぞ。できるだけゆっくり来てくれ。白井君もだぞ」

「金本さん。俺と菊山にできることはありますか？　家族のこととか、今は何とか俺も菊山も力をつけましたからやれますよ」

「白井君、気持ちだけでいい。大丈夫だ」

金本は目を細めて二人に頷き、傍らの翔太に笑顔で話し掛けた。

「兄《にい》ちゃん。いい父さん持ったなあ。兄ちゃんの父さんは凄い男だったんだぞ。おじさんが一番、偉いなあ、と思ってる人だ。よーく言うことを聞いて父さんみたく強い男になるんだぞ」

翔太ははい、と唇を引き締め、金本の目を見つめた。

金本の濡れたように光る目が翔太に注がれている。

あの世で待っているとは死ぬことだと思っているが、どうしてそんな人が笑っているのか翔太にはまだわからない。

「菊山君、いい人生だったなあ。もう一度、生まれ変わってもあの時代に生まれたいな。俺は一足先に行ってあの世で暴れてるか。ハハハハ。あの世からあんたたちを見ているぞ」

すっかり覚悟ができているのか、金本の顔は晴れやかだった。

「俺がこの世で金本さんの分まで暴れておくさ。そうか、いい人生だったか、日本へ来て……」

菊山と金本の視線がぶつかり二人の頰が蕩けた。

「日本に来てあの時代がなければ俺の人生は退屈だったべなあ……それにあんたと出会ってなければ井の中の蛙《かわず》で終わったべ。いい経験させてもらった、あんたにはな」

数十年という時を超えて若かりしあの頃に戻ったのか、金本の目が輝きを増す。

「俺もだ、金本さんよ。いつも死にもの狂いでやる。半端な気持ちで生きるもんでないって気付いたからな、あの山で」

「それはお互い様だ。こっちも死にもの狂いっていう意味がわかったよ」

「あん時の根性さえあれば何だってできるべ。俺はいつもそんな気分だ。負けん、絶対に負けんてなあ。負けたら終わりだ、夢の国、日本まで来て」

菊山は誰にでもなく自分に言い聞かせるようだった。

「菊山君、これからは少しのんびりするといい。時代は変わった。無頼漢の世ではなくなったよ。俺たちは本当にいい時代に生きられたな。こうして最期《さいご》に会えるなんてありがたいもんだ」

「ああ。また次の世でも会うさ。互いに暴れまくってれば必ず会うべさ。なあ」

菊山は屈託《くったく》のない笑顔になった。

「必ず会えるな。元気でな、菊山君」

金本が表情を輝かせ、すっかり肉の落ちた手を差し出した。

菊山はその手をしっかり握り、金本に熱い眼差しを注いだ。

その目は薄緑色の薫風《くんぷう》が沈んでいた澱《おり》や塵を運んでいったような清々しい目だった。

見舞いを終えて菊山の事務所に向かう車中で、菊山と白井の表情は沈んでいた。

「あんなに頑丈そうな人がなあ……なあ、菊山。人の運命はわからんなあ」

白い髪の毛が目立つようになった白井は首を捻っている。

「軀が半分以下になったべや。人間は病には勝てんのか、根性だの精神力で治せんのか……くそっ、あの人がなあ」

「菊山は金本さんには特に思い入れがあるべ、きっと」

「あの人が初めての相手だったから今の俺があるべ。今までの相手の中じゃピカイチだ」

菊山は薄い顎の無精髭を指でなぞり、視線は遠くを見ていた。

「懐かしいべ。昔、暴れた時のことを思い出すべ、なあ、菊山」

「白井、懐かしがるのは年寄りか、くたばる前の奴がすることだべや。考えたこともない。俺はまだ先があるのに後ろを見てどうすんだ。そんな気持ちはまったくないな」

「そうか。うーん、まあ、お前は今も暴れてるからなあ、元気な奴だ。ハハハハ」

白井につられるように菊山も笑い出した。

それから数日後、金本は冥界の人となった。


昭和四五年（一九七〇年）九月、菊山にとって運命の大きな転換が訪れた。

何の前触れもなく、忽然《こつぜん》と律子が家を出た。

菊山の気性を知っている律子は菊山が可愛がっていた翔太を置いて消えたのだ。

律子に自分の愛人の看病に行かせたり、やりたい放題をしてきた菊山のことを長年、忍の一字でこらえ続けた律子だが、とうとうこらえきれなくなったのだ。

置き手紙一つない突然の蒸発に菊山は我を失い荒れ狂った。

「あのバカ女。見付けたらタダじゃおかんぞぉ、ちくしょう」

憎悪の炎を燃やし連日、僅かにでも心当たりのある場所を仕事そっちのけで捜し始めた。

それまで金の管理は律子がしていたから、その金がどこに消えたのかも菊山にはわからない。

菊山にとって律子の存在は猛獣使いであり、有能なマネージャーだっただけに、この衝撃は途轍《とてつ》もなく大きかった。

粗野で乱暴な菊山だったが、この世で最も信頼し何があっても自分と共に在《あ》ることを毫も疑わなかったのが律子だったのだ。
もちろん律子がいっしょにいる時には露ほども
それには気付いていなかった。
いっさいのことが手に付かなくなり、空虚さと
怒りが絡み合っていた。
裏切られた……自分の非行と暴力を棚に上げ、
それればかり考えていた。
怒りのあまり狂い死にしそうだった。
森岡と二人で来る日も来る日も律子を捜す間に
仕事は滞り、金がなくなるのも当然だった。
もともと金を貯めるという観念に欠けていた菊
山だけに、回転していた独楽《こま》が回転を止めた後の
没落はあっという間だった。
社員が一人去り、二人去り、森岡だけになり、
車一台を残し、犬も人手に渡ることになった。
ノリ、タカ、ユウジの三人は、それぞれテツが
就職口を世話した。

テツがいくら菊山の負担を軽くしようとしても、
収入自体がなくなったのでは限界だったのである。
ぶつける場所のない怒りは翔太に向かった。
「お前は母さんに捨てられたんだ。あの女め。見
付けたらぶっ殺してやるっ」
律子の実家と兄弟たちの家に再三、押しかけて
は暴れたが、連絡先は杳《よう》として知れなかった。
律子は実家の家族とも連絡を絶ったのである。
菊山は金も持たずに毎晩呑み歩くようになり、
翔太のいる家にも寄りつかなくなっていった。
困り果てたのは翔太だった。
給食費・PTA会費どころか、日々の食費や光
熱費さえままならなくなってきた。
菊山がたまに夜中に帰ってきた時は、寝ている
翔太を叩き起こし律子を罵倒し、どうしてわから
なかったと子供の翔太に怒鳴りだす始末だった。
「翔太。俺んところに来い。もう贅沢はできんけ

ど何とかするから」

テツが夕方、様子を見に来るが、翔太はかぶりを振る。

「父さんといるよ。平気だよ」

いくら困っても翔太は他人にそれを言わない。他人に泣きつくことは堅く禁じられていたし、翔太には菊山の子だという強烈な矜持があった。心配した近所の母親たちが食事を作って持ってきてくれても、ただの一度も受け取らない。

「おばさん、僕、いっぱい食べてるから大丈夫」

翔太は受け取らない自分に子供なりの誇りを持っていた。

白井が訪ねて来ても菊山のことを思えば、大丈夫だよ、としか言えなかった。

菊山と親しい白井だからこそなおのこと、言えないのである。

金もなくどうしようもなくなり、翔太は食べるにはどうすべきか真剣に考えた。

菊山が顔を出した時、翔太は意を決して口を開いた。

「父さん。僕、新聞配達と牛乳配達のアルバイトをやりたい」

翔太は菊山の目を上目遣いで見ている。

「アルバイトだとぉ。そんな恰好の悪いことをするな、俺に恥をかかす気か、このバカモン」

今にも殴りそうな勢いで怒鳴りつけると菊山は薄くなった財布から数枚の千円札を渡した。

滞っている給食費・PTA会費を払っただけで、普段の米・味噌を買うには足りないが、とても文句の言える雰囲気ではない。

菊山の身勝手さが理由の最たるものだが、ほかにも菊山が普通の暮らしの費用というものを知らなかったこと、翔太に対する過剰な信頼が菊山の胸中を占めていた。

「あの女がいなくて淋しいか?」

絶えず酒の匂いをさせている菊山がどろんと澱んだ目付きをしている。

「ううん」

翔太は迷わずかぶりを振った。

律子がいなくなってから淋しいと感じたのは初めの数日だけだった。

その頃、流行っていた由紀さおりの『手紙』という曲を聞く度に、律子から手紙が来るのではと、期待をしていたが、それも考えなくなった。

もう帰って来ないのがわかったと同時に、生きるのに必死だった。

ソファに沈み込んでいる菊山が正気を失った目を翔太に向けている。

強くて明るかった時の目ではなかった。

「あのバカ女。お前に米の炊き方、味噌汁の作り方、ぜーんぶ家のことを教えてくれたんだべや」

「うん」

「計画的か。お前も天才児だの、神童だの呼ばれてんなら気付かなかったのか、この野郎っ」

翔太は凄まじい目つきで菊山を睨みつけた。

「ちくしょうめっ。いいか、父さんは捜し出してあの女をぶっ殺してやるからな。赦さん」

菊山の目がその時だけ爛々と光った。正常な目ではなかった。

さんざん悪態をつき女の家に行く菊山の後ろ姿を見て、翔太の中に黒々とした憎しみが渦巻いた。

優しかった律子が家出するようになるまで勝手放題をして、今度は自分にまで当たり散らす菊山に対して激しい憎悪が湧いてくる。殺意すら覚えるほどだ。

翔太は早く大人になって律子の代わりに、仕返しがしたいと真剣に考えるようになった。

律子は家を出る前に一通りの家事を教えていた。

学校のある日は給食を食べるが、だからと言ってよぶんに食べたり持ち返ってくることもない。子供でありながら菊山の卑しいことをするな、胸を張れ、という言葉が常に胸の中にあった。

担任の教師ですら律子がいなくなったことは知っていても、翔太の暮らしが一変したのには気が付かなかった。


翔太は生きるために必死だった。

菊山からやっとの思いでもらった金でデパートの切手コーナーから一袋に五〇〇枚入っている使用済みの外国切手を買い、放課後の教室で数枚を二〇円から競売《せり》にかける。

競売にしたのはテレビで見たからだ。

切手収集が流行っていた頃だから、クラスメイトたちはこの切手を買った。

金はその場ではなくみんなの小遣い日を訊き、その日に家まで集金に行く。

自転車で集金に行く翔太は相変わらず成績一番、学級委員、それに五年生なので児童会副会長という信用があり、母親たちは半端分をおまけして払ってくれる時もある。

一回やれば五〇〇円が一万数千円になり、これで給食費・PTA会費を払い、残った分から米・味噌・醤油《しょうゆ》を買う。

よほど余裕があればサンマの缶詰、なめ茸《たけ》、のりの佃煮《つくだに》を買っておく。

味噌汁の具はないのが普通だが、豆腐か若布《わかめ》が稀に入れば御馳走《ごちそう》だ。

ほかにもデパートから芸能人のブロマイドを仕入れて同じように売ったり、新聞配達員としてクラスメイトを紹介して紹介料をもらっていた。

廃品回収をしたり古紙を集めたり時にはクラスメイトに勉強を教えるなど、翔太は金を稼ぐということを考え実行している。

他方、この頃の菊山はまるで底が抜けてしまったとしか言い様がない。

酒と女に現《うつつ》を抜かし、気に入らなければ気が狂れたように暴れる。

なにごとにも縛られない放恣な生き方は、見方を変えたならば単なる無責任でしかない。

菊山が数日かあるいは半月ぶりに真夜中に家に戻り翔太と会っても、その度に翔太の目には子供らしくない翳が深くなっていった。

「何だ、その目は。お前は俺に向かってそんな目をするのかあ、この野郎。やめろお」

菊山の鉄拳が翔太の肉の削げた頰を打ち、翔太は壁に吹っ飛んだ。

それでも翔太の目付きは変わるどころか、憎悪に燃えて光っている。

「この野郎、やめろと言ってるんだっ」

菊山の握った拳が翔太に降り注ぐ。

顔を腫らし血を噴いた翔太が目に涙を滲ませ、悔しそうに菊山を見上げていた。

「くそ、母親が母親なら子も子だ。おまえは本当に俺の子なのかっ」

血走った目をして吐き捨てると、菊山は姿を消した。

翔太は血を流している顔を鏡に映し菊山を思い、射殺《いころ》すほどの激しい怒りと憎しみの光を目に宿らせ、いつの日か律子と自分のために菊山を殺すことを決意した。

墨を流したような闇が辺りを吸い込みそうだ。その闇の中で十五夜の望月《もちづき》が皓々《こうこう》と白い光を放っている。

静まり返っていた闇に歌声が聞こえた。

「ほしのながれにぃ、みをうらなあってぇ」

菊山が家に戻ってきたのだ。

手には珍しく寿司折りをぶら下げている。

「こら翔太よ、息子。我が息子よ、起きろっ」

翔太はすぐに起き出してきた。

寝呆《ねぼ》けていれば烈火のごとく菊山が怒り出すから、いつでもすぐに起き上がり眠そうな顔はしない。

翔太の冥い二つの目がじっと菊山を見据えた。

「ほら寿司だ。サビ抜きだぞ。喰え、翔太」

菊山は久し振りに柔らかい表情をして、寿司折りを翔太の前に置き、喰えと顎をしゃくった。

「変わったことはなかったか、翔太?」

久し振りの帰宅で含むところがあるのか、菊山の声音は優しい。

翔太はうんと頷き、自分の机の上から一枚の名刺を取ってきて菊山に渡した。

ヤクザ特有の太い文字が和紙で作られた紙に印刷されている。

「この人が連絡くれって。僕をくそガキって」

「なんだとぉ。くそガキって言いやがったのか」

翔太の言葉を遮り、菊山の声音と目の色が変わった。

「うん。知ってるのに隠してるだろうって。嘘をつくなってさ。嘘なんかついてないのに」

「嘘をつくなって言ったのか、お前に。ちくしょうっ、俺の息子によくも……」

翔太は怒っている菊山を見ながら折りに手を伸ばして食べ始めた。

「よし、明日、呼び出してぶん殴ってやるぞ。ちくしょう、舐めやがって。さあ翔太、喰え」

翔太はぴったり半分だけ食べると、蓋をした。

「おい、どうした? 変な店じゃないぞ」

「ううん。明日の朝の分を取っておく。朝、これを食べて学校へ行くから」

翔太はふーっと息をついた。

菊山は押し黙り、煙草を銜え金色のダンヒルで火を点け、物想いにふけり始めた。

しばらくして翔太が、僕、寝るよ、とベッドに入っていった。

菊山は機嫌の良さも煙みたいに消えた心を抱えて、家を後にした。

白く光る望月が菊山の静かな怒りに満ちた目を闇の中に照らし出している。


翌日、翔太が飯と味噌汁だけの夕食を食べている時に菊山がやって来た。

一台だけ残ったトライアンフはとっくに車検が切れている。

傷一つあっただけで気に入らなかった菊山も、今は白い車体を真っ黒にしていた。盗まれたホイルキャップも買わず、リムは剝き出しだった。

今日の菊山は酒も入らず素面《しらふ》である。

翔太の食事を見た菊山は何だと不審そうに目元を曇らせた。

「これだけか、メシは？」

翔太はうんと応え、黙々と食べている。

菊山は味噌汁の鍋の蓋を開け、それから冷蔵庫の中を見たが、何も入っていなかった。

「具はないのか？　何かおかずはないのか？」

菊山は解《げ》せないという表情だが、翔太は再び、うんと応えた。

菊山は無表情に食べている翔太を見つめたまま黙り込んだ。

「おーい、誰かいるかい」

しわがれた声が事務所の方から聞こえる。

菊山が出て行くと髪をポマードでテカテカにさせ、外はとっくに陽が翳っているのにサングラスをした男と坊主刈りで眉の薄い男が剣呑な顔をして立っている。

「木村《きむら》組の江済《えずみ》だけど菊山さんかい?」

頭を光らせた男が横柄な態度で菊山を見ている。

隣の坊主刈りの男も糸のような目を吊り上げ睨んでいた。

「おお。翔太、ちょっと来い」

菊山に呼ばれ翔太は事務所に向かう。

「こいつらだべ? くそガキって言ったのは」

「うん。こっちの人」

翔太は坊主刈りを指差した。

「きさま、俺の息子にくそガキって言ったべ。この野郎、赦さんぞっ」

「赦さんぞって、どうすんだよ。俺たちがどこの者か知ってんだべ」

二人共、三〇歳そこそこだから、菊山のことは知らないとしても仕方がない。

「どこの者もくそもあるか。このガラクタ共が」

「なにおぉ、張っ倒すぞ、こらあっ」

江済が叫ぶと同時に菊山の拳が江済の頬を貫き、サングラスが吹っ飛んだ。

「こ、この野郎っ」

坊主刈りが菊山の胸倉を摑んだ瞬間、菊山の膝が腹に入り、うっと呻いて床にへたり込んだ。

江済が殴りかかってきたが、菊山は襟首を摑み頭突きを一発、二発、三発と鼻にぶち込んだ。

両方の鼻の穴から血が噴き出し、江済は座り込んで顔を押さえた。

常軌を逸した菊山の目の光。魂が吼えていた。獲物に喰らいつき、喉笛を引き裂く猛獣だった。

菊山は坊主刈りの男の頭を踵で蹴りつけ、襟首を持って立たせると何度も拳を顔面に打ち込んだ。

鼻血を飛ばす江済の目には恐怖の色が張りついていた。

菊山は倒した坊主刈りの男を踏みつけ、執拗に頭を床に打ちつけている。

地底でボコボコと沸騰していたマグマが一気に噴き出したように猛り狂っていた。

側頭部が割れ、床に血が広がっていく。

男は憐れな声で謝っているが、菊山は血走った目で睨んだまま足を止める気配はない。

最後は力いっぱい顔面を蹴りつけ、今度は江済の胸を蹴とばし頭を何度も蹴っている。

両腕で頭を抱える江済は、ひいーっと悲鳴をあげて海老《えび》のように軀を丸めたが、菊山に頭と脇腹を執拗に蹴られている。

「こら、ガラクタ、息子に詫びを入れやがれ。殺されたいのかっ」

菊山の大声に二人は激しく首を振り、すいませんと何度も詫びたが、菊山はなおも二人を蹴飛ばし服を引っ張り起こしては殴った。

「ちゃんと息子に謝れっ」

二人は菊山に凄まれよろよろと軀を起こし、頭を下げようとしたが、菊山に座れ、この野郎、正座だっと怒鳴られ、はいと正座した。

そして翔太に何度も頭を下げている。

「翔太、これでいいべ。きさまら、俺の息子だからなっ。次は赦さんぞ、こんなもんでは」

菊山は平手で二人の頭をぺしっぺしっと殴り、ソファに沈み込み足を組んだ。

「お前らの集金は金があったら払ってやる。そのうち払える時も来るべ。帰って店の奴に言え、また近いうちに行くからってな。文句があんなら誰でも呼んで来いや。わかったかあっ」

「はいっ」

二人は姿勢を正して声を絞り出す。

血だらけの二人は顔中を腫らし、追いつめられた小動物の怯えた目で下を向いていた。

床と椅子と壁には血が点々と飛び、菊山の服も赤く染まっている。

二人は帰ります、失礼します、とよろけながら起き上がった。

「ちょっと待て。お前ら、財布を出せ」

菊山に睨まれ、二人は顔を見合わせる。

「こら、さっさと出せっ」

荒々しい声が飛び、二人は慌てて財布を取り出した。

菊山は財布を取り上げ、ちっ入ってないなと舌打ちして何枚かの札を抜き取った。

「これは洗濯代と掃除代だ、帰っていいぞ」

菊山に言われ、ほっとした表情になり、二人は失礼しますと一礼し、そそくさと出て行った。

菊山は翔太を見てニッコリと微笑み、抜き取った札をそっくり翔太に渡した。

「おい、何か旨いもんでも喰っとけ」

翔太が札をポケットに入れると菊山は血のついた節くれだった手で、翔太の頭を軽くトントンと叩いた。

菊山は二階に上がり汚れたシャツとズボンを着替え、捨てとけと翔太に渡した。

「翔太。いいか、男は力だぞ。力がすべてだ。お前も父さんの息子なら強いはずだ」

菊山はニヤリと笑い、出て行った。

翔太が札を数えると一〇枚あった。

これで一カ月は何とかなりそうだ、と胸を撫で下ろした。

いっこうに働く気配のない菊山を見た田辺が、養子の話を切り出したのは少し後のことだった。

初めは渋っていた菊山だが、粘り強く説得され承諾したのだ。

最も喜んだのは翔太だった。これでやっとまともな暮らしができる。

翔太の目の前に一条の光がパーッと差し込んだ。

しかし菊山は土壇場《どたんば》で翔太の養子の話を白紙に戻してしまった。

それから一カ月も経たない夏の盛りのある日のことである。

満天の星が瞬き、その星の光が地を照らし、生命の息吹が眠りに入った頃、一つの小さな命の灯が揺れていた。

その日、菊山が夜中に帰ってみると翔太はいくら声を掛けても起きてこなかった。

ベッドの中で虫の息になっている。

脇の机に紙きれが置かれていた。

『疲れました。さようなら』

たったそれだけだった。

翔太が自殺を図ったのだ。

目前の希望が消えたことに加え自分を手放したくない菊山への最大の仕返しのための自殺だった。

自分に力さえあったならば、すぐにでも殺してやりたいくらいに憎い菊山に対する翔太の報復が自分を殺すことだったのだ。

菊山はすぐに翔太を病院に運び、半狂乱になって医者を脅した。

「殺してみやがれ。こいつが死んだら誰一人、生かしておかんぞ。何をしてでも助けるんだっ」

真夜中の病院の静寂を吹き飛ばし菊山が狂ったように叫び、医師も看護婦もなり振り構わず走っている。

「翔太。戻ってこい、父さんのところに」

居ても立ってもいられないという菊山の下に森岡が乱れた髪にジャンパー姿で現れた。

「社長、翔ちゃんはっ」

「まだわからん。もし死なせやがったら、あいつらぶっ殺してやる。皆殺しだ、くそっ」

菊山は充血した目をカッと見開いた。

天の配剤か、小さな命の灯は再び輝き始めた。

小学生の翔太が十分な量の睡眠薬を手に入れられず、その中に鎮静剤も入っていたことが幸いしたのだ。

回復した翔太は菊山には何もしゃべらなかった。森岡に諭され、青白い顔で頷くだけだった。

翔太が深い眠りから覚めた時、菊山も暗黒の長い眠りからやっと覚醒した。

菊山と翔太は何も話さず、二人の間の空気は氷のように凍てついている。

学校以外でしゃべることがなくなった翔太は律子がいなくなってから、心の奥にもう一つの底ができたようだった。

「社長、翔ちゃんのためにまた頑張りましょう」

一時凌《しの》ぎの仕事に就いていた森岡が利益が出るまで無給でいいと戻ってきた。

「菊山。何て水臭い奴だ。相手が俺だからこそ弱みを見せたくないんだべ。バカ野郎っ。何と思われても翔太を家《うち》に連れていくべきだったなあ。俺と同じ血が流れてるのに。すまんかった」

白井は唇を強く嚙みしめた。

菊山はただ黙っているだけだったが、これがきっかけとなり自分を取り戻した。

菊山は毎晩呑み歩いたり、女の家に入り浸るのもやめ、仕事に励みだした。

数カ月して冬が訪れた時、菊山は女を連れて来て翔太に会わせた。

その女、栄子《えいこ》は菊山を応援したいという男の紹介で、衣料品会社の社長秘書をしていたところを引き合わされたのだ。

律子とは正反対のふっくらした平凡な顔をした女だった。

街には『また逢う日まで』が流れていた、昭和四六年（一九七一年）の暮れである。

菊山は手始めに債権回収から動き出した。以前と変わらず、ヤクザや得体の知れない連中を相手にしている。

暴力という力を思う存分に使っても警察沙汰《ざた》になることがなく、ほかの者にはできないだけに仕事に不足することはない。

回収した金を管理するのは森岡だが、菊山も前とは違ってよけいな金を遣わぬようにした。

働きだした菊山の一日は午前三時半、四時から始まる。

夜討ち朝駆けは菊山にとってはいつものことだった。

何もなくてもこの男の朝は午前四時に動きだす。

翔太が小学校を卒業し中学校へ進んだ時、菊山は栄子と結婚式を挙げた。

ホテルで裏社会から表の社会まで雑多な人間が集まり、地元テレビ局のメインのアナウンサーが司会を務め盛大に行われた。

菊山にとってはどうでもよかったが、栄子が初婚であり昼間のカタギの女だったということと、周囲の人間が資金集めを企図しあっという間に決まったこともあり、当人の菊山には他人事のようだった。

大人たちが出席し、祝っている中で翔太は森岡、テツ、ノリ、タカ、ユウジ、圭子、いずみ、白井、田辺、古本、大松に囲まれている。

翔太にとって久し振りに心を開いて話せる時だった。

菊山は黒紋付姿で挨拶しに来る男たちと話すのに忙しそうだ。

裏社会の男たちの席には引退した南や組織が格段に大きくなった松方、吉村、明石、勝山、水村たちがその筋の匂いをさせながら和やかに話している。

南、松方、吉村、水村は翔太が小学校へ入学してからも年に何度か菊山の事務所に遊びに来た。

南は翔太を見る度に菊山にボクシングをさせたら、と勧めていたが、他人が殴って翔太の顔が腫れるのを赦せない菊山はかぶりを振っている。

この結婚式で集まった祝儀は予想通り、菊山の新しい門出の資金となった。

第二部　復活

菊山と翔太が夕食の食卓を囲んでいる。

菊山を挟んでコの字形に翔太と栄子が向かい合っていた。

翔太は菊山の左側にいて黙々と食べている。食卓には肉が置かれ、翔太はそれにしか箸をつけなかった。

小さな頃から翔太は肉しか食べなかった。そのために菊山はいつもバケツで肉を買ってくるほどだった。

「どうだ、学校は。おかしな奴らは大丈夫か？」

「うん」

「うんってどうなんだ、何もないのか？」

菊山の目の色が微かに色をなす。

「あるけど大丈夫」

翔太は菊山の方を見ないで口を動かしている。

栄子は翔太の顔と菊山の顔をちらちらと交互に窺《うかが》っていた。

律子が家を出て以来、翔太の腹中には菊山に対する憎しみが埋《うず》み火のごとく燃えていた。

一日でも早く大人になり、己の力が菊山を凌いだ時が来たら即刻殺したかったのだ。

それは律子と己の復讐を表していた。

「あるぅ？」

菊山の声が大きくなる。

「あるって何がだ。お前におかしな奴らが何かしてくるのかっ」

菊山の声が猛々しくなり、眉間には深い溝が刻まれた。

「向かってきた二年が何人かいたけど、全然、相手にならなかった、弱過ぎて」

翔太の言葉には抑揚がなく表情にも動きはない。

「弱過ぎたのか。そうか、ガハハハハ。そりゃそうだべえ。父さんの息子だからな。二年か。ちゃんとガツンとやってやったか、お前は」

途端に表情が緩んだ菊山に翔太は初めて目を向けて、うん、と当然のような口振りだ。

「そうか。大したことないか。ふん。父さんが仕込んだからな。当たり前だべ」

菊山は左手を伸ばし翔太の頬の肉を引っ張ろうとしたが、翔太の手に払われた。

ふんと鼻を鳴らした菊山は翔太を見ながら山盛りの飯をうれしそうにかき込んだ。

中学生になった翔太は身長は一六〇センチメートルだが、筋肉が発達し大人を軽く凌駕《りょうが》する力を持っている。

毎日、ダンベルやバーベルを使い黙々と軀を鍛えるのが趣味のようになっていた。

その夜も事務所の隅で汗を流す翔太を見る菊山は表情が緩みっ放しだった。

ひっきりなしにこれはどうだ、次は何キロを上げるんだ、もっとどうだと話しかけていた。

翔太はうるさそうに生返事を繰り返す。

しかし菊山は翔太の反応など意に介さない。

「どうだ、久し振りに父さんとやってみるべ」

菊山は両手で宙に浮いた西瓜《すいか》でも包むようにして頭突きの真似をしてニヤニヤしている。

翔太はうんざりした表情でかぶりを振ったが、菊山は笑みを滲ませ、何だ逃げるのか、ふんと翔太の目を覗き込んだ。

「なにいっ逃げるわけないだろ。よし、やろう。後悔しないでよ」

翔太の目の色が変わり、噛みつきそうな表情になった。

「後悔？　お前、中学生を相手にしてちょっと強いからって調子に乗るなよ。お前こそ明日、学校休むとか言うなよ。ガハハハハ、こりゃ面白い」

二人は立ったまま、相手の頭と首に手を回す。

菊山の軀に比べると並の大人を凌駕する筋肉を纏った翔太もまだ細く背も低い。

互いの手が首と頭をがっちり押さえ込んだ。

翔太が瞳の中に炎を燃やし、射るような視線を飛ばしている。

それを見た菊山の顔から笑いが消えた。

「さあ来いっ。お前からでいいぞ」

菊山の頭に回した翔太の手に力がこもり、奥歯をぐっと噛みしめ、自分の額を菊山の額にぶつけ始めた。

しんと静まり返った事務所の中に鈍い音が広がった。

骨と肉が激突する音が響き二人の視線が周囲を燃やし尽くすような凄まじい火花を散らし始めた。

翔太の瞳に闘志以外の別の情動が宿り、菊山の双眸を睨みつけていた。

翔太の額は真っ赤になっているが、少しも怯む様子はない。

菊山の額もうっすらと赤みを帯びてくるが、その目は真剣だった。

硬く張りつめた空気の中を二人の頭がぶつかる鈍い音だけが鳴り響く。

翔太の目に点った小さな狂気が次第に大きくなった。

怒りとも憎悪ともつかぬ異様な光が菊山の目を貫こうとしている。

受けている菊山の瞳孔が締まった。

静かな事務所で肉と骨の軋る音と次第に荒くな

る息遣いだけが空気を震わせる。

翔太のきつく結んだ唇から微かな吐息が衝撃と共に吐き出されるが、力は弱くなるどころかますます勢いを増していた。

翔太の胸の中に菊山への憎悪と怒り、律子の悲しげな顔が浮かんでくる。

翔太の頭の芯が疼《うず》いた。

菊山の表情は変わらず翔太を嚙み殺すように睨んでいる。

我が子という意識はとっくに消え、力でねじ伏せようという視線だった。

翔太は頭をぶつける一瞬に向かって気迫を集中し、己の中の激情を爆発させていた。

ガツンという鈍い音が大きくなり、翔太の額は真っ赤に腫れだしている。

父と子の意地がぶつかり合い、辺りの温度が上がるようだった。

数十発の音が続いた後、翔太の額が切れて鮮血が一筋流れ落ちた。

翔太は顔を顰め菊山の額を上目遣いで見ている。

菊山は無造作に翔太の赤くなった額をぐいっと手で押した。

翔太は菊山の手を払いのけ、唇を尖らせている。

「どうだ、父さんにはまだまだかなわんべ。ガハハハ」

「いや父さん。そのうちだ。今に見てなよ。笑えなくなるから」

「ま、期待しないで待ってるか。お前、それでやったら二年なんて相手にならんべ？　まだまだ父さんに比べたら全然、大したことないけどなっ」

「うん。一発で終わり」

「だべな。そうか、向かってくる奴は誰だろうとやってしまえ。負けるなよ、父さんの息子なんだからな。父さんの血が流れてるんだから、負けるはずがないんだぞ」

「わかってるって」

「そうか、そうか。父さんの息子……だろ。お前は……」

菊山の手が翔太の頬に伸び、翔太は小学生じゃないってと手を振り払った。

「バカモンッ。小学生でなかろうと何だろうと父さんの息子だべやっ。わかってんのか、お前」

菊山の顔に蕩けるような笑みが広がった。


事務所の前に銀色に光るキャデラックが停まり、事務所に松方が来ている。

菊山と長く付き合うヤクザには性根がまっすぐという共通点があった。

今は総長になり構成員も四〇〇人近くになった。精悍な面構えの若い衆を一人、隣に座らせ昔に比べてかなり太めの軀を揺すって笑っている。


「それで本部に連絡が来て殴り込み《カチコミ》だなんて言うから先はどこだと訊いたら、菊山ってどこの組織ですかねってね。それを吉村のとこの者《もん》が聞いて、そりゃヤクネタだって吉村に連絡が来たよ。地獄の組織から来たんだって吉村は言ってやったらしいけど」

松方は眉毛から一本だけ長い毛を出し、三センチほどの疵をうねらせて笑った。

「あんたんとこの者《もん》か。ぐだぐだ言うから一発、ひっくり返してきたんだ。どこの者《もん》だって言うからどこもここもない、菊山だってな。最近はあちこちから電話が来たり昔の知り合いが来るぞ。偉くなってよ、総長だ、会長だ、級長だって凄い肩書きついてるべ。なあ、あんたも総長だべ?」

「うん。ハハハハ。吉村が会長だ。奴は今日、関西だけど帰ってきたら、菊山さんとこに面《つら》出すって楽しみにしとったよ」

「あいつが会長かあ。時代だな。そうか。そうだよな、年からしたらおかしくないな」

菊山はふーんと視線を宙に泳がせた。

「二〇年以上だよ、菊山さん。それなのにまだ現役でゴロまいてるなんて、やっぱ、あんたは狂犬、無頼漢のままだな。ハハハハハ」

「ガハハハハ。年を取って丸くなるとか大人しくなるって会う奴がみんな言うけど、さっぱりわからん。何で変わるのか……」

「いや、あんたは変わらんだろうね。今の若い奴らに教えてやりたいね。あのイカれた暴れっぷりを。あんなのがいたら今の若い奴は根性がないから、風をくらって体《たい》をかわすだろうさ」

松方と菊山が大笑いし、若い衆は畏怖する眼差しを菊山に向けていた。

「菊山さん。俺んとこは菊山さんが来たらきちんとしとけって末端まで伝えておいたから、ひとつお手柔らかに頼みますよ」

松方は人の好《よ》さそうな笑みを浮かべた。

松方だけでなく、昔から菊山を知る多くの組織が似たような措置を取っていた。

「ところで姉《ねえ》さんの件はわからないのかな？」

松方から律子の件が出た途端に菊山の表情が一変した。

「あのバカ女め。見つけたらタダじゃおかん。だけどこっちからはもう捜さん。あれもまともな親ならいつかは翔太に会いに来るべや。だけど俺は絶対に赦さんからな」

顔を紅潮させ唾を飛ばす菊山を見た松方は困惑した表情をして話を変えた。

「息子さんは元気かい、自慢の一人息子は？　たしか中学生だね。先日、結婚式で挨拶したが、立派になったねえ。軀も態度も。驚いたよ」

「あれは中学へ入っても相変わらず一番なんだ。

こっちも強くて相手になる奴がいないらしい」

菊山は宙を殴る真似をして晴れやかに笑った。

菊山のいつもの翔太自慢に松方は笑みを浮かべて頷き、喧嘩の場面になると感心した表情で身を乗り出していた。


菊山が大きな鼻の頭に玉の汗を浮かべて旺盛な食欲を見せていた。

「おい、キムチも喰え。父さんが漬けたやつだ。酸《す》っぱくないぞ、旨い。喰えっ」

翔太は、いいよ、辛《から》過ぎると肉ばかり食べる。

「なにい、辛いだとっ。父さんの息子だべ。このくらいで辛くてどうする、このバカモンが」

栄子に、なあと顔を向けた菊山に、栄子も私もダメです、真っ赤っかでしょうと丸い顔をいっぱいに顰めた。

「何を言ってるか。だから女子供という言葉が日本にはあるんだな。こらっ翔太、喰え。喰えば旨い。男がこれくらい喰えなくてどうするんだ」

菊山はキムチを入れた鉢に箸を突っ込み、真っ赤になった箸の先を翔太の唇に押しつけた。

翔太が嫌う菊山の行為の一つである。

翔太は弾かれたように飛び上がり台所に走っていって口をゆすいで、はあはあと舌を出す。

「かー、なっさけない。これくらいバクバクいけなくてどうすんだ。もう中学生だべや」

菊山はキムチをわさっと箸で取り、口に放り込み、むしゃむしゃと食べている。

菊山の漬けるキムチは真っ赤だった。

どこを見ても唐辛子の色が溢れ、本当に見るだけで額、頬、そして鼻の頭が汗ばんでくる。

本物のキムチはただ唐辛子だけが辛いのではなく、多くの薬味が渾然一体となって辛さの中に酸味、甘味などがあるのだが、菊山のキムチは本人と同様にひたすら凶暴な辛さを持っていた。

　本人は自然な甘さがいいと言うが、ほかの者にとってその甘さが気のせいだと感じるのである。しかもこれを食べなければ機嫌が悪くなるのだ。翔太は食器棚から味噌汁用の椀を取り出し、水を入れて食卓に置いた。

　キムチを箸で一摑みし、その椀の水で洗ってから飯を包んで口に入れる。

「何だ、それは。もう小学生じゃないべや。情けない。それでも父さんの息子か。お前はリンゴ箱に入って橋の下に捨てられていたのか」

　菊山は目を剝き飯粒を飛ばし喚《よ》き立てている。

　翔太はそんな菊山の飛ばす飯粒を避けて、ちらりと視線を向けた後、黙々と食べ続けた。

　菊山の箸がキムチの鉢を突《つつ》き、翔太の口へ伸びたが、翔太はその箸を自分の箸で受け、挑むような視線を放った。

　菊山の目の中にジュッと音がしそうなほどの怒りの炎が燃え上がる。

「父さんの箸を……きさまあっ。この親不孝者《もん》が。ええい、どうしてくれよう、この野郎」

「本当に辛いんだって。目には染みるし……父さんと違うんだって」

「だまれ。父さんがお前のために作ったキムチを……しかもこの父さんの箸を受けるとは喧嘩を売ってるってことだぞ、この野郎っ」

　菊山の目は灼熱の炎に揺らめいている。

　栄子は見ない振りをして俯いたまま食べていた。

　菊山と翔太の粘りつくような視線が熱を帯び、ちりちりと火花が散り始める。

　二人の間の空気が発火しそうになった時、予期せぬ来客があった。

「おい、誰かいないのかっ」

　事務所の戸が開き、野太い声がした。

栄子がほっとした表情になり、事務所へ走り出した。

菊山は父さんのキムチを……と、眉間を震わせてまだ怒っている。

「何かおっかない人が来てます、子供と」

栄子が目を丸くしてタヌキに似た顔で戻ってきた。

「なにいっ、おっかない人だとお」

翔太を睨みながら菊山は席を立って事務所に向かった。

暗がりに大男が黒い影のように立っている。入り口の戸より大きく丸い頭が飛び出していた。

一八五センチメートルはありそうで横幅も十分にあり巨軀と呼ぶに相応しい。

菊山が明かりを点けると、蛍光灯の光が一本の毛もなくぴかぴかに光る大男の頭を照らし出した。

隣には翔太と同じくらいの男の子が大男に隠れるように立ち、翔太の顔を見た途端にこいつだと指差し大男を見上げた。

「おい、うちの政夫《まさお》をよくも殴りやがったな。しかも俺が豪田《ごうだ》一家の者《もん》だと言ったらそれがどうしたって殴ったんだってな。舐めるんじゃないぞ」

男の太い眉が上がり大きな目がぎょろりと光る。

鼻が太く厚い唇の周りは真っ黒な髭で覆われていた。

政夫と呼ばれた子供の左目の周りは紫と茶のグラデーションになり、目が半分塞がっている。

「何だ、お前はっ。俺の息子に何の用だ」

もともと機嫌の悪かった菊山の顔が赤黒く染まり、目は怒りの炎を噴き出し始めた。

「父さん。こいつ、俺に喧嘩を売ってきた二年なんだ。わざわざ自分の親は豪田一家だぞって言うから、それがどうしたってぶっ飛ばしたんだ。おい、べそかいたの親にちゃんと言ったのか?」

翔太は政夫を指差し小バカにするように笑った。

「お前、べそかいたのかっ」

大男に睨まれ政夫は激しくかぶりを振ったが、翔太に嘘をつくなと大喝されている。

「まあいい。豪田一家の名前を聞いてそれがどうした、とはタダじゃおけんぞ。このガキッ」

大男の野太い怒声を聞いた瞬間、菊山が獅子のごとく哮った。

「こら、俺の息子に向かってガキとは何だ、ガキとは。きっさまあ、張っ倒してやるっ」

菊山は目にも止まらぬ速さで踏み込み、両腕を挙げてかかってこようとした大男の鼻に痛烈な頭突きをぶち込んだ。

大男が呻き声をあげ後ろに退《さが》った。

菊山は大男のシャツの胸を引っ張り顔面に拳を叩き込み、さらに両手で襟元を摑み石頭を下から突き上げる。


くぐもった音がして大男の鼻から血が噴いた。

菊山は狂ったように鉄拳を振るい、前屈《まえかが》みになった大男の膨れた腹に膝頭をめり込ます。

うっと声がし、顔が下がったところに菊山の膝が鈍い音を立てて入った。

菊山の拳が血で濡れ、床と壁に赤い点が増えていく。

大男の巨軀が倒れ、政夫は泣き出している。

翔太は心の中で、もっとやれ、と菊山にエールを送りながらも、菊山の一挙手一投足を頭に刻みつけ、模範演技を見るように眼《まなこ》を開いていた。

菊山が凄みを秘めた目をして大男の頭を蹴飛ばし始めた。

底なしの狂気の淵の蓋が開《あ》いている。

大男は丸太のような太くて毛だらけの腕で頭を抱えて軀を丸めた。

菊山の踵が大男の顔面を踏んづけた。

ぐちゃっと音がして短い呻き声が長いそれに変わっていく。

「どうだわかったか、この野郎。どこの一家もくそもないんだ。俺にも息子にもっ」

菊山はふんと鼻を鳴らし、傍らで泣いている政夫に吼えた。

「このガキ、てめえの喧嘩に親の名前なんか出すんじゃねえぞ。この次やったらぶっ殺すからな」

政夫は菊山に怒鳴られ、恐怖のあまり泣き止み、ひいっと姿勢を正した。

「文句があるならいつでも来いっ。俺は菊山だ。わかったら帰れ」

大男はゆっくりと立ち上がり、頭を左右に振りながら顔を押さえて出て行った。

事務所の後始末をした翔太が戻ると、菊山は旨そうに頬を膨らませていた。

「翔太、軀のでかさじゃないぞ。勾配《こうばい》の速さだぞ、勾配の。それが極意だからな」

菊山はスピードのことを勾配と言う。

「もう一つ、強くなるには父さんのキムチを喰うことだ。軀の中の力が何倍にもなるんだぞ」

翔太は、首を横に振って苦笑いした。


食事をいっしょにするようになったせいか、父子の会話が増えている。

と言っても翔太の方からではなく、菊山が一方的に話し掛けるだけだ。

「お前。滝川を知ってるべ。会ったんだべ」

菊山が口いっぱいに飯を頬張ったまま翔太を見ている。

「うん、会った」

「そいつが一番偉いんだってな、お前の学校で」

翔太の通う大山《おおやま》中学は昔から『総番長』という地位が制度化されていた。

その地位は他校の生徒さえも平伏《ひれふ》させるほどの権威があった。

各学年に番長がいるが総番長はその中で最も強い者であり、大山中学の総番長と言えばこの街では中学生だけでなく高校生でさえ恐れを懐く。

総番長が卒業する時には必ず次の者を指名し不良たちの承認を受けさせるのが儀式となっていた。万一、不服があれば、全員の前で闘って白黒をつけるのだ。

翔太は入学して一カ月も経たずして一年の番長になり、二カ月目で二年の番長も一蹴していた。

そしてある日、突然、総番長の使いの者に呼び出され、学校の屋上で会ったのだ。

「父さんのことを知ってたべ」

菊山は好奇心にかられた子供のような目をしている。

「うん。その人の父さんが同じ国方だし父さんのことを昔からよく知ってるんだって。だから学校でも街でも好きなだけ暴れていいってさ」

菊山はふーんと呟き、簡単に終戦後から滝川と商売をした経緯を翔太に話した。

滝川も今では飲食店街に数棟のビルを持つ不動産会社のオーナーになっている。

「そうか。そいつの親が今日父さんの事務所に来ていろいろ話していった。だけどお前がその子の下で面倒を見てもらうことはないんだべや」

翔太は茶碗を置き菊山をきっと見据えた。

「俺は誰にも面倒を見てもらう気はないよ。そう言ったしね、滝川に。誰かの力を借りてというのは情けないし、強い奴のやることじゃないからね。安心しなよ、父さん」

翔太の瞳から自信に溢れた光が放たれた。

菊山は翔太のきっちりと分けた黒髪を心の底か

らうれしそうにくしゃくしゃにした。

翔太の手がやめてくれよと菊山の手を払い、菊山の肩を押す。

栄子は下を向いたまま、父と子の話に耳を澄ませていた。

「父さん。滝川がさ、日本人に負けるなよって。考えたこともなかったよ。どうしてそう思うのかな。俺は日本人なんだよね?」

「そうだ。父さんはお前を日本人だと思って育てている。父さんもわからん。日本に来て日本人の社会の中でたくさんいい思いをしてきたし、日本を嫌ったり日本人を憎むというのがわからん」

「嫌な思いはしなかったんですか?」

栄子がいきなり口を挟んだ。

「嫌な思いもしたさ。でもな、それは自分に力があればどうとでもなった。いいも悪いも俺次第だべ。この国は夢の国だぞ。貧乏したって飢え死にするわけじゃないし、力さえあれば成金にでもなれるべ」

「古本さんの息子さんとかあちらの学校に行って向こうの言葉も話せますが、翔太さんには教えないんですか?」

栄子が怪訝そうに尋ねたが、菊山は即座にかぶりを振った。

菊山は民団から人が来て事務所で韓国語を話されるのも嫌っていた。

日本人の客や社員がいる前でわざわざ自分たちにしかわからぬ言葉で話すのが不愉快なのである。民団の寄付には応じるが、役員になってくれという依頼は常にはねつけていた。

「翔太。国方の奴らは何かと言えば日本人の悪口を言う。だけど日本人の前では金儲けのため、得をするためにそんな思いを顔に出さないで笑っている。嘘つきだべ。父さんはそんな奴らがたとえ国方でも大嫌いだ。もちろん日本人の中にもそんな奴はごまんといる。本音と建前とか言うが、そんなもんは誤魔化しだ。人間は嘘を言わずにまっすぐに生きなきゃならんのだぞ。わかるな」

「うん、わかるよ」

翔太は神妙な表情をして菊山を見つめている。

「てめえの得のためにおべっか使って裏では文句を言い合う。これはガラクタのやることだ。お前は絶対にそうなるな。父さんの血が流れてるんだからなっ。嘘はいかん。日本人も国方もいい奴と悪い奴がいるだけだ。わかるか、翔太」

菊山はそう言って翔太の目をひたと見据えた。

「ほお、さすが翔ちゃんですねえ」

森岡が頰をさすりながら目元を緩ませた。

「そったらもん、売れるのかってよ。あの中学なのにな。あいつは大丈夫って言ってやがるけど」

昨晩、翔太の部屋に行った菊山が見たのは鉄筆でガリを切っている翔太の姿だった。

何をしてると尋ねる菊山に、翔太は学校で売るために期末試験の出題予想を作っていると応えた。

一教科分五〇〇円、五教科まとめてなら二〇〇〇円と顔から自信を溢れさせていた。

「売れるかどうかは別としてその発想が翔ちゃんらしいでしょう。あの子は商売人ですよ」

森岡が笑みを浮かべると菊山はまんざらでもなさそうだ。

「おお。あいつは商売人だな。中間試験で学年一番を取ったらやるつもりだったんだとよ」

菊山は売れるかどうかについては懐疑的のようだが、予定通りに一番だったので表情を大きく綻ばせている。

中学生になった翔太との間で学年一番になれば三万円、テストは満点には三〇〇〇円、一問だけ間違いなら一〇〇〇円と約束をしていた。

「社長。またいっぱい喜ぶことができて良かったですね。何よりもうれしいことですもんね」

森岡に言われ菊山はそれくらい俺の子なら当然だ、と鼻を高くしている。

事務所での菊山は翔太が小学生の頃と変わらず、翔太自慢に明け暮れていた。

成績が一番、クラス委員長になった、喧嘩もスポーツも一番……何十キロのバーベルを持ち上げたなど世界一の熱狂的な翔太ファンであると同時に、己の思惑と僅かでも違った時は世界一の非難の徒となった。


「ただいまーっ」

翔太が学校から帰って来た。

「お前、ちょっと来い」

菊山が社長室に翔太を呼んで自分の前に座らせた。

翔太は表情を硬くしている。

「お前、父さんに何か話すことはないか?」

菊山は飄々《ひょうひょう》とした面持ちで煙草に火を点け、旨そうに煙を吐き出す。

翔太は唾をごくりと呑み込み、菊山の目を上目で覗き込み、何やら考えているようだ。

「こらっお前。まだ中学生のくせに煙草なんて吸いやがって」

節くれだった石の拳がきれいに翔太の頭に落ちてきた。

「何がいてっだ。この野郎」

再び殴られた翔太だが、今度は黙っている。翔太は学習能力の高い子供である。

「お前の部屋が煙草臭いって言うから調べてみたら机の中に煙草と灰皿があったぞ、この野郎っ」

「ああ……」

また殴られた翔太が自分の頭を撫でながら、まずいという目で菊山の目を覗き込む。

菊山は当たり前だ、という目で覗き返した。

「やめろって言ったらやめる気あるのか」

翔太がはい、と言えばたぶん、すぐやめるくらいなら初めからやるなと殴られる。

「やるなら最後までやれ。中途半端でやめるなら最初からやるな」

小さい頃から常に言われ続け、耳どころか脳にタコができている言葉だ。

やると言っても殴られるだろう、きっと。

「やめないっ」

翔太は首筋に力を込めてロックした。

「そうか。それじゃ仕方ない」

菊山の声が静かに流れた。

来るなら来い、覚悟はできてると翔太は菊山を見つめる。

「お前なあ、隠れてやるな。火事だけは出すな。煙草の火の不始末はたいへんなことになるからな。でかい灰皿をやるから水をいつも入れとけ。絶対に火事だけは出すな。約束しろ」

翔太の目が丸くなった。菊山はニヤリと笑っている。

「うん、約束する」

「よし。それじゃ煙草は父さんの机の中から持っていって構わん。ハイライトでいいんだべ」

「……いいの？　父さん」

「ダメだって言ってはいってやめるのか。それなら初めからやるなってよ。そうだべ、この野郎」

菊山は顔を綻ばせ、翔太の頭をごつごつと叩いている。

「とにかくここそ隠れてやるな。男のやることじゃない。それと火事は出すなよ火事はな。あれは厄介だからな。いいな」

「わかったよ」

翔太の顔に光が灯《とも》る。

菊山は仕方がないという顔をして、ハイライトを翔太の綻んだ顔の前に差し出した。

翔太はえっと菊山を見ている。

「どら、吸ってみろ」

親に吸ってみろと言われ、翔太は戸惑いを隠せずに逡巡していた。

「ほら吸え、この野郎」

「うん」

翔太は菊山の瞳の色を確かめつつも一本を銜え、菊山の金色のダンヒルでジュボッと火を点け煙を吸い込み、ふーっと旨そうに吐き出した。

「ふーん、そうか旨いか」

菊山も一本火を点け、旨そうに紫煙を吐き出し晴れやかに笑った。

「旨いもんはしょうがないな。でも外を銜え煙草で歩くな。お前が捕まるのは自分が悪いからだけど、父さんに面倒な仕事が増えるからな」

「わかった。へへへへ」

翔太は照れ笑いをしながら、煙を吐き出した。


昭和四八年（一九七三年）、春。

翔太は中学二年生になった。

菊山の借金も終わり、四月からテツの口利《くちき》きでほかの金融会社に預けられていたタカとユウジ、そして実家の雑貨屋を手伝っていたいずみが戻ってきた。

テツは妻の実家の家業を継ぐことになり、ノリは自分で運送業を始め、圭子は結婚して主婦業に専念している。

「おい。あいつ、二年で総番長だとよ。ガハハハ」

菊山は顔を紅潮させて喜んでいる。

翔太が三年生をさしおいて総番長になったこと

を誇らしげに語っていた。

翔太は伝統に従って仲間たちが出してくれた金で金ボタンを外した身頃に金色の糸で総番長・菊山翔太と刺繍《ししゅう》が入った長ランを誂《あつら》えている。それを着た翔太を見る菊山の頰は緩みっ放しだった。

事務所に来る者には誰彼問わず翔太のことを自慢していた。

その時が菊山にとって最高の喜びの時だったのである。

目映いばかりの黄金色の光を浴びて街には鮮やかな色が躍っていた。

乾いた風が街行く人々の心の中を爽やかに吹き抜ける夏が来た。

菊山の事務所の社長室では菊山と白井たち、いつものメンバーが麻雀《マージャン》卓を囲み、牌《パイ》の音も賑やかだった。

土曜日の午後というのもあり、のんびりした雰囲気が漂っている。

菊山は少し前から白井に麻雀の手ほどきを受け、度々、昼から牌を握るようになっていた。

「よーし、今日も俺が頂きだっ」

菊山の麻雀は騒がしい。

一人で吼えまくり、周りはそのペースを乱されるのが約束みたいなものだった。

生まれ持った生命力が盛んなせいで初めから終わりまで勢いが衰える時がない。

「お前は元気だなあ、菊山。ハハハハ」

白井が呆れたように菊山を一瞥した。

「当ったり前だ。男が元気でなくてどうすんだ」

森岡たちはテレビや本を見て過ごしている。

電話が鳴りいずみが出て二言、三言話した後にええっと素っ頓狂《すっとんきょう》な声を出した。

「社長、電話……」

「何だ、金だったらもう来週にせぇってよ。終わりだべ今日は」

菊山は手元が忙しく、いずみの方を見向きもしない。

「それが警察の少年課だって言ってますが……」

「なにぃっ少年課あぁ。何だそりゃ。暴力係でなくて少年課だとぉ」

初めて顔を上げた菊山は首を捻っている。

いずみが受話器を持って社長と差し出した。

「人が勝負事をしてるのに邪魔くさいな。ツキが逃げるべや」

菊山は受話器を機嫌悪そうに耳にあてた。

相手の少年課の係が街で喧嘩をした翔太を補導したから引き取りに来て下さいと言っている。

しかし麻雀中の菊山にはその気がない。

行けないと伝える菊山に相手はしつこく迎えに来るようにとなおも言葉を重ねている。

息子さんのことより大事なことがあるんですかと尋ねられ、腹の立ってきた菊山は大声で麻雀で忙しいと怒鳴りだした。

（あのお父さん、麻雀だなんてそんな……無責任な。来てもらわないと困ることになりますよ）

「うるさい。代理がダメだと言っても俺は行けんと言ってんだ。そこは警察だべ。安全なところだから預かっとけ。終わったら行くからなっ」

壊れんばかりの勢いで菊山は電話を切った。

「くそっ今日は調子がよかったのに。変な電話しやがって」

「おい、菊山。翔太のことだべや。行かなきゃならんべ」

白井は心配そうだ。

「いらん、いらん。あれには面倒をかけるなって言ってあるし、しっかりしてるからどうってこともないべ。それよりこっちが忙しいべ、今は」

「社長、私が行ってきますか？」

森岡が上衣を手に取り腰を上げかけたが、菊山はいらん、ほっとけとにべもない。

警察の少年課の椅子に菊山が座っていた。

少しの間をおいて私服の翔太がネクタイ姿の係官二人に連れられやって来た。

「この野郎っ。厄介事、起こしやがって」

いきなり立ち上がった菊山が翔太の横っ面を殴りつけ、翔太は机の上に吹っ飛んだ。

「お父さん、落ち着いて。暴力はいけません」

白いワイシャツを着た係官が二人で菊山を制止しようとして逆に飛ばされ押し倒されている。

「てめえのせいで父さんのツキが落ちたべや、この野郎。せっかくいいとこだったのに面倒かけるなって言ったべや、この野郎っ」

菊山の怒声と共に鉄拳が唸りをあげた。

翔太は避《よ》けずに今度は逆の方に倒れ込み、椅子と机がぶつかり派手な音を立てている。

「誰か来てくれっ」

止めに入った一人の係官が飛んでいった眼鏡を拾いもせず助けを呼び、制服警官が雪崩《なだれ》みたいに押し寄せて来た。

菊山はそれを見ただけでよけいに興奮し始め、自分の軀に触ろうとする警官を殴りつけ叫んだ。

「俺の息子をどうしようと俺の勝手だ、この野郎。邪魔する奴は赦さんぞ、こらあっ」

若い警官が二人がかりで押さえ込もうとしたが、菊山は襟を摑んで引き倒し踏んづけようとする。

「応援頼む、応援だあっ」

ワイシャツ姿の係官が絶叫し、さらに若手の制服警官が大挙して殺到し、わっといっせいに菊山を取り囲み押さえ込もうと激しく揉み合った。

菊山は怒鳴りながら自分の軀を押さえている近くの者から頭突きをくらわせているが、警官たちが後から後から増えて押さえ込まれてしまった。

「離せ、こら、ポリ公どもめーっ」

「お父さん、落ち着いて大人しくして下さい。それ以上やったら公務執行妨害ですよ」

眼鏡を拾った係官が信じられないという表情でなだめていたが、菊山を押さえているたくさんの警官たちも同じ顔つきをしている。

「何が公務執行妨害だ。きさまらこそ俺の親の権利を妨害してるべや、この野郎っ」

菊山の赤鬼のような顔の中で目が激しい怒気を帯び始めている。

「とにかくここは冷静に。喧嘩ですからそんな悪質なもんではないので」

「それじゃ何で補導なんかしくさりやがった。おい、こらっ離せ。てめえら、離れろ。俺は本気で暴れるぞっ」

警官たちはワイシャツ姿の上司の顔に視線を集中させ、どうしますかという表情になった。

「お父さん、落ち着いてくれますか？」

「バカ野郎。初めから落ち着いてるべや、落ち着いて殴ってんのに、きさまらがわさわさと来やがるからカッカするんだべ、こらあっ」

「わかりました。離しますよ。暴れないで下さいよ、お子さんを殴んないで下さいよ」

「おおっ離せ」

係官は離せと目で合図をした。

喧嘩が悪いのではない。警察に連れて行かれた翔太を迎えに行くのが面倒なのである。菊山は自らの意思でしか行動したくない男だった。だから、翔太には小さい頃から「相手をぶっ飛ばしたら、すぐその場から去れ」と我が身の経験から助言をしていたのだ。

警官たちはこわごわと手を離し、菊山の手と顔をじいっと見つめている。

「翔太っ。この野郎、手間かけやがって。わかったか、面倒なことになるって」

「うん」

翔太は近付き過ぎぬように用心しながら菊山を見て、それから周りの係官たちに頭を下げている。

係官はやっと安心して翔太に離れた机に座るように促し説明しようとした。

「俺が来たんだからいいんだべ。連れて帰るぞ。翔太、行くぞ」

服の皺を伸ばすように払い菊山は立ち上がって帰ろうとしたが、係官はちょっと待って下さいと慌てて両手で菊山を制止した。

「何だってよ。親が来たら、いいんだべ。喧嘩は悪質でないって言ったべや。忙しいんだ、俺も」

「あの……麻雀ですか、まだ」

「そんなもんもう終わった。だから来たべや。メシだメシ。メシも喰わないで来たんだ。こらっ翔太。お前は朝メシ、喰ったのか?」

翔太はうんと頷いた。

「どうせたいしたメシじゃないべ。おい帰るぞ」

翔太に向かって手招きし菊山は歩き出した。

「ちょっとお父さん。話を一応聞いてから……」

「さっき聞いたって。街で喧嘩したんだべや。翔太、ぶっ飛ばしてやったんだべ?」

「うん。ばちんとね」

翔太はニンマリと笑みを浮かべて右手で宙を殴った。

「相手は何人だ? お前らは?」

「相手は九人、こっちは三人。楽勝、楽勝」

菊山の顔が途端に緩み、そうかと歯を見せた。

「いや、お父さん。それはちょっと困ります。やっぱり喧嘩はよくないと……」

係官は眉尻を下げて頭を掻いている。

「わかってるって。翔太。もうわかってるべ。反省してるべ、なっ」

菊山に言われ翔太は、うん、してるしてると勢いよく首を振った。

まだ何か言いたげな係官を残し菊山はさっさと歩き始め、翔太はお世話になりましたと元気よく一礼し後を追った。


「それでだ九対三だとよ。翔太が一人で五人だぞ、五人。バッタバッタとやっつけてだな。わかるか、ありゃなかなかのもんだべ、ガハハハハ」

首を振りながら白井が口を開いた。

「翔太は不良になったのか?」

菊山の前には白井と古本が座っている。

古本はパチンコ店が繁盛し二軒目を出したところだった。

髪の毛が薄くなり昔に比べかなり貫禄がついている。

「いや不良じゃない。成績はずっとトップだし生徒会の副会長だ。三年になったら会長だってよ。友達も不良からガリ勉までいろいろだ。シンナーとかもやらんし物をかっぱらったりもしない。教師の信用もある。ただ喧嘩が強いから総番長だ」

「あれは本当にいい子だよなあ、菊山さん。いつ会ってもはきはきして礼儀正しいしなあ。あんたも楽しみだべ、この先が」

古本はゴルフ灼けの顔を綻ばせた。

「先は東大に行って医者か弁護士だ。医者は病気が感染《うつ》ったり、手術で変な菌が感染るから、弁護士だな弁護士。うん」

口から唾を飛ばし菊山は声を大にする。

「翔太は金儲けもうまいんだ、古本さん」

我が子のことのように白井が胸を張り菊山はおお、そうなんだと表情を崩した。

菊山が、翔太がどのようにして稼いでいるかを説明すると古本は薄くなった頭に手を置き、ほおー、そんなことをと目を細めている。

「なあ古本さん。試験の予想だけでなくみんなの不要の本や服を売買するのはセンスの問題だべ。下手なサラリーマンより稼ぐべ。なあ菊山」

「おお。そしてパーッとみんなに奢るんだ、あれは。子供の頃から気前がよくて宵越しの金は持たないのは変わらんな。俺に似たんだ。俺の血が流れてんだからよ」

菊山の翔太自慢は留《とど》まることを知らず翔太の成績表や、いろいろな賞状を持ち出して見せている。

しばらくした頃、古本が翔太の教育について切り出した。

「何で日本の学校へ入れた？　言葉くらい教えとかなくていいのか？　俺んところは大学は日本の大学だけど中学・高校は朝鮮学校だぞ。別に金日《キムイル》成《ソン》を拝めとは思わんが、言葉は大切だべ」

古本は菊山を見て首を心持ち傾ける。

「いつも言ってるべ。日本なんだ、ここは。あれはここで一生暮らすんだからいいんだ。この国はいい国だべ」

「いやそうかもしれんが、今は韓国だって経済が成長したし悪くないぞ。なあ、白井さんよ」

「そんなら古本さん、帰るか？　韓国が発展した、日本はダメだって言うが、じゃあ何でいるんだ？　文句言ってまでいるのは変だべや。そのくせ日本人相手に金儲けしてな。その生き方は嫌いだ、俺は。そんなに言うなら帰ればいいんだ。だけど俺は韓国が嫌いで言ってんじゃないぞ」

菊山が気色ばむと古本は黙り込んだ。

「確かに菊山の言う通り俺たちは日本に来ていい思いをしてるからいい国だべ。文句を言いながらも日本を離れられない奴がいるのも事実だ」

「俺たちは金が入る仕事を持っているから帰らん

けど、金もない多くの連中が帰らんのはやっぱり居心地がいいんだべなあ……」

紫煙を吐き出し古本はぼんやりと宙を見た。

「そうだ。金がない奴ほど、居心地がいいかもしらんぞ、こっちは。チャンスが転がってるのにそれを摑めないのは本人が悪いべ。そんなのが帰ったとしてももっと貧乏するべや。それなのに文句ばっかり言いやがってみっともない生き方だべや」

菊山が白井と古本の顔を交互に見ると二人はうーんと唸り押し黙ってしまった。


菊山は翔太が三年生になった春に家を入手した。翔太が小さい頃に住んでいた山の手の高級住宅街にある大きな家だった。

翔太の部屋は二階にある三部屋で、大きな通りに面した側から六・一二・八畳の部屋と廊下を挟んで幅二メートルの物置が三部屋分の長さだけ作られていた。

一階には六部屋があり二台分のガレージと庭もある。

翔太が喜んだのは夜逃げした以前の居住者が残していった一〇〇〇枚あまりのLPレコードだ。翔太の好きなクラシック・ジャズ・映画音楽・シャンソン・ポップス・ボサノバなどと洋楽ばかりのレコードが備え付けの棚にきれいに収まっていた。

菊山の車も黒塗りのセンチュリーに替わり、以前の事務所兼住居は事務所専用となった。

「どうだ父さん、また成金になってきたべ」

「うん。成金かあ……」

「成金だ。まだもうひと踏ん張りだべ。やると決めたら休みたいとか、いい加減になんてダメだぞ。精いっぱいやるんだぞ、翔太。人間は一生懸命に働かないとダメだ。昔から言うべや。働かざる者、喰うべからずってな」

「そうか、オヤジも楽になったたか。それじゃあ俺、脛《すね》、齧れるね、また」

「おおっ齧れ」

菊山は翔太の頭を小突いて蕩けるような笑みを浮かべた。

翔太の中で菊山に対する憎悪や殺意は霧が晴れたみたいに消えていた。

以前と変わらず自分の都合で何でも決め有無を言わせず、時には過剰な暴力や横暴さを当然のごとく行使する。

どんなに憎み続けようとしても常に己の流儀を押しつけ、それが当然だと疑わない菊山を目の当たりにすると脱力感に包まれてしまうのだ。

翔太が菊山と距離を置こうとしても菊山には毛ほども問題にされなかった。


怒髪天を衝くような怒りが爆ぜた。

「なにぃぃっ。やられただとぉ」

小さな頃から連戦連勝だった翔太が初めて喧嘩に負けて帰って来たのだ。

左目の周りを腫らした翔太がこくりと頷くと、菊山は持っていた箸をバシンと食卓に叩きつけ、目の奥にめらめらと炎を燃え上がらせた。

「インターハイの新人戦でベストフォーだったんだ。ボクシングのさあ、高校生だよ」

その途端に菊山の拳が飛んで来た。

「言いわけをするなっ。喧嘩になったら五分だべや。相手が誰とかそったらことを言うな、情けない。高校生だろうと大学生だろうとお前が強かったらどうってことないべや。このバカモーン」

また殴られた翔太は腫れている左目の下を押さえてううっと唸っている。

「こらっボクシングがどうした。父さんはそんなもんは山ほど相手にしてきたけど一度も負けんかったぞ。くっそっ何で父さんの血を引いてて負けるんだ」

しゃべっているうちに怒りの炎が大きくなり菊山は口の中の飯粒を飛ばしまくっていた。

翔太の額と頬にも一粒ずつ付いている。

栄子が菊山の顔を見ないように手を伸ばして飯粒をせっせと拾っていた。

「くそっ。ボクシングだとおぉ。ふん。奴らの距離でやるから殴られんだ、このバカモン、立てっ」

菊山の拳が飛び翔太は頭のてっぺんを両手で押さえた。

立ち上がった翔太に菊山が腕をまっすぐに伸ばして胸を押す。

「これが奴らの距離だ、バカモン。この距離で喧嘩したって殴られるだけだべ」

菊山の腕に目を留め翔太は何度も頷いている。

「それじゃどうする？　同じ殴り合いなんかしてもお前は不利だべ。お前のその優秀な頭は何のためにある？　帽子被るためじゃないべ。頭を使え、この頭をっ」

菊山の拳が二度、三度と翔太の頭を殴った。

「こうやるんだ、このバカモンが」

いきなり菊山が翔太の懐に飛び込み翔太の利き腕の右腕をがっちり抱えてしまった。

「殴らせなきゃただの木偶《でく》だべや。それで倒しちゃえ。こうだ」

菊山の右手が翔太の膝の裏を引き左手は胸を押した。

翔太がこらえきれずにどたんと倒れた時、菊山は馬乗りになった。

「あとは腕を殺して殴ってやれ。腕を使わすな。

くっつけ、ボクシングをやってる奴は。柔道やってる奴は逆だぞ。だからポリ公とやる時はくっついたり取っ組んだらダメだ。わかるか?」

翔太が神妙に頷くと菊山はよし、と立ち上がり、ぎろりと翔太を睨みながら食卓につく。

翔太が座ると菊山はじろりと顔の腫れを観察して一週間だなと呟いた。

「さあ、どうするんだ、お前は?」

「やってやる。次は絶対、負けない。明日、奴の学校に行ってくる」

翔太の瞳に闘志が滾っていた。

「よし、その心意気はいい。でもな、この左目は明日は塞がっとるから治ってから行け。万一、右目が腫れたら視野が狭くて不利だべや。今日は横になるな、よけいに腫れるからな。ソファの上で座って寝るんだな。ふん。負けたらみじめなもんだべ、なあ。ガハハハハ」

菊山は翔太の頭を拳でごりごりと押して笑っている。

「後で肉を油紙で包んでやれ。それを当ててろ。くそっ俺の息子の顔を腫らしやがって。お前がまた負けたら父さんがその野郎を月までぶっ飛ばしてやる」

栄子が翔太の顔を覗き込むようにして、痛そ、と呟いた。

「大丈夫。負けないから絶対にっ」

翔太は目を吊り上げきっぱりと宣言した。

「初黒星か。しっかりとノートに付けとくんだな。戦い方を咄嗟に判断できなかった頭の悪さだべ、これは」

翔太は小学生の頃からデータを取る習慣があり中学入学後も喧嘩日記を付けている。

相手の人数や状況をメモしてパターン化した。

「喧嘩は勾配の速さと根性っ」

これを信条とする菊山に対して翔太は経験と分析から理論を確立している。

「喧嘩は物理学と根性の累乗だ」

そのために異常な勤勉性を以てして基礎的な筋力を鍛えているのだ。

非行少年と異なりほかの悪さはしなかったが、毎週土曜日曜は街に出てツッパリや強そうな相手を見つけては実戦を積み、その様子を菊山に話すのが父子のコミュニケーションの一つだった。

その度に菊山は立ち上がり実演してみせるのだ。一〇人以上を相手にする時はどうするか、場所を生かすにはどうするかなど状況に応じていろいろなアドバイスをする菊山に対して、翔太はいつも感心していた。

そんな奇妙な父子のコミュニケーションを栄子は呆れて見ていた。

数日後、翔太はその高校生をぶっ倒し、意気揚々と帰宅し得意満面に菊山に報告した。

報告を受けた菊山は当たり前だと言いながらも表情を綻ばせた。

以前から進学するより、一日も早く社会人として働きたいと望んでいた翔太は、菊山との話し合いにより、市内の進学校の緑山《みどりやま》高校に入学したことで一段落した。

翔太の部屋に高校の担任の江藤《えとう》が来ていた。

学生時代から柔道をやっていて、三段の免状を持っている一八〇センチの偉丈夫である。

岩石のようなごつごつした顔に太い黒縁の眼鏡を掛けていた。

「お前、煙草を止《や》めるかどうかわからない、止めないと思うとはどういうことよ。それじゃ全然反省してないべや。そんな報告はできんぞ俺は」

江藤は渋い顔をして前に座っている翔太を見て

首を捻った。

「だから先生。止める気はないから嘘でもはい、止めますとは言えないだろって。俺はその場凌ぎの嘘は言わないんだ」

翔太は頭の後ろに手を組んで涼しい顔をして顎を突き出している。

江藤は顔を顰め何を言ってんだと頭を振った。

「先生。嘘をつかないのは大事なことだろう」

翔太はソファの上で背筋を伸ばした。

「あのな、その前に高校生が煙草を吸わないことが大事だべや」

江藤は隣にいる菊山にそうですねお父さん、と同意を求めた。

「いや煙草と嘘をつかないことなら、考えることもなく嘘をつかん方が大事だべや。なあ、翔太」

菊山は顎を撫でながら澄ましている。

「えっお父さん……それじゃあ困るんですよ」

江藤は一瞬目を丸くしたが、両目をぎゅっと瞑った。

「こいつは小さい頃から嘘をつくな誤魔化すな、嘘をついて平気なのは一番悪いって俺に仕込まれてきたから仕方ないんだ」

翔太はうん、と得意気だ。

「お父さん、煙草はダメだと仕込まなかったんですか？」

「おお。隠れてこそこそする方が悪いべや。それに火事を出されちゃかなわんしな」

菊山はどうだと言わんばかりの表情だ。

「お父さん、悪いべやって……子供の喫煙は」

「あのな俺の息子だから俺の方針で仕込んでるんだ。世の中に法律があるのはわかるけどな、俺の思うように育てとるんだ」

菊山は上衣の内ポケットを探してあれと呟く。

翔太はすかさずソファの近くにあるサイドボー

ドの抽斗《ひきだし》から煙草を取り出し菊山に渡した。

江藤がそれを見てお前……と指差し絶句した後で、はあーと長い溜息をつき頭を抱えている。

「おい先生よ。学校では二度と吸わんからそれでうまくやってくれ。こら翔太、それならいいべ」

「うん。それは大丈夫」

翔太は煙草を江藤に差し出し、まあ一服してさあと笑っている。

江藤は何か言いかけたが、煙草を受け取り仕方なさそうに火を点けた。

「それじゃ煙草は止めないのか、お前」

江藤は煙を吐き出し翔太の顔を見ている。

「これは生活の一部だからさ」

しれっと応える翔太に菊山はガハハハハと笑い出し、生活の一部か、うまいことを言うなと江藤の広い肩をパンと叩いた。

大口を開けて高笑いする菊山を見て江藤はがっくりと肩を落とした。

「あんた、それだけ立派な軀してるんだからモリモリ喰えるべ？　酒もガンガン呑めるべ。肉でも喰いに行ってその後、一杯やるべや。旨いもん喰わしてやるからよ。それでパーッとやるべや」

菊山にぽんぽん肩を叩かれ、江藤はふーっと大きな溜息をついた。


「おい、帰ったぞ」

菊山と白井が黒い背広に黒いネクタイ姿で家の玄関に立っていた。

エプロン姿の栄子が丸い顔に深刻そうな表情を浮かべて出て来た。

「あっ塩、お浄《きよ》めですよ、お父さん」

栄子が塩を菊山と白井の肩口にかけようとすると菊山はいらんっと眉を寄せた。

白井が日本の仕来《しきた》りだべ、と苦笑いする。

「俺はいらん。なめくじじゃあるまいし葬式に出たくらいで何が浄めだ。ふん、バカらしい」

菊山はプラグマティストなので根拠や実体のない習慣や縁起はいっさい受けつけない。

もちろん神や仏を信じることもなく、逆に人の心を誑《たぶら》かすものとして忌み嫌っている。

終戦直後から国方の重鎮だった野村が死んだ。葬式は多くの同胞が参列し盛大に行われた。

「立派な葬式だったな」

白井は出されたコーヒーカップを手にした。

「だけどくたばってから盛大にやられても意味ないべや。なあ」

菊山は木で鼻を括ったような言い方だ。

「ハハハハ。お前らしいなあ。だけど人が来ないより来た方がいいべや。まあ、八〇年以上も生きたんだからそれでよしかもな」

「はあー、長生きしたなあ。そうか、そうだよな。戦争が終わって三〇年が経つんだ」

菊山は珍しく感慨深そうに窓の外に目を向けた。

「最後の三年間くらいは人の手を借りないと日常の生活ができなかったらしいぞ。金があったから何人も人を使えたんだけどな」

使い込まれていい色になったパイプに葉を詰め白井は火を点けた。

部屋の中に馥郁《ふくいく》とした香りが広がる。

「人の手を煩わせてまで生きたくないな、俺は。くたばるならあっという間に逝きたいべや。自分の軀でやりたいようにできなきゃ俺は嫌だな」

菊山は鼻を鳴らして両手をパンパンと打ち鳴らし、栄子を呼びコーヒーのお替わりを頼んだ。

「そうか……うん、そうだな。ハハハハ。お前が誰かの助けを借りて生きるなんて想像できんなあ。でも翔太ならいいべや」

「いや、何が悲しくて息子の手を煩わせるのよ。

あれにはあれの生活があるべや。俺は嫌だな」

菊山はそう言って運ばれてきたコーヒーカップを傾けた。


「何だと今度は喧嘩だとおっ」

翔太は二年の夏が始まったばかりの時に通学中の他校のツッパリ生徒五人を殴ってしまった。自分の学校の生徒が嫌がらせを受けたり金を脅し取られた相手を通学中に殴ったのだ。

喫茶店の中には『港のヨーコ ヨコハマ ヨコスカ』が流れている。

「このバカタレ。お前くらい有名なら注意するだけですんだべや」

半袖シャツの袖から太く毛深い腕を出した江藤がアイスコーヒーのストローをかき回す。

「そうだけど目付きが生意気だったし、一人がやたらに挑戦的でさあ。それでガツンと」

翔太は生クリームを山盛りにしたチョコレートパフェにバースプーンを差し込んだ。

「このバカモン。さっさといなくなればよかったべや。いつまでもその場にいやがって」

菊山が目を三角にして睨みつけたが、翔太は口を突き出し返事をしない。

ストローを使わず一気にアイスコーヒーを呑み干し、菊山はでっかい氷を口に含みガリガリと勢いよく齧った。

「お前、今回は最低でも三週間から一カ月だぞ。下手したら無期停学だべや。参ったなあ、この間、頭を下げたばかりなのになあ」

江藤は岩のようにごつごつした頭を掻いた。

「おい、何とかうまくやってこいや。お前ならできるべや。なっ」

菊山に肩を叩かれ江藤は力の入らぬ笑みを滲ませた。

「オヤジさん、そうは言うけど、こいつは学校で一番目立つし上級生でさえ遠慮して頭を下げる奴が多いんだ。本人は不良でなくともイメージがなあ。こいつのことを好きで支持してるのは同じ学年と体育課の教師くらいで。あ、校長もいたか」

江藤はちょっとしたバナナの房のような手を折って数え出した。

「そこを何とかしろ。何だったら教師全員、パーッと盛大に呑み喰いさせてやるし。なっうまくやれ、うまく」

菊山は翔太の頭をゴンゴン小突きながら江藤の肩をポンと叩いた。

翔太は頭を押さえて口を開いた。

「チョコパー、お替わりっ」

結局一カ月の停学になった翔太は、菊山の会社に顔を出したり、友人たちが学校をサボって遊びに来る時は家にいるような生活をしていた。


停学中の翔太が顔を出す菊山の事務所の前に銀色に光るプレジデントが停まっていた。

「このバカが今度は喧嘩だとよ」

「菊山さん、いいべや、元気があって。そうか、緑山に通っててほかの学校の不良をのしてやったのか。こりゃ珍しい」

南は少し曲がった鼻を蠢《うごめ》かし大きな目を細めて軀を揺らして笑っている。

ハンマーの南も頭が白くなり肉が付いて温厚な紳士となっていた。

「こいつは自分の学校の生徒の仇を取りに行って五人をのしちゃってその場で御用だ。このバカモンが。だけど喧嘩の理由はあるべや。言ってみれば正義の味方だ。ま、人数の少ない奴や弱い奴にはやるなと言ってるからな。それで一カ月の停学だとよ」

「菊山さんの息子らしいべや。そうか、翔太、正義の味方か。ハハハハ。オヤジの若い頃みたいだべ。知ってるか？」

南は大きな左右の拳で軽やかにワンツーをくり出した。

その恰好がさまになっていて翔太は心の奥でおお、と叫んでいる。

「いいえ。周りの人が話してくれて初めて知るくらいでオヤジは言いません」

「そうか。菊山さん、話してやらんのか昔の武勇伝の数々を。狂犬だ、ギャングだって言われてた時のことを」

南はほんの刹那、宙に視線を向け何かを思い出すような素振りの後、翔太に微笑んだ。

「しない。すんだことだし、一回一回してたらキリがないくらいやったからな。今から考えるとよくやったたし、よく生きてたもんだ。ガハハハハ」

肩を揺すって笑う菊山を見て翔太と南は視線を合わせて微笑んだ。

「おじさん、オヤジは今でもやるんですよ。変な奴がいたら。俺にもやらせますし……」

翔太は頭突きの真似をした。

「えー、今でもかっ。菊山さん、あんたは変わらんなあ……化け物だな。ハハハハ、どうだ、翔太。オヤジさんにはかなわんべ」

翔太はちらりと菊山に視線を向けた後に、ええと笑った。

「菊山さん、軀は悪いところはないのか？」

「ああ血圧が高いくらいだ。この野郎が何かやる度に上がるんだべ。あんたは？」

横に座ってニヤニヤしている翔太の頭を拳で小突き菊山は笑っている。

「俺は糖尿だ。旨いもん喰って楽をしすぎたのかな。医者の言うメシはまずいし量も少なくてな。

好きなようにやってるさ。どうせ何回も拾った命だしな」

「そうだ。俺たちは拾った命だべ。俺もせいぜいこれが一丁前になるまででいいか。一丁前になるんだべなあ」

菊山は笑みを浮かべながら首を傾けた。

南が帰った後、翔太は菊山の前に座って尋ねている。

「危ねえなあ、オヤジ。拳銃に向かっていって殺《や》られたら、俺、この世にいなかったな。何、考えてたんだよ」

「何も考えてないさ。いいか、逃げたって殺られる時は殺られる。男に生まれて何で逃げなきゃならん。後悔するべ。だからどんな時でも向かっていくんだ、父さんは。そう決めてるんだ」

翔太は真顔で頷いた。

「オヤジ。若い頃は楽しかった?」

「楽しかったし一生懸命で毎日が過ぎたべ。金はないけど夢も力もあり余ってたからな。力があればたいがいの無理も通ったし理屈より腕力だべ。父さんは口下手だし説明は面倒だべや。だからすぐにこれに物を言わせるんだ、これに」

変形した手をぐっと握り菊山は翔太の鼻先に拳を突き出した。

翔太の目には夥しい闘いを制し、異国の地で己の夢を摑み取った、傷だらけで変形した石のような拳が何よりも眩しく輝いていた。

「おおっこの野郎いたいいた。親に面倒かけやがって、こらあ面倒かけるなって何回言ったらわかるんだっ」

翔太と、中学校時代に翔太の下で副番長だった明《あきら》とその子分の秀樹《ひでき》が顔を腫らしてパイプ椅子に座っていた。

場所は警察の少年課である。

「お父さんですね。えーと菊……あっ」

係官が名前を言おうとした矢先に翔太を見つけた菊山の鉄拳が唸りをあげて飛んだ。

翔太が横に吹っ飛び椅子にぶつかりその椅子が机に飛んでいった。

「あのお父さん、待って下さい。暴力はいけませんよ、暴……あーっ」

菊山の前に制止しようと立ちはだかった係官をはね飛ばし菊山の拳が翔太の頬にぶち当たり、翔太はきれいな弧を描いて真後ろに倒れ椅子に後頭部を打ちつけた。

「きっさまあ、赦さんぞ、くそっ」

「おい、来てくれ、みんな、出動だーっ」

はね飛ばされた係官が大声をあげ、菊山を押さえようと背後から肩に手をかけた。

菊山はその体勢で裏拳を一発飛ばし係官をはねのける。

警官たちが殺到したが、菊山は頭突きを飛ばし殴り蹴飛ばし暴れまくっている。

さらに応援が来て菊山に群がった警官たちがようやく押さえ込み椅子に座らせた。

「お父さんお父さん、落ち着いて。暴力はダメですよ。ここは穏便に、ねっお父さん。話せばわかりますから」

係官は乱れてぐしゃぐしゃになった髪の毛のまませいぜい息を切らしている。

制服を着た警官たちも石像のように固まり荒い息をしていた。

「離せ、こらあ、てめえの息子に何しようと俺の勝手だ。高校へ入ったと思ったら厄介ばかりかけやがって、この野郎っ」

菊山は唾を飛ばして怒り狂っていた。

「オヤジ、悪かったよ、俺が悪いから機嫌直してくれよ」

翔太が片目をパンダのようにして謝っている。

その傷に気が付いた瞬間、菊山は叫んだ。

「こらあっ誰がお前の顔を傷つけたあ。ぶっ殺してやる、くそお、俺の息子によくもよくも」

菊山が熱《いき》り立ち鈴生《な》りにくっついている警官たちをぐらぐら揺らした。

「三〇対三だったんだ、オヤジ」

翔太が少し得意気に言うとすぐに明が四〇対三だって翔太、と言い直し、おじさん、それでも勝ちましたからと怯えた目で付け足した。明は小学校の時からの付き合いゆえに、よその子も自分の子も関係なく殴る菊山の拳を受けながら育ったとも言えた。

「……四〇対三か。勝ったってか」

菊山の声のトーンが微妙に変化した。

モヒカン刈りで眉を剃っている秀樹があれは五〇対三です、いや、もっといたかもと小動物のような小狡《こずる》そうな目をした。

「なにっ五〇対三か、ふーん……翔太、本当にやられた方じゃないんだな」

「お巡《まわ》りさん、そうだよねえ、俺たちが断然、優勢だったもんねえ」

翔太が元気いっぱいに叫ぶと菊山を押さえて息切れしていた警官が間違いないと菊山の顔を見て何度も頷いた。

「そうか、五〇対三か……まあ仕方ないか。しかし厄介かけやがってまったく。学校、まずいべ」

菊山はやっと力を抜いたのか、警官たちは互いに目配せしてほっとしている。

「お父さん、落ち着いてくれましたか？」

ネクタイをきっちりと締め直した係官に、菊山は初めから落ち着いとると気色ばんだ。

「それじゃ離れますからね、いいですか、暴れるのはなしですよ」

警官たちは手を離したが、菊山の周りを囲み人間の盾を作っている。

「おい、明。ちょっと来い」

菊山がうっすらと笑いながら手招きした。

「はいーっ」

明が立ち上がるとばかでかいアフロヘアのせいで二メートル近くになる。

明は軀を縮めて盾の間をすり抜けて、おじさんこんにちは、とアフロヘアを揺らした。

おおっと返事をして菊山は明の頭に力の入った拳骨を落とした。

「お父さん、暴力はいけません」

係官の声が裏返った。

「これはこいつの親の分だ。おい、そこのお前、誰だお前は？　来たことあるか、俺の家に」

秀樹は人差し指を自分に向け秀樹です、初めましてと如才なく挨拶しゆっくりと立ち上がった。

「こら、さっさと来い、この野郎っ」

秀樹は猛ダッシュして菊山の拳に挨拶することになった。

頭を押さえる秀樹をじいっと見てから菊山はお前の頭は何だ、それ、とモヒカン頭の毛を引っ張っている。

「それにその眉毛は何だ。起きぬけのホステスみたいな眉しやがって。生やせっ」

「はいーっ」

秀樹は直立不動で返事をした。

三人を連れて帰ると言う菊山と本人の親でないと困ると言う警察の間にすったもんだがあった末、菊山は翔太だけを連れて帰った。

「お前なあ大勢の奴とやる時はなあ、一人あたり一発か二発でぶっ倒せ。でなきゃスタミナ切れになるぞ。だからちゃんと狙ってぶん殴らなきゃな。

どこでもいいってわけじゃない。頭を使え、頭を。喧嘩も頭が悪いんじゃ困るぞ。ガハハハハ」

「わかったよ、オヤジ」

翔太は帰ってから足腰立たぬほどのヤキを覚悟したが、菊山は軽く一〇発くらいで諦めた。

すぐに江藤が飛んできた。

「このバカタレ、これでクビだべ。喧嘩なんかしやがって、この野郎」

翔太は目と唇を腫らし油紙に包んだ牛肉を顔に当てて仕方ないさ、と飄々としている。

その頭の上に菊山の拳が飛んだ。

「仕方ないでないべや。この野郎っ。おい、江藤。お前、何とかせい」

「オヤジさん、いくら何でも無理だって。三回目だし喧嘩が続いてんだから。こりゃ九割以上、ダメだよ、オヤジさん」

江藤は、はあーっと深い溜息をつき翔太の煙草に火を点ける。

「九割以上？　絶対じゃないべや。何とかやってみろ。俺も校長でも総長でも話に行くから」

菊山の目は赫々と燃えている。

「何で喧嘩したんだ？」

肩を落とした江藤に訊かれ翔太は初めから説明を始めた。

秀樹が街で六人組に殴られたので、その相手のいる学校へ乗り込み相手を捜して殴ったのだ。

明と秀樹に助っ人を頼まれ翔太は二つ返事で引き受けた。

相手の学校は不良の殿堂と呼ばれる明や秀樹の通う北洋《ほくよう》や海星《かいせい》の次にツッパリ生徒の多い高校で、校門の前で争っている翔太たちを誰とも知らず、次々に学校の中から集まってきたのだ。

秀樹の言う五〇人は少々オーバーだが、三〇人から四〇人を三人、いや実際は翔太と明が二人で相手したようなものだった。

警察へ連れて行かれる前になって翔太と明だと気付いたツッパリが叫び、相手の連中は急に恐怖にかられていた。

やるだけやってみますと返事をして江藤は菊山に夜の街へ引っ張られていった。


「おーい、これ見ろっ」

翌朝、六時前だというのに菊山は新聞を持って翔太の部屋に上がってきた。

横になって眠ると腫れが大きくなるために翔太はソファの背に寄りかかって寝ている。

「なんだよ、オヤジ」

片目が腫れて塞がっている翔太は差し出された新聞を開いた。

「おおっすげえ、これ」

『進学校の二年生　私立校へ殴り込み　数十人と大乱闘』

何と社会面の半分を使った記事になっていた。

翔太の通う学校は有名な進学校であり、過去に喧嘩はおろか停学になるような事件はなかっただけにニュースバリューがあるらしい。

太くて大きい活字が躍る新聞を手に翔太は愉快そうに、やったーっと笑っている。

その途端、菊山の岩のような拳が飛んできた。

「バカモン。笑ってる場合か、この野郎、学校をどうすんだ」

菊山は険悪な面持ちでソファに座り煙草に火を点けふーっと煙を吐き出し、このバカと翔太を睨みつけた。

「いいよ、オヤジ。クビならすぐに働くから。俺、高校生活すっげえ楽しんだからもういいよ。オヤジのおかげでいっぱいいい思いしたから。オヤジ、今までどうもな。悔いはなしだ、これで」

翔太はパンダになった左目を瞬いた。

「何が悔いはなしだ、だ。今はそれでいいかもしらんが、後で必ず失敗したと思うぞ。父さんはどんなことをしてもクビにはさせん」

菊山はきっぱりと言いきった。

江藤からはこの記事で絶望的と電話があった。

数日後、江藤が家に来たが、職員会議の様子はさすがに翔太を支持する教師たちもこれ以上、弁護ができず退学は免れないようだ。

「おいっ最終的に決めるのは誰だ?」

項垂《うなだ》れる江藤に菊山は目を向けた。

「最後は校長だけど……オヤジさん、もう無理だ。教頭の話だと校長も仕方ないと」

「俺が直接、話をするぞ。それでダメなら仕方ないべ」

翌日、いきなり菊山は校長室に押しかけた。

黒革の大きなソファに座り校長と向かい合っている。

「クビはいつでもできるべや。確かに迷惑かけてるけどあれは気性のまっすぐな子でな。ここの生徒に迷惑かけてないべ。逆にあれがいるのが知れわたって安全になったべや。なあ校長。今回だって相手は不良の学校だし。頼られたら任せろっていう奴だから行ったんだ。喧嘩はしないに越したことはないけど、相手が何人だろうと負けんなって俺の言ったことを守ってんだ。あれがここの生徒に悪さしたとか裏で悪いことしてんなら俺が赦さん。だからあんたの一声《ひとこえ》で置いてくれや」

菊山の真剣な表情に校長は何度もう一んと首を横に振る。

しかし菊山は粘りに粘った。

口から出る言葉は同じことを繰り返すだけだったが、顔面を紅潮させ唾を飛ばしテーブルを叩き、湧き上がる情熱をそのまま校長にぶつけている。

菊山が校長室を出た時、四時間が経ち校長は精も根も尽き果てたという様相だった。

翔太は最後の土壇場で無期停学となった。


翔太の無期停学は三カ月近くに及び、修学旅行にどうしてもいっしょに行きたいという同級生や同学年を担当する教師、体育課の教師たちの懇願もあり直前に解除された。

行き先は京都と奈良だった。

「何だ、これ?」

旅行から帰ってきた翔太に土産《みやげ》をもらった菊山は素っ気ない顔をしている。

「西陣織の財布とキーケースだ。オヤジは成金だから何を買ってきても有難《ありがた》みはないと思ったけど気は心って言うだろ。使わなくてもいいけどな。うれし過ぎて泣くなよ、オヤジ」

繊細な色彩が織りなす財布とキーケースを菊山はふーんと無造作に受け取り裏表をひっくり返し、中を見た後上衣の内ポケットにしまい込んだ。

「どうだ、楽しかったか?」

「うん。サイコー。ガリ勉学校だけあってみんな真面目《まじめ》だよ。ちゃんといろいろ調べてさあ。向こうでマクドナルドのハンバーガーを喰ってきた。こっちにはないからな」

「何だ、それ?」

首を捻る菊山に説明するが、少しもわかっていないようだ。

「あと、オヤジ。富士山、すげえの。でっかくて雄々しくて立派な山だ、あれ。びっくりしたぞ。写真で見るよりはるかに雄大でさあ。感動した」

翔太は新幹線の窓から眺めた富士山の雄大さを思い出し興奮していた。

菊山はそんな翔太の頭を小突きながら目尻を下げた。

朱色の天蓋《てんがい》で覆われた空は赤みがかった紫の帯がグラデーションを重ね、宝石のような美しさが広がっていた。

菊山は重厚な革張りのソファに身を沈め紫色の空をまんじりと眺めている。

「オヤジ」

菊山の部屋のドアが顔の幅だけ開き、翔太がいつになく神妙な面持ちで覗き込んだ。

「おふくろさん、亡くなったんだって。エッコさんに聞いたぞ」

菊山の短いおお、という声を聞きながら翔太は隣に腰を下ろし、同じように紫色の空を見上げた。

「大人になる前に行きゃあよかったよな、俺が。別にいつだって行けたもんなあ、韓国へ」

菊山の拳が翔太の耳の上を小突いた。菊山と目を合わせた翔太はなあ、と目を瞬かせた。

「いいんだ。母さんはいい人生だったべ、父さんが日本に来てからはな。金をたくさん送ったから じゃないぞ。送れるような暮らしをしている父さんのことを知って安心してたんだぞ、母さんは」

煙草を銜えた菊山に翔太が火を点け、自分も一本を唇の端に挟んだ。

「安心か。近くにいなくて何よりだ。会いたかっただろ、ずーっと会ってないもんなあ、オヤジ」

「仕方ないべや。自分が暴れてこうなったんだ。それに帰ったところで父さんは向こうで暮らすこともないし母さんがこっちに住むこともないべ」

「孝行か、オヤジ、元気出せよなあ」

翔太は菊山のがっちりとした肩を叩いた。

「バカモン。父さんはいつでも元気だ。悲しんだって生き返るわけでないべ。ま、死に目に会えないのは親不孝だったけどな。お前はそういうことのないようにな。わかるか？」

今度は菊山が翔太の頭のてっぺんを叩き、薄笑いを浮かべている。

「わかるよ、大丈夫。おふくろさん、優しくていい人だったんだよな。会いたかったな、俺」

「おお。いい人だ。父さんに日本に行きなさいって言ってくれてなあ。あの父親だから苦労したべ。喰い物《もん》もまともにない時は父さんに食べなさいって言って自分は食べないんだ」

菊山の視線が遠くの紫色の空を見つめている。翔太はそんな菊山の珍しい横顔を眺めていた。

細く長い紫煙を吐くと翔太は立ち上がり窓際に佇んだ。

「西の空はこっちだよな。この空、韓国に続いてるんだよな。オヤジの生まれた田舎になあ」

菊山は煙を吐き出し黙って空を眺めているが、翔太は殊勝な態度で合掌《がっしょう》して頭を下げている。

「どうか、おばあちゃん。オヤジのことは俺に任せて下さい。ちゃんと面倒を見ますから。安心して天国へ行って下さいね」

「誰がお前に面倒見てもらうってよ、まったく。お前の方こそしっかりせい」

翔太はにんまりすると菊山の隣に腰掛け肩に手を置いた。

「何言ってんだよ。オヤジ、よーく考えてみろよ。成金になったからいいようなもんだけど、でなかったらただの粗暴な前科持ちのおっさんだぞ」

指差す翔太の頭のてっぺんに菊山の拳骨が飛び、目を眇《すが》めて翔太は頭を押さえている。

「お前は父さんに何てことを言うんだ。誰がただの粗暴な前科持ちのおっさんだ」

「だって本当のことだろう。自分の胸に手を当てて考えてみたらわかるだろう」

今度は二発の拳骨が鈍い音を立てた。翔太はうっと呻いて両手で頭を抱えた。

「このバカモン。父さんはいつでもまっすぐに一生懸命やってきたんだ。粗暴なんかじゃないっ」

「そう怒るなって、オヤジ。一生懸命ってのはよおくわかるけどさ。でも暴れてばかりいると天国のおばあちゃんだって悲しいだろう」

「そんなことはない。母さんは父さんの気持ちを知っとるから悲しくなんかない。それに父さんは愧じることは何にもないぞ、母さんに対して」

菊山は声を尖らせると勢いよく煙草を吸い込んだ。ソファの背もたれが革の音をさせた。

「わかったよ、オヤジ。ほら、そんな怖い顔しないで落ち着いてさあ」

翔太は菊山の手を軽く叩きながら声を出さずに笑ったが、菊山の表情は動かない。

「でも日本に来てよかったな、オヤジ。成金にもなったし俺というい い息子もできたし」

自分で頷いている翔太の頭を菊山の拳がごりごり押した。頭を抱えながら翔太は笑っている。

「何がいい息子だ。中学生までの話だべや。今はドラ息子のバカ息子だべ、お前は」

もう一度、翔太の頭に拳をごりごりと押しつけ菊山は首を傾げた。

「なーにを言ってんだ。ほかの子供が何回、生まれ変わってもできないくらい喜ばしてやっただろ。今は仮の姿よ。社会人になったらバーッと派手に花を咲かして喜ばしてやるっての。待ってなって。社会に出た暁には狂うくらい喜ばせてやるから」

両腕をパーッと大きく広げて翔太は鼻を高くしその瞳には熱っぽい光を湛えている。

「お前は本当に面白い奴になったべ。狂うくらい怒らせてくれるなよ。それだけは頼んどくか」

菊山は翔太の頭のてっぺんをコツコツと叩き肩を揺らして高笑いしている。

「ふん、バカ言うなって。俺が社会に出たら、おふくろさんの墓、すっげえやつを建ててきてやるからな。待ってろ、オヤジ」

菊山の肩をどんと叩いて翔太は得意気だ。菊山は顔を朱に染めて笑い出した。

「すっげえやつだとお？　父さんの目の黒いうちに頼むぞ。その志だけは大いによろしい」


翌年の夏休み、小学校五年生以来行方が知れなかった律子と翔太は七年振りに再会した。

久し振りに会った律子は以前の美しかった母ではなく孤独な病人となっていた。

律子はベーチェット病に冒され、視力がほとんどなくなり身障者として暮らしている。

将来、翔太と会えると考え東大のある本郷にアパートを借りて住んでいた。

律子のすぐ下の弟の叔父より連絡があり、翔太は会ってみたくなったのだ。

あの時以来、初めて実家に顔を出した律子に翔太はナナハンに乗って会いに行ったのだ。

心の中でずっと生きていた律子の面影は見えなくなった大きな目にあった。

翔太は自分の母が、こんなに小さくてか細い人だったのかと驚いた。

微塵も律子を恨む心がなかったが、律子は何度も謝っている。

翔太が大学へ行かないことを知り絶句したが、しばらくして私のせいね、と淋しそうに呟いた。

翔太はまったく違うと言い、自分の思いを話している。

社会人になればまた会えるねと約束して律子は再び東京に帰って行った。

翔太はいろいろ考えたが菊山には伝えなかった。

薄墨を流したような空に少し欠けた月がぼんや

りと浮かんでいる。

居間で栄子と話をしている菊山に翔太がオヤジッと声を掛けた。

「我が家の厄病神が来たな。こらっ何だ、そんな声出しやがって」

「何が厄病神だ。社会人になったら福の神だぞ。こういう過渡期を経て将来は大物になるんだ」

菊山は返事もせずそっぽを向き栄子は噴き出している。

「何だほら、さっさと言え。また何かろくでもないことを企んでるんだべ、お前」

薄ら笑いを浮かべて菊山は拳を握り、翔太の頭にごりごりと押しつけた。

「残念でした。オヤジ、竜門鉱山って知ってるよな。昔そこにいたんだろ、白井のおじさんや古本のおじさんとさ」

「そうだ、それがどうした。あそこで働きたいってか。ガハハハハ。山はいいぞお。スコップでも持つか」

「またバカみたいなことを。今日、遊びに来てる奴の中の一人がそこから来てる奴なんだ、女なんだけど。遅くなったから送ってくれないかなってね。ダメならいいけど。タクシー代、いっぱい遣うだけだからオヤジの息子がさあ」

翔太はうっすらと笑みを浮かべながら菊山を探るように見た。

「ふん。どうせ、そんなことだろうと思ったべや。竜門鉱山からか。そんなところから来てるのか。懐かしいな。ふーん。おい、ちょっと行くか」

「本当、やった。行こう行こう」

そんなことがあり、菊山の運転するセンチュリーが竜門鉱山に向かって走っている。

山への道は昔と変わらず砂利道だ。

「何だ昔と何にも変わらんだべや。ほお、全然舗装にならんのだな」

感嘆の声をあげる菊山の横顔を見ている翔太の心は大きく弾んでいる。

「何だあっこれは。今でも街灯ないのか。ふーん……真っ暗でなあ、ここは。よし、どら」

停車させ菊山はライトを消した。わっと翔太が思わず声をあげた。

周囲は静かな闇に包まれている。

再びライトを点けて走り出し菊山は後ろの女の子に話しかけた。

「今でも狐とか出るのか?」

「はい、出ます」

「そうかあ……変わらんのだな」

菊山にしては滅多にないが、記憶の襞をまさぐるように左右を眺めている。

山には昔の飯場ではなく鉄筋コンクリートの社屋とその周囲に団地が建てられていた。


女の子が帰った後で坑道の位置を確かめた菊山は翔太を連れて歩いて登った。

初秋の山は澄んだ大気の中で、自然が生み出す穏やかな音楽を奏でている。

虫の音も川の流れる音もあの頃と何一つ変わりはなかった。

「おお、この空気だ。冷たいべ。秋からひんやりしてな。冬は寒いぞお。水も冷たいなんてもんじゃないんだ。起きたら布団の端が凍ってるんだ。ああ、これだこれだ。この匂いだよなあ。変わらん、少しも変わってない。昔のまんまだぞ」

その場でぐるりと回り両手を左右に水平に伸ばした菊山は何度も深呼吸をしている。

「オヤジの日本での人生がここから始まった」

真似して翔太も深く空気を吸った。

冷たい空気が肺の隅々まで行き渡った。

「そうだ。父さんの生活がここから始まったべや。

あの辺が飯場だったな」

左手を伸ばし灰色の建物がある場所を示し菊山はそうだ、と呟いた。

「オヤジが働いて暴れたところか」

「一生懸命働いて金を稼いで国へ帰るって夢を見ていた頃だべ。あの辺りに山のように莚が生えててよ、毎日、喰わされたんだぞ、父さんは往生したぞ。だから今でも莚だけは喰わんべや」

忙しそうに周りを見回している菊山の顔が団地の間に立つ街灯に照らされていた。

淡い光に照らされた菊山の視線は遥かに離れた故郷からの軌跡を探すように遠くを見ていた。

ここから始まったのだ、俺の人生は。

不意に封印が解け当時の情景が激流のように押し寄せた。

男たちの怒号、汗、寒気と熱気、ひもじさ。

長い間、思い出すことのなかった鉱山《やま》がまざまざと蘇ってきた。

期待、希望、夢しかなかったあの頃。不安などどこにもなく、ひたすら夢の実現だけを信じた日。

徒手空拳。持てる物は夢と五尺六寸の体軀のみ。

働いて、働いて、働いて。暴れて、暴れて、暴れることで自分の熱い思いを奮い立たせていた。

肩にずっしりと喰い込んだ九〇キログラムのドンゴロス。負けてたまるかと振り回した腕の六〇キログラム。

己が何者なのか、何ができるのか……その答えらしきことを軀が知ったあの日。

冷たい雨。鋳物ストーブの中で薪の爆ぜる音。

荒くれ男たち、息遣い、目の光。

閃光を走らせた剣先スコップ。肉を打つ感触。骨の軋む音。

噴き出す血。真っ赤に染まった男たちの顔がついさっきのことのように蘇る。

腹を減らしてばかりいたあの頃。優しかった親方の笑顔と声が浮かんできた。

希望の国。黄金の国、ジパング。

菊山のこれまでの来《こ》し方を祝福するかのように夜空には銀河が瞬いている。

一八歳。当時の自分と目の前の翔太の姿が重なった。

独り善《よが》りのルールを胸に突っ走るしかなかった若かりし時が懐かしくもあったし面映《おもはゆ》くもあった。

若きあの頃の菊山の血の叫びが頭の中で谺した。

「オヤジ。俺くらいの頃だろ、一八歳」

「おお、そうだ、一八だ、一八。お前と同じか。若かったな、父さんも。今でも何にも気持ちは変わらんけどな」

「日本へ来てよかったなあ、オヤジ。ちゃんと成金になってな」

「ガハハハハ。日本は父さんにとって夢の国だからな。もちろん父さんに力があったからだけどな。翔太。男は実力だぞ、わかるべ？」

遠い日本に夢を求めてやって来たことが間違いではなかったことを菊山は改めて実感した。

息子よ。お前はこの恵まれた境遇に甘んじることなく大きく翔《と》べるのか、いや翔ぶのだぞ。

周囲を珍しそうに眺めている翔太に向かって、菊山は声にならぬ熱き思いを胸の中で叫んだ。

力を込めて握った拳をぐっと翔太の前に突き出した菊山は自信に溢れた笑みを浮かべている。

翔太も拳を前に突き出し菊山の拳と合わせた。

「わかってるって。男は実力。理屈でも能書きでもない。オヤジ。日本へ来てよかったな。俺というい息子も生まれたしな。なっオヤジ」

「ああ。息子が生まれたのはいいことだが、お前みたくなったのは失敗だったな」

真面目な表情で菊山は首を捻っている。

「何だよ、それ。いい息子持っただろ。これからだってオヤジ。これからを見てろよ」

「期待しないで見てるさ。面倒だけはかけてくれるな。いいな」

「うん」

父子は星の煌めきの時間を共有した。

互いの胸裡《きょうり》は知る由もなかったが、天上の星々が同じ時間に生きる父と子を照らしていた。

身一つで日本に来た菊山が初秋の優雅に包まれ、三〇年あまり前の青春らしき思いに身を泳がせた。

菊山は何度か澄んだ空気を吸い込み、周囲に視線を走らせながら車に乗り込んだ。


「な、なにいっ人をひいたあぁ。息子が運転してたってかあ……すぐ行く」

ガチャンと受話器を叩き切った菊山は瞬時に怒りが臨界点を超えた。

運転免許を取って車で通学するようになった翔太が捕まっている警察署へ飛ばした。

昨年、他校へ殴り込みに行って捕まった時と同じ署である。

「あの野郎っいったい何を考えてやがるんだ。俺の気持ちも知らんで、くそー」

顳顬《こめかみ》の血管は波打ち、目は充血し顔色はどす黒かった。

勝手知ったる警察署の中を歩くが、今回は少年課ではなく交通課が菊山の行き先だった。

「きっさまあーっ」

警官が殺到したが、怒り狂う菊山は自分の軀に手をかけた者を容赦なく殴り飛ばした。

「きさまという奴は何を考えてんだーっ」

天にも届かんばかりの怒声に驚き、同じフロアの中から警官たちが群れをなして集まってくる。

翔太は何度か壁に飛ばされ、顔が腫れ上がり唇は切れ血を流していた。

まるで独りで警察署を襲撃したような大乱闘の後、ようやく菊山は落ち着いた。

「こら、きっさまあ。父さんをペテンにかけて本当は毎日運転してたんだべ」

地獄の業火のような炎が菊山の双眸の中で激しく燃え盛っている。

翔太は婦人警官が持ってきてくれた濡れタオルで顔を押さえてかぶりを振った。

「たまたま今日だけだ、オヤジ。本当だって」

翔太が言い終えないうちにアルミの灰皿が翔太の顔を直撃し警官たちはただちに菊山を取り囲んだ。

「お父さん、落ち着いて。話は本当ですよ。いつも運転している生徒も証言してます。こういうことはあるんです。たまたまその日初めてで事故というのはね」

眼鏡をかけたワイシャツ姿の幹部らしき男が柔らかな表情で話している。

寝坊して朝食を抜いていた運転係の友人にメロンパンとコーヒー牛乳を買ってきた翔太が運転を代わってやったのだ。

「これできさまは学校はパーだぞ。一一月も末になるというのに。卒業まであと少しなのにな」

そう言った菊山の表情に言い知れぬ無念さが滲んでいた。

ふーっと息を吐き、菊山は目を瞑って腕組みをした。

その姿を見た瞬間、翔太の胸の中にはそれまで菊山に感じたこともない類の思いが押し寄せた。

「ところで事故の相手はどうなんだ?」

上衣の内ポケットから煙草を取り出し火を点けると菊山は時間をかけて深々と吸い込んだ。

「外傷はありませんが、念のために病院へ。息子さんがすぐに自分で一一九番と一一〇番をしてるんで。事故は本当に不幸でしたが、息子さんはたいへんしっかりしてましたよ。自分のことより同級生を心配してタクシー代を渡して学校に行かせてますからね。当方で学校まで迎えに行って参考人として来てもらったくらいです。お父さん、家庭での躾がよかったんじゃありませんか」

眼鏡の係官は菊山の感情を鎮めるためか、そんなことを伝えて微笑んだ。

「ふん。まあ、しっかりはしてるべな。そうでないと俺の息子じゃないからな」

興奮していた菊山の表情がいくらか和らいだ。


「どうすんだ、お前。これで学校はパーだぞ」

翔太の部屋で菊山と翔太は向かい合って座っている。

「働くよ、オヤジ。悪かったなあ」

翔太は菊山の顔を喰い入るように見つめていた。午後の光が翔太の頭を金色に輝かせている。

「あと四カ月だったけど仕方ないな。お前はもともと働きたかったんだからな。お前、江藤にだけはちゃんと頭を下げとけや」

「うん」

「どうだ、お前。高校生活は面白かったか?」

菊山の顔つきは和らいでいる。

「もうサイコーに面白かった。好きなことを好きなだけやったしさ。とにかく高校生活は面白かったよ、オヤジ。これまで本当にありがとうな」

急に晴れやかな顔になった翔太を見た菊山の表情が緩んだ。

「そうか、サイコーに面白かったか。悔いはないか。バッタもんの生き方だけはすんなよ、父さんの息子だからな。行ってよかったべ、高校は」

「うん。思ってたよりずっと面白くて楽しくてよかったぞ、オヤジ」

まるで途轍もなくいいことがあったように表情を輝かせている翔太に菊山はうれしそうに頷いた。

「もっといっぱい脛、齧れたのにな」

「何を言うか。普通の家ならバンザイしてるぞとっくに。父さんだからへっちゃらだけど。これからも齧るんだべや父さんの脛。まだまだ太いぞ」

天井を向いて豪快に笑う菊山に翔太はかぶりを振った。

「オヤジ。社会人になったら終わりだよ。これからは働いて面倒かけた分を熨斗《のし》つけてドカンと恩返しするからな。楽しみに待っててくれよなあ」

「笑わせるな、このバカモンが。熨斗だとお。お前はまったくいい宝もんになったもんだ。せいぜい頑張るんだな。期待しないで待っとるさ」

菊山は再び顔面を紅潮させ大きく肩を揺らして笑いだした。


その夜、担任の江藤が来た。

この教師らしからぬ男が翔太の担任として来るのは今夜が最後だった。

初めはがっかりした表情だったが、話すうちに次第に普段の顔に戻っていった。

「ごめんよ、本当に。心配ばかりかけてさあ。一生懸命やってくれたのに」

翔太は珍しく殊勝な態度だ。

「仕方ないべ。次のことを考えるべ」

江藤はさばさばした表情をしている。

「うん。俺、働いて金持ちになるんだっ」

胸を張る翔太を見て菊山と江藤はいっしょに笑いだした。

「お前、働いて金持ちになるって言ったってオヤジさんみたいになるのは簡単じゃないぞ。だいたいお前、何をやるんだ、ねえ、オヤジさん」

菊山はさあて、と首を振った。

翔太は腕を組み天井を睨んでいる。

「わかんねえ。もしかしたらオーストラリア行って羊でも飼って牧場やるかもしんないし、とにかく俺は金持ちになるっ」

「バカタレ。何がオーストラリアだ、羊だ。お前、夢物語みたいなこと言うな」

江藤は眼鏡を外し両目を指で押している。

菊山は端《はな》からまともに取り合わない。

その夜は菊山が江藤をネオンの街へ誘い出し二人で残念会と翔太の門出を祝う会という名目でいつものように浴びるほどの酒を呑んだ。


外には冬の訪れを一足早く知らせるように雪虫がふわふわと舞っていた。

翔太の部屋には丸山圭子の『どうぞこのまま』が流れている。

このままじゃ困るんだよな、と求人情報誌をテーブルに置き菊山と翔太が話し込んでいた。

「夜の勤めだとおぉ、そったらもんダメだ。ホステスを扱うんだべ、酔っ払いと。ダメだ、ダメだ。酔っ払いの相手をさせるために父さんはお前を育てたんじゃないっ」

「よく言うよ、オヤジ。酔っ払いは酔っ払いでも一番性質《たち》の悪い酔っ払いの相手させてるくせにさ。それにホステスなんかいない店だ。でっかいパブレストランでショーもあるんだ」

「何？　ハブ？　何だ、それは？」

「ハブじゃなくてパブ。新しい形態の店だって。ウェーターやって宴会も取ってくるんだって。営業だよ。実力で年齢に関係なく昇給と昇進があるんだぞ。面白そうだろう、実力だってさ」

翔太は求人誌を差し出し目尻を下げた。

「宴会？　そったらもん取れるのか、お前に。父さんに毎日宴会やれって言うんじゃないべな」

「ハハハハ。オヤジ。頼まねえよ。もう社会人なんだからいっさい、手は借りないって」

「いっさい手は借りないってかっ。本当かなあ……しかしだ、人間はお天道《てんとう》さんが昇って働いてお天道さんが沈んだら休むんだ。何で昼にしないんだ、いっぱい、あるべや。昼にしろ、昼に」

「オヤジ。実力主義ってのはほかにもあるけど、当社の仕事は厳しいですが、やり甲斐がありますって謳《うた》ってるのはここだけなんだ。ほかは楽しいとかどなたでもできます、笑顔の絶えない職場ですとか。社会って厳しいんだろ？　だから厳しそうなところを探したんだ。どうせ厳しいならほかより厳しそうなとこで。楽しいとか楽だとか、どなたでもできます……なんてやりたくないよ」

「誰でもできるってのが気に入らんのか」

　菊山は腕を組み不敵に笑った。

「そうさ。オヤジ、資本主義の中で高い収入を得られるのは稀少性なんだ」

「キショウセイ……早起きのことか？」

　片方の眉を上げた菊山は顎の無精髭を撫でた。

「違う、違う。少ないってこと。ほかにできる奴がいないことほど収入が多くなるんだ。誰でもできるってのは収入も低いんだ。世の中の職業の多くはそれに従って収入が決まってるだろう」

　稀少性という言葉はこの後も生涯、翔太の信奉するところとなった。

「そりゃそうだべ。そいつでなきゃダメなら高い給料もらうからな。お前が少ない方の人間になるってか。ガハハハハ。世の中でもっと高い給料をほしいって奴はごまんといるんだぞ。だけどもらえないべ。そったらに甘くないぞ世の中は」

　嘲笑うかのように菊山は翔太を見ている。

「それは能力か努力が足りないからだ。社会で高給を取ってる奴は才能も努力も備えているはずだよ。俺に才能があるかどうかわからないけど努力しだしたら半端なことはしないだろ。だから厳しいと謳っている会社でやってみるんだ。オヤジの言う通り世の中が厳しいんなら初めから厳しい会社の方がいいからな」

「ふん。どれだけ厳しいか知らんが、夜はろくな人間がいないべや」

「わからないよオヤジ。それも見てみたい。俺は自分がこうなりたいと思ってるのに理屈とか文句ばっかり言って何もしないのはもったいないと思うんだ。そうはならないぞ俺は。どんな世の中だって本当に力のある奴は放っておかないはずだ。俺は力のある奴になる。オヤジ、俺、小さい頃から一番になると思ったことはいつも一番だ。だから世の中へ出てもやっていけると信じてるんだ」

「だけど夜鷹になっちゃうべや。昼も遅くまで寝くさるようになって。人間が腐るぞ、いつまでも寝くさってたら。父さんと朝メシ喰わんのかっ」

険しい表情で菊山はテーブルを叩いた。

「オヤジ、そうはならないって。ちゃんと朝起きるってば。メシもいっしょに喰うって。約束するって。ほら、げんまんだ」

翔太は殴り過ぎて曲がったままの小指を差し出した。

菊山はふんと鼻を鳴らし、ちゃんと起きて喰うんだぞと凄んでみせた。

愛犬のチビが積み重ねられたタイヤの上で遊んでいる。

高校からの帰り道に、子供の頃から気前の良さは天下一品と菊山にも認められていた翔太から、キビ団子ならぬメロンパンをもらった義理を感じたのか、以来、菊山家に居ついていた。チビの役目は、もっぱら早起きの菊山の相手だった。

「オヤジッ」

菊山がガレージの中で工具を持ち出して車をいじっている手を休め振り向いた。

「何だどうした。こんな時間に起きるとは槍でも降ってくるんじゃゃないべな、なっチビ」

チビはタイヤから飛び降り翔太に飛びついた。チビを抱きかかえ翔太は隅に置いてある白いプラスチック製の椅子に腰かけ菊山を隣に呼んだ。

「どうした、お前。また何か頼みごとだべ。厄介なのはいらんぞ厄介なのはな」

薄ら笑いを浮かべて菊山は煙草を取り出した。

「ふん。何が厄介なのはいらんぞ、だ。オヤジ、初めての給料、昨日もらったぞ。初めてのな」

翔太はどうだと言わんばかりに店名の入った白い封筒をぱたぱたと振っている。

「ほお、もらったか。初めての給料を」

煙を吐き出し菊山は目を細めた。


チビが封筒を奪ろうと立ち上がったが、翔太は封筒をシャツの胸ポケットに入れた。

「それがよお、八万ないんだ。正確に言うと七万八八五五円。一日も休まずに行ってさあ。一カ月目だからこんなもんだってみんなは言うけど。これじゃ俺が学生の時の方が何倍も稼いでたなあ」

翔太は高校時代に中古衣料や車・バイクの改造パーツの販売で毎月数十万円も稼いでいた。

前年に大卒初任給が初めて一〇万円を超えた時代だった。

「だから世の中は甘くないって言ったべや。八万か……パーッと呑みにも行けんな、父さんの行く店は。どうだ、わかったか世の中が。なっチビ」

愉快でたまらないという表情の菊山がチビの顎を荒々しく撫でた。

「ま、こんなもんだってわかったけどさ。でも営業のやり方も思ったより簡単だしこれからだ。まあ見てろよ、オヤジ」

「おお、見てるぞ。しっかりやれや」

「オヤジ、これやる。パーッとはいかない金額だけど地味にやってくれ」

ポケットから『ユートピア』と太字のロゴが大きく入った白い封筒を取り出し菊山に差し出した。

「いらんいらん。自分で働いて初めてもらった金だべや。自分で好きなように使え」

菊山は封筒を翔太の胸に押し返し首を振りながら笑っている。

二人が封筒を押し合っている時にチビがひょいと立ち上がり封筒の端をパクッと噛んだ。

「ああっこらチビ、放せよお」

翔太がチビの鼻を抓んでメッと叱っている。

「だから好きなように使ってんだ。オヤジ、ほら受け取れ。息子の気持ちだ。泣くなよ」

翔太は封筒を二つに折り菊山の作業ジャンパーのポケットに入れて肩を叩いた。

何か言いたそうな顔をした菊山が眉を顰めてそうかと呟いた。

「お前、それで生活できんのか。足りなくてあとで何倍にもなって請求されるんじゃかなわんからなあ。大丈夫か?」

「心配ないって。もう社会人だからよお、脛は齧んないっての。ま、せいぜいチビにでも齧ってもらえや、オヤジ」

「一カ月、一日も休まんで八万か。まあ、そんなもんだべ。休みは取らんのか?」

「俺は一番になるんだ。それに客のことを考えたら休みは取れないさ。いつ来ても必ず俺がいるってのは安心だろ。サービス業ってやつだからな。やる以上はプロになりたいんだ、俺は」

「ふん、生意気に。何がプロだ。しっかりやれ」

翔太の頭を拳で軽く小突き菊山はチビに旨いも

んでも喰うかと話しかけている。

その後の翔太は菊山の薄笑いをはね返しあれよあれよという間に出世した。

全国一の売り上げ高を記録し続け、六カ月目にはそれまでの昇進期間一年五カ月の記録を破り支配人となり、給料も五〇万、六〇万と昇給した。

夏の初めには真っ赤に塗り替えた中古のキャデラックを菊山の事務所に見せに来た。

「オヤジ。成金の入門コースはやっぱりキャデラックだよな」

「なにい、真っ赤っかに塗ったのか。せいぜい火の車にならんように気をつけろ。なっ」

菊山はボディをコンコン叩き車内を覗き込んでいる。

翔太は一日も休むことなく仕事のために朝九時にはオフィス街のビルに飛び込みセールスをかけ、最低の目標の一〇〇軒を一日も欠かさず回る。

仕事の虫になった翔太は毎月、自分の記録を更新することが楽しみとなっていた。

流行りのディスコにフィーバーしに行こうと以前の同級生や友人から誘われても断っている。

しかし菊山は決して喜んではいなかった。

休みも取らず馬車馬のごとく働く翔太と、いる時間がないからである。

約束通り朝はいっしょに食べるものの、翔太は忙しそうにしている。

「こらっお前、もっとのんびりできんのか。それだけやってたら別に昼からでもいいべや。それでも楽に一番だべ。たまには休め」

両頰に飯を詰め込んだ菊山が額と鼻の頭に汗を噴き出している。

「オヤジ。やるなら徹底してやれって言ったじゃないか。それを休めだなんて矛盾だろ。それに俺はほかの奴なんて眼中にないからな」

　一本の乱れもないくらいきっちりと髪を整えた翔太がワイシャツ姿のまま菊山のキムチを旨そうに食べている。

「バカモン。人生は矛盾だらけの海で泳ぐみたいなもんだべや、ほかの奴は眼中にないってか？」

「あの連中、いや営業マンってダメな奴が多いんだ。仕事に行くというのにまずは喫茶店でサボって、ちょっと断られたらめげてサボり、数字が上がらなければサボり、そのくせ不平不満と欲ばかりだ。喫茶店に行ったら営業マンがごじゃごじゃサボってる。オヤジは世の中は厳しいと言ったけどこんな連中相手に一番なんて当たり前だ。こんなので一番なんて手を抜いてたら俺は本物の一番になれないし若いうちに金持ちになれない」

「ダメな奴はどこにでもいるからな。でもな、人生は一生懸命働いて一生懸命遊んでの人生だべ。父さんはそう思っとる。お前は仕事ばかりだ。せいぜい楽しみは車か。自分の時間がないのか」

　山盛りの丼を手に菊山は鼻に皺を寄せた。

「遊ぶのはいつでもできるさ。それに俺は高校時代に精いっぱい遊んだから今は働くって決めてる。同級生はみんな大学生だ。奴らが四年経って卒業する頃、俺はその四年間をどれだけ生かしたのかやってみたいんだ。だから今は働きまくるんだ」

「ふん。四年か。さてそう変わるもんかなあ。人間の軀で働くというのは限りがあるべ。お前みたく朝から晩まで働きづめで月に五〇万なんて、月給取りの三倍だとしてもしょせん金持ちとはほど遠いべ。ここを使わにゃいかん、ここを」

　自分の頭を指差し菊山はニヤリとした。

「わかってるって、オヤジ。いつまでもこれをやろうとは思ってないよ、俺も。今に見てなって」

　翔太は見てろと言わんばかりに胸を反らしキム

チの塊を口に放り込んだ。

翔太は食事の途中に食卓の端に置いてあるキーケースに目を留めた。

翔太が高校生の頃、京都に修学旅行に行った時の土産の西陣織のキーケースだ。

「オヤジ、これ、もうぼろぼろじゃないか。恰好悪いから使うなって。どうせ財布もだろ。成金に相応しくないぞ。取り替えろよ」

キーケースは角がすり切れ糸が解《ほつ》れている。

「だいぶ使ったな、これ。やっぱり布は弱いべ。それじゃ取り替えるか」

菊山はぼそっと言ってキーケースを眺めていた。新しい物が好きで絶えず買い求める菊山にしては傷んだ物を使うのは珍しかった。

翌年二月、かねての計画通りに翔太はユートピアを辞めた。

一月《ひとつき》も経った頃、翔太は英会話教材を売る仕事を見付けてきた。

フルコミッションといって固定給はなく完全歩合制であり、年齢、キャリアに関係なく売り上げだけで昇進するシステムだ。

「固定給がないのか?」

菊山の熱いファンである女将《おかみ》の経営する南華園で菊山と翔太は肉を喰っている。

菊山は手当たり次第にサンチュに包み、目いっぱいに口を開け、ぐいっと押し込んだ。

翔太はカルビをまとめて口に放り込み、冬眠前のリスのような頬をしている。

「売れなきゃゼロ。サイコーにわかりやすいシステムだろ、オヤジ。まさに俺のための会社だ。四〇〇〇人も社員がいるんだと、全国に。一番取るにはいい規模だな」

「父さんがメシを喰ってる時は笑わせるな。ガハハハ。息子。その心意気だけはよろしいっ」

口から派手にサンチュを飛ばして菊山は笑った。

朝から菊山の丼に飯が山となって盛られている。

「それでその教材とか売ってる奴らは勉強してんのか？」

「いやセールスは誰も買ってないよ。だいたい本当にできるなんて思ってないんだ」

「なにぃ、てめえで思ってもないような物を売りつけるのか。ペテン師みたいだべや。お前もそんなことをするのか、それで金を稼ぐのかっ」

飯粒が結婚式の後のライスシャワーのように飛び散った。

栄子が慣れた素振りで飯粒を拾い、どうどうと菊山の手を軽く叩いている。

最近の栄子は子ブタからさらに成長を遂げた。

菊山と翔太という猛獣、荒馬の扱いにもすっかり慣れ、自信と貫禄が付いていた。

「しないよ。オヤジ。俺、買ってきた。初めてだって自分で買った奴は。ひでえよな。客にあなたはやってるのと訊かれたらこれからですとか、まずは一人でも多くの方にこの素晴らしさを知っていただきたいとか嘘っぱちのマニュアルがあるんだ。俺はそんなの言いたくないから使ってみたさ。やればできる教材だな。ダメな物なら辞めてるよ、そんな詐欺みたいな仕事」

「お前、英語できるべや。わざわざ買ったのか。なんぼするんだ、それ？」

「三八万だ」

「え、そったらもん、そんなにするのかっ。勤め人は買えんべや」

菊山だけでなく栄子まで目を丸くした。

「ローン。二年とか三年払いだ。月給一四、一五万くらいの若い奴なら結構な金額だからな。毎月一万円前後と年二回のボーナス払いだ。だからなおのこと嘘言ってまで売れないさ」

「翔太さん、それでいくらもらえるの?」

金の匂いがしたのか栄子は低い鼻をぴくりとさせた。

「一本売ってスタートは五万弱。昇進していくと上がるけどな。偉くなったら一〇万くらいだとさ。ほかに部下が売ったら入ってくるし」

「五万……じゃあ家にもっと入れてもいいわね」

上目遣いで計算している栄子が瞳を輝かせた。

「バカ言うな。これまでだって世間の相場より多く入れてんだぞ。それでいいメシが出るわけじゃないし。アルパゴンみたいだな」

「なに、それ?」

「守銭奴。金の亡者さ」

栄子の頰がぷっくりと膨れた。

「それ、しゃべれるようになるんだべ。英語が。父さんによこせ。やってみたいな。昔、進駐軍の物資の仕事をちょっとやった時に英語話せたらと思ったけどよ。どらどらやってみるべ」

「そりゃいい。オヤジ、やれよ、面白いぞ」

「よし、やってみるべや。だけど使うところがないべ。それに学生が何年もやってってできないんだべ。ABCは知っとるんだがな、父さんも。ハローだべ、アイラブユーだべ、あっメリケンも知ってるべ。うん、グッドモーニングだ」

菊山は指を折って数えている。

「オヤジ、知っていれば使うところもあるさ。それに常に使う環境を用意すれば自然と覚えるって。学生が覚えないのはその時の勉強だけで終わってるからさ。その環境を作れば言葉なんて誰でも覚えるって」

「おお、バカでも覚えるよな。日本語でさえ。ふーん、じゃさっそくやってみるべ。覚えたらアメちゃんでもとっつかまえてしゃべってみるべや。

なっ」

「頭の体操だと思ってやれよ。オヤジは恥ずかしいっていう感覚がないからうまくなるだろ」

「バカモン。父さんは頭がいいんだ。お前の父さんだからなっ」

空は青々と澄み渡り天高く半透明の雲がたなびいている。

本格的な夏の陽射しが時のうつろいと共にじりじりと照りつけていた。

「誰かしら？　あの車」

いずみが雑誌から顔を上げ社長室のガラス越しに外を見た。

「誰だ、見たことのない車だな」

森岡も椅子から腰を上げ顔をドアのガラスに近付けた。

菊山は麻雀牌をネルの布で磨いている。

「あっ翔ちゃんだ」

いずみが甲高い声をあげると菊山は初めて顔を上げた。

事務所の戸を開けて翔太が入ってきた。

オーダーメイドのスーツとシャツを着てエルメスのネクタイをしている。

成金の見習いらしく指には大粒のダイヤモンドと誕生石のサファイアのリングが光っていた。

小さな頃から靴を鏡のように磨き上げるくせは少しも変わっていない。

オヤジ、ちょっとと翔太が菊山を手招きして外の車を指差した。

「おおっ何だそれは」

「リンカーン・コンチキショウだよ。ほらっ新車だぞ」

日本車にはない純白のマークV《ファイノ》がその雄姿に陽光を浴びて輝いていた。

まっすぐなボディラインとタイヤにはホワイトリボン、タイヤをモチーフとした独特のトランクが黄金のオーラを放っている。

マークVの最終型だ。

深紅の革張りの内装が新しい革の匂いを濃厚に放っている。

車好きの菊山が車の周りを一周し翔太に誘われて助手席に乗り込んだ。

「お前、これどうした?」

森岡たちの見守る中、マークVはゆったりと船のように走り出す。

「どうしたって買ったに決まってるだろ」

「ほお、一〇〇〇万、出したか」

「うん。キャッシュだ、オヤジ」

毎月、自らの記録を更新し続けた翔太のコミッションは今や二〇〇万どころではない。

「ふーん。やるもんだな、お前。父さんの息子だから当然だけどよ。やっぱりどでかいのはいいな。うん、うん。こうでなくちゃな、車は」

菊山はサンバイザーを下ろしたりダッシュボードを開けたり電動のウインドウを上下させ、子供がオモチャを楽しむみたいに喜んでいる。

「オヤジ、まだ一九だぞ、俺。社会へ出て一年半だ。どうだ」

鼻高々の翔太に菊山は鼻を鳴らした。

「ふん、大したことない。これを買うくらいはどうってことはないべや。これくらいで得意になってるのか、お前。小さい小さい。ガハハハハ」

「冗談じゃないって、オヤジ。たかがこれくらい単なる通過点よ。まだまだ。計画表より早いから先が楽しみだ」

翔太は社会人になる時に人生の計画表を作り、何歳までに自分がどうなっているかを収入・仕事・家庭と項目ごとに計画を立てている。

同級生が大学を出る二二歳までにリンカーンを手に入れる予定が入っていたのだ。

人生は計画通りにならないことはいくら若い翔太でも知っているが、先に立てた計画を実現するためには物理的に不可能でない限りは何としても実行に移すのだと決めていた。

「人生はそんな計画通りにはいかんぞ。せいぜい頑張るんだな」

「ああ。オヤジ、楽しみを増やしてやるからな」

大海原《おおうなばら》をクルーズするような快い揺れを感じさせながら純白のリンカーンは街を疾走する。

輝きを放つ車の中で自然と崩れてくる表情の菊山が窓の外に流れる景色を眺めている。

金色に染められた陽光が菊山の目に見える世界を生き生きと煌めかせていた。

リンカーンのタイヤの周りをチビが歩き、菊山と翔太はクロスを片手にせっせとリンカーンを磨いている。

早暁《そうぎょう》から目を醒ます菊山にとって翔太の車を磨くのも楽しみの一つになった。

以前は毎朝、ナナハンを磨いてやっていたが、さすがにリンカーンは磨き甲斐がある。翔太もそんな菊山を見て早起きしてくるのが日課になっていた。

チビはせっかく艶を出したタイヤに肉球のスタンプを押して翔太に叱られていた。

「そうか、春男と会ったのか」

「しかしオヤジ。世の中ってそんなもんか?」

「そんなもんだ、世の中はな」

クロスでフロントグリルの艶を出している菊山はあっさりと言った。

昨日の夜、翔太は街で小学生の時に同級生だった養護施設の希望園の春男とばったり出会ったのだが、春男の仕事が話題となった。

誰が見てもたっぷりと金のかかった翔太の恰好と比べるのは酷だが、真夏だというのに春男は長袖の作業服と泥のついたゴム長靴姿だった。

それがお前の希望した仕事かと問う翔太に春男は伏し目がちにかぶりを振った。

施設出身の子は身元保証人がいないために名の通った企業には勤められないというのだ。

本人の能力とはまったく別の理由で望みを絶たれることは翔太にとって理不尽だった。

「おかしいじゃねえか、オヤジ。あいつは勉強はできる方じゃないけど性格は素直で何よりも正直な奴だ。嘘をつけない奴がそんな扱いを受けるなんて不公平だろ。なっオヤジ」

磨き上げたボディに肉球をスタンプしようとするチビの前足を押さえた翔太が眉を顰めている。

「この世の中は不公平なんだ。公平とか平等なんてどこにもないんだぞ。共産主義の絵空事だ。ペテンなんだ。正直は一番大事だべ。でもな正直でない奴がごまんといるのも世の中だべや。父さんの客を見ればわかるべ。雇う側になれば身元のきちっとした奴や何かあればしっかりと保証してくれる人間がいる奴を雇うのは当然だべや。それが世の中だべ。そったらことで怒るな」

「えっ何だ、オヤジ。いっしょに怒らないのか」

「バカモンが。世の中は理想や理屈じゃないべ。現実を見ろ現実を。なあ、チビ」

チビは舌を出して、拳銃で撃たれた疵痕が残る菊山の左の手の平を舐めている。

「よしっ。オヤジ。だったら俺が将来、そういう子供のために何とかしてやる。決めたぞ」

「息子よ。その志は大いに買うぞ。しかしお前はどうする、何ができる?」

「うーん……まずは途轍もなく金を持ち次に社会

で力を持つ。そして親のない子を集めてエリート教育と一般家庭に負けないか、それ以上の環境を用意する。俺が保証人だし企業がほしがる実践的な教育をしてやる。望むならどんな高等教育でもな。それをやるためにも稼げる人間になるぞ。オヤジ。四〇歳か四五歳でリタイヤして余生はそれまでに作ったシステムで金を用意しその教育を仕事にするぞ。俺がやってやる。困っている子供にいくらでも稼いだ金を遣ってやるぞ」

「ほおーっ。息子。勇ましいな。チビ、聞いたか。楽しみにしてるぞ、ガハハハハ。金を自分だけで遣う奴は下衆《げす》のやることだからな。まあ頑張るんだな」

「おお。オヤジ。どうやら俺は金を稼ぐ能力には恵まれてるらしいから稼いだらどんどんそいつらに遣ってやる。世の中、金があって立派なことを言う奴は星の数ほどいるけど実際に財産の多くをそういうことに出す奴はほとんどいないからな。雀の涙みたいな金を出して善人の振りをしてるなんて卑しいよな」

「その通りだ。能書きはいくら語ってもタダだからな。お前はそうなるなよ」

若い頃から親と離れて暮らしてきた菊山にとって養護施設の子供たちは不憫だった。

小学生の時の春男の一件以来、菊山は翔太の服や本などをずっと希望園に贈り続けていた。

それだけに翔太の話はうれしかった。

翔太は二年連続で全国四〇〇〇人中セールスコンテストでトップになり、褒美の現金とハワイ旅行も手に入れ、年末には支社長にもなっている。

二〇歳の最年少の支社長として八〇〇〇万円の年収を稼いでいた。

菊山が歩道で首を捻っている。

目の前にいる金髪の女が雀斑《そばかす》の目立つ赤みを帯びた頰を緩め、形のきれいな歯を見せていた。

「メリケン?」

指差した菊山にまだ若い女はノー、オウスッレイリアと首を振った。

傍で翔太が笑っている。

「なにいっメリケンじゃないのか。金髪だべや、目は青だべ。オースレって何だ、何人《なにじん》だ?」

「オーストラリアだ、オヤジ。ほら、羊とコアラとカンガルーの国。南半球のでかい国」

「羊? コアラ? カンガルーか……。そったらところから来てるのか。何しに来てんだべ」

金髪女は暇なのか珍妙な父子を前に笑みを浮かべている。

英会話の勉強を始めて数カ月経った頃から菊山は街中で見かける金髪の外国人に片っ端から声を掛けだした。


菊山は戦後の進駐軍の影響なのか金髪イコールアメリカ人と疑わない。

生来、恥ずかしいとか気後《きおく》れという観念を母の胎内に忘れてきているだけに発見と同時につかつかと歩み寄りハローと声を掛けてしまう。

得体の知れぬ男に声を掛けられる相手はこの珍妙な人物に寛大な心で付き合うのが務めだと思ってくれているようである。

翔太にとって厄介なのは菊山が外国人と意気投合し喫茶店や飲食店や菊山の事務所に外国人を連れて行った時である。

判で押したように連絡が入り通訳をさせられる。

「オヤジ、学生だってさ。留学で来てるんだ。一人で来たんだと」

「ほお、一人か。父さんと同じだべ。身寄りもないんだべ。頑張ってんだべや。よし、父さんがメシを喰わせてやるってな」

菊山は両手で飯をかき込む仕草をしてカム、カムと自分の胸を叩いている。

こんな程度でも不思議に通じるらしく、いっしょに食事をすることも少なくない。

昼間から翔太と馴染みのステーキハウスに案内しジーンズ姿の金髪の女が顔を上気させている。

翔太は自分の父が韓国からジャパニーズドリームを夢見て一八歳で単身来日し、今は金融会社をやっていること、英語を習い始めたので話したがっていることを簡単に伝えた。

「オー、グレイト」

女は透き通った青い目を日本人からすれば大袈裟というくらいに丸くして微笑んだ。

「グレイト、グレイト、アイアムグレイト」

自分の胸をゴリラのように叩いて菊山が顔を赤くして笑っている。

菊山は穴を開けるくらいに女を見つめ、手がでかい、雀斑が多い、メロンみたいな胸だ、四斗樽《よんとだる》みたいなケツだとはしゃいでいる。

「ピノキオみたいな鼻だべ。骨がでかいんだべなあ。おい見ろや、目が真っ青だべや」

菊山は臆面もなく女に顔を近付け吸い込まれるように青い目に見入っていた。

翔太は目がきれいだってと伝え女と二人で笑っている。

二人が笑えば何だかわからなくても菊山も笑い出す。

「なあ、こいつ、こんなに目が青いけどよ、泣いたらやっぱり赤くなるんだべかなあ?」

翔太が女に伝えると女は口を大きく開けて笑い出し金髪を揺らしている。

「異国の地に来て頑張ってんだからな。困ったことあれば父さんのところに来いって言っとけ」

菊山は別れ際にいつもこう言うので、実際に連絡してくる者も珍しくなかった。

「それがバカでっかい女でよう。一六八とか言ってたな。俺とあんまり変わらんべや。ありゃ大木に蝉《せみ》ってやつだべ。しかも映画女優みたいな美人で年上だってよ、ふん」

菊山は一気にまくしたてた。事務所ではいつものメンバーが感心と興味を混ぜた声をあげた。

「ほお、年上の美人ですか。しかし大きい人ですね、その人も」

銀髪を光らせ森岡は低く唸った。

「美人だべや。女優みたいだべ。女のお面《めん》のいいのはろくなことがないべ。あれの母さんで懲りたからな、俺もよぉ」

「社長、性格はどうなんですか?」

ふくよかになったいずみに訊かれ、あれは本当に明るいべと菊山は断言した。


翔太が春の訪れと共に菊山のところに女を連れて来た。

小さい頃から翔太は必ず彼女を見せに来るのが習慣だった。

「ふん、あのバカ、俺が三五の時の子だから三代で酒を呑むために早く子供を作るんだとよ」

「へえ社長、そりゃ楽しみじゃないですか。孫ですか……社長もおじいちゃんですね」

森岡に言われ、ふん、何がじいちゃんだと鼻を鳴らしている。

「それででっかい子になるように兄弟全員と会って軀の大きさを調べたんだとよ。バカモンが」

菊山の語るように翔太は相手の兄、弟、妹と会って兄弟全員が並外れて大きな体格なのを確かめていたのだ。

自分が大きくならなかったので子供は大きい子にという翔太の思いだった。

「あいつは六尺になると思ったんだがなあ……。筋肉を鍛え過ぎたんだな、きっと。くそっ」

菊山は事務所の柱に付けられた痕をしげしげと眺めた。

柱には小学校に入ってから中学生になるまでの翔太の成長の跡が年月日と共に刻まれていた。

『父さん、僕、また大きくなったかな？』

『おお、なっとるなっとる、ちゃあんと大きくなっとるぞ。もっといっぱい喰って大きくなれよ』

『うん』

菊山は真っ黒に陽に灼け鼻の頭を光らせてうれしそうに笑う翔太の顔を思い出した。

女の名前は千鶴《ちづる》といい間もなく身籠《みごも》った。

おじいちゃんなんかと鼻を鳴らしていた菊山だが、妊娠を知ると拳を突き上げ喜んだ。

「ぜーったい男を産め千鶴、いいな」

千鶴はこの恐ろしく個性の強い義父に驚きの連続だったが、慣れてしまえば扱いやすいことを知り困惑しながらも頷いた。

菊山がたった一つ気に入らなかったのは急いで結婚式を挙げる翔太が菊山の家から出ると言ったことである。

「何だとおぉ、何で出なきゃいかんのだ。結婚したら家を出なきゃならんという法律でもあるのか。あるならここに出してみやがれ、この野郎」

菊山が猛々しさを露にして拳骨を振り上げた。

「いってえな、オヤジ。自分の息子だからってボコボコ殴るなって」

「バカ野郎っ、他人の息子をボコボコ殴ってどうすんだ、この。自分の息子をどうしようと父さんの勝手だべや」

「何だよ他人の息子だってボコボコ殴るくせして。俺はもう子供じゃなくて社会人なんだぞ。今や億を稼ぐ身なんだぞこの若さで」

翔太の目が吊り上がった。

「なにぃ。社会人なら息子じゃないのか。億を稼いだら何だってよ、このバカモン。億だろうと兆だろうと父さんの息子に変わりはないべ。ふん。嫁さんもらったら親はどうでもいいのか。そんな恩知らずに育てた覚えはないぞっ。チビを見ろチビを。あいつはちゃんと父さんの恩を知ってるべ。いつでも尻尾振って飛びついてくるべや」

「オヤジ、チビといっしょにすんなって。恩知らずじゃないっての、まったく……」

「ふん。勝手にしやがれっ。このバカモン」

「勝手にとは思ってないけど怒るなって。なっ何かあればいつでも飛んでくるからさ、俺は」

「飛んでこなくてもいい。父さんは何もないしあっても自分でどうとでもできるんだ。ふん」

菊山は気色ばんでそっぽを向いた。

翔太が言いたいことを喉に詰まらせながら菊山を見つめている。

「一〇分だ……いや、遠いなあ。七、八分だ、いや五、六分。住むところは父さんの家から五、六分以内のところにせいっ、いいな、命令だ」

「わかったよ」

それでも菊山は下唇を突き出しむっとしている。

翔太が生まれてくる子供と出掛けるために買った三台目の銀色のジャガーが菊山の事務所の前に停まっていた。

「ええっ実家に戻れってか、オヤジッ」

「おお。あんな庭もないところで子供は育てられんべ。父さんも毎日見に行くんだから、それなら戻ってこいっ。二階を増築してやるからな。突貫工事をさせるからすぐに終わるべ」

菊山は決めたとばかりに涼しい顔をしている。

「オヤジ、横暴過ぎるぞ、それは」

「何だとおぉっ。横暴とは何だ、父さんに向かって。きさまあ、父さんに孫と会わせないってか」

菊山の目に怒りの炎が燃え盛っている。

「会わせないって言ってないだろ。いつでも会いに来ればいいんだ。でもマンションを買ったばかりだし千鶴だって都合があるだろうし……」

「マンションなんか売っ払え。たかが金だべ。また稼げばいいべ、金なんか。損するのが嫌なら父さんが金を出してやる。千鶴の都合ってなんだ。亭主のお前が決めたらそれでいいべ。それともまさか女房の尻に敷かれてるんでないべ、お前」

菊山は値踏みするかのような視線を投げかけた。

「金なんかどうでもいいよ。稼げばいいんだから。それに俺んところも亭主関白だからよ。まったくオヤジは勝手なんだから」

「かーっ何てこと言うんだ。孫のことを思って言ってやったんだべ。わざわざ家まで直して。こらっお前は父さんの何だ？」

「息子だろ」

翔太は荒っぽく鼻から息を吐いた。

「そうだ。息子だべ。早めにやるように言うから準備しとけ。よし、帰っていいぞ」

菊山は出口を指差し晴れやかに笑った。


灰色の制服を着た警備員がガラス越しにうーんと唸っている。

「こら、さっさと開けろ、この野郎っ。開けなきゃガラス割って入るからな」

噛みつきそうな形相の菊山に凄まれ警備員は仕方なく鍵を開け菊山を病院の中に入れた。

冬の夜明けは暗くまだ月が淡い青の中で朧《おぼろ》に浮いている。

「千鶴、でかした。よくやったっ」

個室でうとうとしかけた千鶴は場違いな大きな

声を投げかけられはっと目を醒ました。

菊山は満面を朱に染めくしゃくしゃにして笑っている。

「お父さん……一人ですか？」

「おお。あれは寝てんだべや。薄情な奴だなあ、あいつは。さっき孫を見てきたぞ。俺にそっくりだとよ、看護婦がな。ガハハハハ」

千鶴は眠気も吹っ飛び、はあと目を瞬かせている。

菊山は笑いの消えない顔で、後でなと手を挙げて出て行った。

真剣な面持ちの菊山が新生児室の前でガラスにへばりついている。

文字通り両手を上に挙げガラスに額をつけ手前の保育器に入った孫を飽くことなく眺めていた。

自らの血が流れる者が異国の地でまた一人生まれたのだ。

自らが一世でこの赤ん坊が三世。

自分から伝わる三代の血を意識せずにいられなかった。

翔太が来たのは病院が開く定時の九時だった。

「オヤジ」

ガラスにへばりついている菊山に翔太が声を掛けた。

「かーっお前、何時だと思っとる。お前は我が子が生まれたというのに何ですぐ来ないのだ。この薄情者め、何て奴だ、お前は」

菊山は噴水のように唾を飛ばしまくり握りしめた拳を振って怒っている。

「だってオヤジ。ここ九時からだろ。その前に来ても入れませんからって言われたからさ」

「そったらもん関係ないべ。自分の血を引いた子だぞ。お前はいつからつまらん紳士になったのだ。規則が何だ、高校時代を思い出せ、バカモン」

顔どころか目まで充血させて吼えている。

「わかったよ。ところでどれが俺の子だ？」

菊山はほらっと力強く赤ん坊を指差した。

「いい顔してるべえ。父さんの血を引いて、きかなそうだべ。看護婦が父さんに似てるってよ」

「どこが似てんだ。赤ん坊って猿みたいだな」

そう言った翔太の頭に菊山の拳骨が飛んだ。

「何が猿だ、このバカモンが。よーく見てみろ。お前の目は本の読み過ぎで節穴になったのか」

「もうぼこぼこ殴りやがって。俺も今日からオヤジなんだからな、オヤジ」

翔太は頭をさすっている。

「オヤジになったって父さんの息子だべ。それより授乳の時間でないか。お前、起こしてこい、父さんの孫を」

「俺の息子だろ。えーっいいのかよ。看護婦さんに訊いてくるよ。千鶴にも会ってきたいし」

「さっき父さんが会ってきてやったぞ。褒めてやったからな」

菊山はどうだという表情だ。

「別にオヤジが会わなくてもいいよ。俺の嫁さんなんだから」

会う者全員に孫の誕生を知らせる菊山の毎日は孫を中心に回り出した。

千鶴が退院する日まで菊山は連日病院に入り浸りであった。

聖なる人に、そして大きくなってほしいという強い願いを込めて、孫には『聖大《まさき》』と名付けた。

早朝から聖大の顔を見に来て毎日のように体重を測ってはもっとミルクをと吼えていた。

聖大が二歳になった頃、翔太は夜の女と付き合うようになっていた。

遊びだと思っているうちに本気になってしまっ

た。性格の温厚な千鶴に非があるわけではない。のんびりしていて淡白な性格の千鶴とは正反対の女が翔太の相手だった。

結局、千鶴とは離婚することになったが、ここで問題が起こっていた。

翔太自身も認めているように悪いのはすべて翔太である以上、聖大は当然千鶴が連れていくことになり千鶴は家を出ていった。

しかし菊山が納得しなかった。

一階の居間で二人は向かい合って座っている。

「きっさまあ、我が子が可愛くないのか」

烈火のごとく怒りを噴き出し凶暴な視線で菊山は翔太を睨みつけた。

「可愛いけど……悪いのは俺だろ、だから聖大まで取るわけにいかないよ」

「な、何だとお。てめえが好き勝手なことしやがって聖大まで手放すだとお。絶対に赦さんからな。取り戻してこい。父さんの血を引いとるんだぞ」

「無理言うなって。いくらオヤジの言うことでもそれはできないって。筋が通らないだろ、悪いのは俺だからさ」

「なにいぃっ。のほほんとしやがって。父さんの血を引いてるんだぞ、あいつは。きさまみたいな奴はぶっ殺してやる」

次の刹那、菊山は、奥の和室の床《とこ》の間に掛けてある白鞘の日本刀を持ち出し鞘を払った。

白刃がぎらりと仄白い光を放った。菊山の目は狂気を帯びている。

怒りの炎が迸り完全に逆上していた。

その目を見た瞬間に、翔太はただならぬ殺気を感じた。

殺《や》られる。オヤジはイカれてる。

完全に頭に血が上っている菊山の動きに微塵も逡巡はない。本当に斬られる……。

父子なのにと信じられない思いと同時に翔太は猛然とダッシュし玄関から靴を手に持ち外へ飛び出した。

「こらあ、きっさまあー、待てーっ」

獅子の咆哮のような怒声が轟いた。翔太は白昼夢を見ているようだった。

いくら逆鱗《げきりん》に触れたと言っても実の父と子なのにと呆然とした。

抜き身の妖しい光よりも狂気を宿した菊山の目の光が翔太の脳裏に焼き付いた。

翌日、翔太の電話を受けた菊山は落ち着きを取り戻していたが、聖大はどんなことをしても自分が引き取ると言い放った。

半月後、菊山の家には聖大の声がした。

菊山は仕事がうまくいかず多額の借金がある千鶴の両親に二〇〇〇万の金を渡し聖大を引き取ってきたのだ。

翔太がそれを知ったのは自分の親に失望したと話す千鶴からの連絡があってからだった。

「お義父《とう》さんなら仕方がないね。孫が命だから」

千鶴の淋しそうな声を聞き翔太は自らの勝手を愧じた。


「オヤジ、ここ、ここ」

ホテルのカフェラウンジの中でスーツ姿の翔太が立ち上がって手を振っている。

翔太が離婚の原因となった女を菊山に紹介するために呼び出したのだ。

「オヤジ、怜子《れいこ》だ」

「初めまして、怜子です。この度は私のせいでたいへんな御迷惑を……」

「いい、いい。そんなことを言わんでいい。なったもんはしょうがないべ」

菊山は怜子の言葉を制し運ばれてきたコーヒー

にシュガーポットごと持ち上げてザーッと砂糖を入れ、スプーンでガチャガチャ混ぜ水を入れたと思ったら一気に呑み干した。

それを見た怜子の表情が固まった。

菊山は遠慮のない視線で怜子を眺めた。

「あんた、でかそうだな。いくつだ?」

煙草を銜え菊山はそっけなく訊いた。

「二〇歳《はたち》です」

「いや背だ、何尺何寸だ?」

「それはわかりませんが一六九センチあります」

「ふん。また電信柱みたいな女か。お前は好きだな。二〇歳だって、それで。大人びてるなあ。二〇歳ならまだ伸びるべや」

煙を吐き出し菊山はふーんと唸った。

「いえ、もう止まりました」

怜子は一瞬驚いたが、すぐに微笑んだ。

「メシ、よく喰うか。健康か?」

「はい、食べますし健康です」

明るく微笑む怜子を見てふん、ふんと菊山は頷いている。

「……それはいい。性格はどうだ、明るいか?」

「明るいです」

怜子はこの問答を楽しんでいるようだ。

「こいつみたいにちんちくりんでいいのか?」

「いつもわくわくしてます」

「こっちは冷や冷やだぞ、こいつにかかったらな。ガハハハハ」

怜子もいっしょに笑いだしたが、翔太だけは眉を顰めた。

「親とは仲がいいのか?」

「親は両方いません。母は私が三つの頃に病気で亡くなりました。父はその後、仕事に失敗してどこかに行きましたので、私は母方の祖母に育ててもらいました」

急に菊山の表情が曇り眉根を下げて頷いた。

「そうか、そりゃ淋しい思いをしたべ。苦労もしたべなあ可哀想に……」

菊山の声音が柔らかくなった。

それが犬であろうと人間であろうと、親元から離れている、親がいないという言葉に、菊山は滅《めっ》法《ぽう》弱いのだ。

「いえ、ほんの少しです。祖母も優しくしてくれましたし、私明るいですから」

怜子は微笑を浮かべて菊山を見た。

「それが一番だ。ま、こいつと仲良くやってくれ。何か困ったことがあればいつでも来い。遠慮するな。なったもんは仕方ない。今度はいい思いをいっぱいすればいいべ」

「はい。ありがとうございます」

深々と頭を下げた怜子に菊山はおお、と頷き父さんは帰る、といきなり立ち上がって出口へ歩き出した。

「あれがオヤジだから大事にしてくれ。オヤジがダメと言った女は俺もダメだから。何であろうとオヤジが優先だぞ、いいな」

翔太はそう言いながら出て行った菊山の後ろ姿を目で追った。

カウンターの鉄板の上で五〇〇グラムの肉の塊が手際よく焼かれている。

「なにい、そりゃ本当か。あいつがか」

マルゴーを片手にした菊山がまじまじと翔太を見つめた。

「オヤジはまだおふくろを恨んでると思ったからよ、なかなか話を切り出せなくてな。もう忘れてやれよ、オヤジ。おふくろ、目がダメなんだ。ベーチェット病という難病でさあ、可哀想だろ。こっちの実家に戻るんだって、東京を引き払ってさ。

俺だって今なら何でもしてやれるしさ、戻ってきてほしいと思ってるけど、オヤジが今でも憎んでるなら会いづらいだろ」

ドン・ゾイロのフィノの入ったグラスを揺らして翔太はなっと菊山の目の底を探っている。

「目がダメとは？　見えないのか……」

「そうだ。ほとんどダメだ。俺の顔も見えなくて両手であちこち触って確かめてる状態なんだ。普段はヘルパーの人が来るようだ」

「ふん。あんな別れ方をしやがるからだべ。そうか、見えないのか……あいつが。憐れなもんだな。それで実家に帰るってか」

菊山は皿に載せられた肉を食べるのも忘れ鉄板をじいっと見つめている。

「オヤジ、いいだろ。あの頃のオヤジはたいへんだったろ。オヤジさえ気がすんだらそのうち会う時もあるさ、俺のところで」

「お前が引き取ればいいべや。成金なんだからいくらでもできるべ」

菊山は肉を箸で口に運びグラスを呷った。

「それがおふくろは人に気を遣わせるから嫌だってさ。あの人、孤独が好きだろ昔から。来たい時だけ来るって。金を送ってもいらないって言うんだ。何の贅沢もしないから」

「見えないんじゃ贅沢もくそもあるか、そったらもん。よし、わかった。お前と会うんであれば父さんは赦してやるぞ。そう、あいつに言っとけ。お前の母さんだからなあ。そうか目がなあ……ベー何とか病だとお？」

「ベーチェット病。治せない難病なんだ」

いくら金をかけても治療方法がないと聞き菊山は首を捻っている。

「軀の弱い女はダメだな。いくらお面がよくても病弱な女は大厄だ。怜子は大丈夫だろな」

「あいつは丈夫、丈夫。何ともない。よく喰うし寝るしうるさいくらいに明るいから」

「おお。あれの気性はいいべや。お前にしてはでかした。明るいし気取らんしあれはいい嫁さんだべ。親に可愛がられて育ったんじゃないのに根性がいい。大事にしてやれ」

「わかってるって。あいつもオヤジが本当の父親みたいだとよ。オヤジが本気で怒ったりするから喜んでやがる」

怜子は息子の嫁であろうと遠慮もなく怒鳴りつける菊山のことを実の父親のように感じていた。

菊山にしても、娘がこんなに可愛いものとは知らんかった、父さんは大失敗したと珍しい言葉を口にしている。

「あれはお前と同じで怒っても何してもケロだからな。怒鳴り甲斐もあるし。そうか、お前の母さんが戻るのか。ふーん……」

「会ってみるか？」

「いや、いらんいらん。かち合ったら仕方ないけど別れた女に会う用事はない。ただお前の母さんというだけだ、父さんにとっては」

「じゃあ、いつか会っても怒るなよ、オヤジ」

「バカモン、わかっとるって。大事にしてやればいい、病人なんだべ」

菊山は何度もふーんと首を振っていた。

一七年ぶりの再会だった。

「お父さん。本当にあの時は突然ですみませんでした。私も悩み続けてどうしようもなくって」

菊山は目の前の年老いた女が律子とは信じられず、言葉もなく数秒の間、見つめている。

気を利かせたのか怜子は猫を連れて別の部屋に行きリビングには翔太が残った。

「お前、全然見えんのか、目は？」

律子の顔の前で菊山は手の平を左右に振った。

「全然じゃないんですけどね。明るい暗いは微かにわかるのよ。でもそれだけ。翔太の顔もわからないの。一度でいいからどんな大人になったか見たいけど……」

律子は菊山の声のする方に顔を向けた。

「ふーん……角膜を移植とかいろいろあるべや。それでもダメか」

「私のは神経からきてるからダメなのよねえ」

「そりゃ難儀なもんだべや。すんだことを言っても仕方ないけど俺もあの時はいきなりで往生したなあ。今だから笑い話だけどな」

「本当にすみませんでしたねえ。お父さんにも翔太にも苦労をかけて……」

「俺はいいけどこれはたいへんだったぞ。ま、終わったことだからいいけどよ。それでお前の病気は治らんのか」

「ええ、治療方法がはっきりしない病気だからねえ。年とともに少しずつ悪くなるだけなの。もうこれが普通と思ってるからいいんですけどね」

化粧っ気のない青白い顔に光を失った大きな目が瞬いた。

「それじゃあ生活するのにも大変だべや……お前、どこにいたんだ?」

「東京。東大のある本郷にいたんですよ。翔太が来ると思ってね。でも大学に行かなかったんだもんねえ。私のせいね……」

律子は常に手放さないガーゼのハンカチで厚いレンズの入った眼鏡を外して目を拭いた。

「この野郎はな高校も行かんで働くとか抜かしやがって、鼻先に人参ぶら下げて高校だけは行かしたべや。そしたら次から次へといろいろやってくれてよお、俺も忙しい思いをさせられたぞ」

菊山の拳が隣の翔太の頭をこんこんと小突き翔

太はへへへへと笑っている。

「あらお父さん。この子は本当はいい子なのよ優しいしね。ちょっと羽目を外し過ぎたのよね。それとも私が出ていったからかしら……」

律子はガーゼで目を押さえた。

「そんなことないって、おふくろ。関係ないよ」

翔太は菊山に、なあ、と言ったが、菊山は知らんぷりだ。

「いい子かどうか知らんけどこいつの親をやるのは退屈せんぞ。ま、俺でなけりゃ神経参ってるべ。今は社会人になって俺の真似して成金になったけどよ、えらく資本もかかったぞ、これには」

翔太の額を小突き菊山は苦笑いした。

「翔太。お父さんの脛なら齧り甲斐あったでしょう。太くて」

「齧り放題。齧っても齧っても減らないからな。なっオヤジ」

涼しい顔をしている翔太の頭のてっぺんにバカモンと菊山の拳骨が降ってきた。

「お父さん、いい友達できたでしょ、その年になって。怜子ちゃんに聞いたけど、いつもいっしょに遊んでるんでしょ二人は」

今度は口にハンカチをあて律子は笑っている。

「監督してんだ、こいつを。何をやらかすかわからんからな」

菊山はニンマリとして翔太の頭をぐいと押した。

「よかったわ、あの頃のお父さん、本当に乱暴だったでしょ。だからこの子がお父さんのことを憎み抜いて、いつか殺し合いになったらどうしようって真剣に悩んだのよ。この子の気性も思い込んだら一途でしょう。それがこんなに仲良しだものねえ。よかった本当によかったわ。これからも憎まれ口ききながら仲良くしてね」

律子の青白い顔が和らいだ。

「ふん。なーに、いつだって向かってきたら返り討ちだ。俺は一度も負けてないんだからな。こいつも手間はかかったけどよ、今はどうなるか楽しみだ。大風呂敷広げやがるけど実現してるみたいだからな。もっとも俺の血を引いてるから当たり前だけどよ。

「本当にお父さん、わかるべ、お前も」

いのよね、お父さんは」

目を細めて律子は菊山を捜すように見た。

「バカ、年を取る年を取るってさっぱりわからんぞ、俺には。何で変わるのよ俺は俺だべ」

菊山は眉を寄せて首を捻った。

翔太の子供の頃からこの不釣り合いの夫婦の子育ては水と油だった。

冬になればストーブを焚くが、菊山はストーブの周りを金属製の柵で囲い幼い翔太が近寄って火傷《やけど》をしないようにしてしまう。

それに加えて絶えず監視係をつけていた。

ところが律子は燃え始めて少し熱くなったブリキの煙突を触らせ、あちっと手を引っ込めた翔太に熱いでしょう、気をつけてねと注意するのだ。

翔太がどこかに遊びに行くのでも菊山は運転手をつけて始終監視下に置くが、律子は行き先と帰る時間さえ告げそれを守るならば放っておくというやり方だった。

そのおかげで翔太は大人になっても行き先と帰宅時間を妻に告げることが習慣になっており、ただの一度も破ったことがない。

それどころか妻以外の彼女のところに行く時もすべて正直に言わないと気がすまず、正直の前にバカがつくと呆れられている。

しかし本当の理由は菊山に万一のことがあればいつでも連絡が取れるようにと備えているのだ。

翔太にとって、いや、この父と子にとって互いに相手のことがすべてにおいて優先するのだった。

幼い翔太が正反対の方針の下で育てられ混乱しなかったのかと言えばまったくなかった。

菊山といれば菊山のやり方、律子といれば律子のやり方、二人といれば菊山のやり方と決めていたからである。

「毎日の暮らしでその目じゃ不自由だべや」

「ううん。もう慣れたわ。こんなものだと思えば気にならないわ」

菊山はふーんと唇を噛んでいる。


菊山が鼻を押さえて天井を仰いだ。

押さえた手の指の間から真っ赤な血がたらりと流れている。

「ううっ……やられたあ、くそー」

呻いている菊山を見て栄子が血相を変えて飛んで来た。

「お父さん、大丈夫?」

「大丈夫じゃねえぞ、この野郎っ」

荒々しい言葉と裏腹に顔は笑っている。

栄子が差し出したティッシュペーパーで鼻血を拭き天井を向いた。

聖大がキャハハハとはしゃいでいる。

「いやあ、目から星が出たぞ。油断してたらいきなりチョッパンだ、こいつ。俺が鼻血を出すなんて何十年振りだべ。結構、効いたぞ。こらっ、聖大。不意討ちは卑怯だべ、この野郎」

聖大はべーっと舌を出し、じっじの負けーっと部屋の中を走り回った。

毎日のように頭突きとパンチをくり出して遊んでいるだけに聖大も翔太同様に鍛えられていた。

それに聖大は翔太以上に性格が賑やかだった。

菊山といる時は始終、大声で叫び笑っている。

口の悪さも菊山にそっくりだった。

「よし、聖大。じっじとやるべ、どら、来いっ」

菊山に手招きされ聖大はよしっと小さな口を突き出して走って行く。

翔太の時に比べれば手加減しているが、聖大は口を尖らせ丸々とした頬を赤く染め鋭い上目遣いで菊山に向かっていく。

翔太の計算通りに体格は大きく、縦も横も保育園では一番だった。

「おお、聖大、強くなったなあ。ガハハハハ。いいぞ、もっと来い。さあ、ゴチンと来い」

鼻の穴にティッシュペーパーを詰めた菊山はうれしくて仕方がないという顔で聖大の頭を両手で包み頭突きをしていた。

栄子も半ば諦めて微笑みを浮かべて見ている。

聖大は本当の母親がいないことも気にせず、毎日、菊山の愛情をたっぷりと受けていた。

この頃を境に南、松方、滝川が立て続けに他界し菊山が葬儀に参列する機会も増えてきた。

「なにい、息子が殺人だとお……本当かっ」

警察からの電話を切った菊山の視線が宙空を当《あ》て所《ど》もなく彷徨った。

律子が蒸発した時も天地が覆《くつがえ》ったようだったが、今回はそれ以上の衝撃だった。

「社長っ……」

森岡が苦渋に満ちた表情のまま絶句した。

タカもユウジもいずみも呆然としている。

事務所の中にかつてなかった沈黙が重苦しく広がり、息をする音さえ耳障りなほどだった。

「……あいつならやってもおかしくないべ」

不意に視界が昏くなった。菊山の世界が音を立てて崩れ落ちた瞬間だった。

「あっオヤジ。事務所の前に」

ユウジが大声をあげ事務所の前の歩道を指した。

カメラやマイクを手にしたマスコミの人間が群れとなりテレビカメラを回していた。

事務所の戸が開き菊山の名を声高に叫んでいる。

「息子さんの事件についてどう思われますか」

菊山の反応などまるで気にすることもなく言葉が冷たい刃となって斬りかかっていた。

「社長。奥さんから電話です」

顔を引きつらせたいずみが受話器を菊山に渡す。

「何だとお。そっちにもか……ほっとけ。うるさい、そったらことが言えるか、バカモン。とにかく応えることも相手にすることもない」

電話を切った菊山が社長室から事務室に顔を出した途端に無数のフラッシュが光った。

「お父さんですね。何か感想は」

「世間の皆さんに一言、お願いします」

「息子さんはどんな性格でしたか」

血走った目で睨みつけている菊山の顔にフラッシュの光が激しく明滅する。

「うるさいっこの野郎。人の事務所に勝手に入ってくるな、こらあぁ」

獅子のように吼える菊山にマスコミの人間たちは一瞬、言葉を失ったが、すぐに質問をくり返し親としての責任はとたたみかけた。

「何だと、きさまっ何が親としての責任だあ」

怒りに衝き動かされた菊山は先頭にいた若い男を殴りつけ隣にいた男のカメラを手で払った。

タカとユウジがオヤジッと叫んで飛んでいった。

「何をするんですか、暴行ですよ、これは」

顎を押さえた男は後ろの同業者にアピールするように菊山を見ているが、菊山はうるさいっガラクタめ、と殴ろうとしてタカとユウジに止められていた。

「帰れ、こらっ。帰らんとただじゃおかんぞ。俺の息子は間違ったことはしないんだ。帰れーっ」

森岡とタカがマスコミの連中を事務所から出しユウジは菊山の腕を取って社長室に入っていく。

「ハイエナみたい奴らだな。くそっあのバカモンが。いったい何を考えてんだ」

自宅へ戻るとテレビ局の大型車が停まっており、テレビカメラのほかにもカメラとマイクを持ったマスコミの人間たちがいっせいに菊山に殺到してきた。

タカとユウジが押し留《とど》める間に菊山は家に入る。

「お父さん、どうしたらいいの。ずっとインターホンは鳴らされるし電話も鳴りっ放しで……」

半ば泣き顔の栄子が聖大を抱いている。

「どうもこうもないっ。相手にすんな。世間を騒がせたなんててめえらが騒いでるだけだべ」

電話のベルが鳴り栄子が息を呑んだ。

「何やってる。さっさと出やがれっ。そったらことでびくびくすんな」

血相を変えて怒鳴った菊山に驚いたのか聖大は軀をびくっとさせて今にも泣き出しそうだ。

「聖大のことじゃないからな。泣くな、じっじは怒ってるんじゃないぞ」

菊山は外で帰れと怒声をあげているタカとユウジの声を聞きながら目を瞑った。

くっそう……負けてたまるか俺は負けんぞ、あいつのためにも。

翔太の取り調べは何の否認もないために接見禁止はつかずすぐに面会できた。

「きさまぁ何を考えてんだ、こらあっ」

狭い面会室のパイプ椅子に腰掛けた菊山の大声が立会いしている警官を驚かせている。

「オヤジ。本当にすまない。でも赦すわけにはいかなかったんだ。俺は決めたことは曲げることができないだろ。刑務所に入るのが嫌だからって見過ごすことは損得のために自分を偽ることだ。たとえどうなろうと俺の信念は貫くと考えた上だ」

翔太はいつもと少しも変わらずさっぱりとした表情だ。

翔太は自分を騙したヤクザの息のかかったブローカー二人を殺したのだった。

相手に警告をしたにもかかわらず謝罪も誠実な対応もなかったことが翔太を殺人へと駆り立てた。

「このバカモンッ。物事には限度ってもんがあるべや。殺すまでのことか」

互いを隔てる透明のシールドがなければさんざん殴り倒すところだが、菊山は双眸を血走らせて睨みつけている。

「オヤジ。言いたいことはわかってるよ。でもな、人に平気で嘘をつき、それを指摘されても何一つ悪いと思わない人間を赦さないのはこれまでの俺のやり方だ。日頃から宣言してる以上、俺の人生がどうなろうとやらなきゃ嘘になる。俺はオヤジの息子だからな。損得じゃない、信念なんだ」

確信を持って話す翔太の表情は穏やかだった。

「お前を怒らせるような奴が悪いんだ。起こったことはしょうがないべ。父さんが最高の弁護士をつけて少しでも刑を軽くしてやるからな。父さんに任せろっ」

「オヤジ。殺したことは俺が悪いんだ。だから刑はどうだろうと興味はないよ。覚悟の上だしな」

「何が殺したことは自分が悪いだ。お前をそうまでさせた奴が悪いべや。お前は悪くない。とにかく父さんに任せろっ、いいな」

その後、翔太は殺人事件で起訴されマスコミの間では死刑求刑事件と言われた。

二件とも金が目的の犯行ではないが、翔太の信条に反したという理由によって計画的に実行されていたからだ。

取り調べの段階から翔太はいっさいの弁解をせず、初めから計画的に殺害したと述べていた。

翔太はもとから自己の死さえも寸毫も恐れず、他人事のように捉えている。

菊山が八方手を尽くして雇った、街で名高い辣《らつ》腕《わん》の弁護士二人が面会した時にも死刑でも無期でも構わない、と話していた。


初公判の日が来た。

美冬市の地方裁判所で最大の法廷が使われた。

事件が大きく扱われ、翔太が社会で特異な青年であったために大きな傍聴席はマスコミも含め満員だった。

菊山は白井、森岡、テツ、タカといっしょに中ほどの列に座っている。

翔太が手錠と腰縄姿で入廷してきた。

菊山の血がカッと熱くなる。


ネクタイなしのスーツに拘置所のサンダル姿が社会にいた頃に比べると侘《わ》びしさを感じさせているが、表情はまったく卑屈にならず毅然としたものだった。

菊山と翔太の視線が合い互いに息子よ、オヤジよと瞳で呼び合っている。

人定《じんてい》質問と起訴状の認否を予定通り終え、次回の公判日を打ち合わせした翔太が手錠と腰縄をつけ若く屈強な刑務官四人に囲まれ、菊山の目に別れを告げて退廷しようと歩き出した。

マスコミの人間が無遠慮にばらばらと立ち上がり半数近くが法廷の外に出て行った。

翔太が出口のドアに近付いた時だった。

傍聴席の最前列に数人の知人たちと座って傍聴していた被害者の父親が突然立ち上がった。

「子供を返せーっ」

叫びながら前に踏み出し振り上げたセカンドバ

ッグで翔太の肩を殴りつけた。

父親の目は憎しみに染まっていた。

刑務官たちは露ほども予期していなかったために慌てふためいている。

法廷にいる誰もがこのハプニングに軀を硬くしていたが、その凍りついた空気を破った男がいた。

「きっさまっ俺の息子に何しやがる、赦さんぞ」

阿修羅のような形相で菊山は猛然とその父親に向かっていった。

何かに取り憑かれたみたいに勢いよく歩き出した菊山をテツと白井が慌てて止めた。

その様子にマスコミだけではなく三人の裁判官、弁護人、検察官、いや翔太までが唖然としている。

裁判長が眼鏡の奥で厳しい目をして菊山を睨みつけていた。

菊山は父親を射るような視線で睨みつけたまま白井に腕を引かれて法廷の外に出て行った。


「菊山、落ち着け」

「バカ野郎っ。落ち着けるか、俺の息子を殴りやがったんだぞ、あの野郎め。よくも翔太を……。くそ、次にやったら絶対に赦さんからな」

裁判所のエレベータの中で菊山は興奮が収まらず凄みのある光を放っている。

「社長、裁判官も見てますから翔ちゃんのためにも辛抱して下さい」

森岡になだめられ菊山は小さく喘いだ。


面会室の翔太は淡々としていた。

「あの野郎め。俺の息子に何てことをしやがるんだ。おい、あんたら何のために法廷にいるんだ、この野郎。ちゃんと俺の息子を守れや。できなきゃ俺がやってやるっ」

真っ赤な顔で立ち上がり立会いの刑務官に指を突きつけ怒り出した菊山に初老の温厚な刑務官は

ひたすら謝っている。

「お父さん。うちの警備の手落ちです。申し訳ありません」

制帽を取って深々と頭を下げる刑務官を見て翔太は、あーあという表情になった。

「おお、気を付けてくれよ。俺の息子だからな」

座り直した菊山の表情は険しさを残したままだ。

「オヤジ。怒るなって。自分の息子を殺されたんだ。殴りたくもなるさ。仕方ないだろ」

「なにぃ。何が仕方ないだ、バカ野郎っ。お前は何を言っとるんだ。あいつの子のせいでお前がこんなことになったんだぞ。それを仕方ないとはなにごとだ。父さんは腹の虫が収まらん」

その日の菊山の面会は最後まで荒れっ放しのまま終わってしまった。

面会室を出た翔太が立会いした刑務官に頭を下げている。

「すいませんね。オヤジは俺のことになると何にも見えなくなるんで赦してやって下さい」

「いや、菊山。俺たち施設の責任だよ。オヤジさん、本当に菊山のことが命なんだなあ。いいオヤジさんを持ったな。俺も長くこの仕事をしてるけど善悪は別としてこれだけ息子のことで熱くなれる人は初めてだ。大事にしてやれよ」

刑務官は優しい笑みを浮かべた。


「え、おふくろと会ったのか?」

「お前の裁判が始まってからな。お前のためにいろいろできるのは父さんしかいないから頼みますってよ。あれもすっかり目がダメで歩くのもたいへんだったぞ。最善を尽くしてあとは祈りましょうってよ。ふん、神なんかに祈って何になる」

律子が翔太のために会いたくないはずの菊山にわざわざ会いに行き自分のことを頼んだと聞き、

翔太の心は鉛を呑んだように重かった。

「オヤジ、それで何て言った？」

「決まってるべや。任せろって言ったんだ。母さんから手紙、来てるんだべ？」

「月に一、二回はな。そうか、おふくろ、わざわざ出て来たのか」

「似たような年のおばさんに連れられてよたよたと歩いとったぞ、あいつもみじめなもんだべ。あんな軀で生きていかなきゃならんのだからな」

その言葉を聞いた翔太は心の内に冷え冷えとした悲しみが広がった。

「そう言うなって、オヤジ。おふくろは自分のことをみじめだと思ってないよ。あの人は今の暮らしにも楽しみがあるって言ってるしな。軀のことは残念だけどそれを嘆くより受け入れてどうしたら楽しく過ごせるか考えてる人だ。これからはオヤジも少しは気にかけてやってくれよ」

翔太はこれまで月に一度は律子を訪ねたり自分の家に呼び、律子の考えを聞いていた。

「ふん。軀が弱い女はダメだなあ……女はやっぱり肉が付いてて丈夫なのに限るべ」

あっけらかんとしている菊山を見て翔太は複雑な思いだった。

翔太にとって律子は母というよりも聡明で自律心を持ち孤高という言葉が似合う立派な人である。目の前にいる菊山とは異なる世界の人としか思えず、菊山が山の中で脅さなければどう考えても結婚することはなかっただろう。

自分が生まれてしまったばかりに律子は一〇年も命がけで菊山と暮らしていたのだ。

その一方で一時は自分が大人になったならば必ず殺してやりたいと思った菊山が、この世で最も大切だと心から実感するようになっている。

父として常識も道徳も大きく欠ける面はあって

も、男としての肉体と精神の強さと一本気な生き方には畏敬の念を抱いていた。

だからこそ菊山と律子のそれぞれの感情には複雑な思いがあった。

そんな思いを胸の中に置いたまま翔太は用件を切り出した。

「なにい、俺かっ？　父さんを鑑定してどうすんだ。裁判受けるのお前だろ」

訝しげな表情で菊山は首を傾げた。

「でも俺の性格やいろいろなものの考え方にオヤジの影響がすごく出てるんだってさ」

翔太は自分の性格や考え方がどのように形成されてきたのか強い関心を持ち精神鑑定ではなく性格を鑑定してもらっていたが、その際にベテランの鑑定医二人が父親の影響の深さに驚き菊山の鑑定も希望したのだ。

「当ったり前だ、バカモン。父さんの息子だからな。それで何かお前の裁判に役立つのか？」

「たぶん。それに俺、知りたいしさ」

「まだお前に知りたいことなんかあるのか？　ま、いい。ややこしくないならやってやる」

こうして前代未聞の父子同時鑑定となったのである。

広い法廷はまるでそこだけが真空のように、しんと静まり返っている。

被告人席には翔太が、初公判のアクシデント以来増員された刑務官たちに脇を囲まれて座っている。

証人席では以前の若い衆であり事件で運転手を務めていた男が、弁護人の尋問にしどろもどろになりながら応えていた。

少しでも己の罪を軽くするために多くの者と同じように嘘の証言を重ね、その矛盾を突かれていたのだ。

男は長い服役を恐れ自分の行為までを翔太のせいにし、してもいない被害者への供花やできるはずのないことを述べていたために次々とそれを喝破され、顔を赤らめて額に汗を浮かべている。

翔太の顔が険しくなり時折いい加減にしろ、と声を出して裁判長に注意されていた。

弁護人と翔太がなおも鋭く男の嘘を追及し、とうとう男は下を向いて首を捻り始めている。

「こらあ、きっさま。いい加減にせい、汚い奴だ。タダじゃおかんぞーっ」

激情にかられて立ち上がった菊山の怒号が厳粛な法廷の静寂を切り裂いた。

竦み上がった男に向かって歩き出した菊山を森岡とテツが押し留めた。

傍聴席にびっしりと座っていたマスコミ関係者が呆然としている。

それは警備の刑務官たちも同じであった。

法廷内の空気の粒子が乱雑に攪拌された。

「傍聴人、静粛に。この次、発言したら退廷させますよ」

初公判以来、菊山に対して厳しい視線を投げかけていた裁判長が職務を忘れたかのごとく紅潮した顔で感情を露にした。

菊山は、ふんと鼻を鳴らし舌打ちして座った。

二人の弁護人と翔太は互いに目を合わせ顔を微かに顰めた。


翌日、面会に来た菊山は初めから荒れっ放しだった。

「あのガラクタめ。あれだけお前に世話になったのに嘘八百並べやがって。こ汚い野郎だ。出所してきたら赦さん。くっそー。今日はこれから奴に面会して震え上がらせてやるからなっ」

ノートや物を載せるための細いカウンターを石のような拳で叩き、菊山は目を血走らせている。

その太い腕にはいつものように翔太の時計が光っていた。

逮捕以来、菊山は翔太の物を身に着けてくることが増えてきた。

「やめとけ、それだけの奴だったんだ。そういう奴を部下に選んだ俺がバカだったんだ。それに奴はオヤジのことをよく知ってるから怖がって会わないぞ。たかが一五年が数年軽くなるだけのために嘘を言うなんて情けない奴だ、あれは」

「お前はいつからそんなお人好しになったんだ、バカモンが。あのガキ、人の恩を仇《あだ》で返しやがって。なあ、そこの担当さんよ。あのガキはな、こいつのおかげで何千万という給料をもらって生意気にベンツまで乗せてもらってたんだぞ。それを手の平返しやがって」

立会いの刑務官は翔太の後ろに据え付けられた机に座り返事に困った表情で、はあ……と絶句している。

「オヤジ、担当さんにそんなことを言うなって。立場上、困るんだからさあ」

「何が困るんだ、嘘ばかり並べくさりやがって。なあ担当さんよ、俺の息子はな優しいんだ、周りの奴に。それに俺の血を引いてまっすぐな奴なんだ。わかるべ、なっ」

パイプ椅子から立ち上がり興奮してまくしたてる菊山をなだめるように翔太はわかったよ、オヤジと笑い、後ろの刑務官を振り返って頭を下げた。

やがて終了の時間を告げられた菊山は名残惜しさを満面に滲ませドアを開けて翔太に手を振った。

「それじゃ父さんは帰るからな。また明日な。いいか、しっかり喰うんだぞ。じゃあな」

菊山の背中を見送り翔太は少し佇んでいた。

「オヤジさんは本当にエネルギーの塊だなあ。いいオヤジさん、持ったなあ」

刑務官は目を細めて何度も頷いた。


菊山は腹の中で苛立ちを膨らませていた。

検察官が淡々とした表情で翔太に質問している。

「被告人はその時、被害者を何回くらい刺しましたか、一〇回くらいですかね?」

「いいえ、二〇回は下らなかったはずです」

翔太は間髪をいれず告げ、検察官の目をまっすぐに見ている。

菊山の眉間が峻険《しゅんけん》な山のように切り立った。

「それだけの回数を刺した理由はやはり憎悪ですか?」

「いいえ。実行すると決めた以上、最後まできっちりとやり遂げたいからでした」

「残酷、あるいは冷酷とは思いませんでしたか?」

「動機については自分にも理があると考えていましたので、そうは思っていませんでした」

翔太の態度には毫も戸惑いも曖昧さもない。

翔太が口を開く度に菊山は息を荒らげ、視界の中で翔太が遠くなっていった。

普段と変わらず背筋を伸ばし顔を上げ、まっすぐに前を見ながら毅然と話す姿は見方によっては傲慢《ごうまん》とも無反省とも映っている。

翔太にとって己の量刑は死刑であろうとも露ほどの憂いもない。

それよりもほかの被告人のように反省もしていないのに表面のみの反省の弁を述べ己の刑を軽くするために平然と偽りの言葉をくり出すことを忌み嫌っていた。

わざわざ演技までして卑屈になる生き方をするなら自裁を選ぶという確たる信念があるのだ。

「理がある、そのために実行した……つまり決して衝動とか一時の感情ではなく冷静な判断で及んだわけですね」

理知的な検察官は、メタルフレームの眼鏡に手を触れ翔太に顔を向けた。

「そうです。冷静な判断の上、決行しました」

傍聴席のマスコミ関係者の間から息を呑む音や嘆息が洩れ空気がどっと揺れ動いた。

菊山は立ち上がって怒鳴りつけたい衝動を必死に抑えている。

「つまり初めからしっかり計画を立てた上での犯行に間違いありませんね」

「はい、そうです」

法廷内によく通る翔太の声に、検察官は眼鏡の奥の怜悧《れいり》な目を光らせた。

「次に被告人の調書では被害者の出血から死亡に至る状態や死亡時刻について驚くほど刻明に述べています。これは普通の殺人の被告人とは大きく異なっていますが、その点はどうしてですか?」

よくいる被告人たちと異なり己の非や不利な点をいささかも隠さぬ翔太に、検察官は声を大きくすることはなかった。

「私は生来、物事を観察するという性向が強いです。好き嫌いではなく私の個性の一つです。また私が実行を決めたのは相手にも非があると思ったことと謝罪する機会も与えたにもかかわらず誠実な対応がなかったからです。しかし私が相手の命を奪った瞬間に相手の非は無になると解してますから私が殺害したという事実が残ります。人間一人が死ぬのですからどのように死んだのかを記憶することは義務であり責任だと思っています」

再び傍聴席から低く押し殺した声と短い溜息が洩れた。

菊山の握り締めた拳の関節が白くなった。

裁判長が厳しい視線のまま質問を投げかける。

「被告人。被告人は今ならどうしますか。もう一度、その時と同じ状況になったとしたら？」

「はい。やはり同じようにすると思います」

一瞬たりとも間をおかずに翔太は当然のように言い切った。

裁判長だけではなく両脇の陪席判事二人の顔にも意外だという心の動きがはっきりと表れ、傍聴席からざわめきがさざ波のように広がった。

菊山は膝の上で固く拳を握り締めふつふつと湧き上がる怒りに表情を険しくしている。

いったい翔太は何を考えているのか。

自分のもとに戻ってきたくないのか……。苛立ちと怒りで後頭部が熱くなった。

「そうですか。同じようにするということですね。やはり被害者にも非があるという考えは変わらないのですね」

さっきより口調を和らげ裁判長は推し測るような視線を翔太に向けた。

「はい。変わりません」

翔太は決然と言い切った。


「お前はもう少し利口かと思ったぞ、このバカモンが。あんな言い方をしたら助かるもんも助からん。もっと考えてしゃべれ。何でも胸張ってしゃべればいいってもんじゃないべやっ」

今にも噛みつきそうな顔つきの菊山が翔太に指を突きつけた。

「オヤジ。何を言ってんだ。いつでも正直に生きろって教えてくれたのオヤジじゃないかっ。自分の損得で嘘はつけないよ。助かりたい、刑を軽くしたいがために嘘を言うのはその辺の卑しい奴のすることだ。俺はオヤジの息子だからそんな真似はしない。するくらいなら死んだ方がましだ」

翔太が睨み返すと菊山はまじまじと翔太を見つめ、ふん、と鼻を鳴らした。

「死んだ方がましか……お前、死刑になったら首を吊られるんだぞ。わかってんだべ」

「わかってるよ。そんなもん。自分を曲げてまで生きる方が俺には堪《た》えられないさ」

翔太の言葉を聞き菊山は唇を嚙みしめた。沈黙が面会室の中で膨れ上がった。

菊山が床に目を向けた後に口を開いた。

「死刑ってのは廃止すべきだな」

顔を上げた菊山は感情の入らぬ声でぽつりと呟いた。

「オヤジ、いつも言ってたことと違うだろう。人を殺した奴なんか問答無用で死刑だ、その場で縛り首にしてしまえって言ってただろう。宗旨替えはオヤジらしくないぞ。仮に俺が死刑になったって俺に文句はないんだ。笑って毅然と処刑されてやるさ。だからオヤジも替えるなよ」

翔太の声が高くなり菊山は口を噤《つぐ》んでしまった。

その後の面会は重苦しい雰囲気の中で終了の時間となった。

手を振って面会室から去っていった菊山の後ろ姿は淋しげであった。

「菊山。よけいなことだけどオヤジさんにあんな言い方したらダメだ。あの人はお前のためならすべてを犠牲にしてもいいような人だ。なり振り構わずお前のことだけしか眼中にないんだ。掛け替えのない我が子が死刑になる父親の気持ちを考えてやってくれ。お前の信念には我々も感服している。しかしオヤジさんのことも理解してやれ」

初老にさしかかった刑務官は優しく笑い翔太の肩に手を掛けた。

翌日、菊山にその件を詫びると菊山はなにごともなかったようにさばさばとした表情で機嫌よくしゃべっていた。

翔太のところに律子からの手紙が届いたのはそれから数日後だった。

目の見えない律子からの手紙は書道用の半紙一枚に黒いマジックで二〇字から二五字くらいずつ書かれている。

見えないために時々、半紙から文字がはみ出て読めなくなるが、何とか息子に思いを伝えようという必死の願いが半紙の匂いと共に立ち昇ってくるのだ。

菊山が翔太と死刑について話した日、律子の家に電話をしてきて俺はあいつの育て方を間違ったのかなと洩らしたことが書かれていた。

『翔太。お父さんがどんな思いで育ててきたのかをよく考えて下さい。あの人には翔太がすべてなんですよ』

翔太はその短い手紙を何度も読み返し菊山に対する申し訳なさを嚙みしめていた。

「ガハハハハ。父さんは頭がいいんだとよ。知ってたけどな。村で一番だったしな」

面会室に菊山の大きな笑い声が轟いている。

性格鑑定の結果が出て鑑定医からそれを教えられた菊山は満面に笑みを浮かべていた。

「そうか。やっぱり俺のオヤジだな」

久し振りに底の抜けたような菊山の笑顔を見た翔太も相好を崩している。

今では家族の一員みたいになった立会いの刑務官も面会内容を記入する手を休めて笑いに加わった。

「そうだ。お前は本当に父さんの影響が強くてな。ほかの父子よりずっと強いんだとよ。父さんの血が流れとるからな、お前には。いやあ先生方もいい奴でよ。裁判が終わったら一席設けるって約束したべや。面白かったなあ」

「ええっそんな約束までしたのか、オヤジ」

「おお、気分のいい奴らだったからな」

ベテランの精神科医にとっても菊山のような存在は稀有《けう》であり面白い結果が得られたことを翔太は聞かされている。

「凄い人だねえ。子供がそのまま大人になって我が道を行くってね。常識や世間とはまったく別の次元で生きてる人だ。あなたでなければあのお父さんの息子は務まらんかったろうね」

「お父さんにとっては力がすべてなんだ。善悪なんか関係ないんだね。そこから外れたら息子や孫でさえ関心の対象外なんだ。一番以外は二番も一〇〇番も同じ。シンプルな原理だね」

「何でも一番だったあなたはお父さんにとって分身なんだ。息子でもあり自身の姿でもある。それを裏切らずに応えてきたあなただからこそお父さんにとってはすべてと思えるんだね。あなたは世にも稀なお父さんに育てられ、その通りに成長してしまった」

翔太にとって一番でいることを強制されたという意識は微塵もない。

毎回毎回、よくやったと褒めまくる菊山の笑顔を見るのがうれしかっただけである。

世間に出てほかの人間を知る度に自分は変わった父親に育てられたのだと気が付いてきたが、それは翔太には一種の誇りであり喜びでもあった。

あの父の息子である以上、負けられない、正直であらねば、という自恃でもあった。

翔太にとって菊山は父親として限りない欠陥があることは感じていたが、それらを補ってあまりあるだけの魅力があったのだ。

「そうすると証人は被告人の高校時代の生活につ

いてはよく知っているというわけですね」

「はい」

　証人席には真っ白になった頭に黒縁の眼鏡をかけた高校時代の担任の江藤がいた。

　江藤も今ではほかの学校の校長になっている。

「被告人、または被告人のお父さんの性格について印象が強い点などありますか？」

　弁護人に問いをかけられた江藤は、はいと話し始めた。

「この子は嘘をつかない子でした」

「例えば、どんなことがありましたか？」

「教室で煙草を吸って停学になったのですが、反省文を書く時に止《や》める気がないのに止めるとは形だけでも書かない、と言い張って私も往生したことがあります。言ったことはどんなことをしても守らねばならないし嘘はいけない……表現は悪いですが、正直の前にバカがつく子でした」

　江藤はハンカチで岩のようにごつごつした頭を拭きながら被告人席の翔太に視線を走らせた。

　翔太は微かに笑みを浮かべている。

「それではお父さんについてはいかがですか？」

「この子も私の教員生活では強烈な印象がありますが、オヤジさんはそれ以上です。個性が強いというかアクが強いというか、忘れられませんね」

「何かエピソードはありますか？」

　弁護人は顔を書類から上げて、江藤と視線を交わした。

「初めて呑みに連れて行ってもらった時のことですが、この子の自慢を大声でしまして近くの客から静かにしてくれと言われましたところ急に逆上して殴りかかりました。とんでもない人だと思いましたが、ほかにもこの子のためならなり振り構わずどんなことでもやるのを何度も見てます」

　江藤はその後もいくつかエピソードを話した。

「最後に何かあれば、どうぞ」

「翔太。みんな、本当に心配しているぞ。なってしまったことは致し方ない。しかし被害者の方もいるしその辺をよく反省してほしい。オヤジさんはお前に途轍もない愛情を注いだけど善悪や暴力についてすっぽりと抜け落ちていた。でも行為を選んだのはお前だから真摯《しんし》に罪を償ってほしい。躯に気をつけオヤジさんの気持ちを大事に考えて早く戻ってきてくれ」

江藤の目が潤み、翔太の目も光っている。

菊山は拳を固めたまま身動《みじろ》ぎ一つしなかった。


僅かに欠けた月が白々と紫紺の空に照っている。夜空には雲一つなく微かな風が吹いていた。

菊山は翔太が暮らしていた二階の部屋にいる。家具も何一つ動かさず最後に翔太が出ていった時のままだった。

翔太の事件があってから菊山は度々この部屋に入るようになっていた。

今は煙草を吸いながら受話器を握っている。

相手は田舎にいる律子だった。

(お父さん何とか翔太を助けてやって下さいね。私はこんな躯で何もできませんしお父さんだけが頼りなんですから)

「わかってるってや。俺に任せろ。どんなことがあってもあいつを死刑になんかさせん」

菊山は煙草を吸うのも忘れ、窓の外に見える白っぽい月を眺めている。

(でもお父さん。裁判の方はわからないんですよね。万一、死刑にでもなったら次の裁判も……)

「心配すんな、バカ野郎。何が死刑だ。できるもんならしてみやがれ。だいたい翔太を怒らせるような奴が悪いんだ。裁判を傍聴してるけどな、あれじゃまっすぐなあいつが怒るのも無理はない。

殺されたって仕方ないべや。何が被害者だってよ。翔太が被害者だ、くそっ」

菊山の顔が朱に染まり出した。

(相手の人は亡くなってるんだし私たちも謝罪に行った方がいいんじゃないですか)

「バカ、そったら奴らのところに行かんくたっていいっ。こっちが謝ってもらいたいくらいだ。俺の翔太をこんな目に遭わせやがって。俺は絶対に赦さんぞ、あいつら」

律子はこれ以上言っても無駄とわかったのか、話題を再び裁判に変えた。

(あの子の刑はどうなりそうなんですか？　死刑になんてなりませんよねえ……)

「そったらこと言うな。万一、あいつが死刑になっても執行なんかさせんぞ。俺の肚《はら》はとっくに決まっとるんだ」

(決まっとるとは何かいい方法でもあるんですか、お父さん)

律子の声が僅かに上《うわ》ずった。

「おお。もし、あいつが死刑になったら俺はライフルを持ってあいつを助けに行くんだ。どうせ何回も拾った命だ。あいつのためなら人殺しだって何だってやるって言ったべや。俺は何が何でもあいつを救ってやるんだ。あれはなあ、俺の息子なんだ。俺の血が流れている大事な息子なんだっ。殺されてたまるか。邪魔する奴は皆殺しにしてやる。翔太には誰にも指一本触れさせんぞ」

菊山は激しく憤っていた。今すぐにでもライフルを手に翔太のいる場所に飛んで行きたかった。

(お父さん……そんな。落ち着いて下さい。そんなことをしたら翔太も困るでしょう)

「うるさいっ。あいつは俺といればそれが一番なんだ。俺もほかのことなんかどうでもいい。あいつをさらってどこまでも生き抜いてやる。なーに、いよいよダメならその時はその時だ。あれもおめおめと首を吊られるより俺といっしょの方がいいべや、三途の川を渡るんでもな。だから安心せい。肚はできとるんだ。あとは裁判の結果だけだ」

電話を切った後、菊山は新しい煙草に火を点け胸いっぱいに吸い込んで静かに吐き出した。

見上げた空に月が皓々とした白い光を放っている。菊山は拳を握りしめその月を見上げていた。

「菊山。翔太のことを考えたらお前は一日でも長生きするようにしなければならんべや?」

探るような目をした白井に菊山は、ふん、と宙空を睨んだ。

「長生きか、考えたこともないべや。人生は太く短くだべ。一生懸命働いて楽しく暮らす。軀の自由が利かなくなる前にあっさり終わりたいべ。ま、あいつの件でそうもいかなくなったのかもな」

「菊山、短気を起こさず、ここはじっくりいくべや。翔太の件は万が一、悪い結果が出たとしてもまだ控訴、上告があるべ」

「白井。一審で死刑ならまず覆らんべ。それにあのバカもあの態度だしな……」

白井は白くなった髭を撫でながら唇を噛んだ。

菊山の脳裏には翔太が逮捕されて以来、何百回と首を吊られた翔太の姿が浮かんできていた。

絶対にさせてたまるか。俺が助けるのだ。邪魔する奴は皆殺しにしてやる。あいつは俺の息子だ。俺のこの熱い血が流れているのだ。菊山はそれしか考えられなかった。

少し前に性格鑑定の結果について法廷で陳述があり、翔太が死を恐れも忌避もしていない旨の証言があり、常に厳しい視線を翔太と菊山に送っていた裁判長が鑑定医に尋問をしたばかりだった。

「被告人は極刑についてまったく恐怖も嫌悪もな

いという意味に捉えてもいいのですか？」

裁判長に訊かれた鑑定医は躊躇《ためら》いなく応えた。

「そうです。小さい頃からさまざまな影響を受け自分自身の生命について毛ほどの重さも感じてません。彼は不名誉に生きるくらいならさっさと名誉のために死ぬことを能動的に望んでいます」

鑑定医が証言すると翔太は頷き、うっすらと笑みさえ浮かべていたのだ。

この時の翔太の希望は死刑になることだった。

一審に約三年かかれば控訴、上告も含め約一〇年、この頃の死刑の確定から執行までの平均期間が約八年だから一八年は執行されずにいられ、その間に菊山が他界することがあれば心残りもなく処刑されるという計算だ。

もし菊山が長生きしたならば再審請求を出し続けて執行を延ばせばよいのだ。

毎日、好きな本を読んでいる暮らしは霞《かすみ》を喰らって生きている仙人のようで拘置所にいる翔太にとって不満はなかった。

「あいつは死刑を望んでるんだべ。ただ生きるだけに嫌気がさしたんだべ。あれはいつも鼻先に人参ぶら下げて走ってないと気がすまんからな」

菊山の言葉を聞き白井は腑《ふ》に落ちた顔になった。

「そうだよな、翔太は。独楽みたいに常に回っていないとダメだもんな」

「そうなんだ。社会にいたならそれができるけど塀の中の暮らしは合わん、あいつには。かと言って死刑はな……絶対にそうはさせんぞ、俺は」

菊山の目の底に青白い炎が揺れた。

「えっ禁酒禁煙だって？」

翔太の声が上ずった。

菊山の酒は呑むというより浴びるという形容に相応しい。

それをやめると言うのだから翔太は驚いた。

「おお。父さんはお前が帰ってくるまで健康で長生きしなきゃならん。酒を呑めば見境なく喧嘩するからな。今まではいつ刺されようと撃たれようとへっちゃらだと思っとったが、お前を待つ以上、そうもいかないべや。それでいっさいやめた。煙草は軀に悪いんだ。知っとるか。お前はもうやめとるから健康だべ。父さんも健康になるべや」

「オヤジ、淋しくないのか。酒も煙草もやめて」

「バカモン。何が淋しいってよ。そったらもんへっちゃらだべ。これからは健康第一だべ。お前が帰ってくるのが父さんの生き甲斐だべ。何があってもお前が帰ってくるまでくたばらんから、しっかりやってさっさと帰れるようにせいっ」

「まだ判決も出てないのに気が早いなあ。俺にかかわらず長生きしてくれよ。生きて生きて生きまくって人生を楽しんだらいい。俺がこれで心配事を増やしたけど、いっぱいいい思いすればいいんだ。健康第一か。うん、いいことだな、オヤジ」

翔太は顔を輝かせた。

「父さんは鉄だべ。軀も精神も鋼鉄だべ。お前は誰よりもそれをよく知ってるべや。父さんの根性の強さを知ってるな。だから心配すんな」

「誰よりもよーく知ってるさ。オヤジは鋼鉄だ、何てったって俺のオヤジが務まるんだからな」

菊山はそうだ、と天井を向いて豪快に笑った。

立会いしている刑務官もいっしょになって目尻を下げている。

菊山は翔太の求刑が無期懲役刑となってから拘置所の職員からもお祝いの言葉を浴びていた。

毎日、門衛をはじめとする職員たちに大声で話し掛ける菊山は名物オヤジだった。

「お前、みんなが父さんによかったですねと言うんだ。これで判決が有期刑ならなあ」

「オヤジ、贅沢言うなって。そりゃ無理だ。でもみんながそう言ってくれるのはありがたいな」

翔太は無期懲役刑の求刑について内心ではがっかりしていたが、本心を隠して笑っていた。

それよりも翔太は論告求刑の際に検察官の読みあげた自分の犯行状況に耳を澄ませていて、百雷に打たれたような激しい衝動を感じ己の罪の深さと意味に気付かされていた。

それまでは殺人という行為が悪い、従ってどのような刑でも受けると決めていたが、論告求刑以後は自分の側からではなく被害者の側からの視点で行為を考えるきっかけを与えられ、大きく意識を変える契機となったのだ。

判決は予想通り無期懲役刑が下された。

多くの人たちから安堵と喜びの言葉を投げかけられても翔太の胸奥はすっきりとしなかった。

その翔太とは対照的に菊山の心は躍っている。

会う人ごとにお祝いの言葉をかけられ全身で喜びを表していた。

面会室のドアが開き肘に手を添えられた律子が菊山といっしょに入ってきた。

数日前、翔太に律子から手紙が届いていた。

しかし白紙のままの半紙を不審に思った職員がこれは何かと訊きに来たのだ。

翔太が半紙に顔を近付けたり太陽の光に透かしてみたところ、微かにこすった痕があった。

それはインクのなくなった黒いマジックで書いた痕だと知った時の翔太の心は悲しかった。

「おい、ここだ。ここに座れ」

菊山が律子の腕を取って翔太の前のパイプ椅子に座らせている。

律子の少し後ろに菊山は腰を下ろした。

分厚いレンズの入った眼鏡をしている律子の目

の焦点は定まらず、眼球が白く濁っている。

翔太の胸の中にもどんよりと靄《もや》がかかった。

「翔太はいるの？　お父さん」

左右を見回す律子に目の前にいるよ、と翔太が声を掛け菊山と視線を交わす。

菊山が口をへの字にしてかぶりを振った。

地味な茶色のコート姿の律子は化粧もしていない肌に細かい皺が無数に走っていた。

律子は前方の互いを隔てるシールドを両手で触っている。

「これ、ちゃんと私の声が聞こえるの？」

「大丈夫だよ」

「そう、これから服役ね。長い時間、よーく考えてね。どうしてこうなったのか。私にも翔太の傍にいてやれなかった大きな責任があるんだけど翔太もしっかり反省して……」

「そったらこといいんだっ、こいつが悪いんじゃない。あいつらが汚いことをするからだ。こうなったのも奴らのせいなんだ、くそ。こいつはまっすぐ正直に生きてきたんだ」

菊山が眉間の縦皺を深くした。

「お父さんの気持ちもわかるけど、でもね翔太のしたことは良くないことなの。それを親が言わなければ誰がこの子に言うの。相手にだって親はいたのよ。その人たちの子供はもうこの世にはいないの。私がいなくなったのが始まりだけど翔太もよーく反省して償いなさい」

翔太は何十年かぶりに律子の凜とした姿を目の当たりにした。

子供の頃の翔太がいつも見ていた律子だった。

「ふん。何が償いだ。反省だとぉっ。こいつを騙して反省もしなかった奴らが悪いべや。こいつが悪いなら仕方ないけどよ、こいつはされた方だべ。だからやったんだ。俺の息子を……。おい、終わったら知らせてくれ。翔太、父さんはまた明日来る。母さんとしっかり話をしろ」

解せないという表情の菊山が憤然と出て行った。

「お父さんの気持ちもわかるわよ。翔太のためなら人殺しだって何だってやる人だもの。今回だって翔太にもしものことがあれば残りの人生を棒に振っても救い出すって言ってたのよ。でも翔太ならもう気付いているでしょ、自分のしたこと。ねっ翔太」

「ええっオヤジが……そうか。ああ、気付いたよ、とんでもないことをしてしまったんだ。オヤジの前では言えないけどね。とにかくオヤジは俺が命だからさ」

「翔太だって今はお父さん、命でしょ。翔太。翔太は小さい頃、本当にいい子だったのよ。私に怒られたことがないでしょ。何を言っても一回でわかったし何時間でも一人で大人しくしてたし優しい子だったの。私、こんな軀だけど何とか頑張って生きてるからね」

見えない目で翔太の姿を捜そうと、顔を前に突き出しシールドを両手で押すように触っている律子を見る翔太の視界がうっすらとぼやけてきた。

「とにかく軀を大事にして長生きしてくれよ。俺も頑張って務めてくるからさ」

「翔太。生きなきゃダメよ、生きなさい。お父さんはバカじゃない人よ。気付いてるし心配してるわ。人生はね、今だけじゃない。若い時だけじゃないのよ。ずっと続くんだからね」

「わかってるって。迷惑かけたな。俺が生まれたばかりにおふくろの人生、苦しいことばかりにしちゃってさ」

「いいや違うよ。翔太が病気の私の支えだったしこれからはもっとそうなるわ。お父さんはああいう生き方しかできない人だから仕方ないの。出会ってしまったんだからね、あの人とは」

いっさいの感情をどこかに置き忘れたように律子は淡々としている。

「オヤジのこと、我慢してやってよ」

「我慢ねえ……そんなのはとっくの昔に卒業しちゃった。その日一日、翔太と無事に過ごせればいいとそれだけ考えてたの。お父さんはね、自分の気持ちを伝えるのが下手な人。今は好きも嫌いも憎しみもない。気の毒な人だと思うわ。翔太。あの人はね、本当にあなたしかいないの。だからちゃんと帰ってきてね」

「わかったよ」

律子が互いを隔てているシールドぎりぎりまで身を乗り出した。

「この目がほんの一瞬でも見えたらね。翔太がどんな大人になったのか一目でいいから見てみたいわ。翔太、必ず帰ってきてね。私……どんな軀になっても待ってるから」

「おふくろ、軀を大事にな。俺のことは何の心配もいらないからな」

「わかってる。私、刑務所というところにはほとんど行けないと思うけど手紙は時々、出すからね。あとはお父さんに訊くことにするわ。軀、大事にね。ちゃんと考えてくるのよ」

「ああ」

薄いベールを通して見るような律子の顔を翔太はしっかりと脳裏に焼きつけようとした。

面会を終えた律子は来た時と同じように菊山に肘を引かれ覚束ない足取りで帰っていった。

今にも壊れてしまいそうな小さな律子の背中を見ながら、翔太は改めて自分のしたことの大きさを感じていた。


翌日、菊山が一人で面会室に入って来た。

「あいつもたいへんだな。あの軀で長生きできんのか。お前を待つとか言ってたけどな。ま、父さんもできることは何でもしてやるって言ってやった。父さんを頼りにしてます、と言ってたぞ。別れた女に頼られても困るけどお前の母さんだから、二人で待っとるから。ちゃんと務めて来い」

菊山はいくらか照れを含んだ明るい表情で頬を緩めている。

「オヤジ、頼むぞ、おふくろのことは。頼りになるのはオヤジだけだからな」

「父さんに任せろ、いいか、何があっても父さんは待ってるからな。父さんは不死身だからな。どんな奴に訊いても二〇年もすれば帰って来れるらしい。九〇まで生きりゃいいんだ。いや父さんは一〇〇まで生きてやるぞ。また酒を呑んだりするぞ。なっ息子よ」

「もう一つ。また殴るんだろ、俺を」

拳に息を吹きかけ拳骨を振り下ろす仕草をした翔太に菊山はガハハハと笑い、そうだと頷いた。

大声で笑う菊山の軀からは熱気が立ち昇り、近寄る者、触れる物、すべてを灼熱の炎で灼き尽くすようだった。

それまで笑っていた菊山が急に真剣な顔になる。

「翔太、父さんを見ろっ。父さんの年を当てられる奴がいるか。いないべ。いつも一〇歳や一五歳は若く見られる。軀はこの通り鋼鉄だ。もちろん精神もだ。お前はよーく知ってるな」

「うん」

痛くなるほどの真摯な眼差しが翔太を貫いた。

「父さんは今も青春と思って毎日を生きとる。なっ見ろ、若いべ。わかるか。いくつになろうと人生は楽しめる。お前が父さんの年になるのに三五年あるんだ。それでも青春。人生は楽しめる」

ショックだった。

翔太は菊山の口から青春という言葉が出たことに別の人間を目の前にしているのかという大きな衝撃を感じながら聞いていた。

「人間は生きたくても病気や事故で死ななきゃならん奴もいる。お前は生きろ、死ぬな。生きて人生をやり直せ。そして本当に生きてて良かったなあっていう日を味わえ。生きながら死んでるような生き方をするな。死ぬ時には死ねばいい。だけどそれまでは一生懸命に生きるんだ」

菊山は雲一つない紺碧《こんぺき》の空のように晴れやかに微笑んだ。

翔太は爪先から脳天まで稲妻が走ったように言葉も出せずにいる。

「いいか、父さんはどんなことをしてでも一〇〇まで生きるぞ。お前を待ってるからな。父さんの根性は知ってるべ。いいか、人間は根性だぞ。父さんの心配なんかせんで自分のことだけ考えてさっさと帰ってこい。その日は酒を頭から浴びるくらい呑むべ。なっ、息子よ。ガハハハハ」

「オヤジ。待っててくれな、一〇〇まで生きて」

翔太の全身が火照りを帯びてきた。

面会を終えた菊山が帰った後も、翔太はその余韻が醒めやらなかった。


長期刑務所に移送されてから初めての面会の日が訪れた。

互いを隔てた距離は菊山にとっては少しも障害にならなかった。

拘置所と違って毎日会えるわけではない。菊山はまるで恋人との逢瀬《おうせ》を待つような気分だった。

面会に行くまでの時間に幼き頃からの翔太が絶えることなく脳裏に浮かび上がった。

畳三枚ほどの部屋が拘置所と同じように中央が透明のシールドで区切られ、菊山の側にはパイプ椅子が三脚、翔太の側には一脚と立会いの刑務官用の片袖の机が少し下がった場所に置かれている。

　クリーム色と灰色の殺風景な壁には矯正協会が作った六カ月用のカレンダーが貼られていた。

　夏の盛りだというのに陽光は入らず自由を拒絶する厚いコンクリートが熱気を締めだしてひんやりとしている。

　グレーというより鼠《ねずみ》色という表現が相応しい刑務所の服を着た坊主頭の翔太の前に菊山は機嫌のよさそうな顔で座っていた。

「おい、お前。手紙と面会は月に何回だ？」

「一回。手紙をもらうのは制限ないけど」

「えぇっ一回だとおぉ、たったの一回か。いつまで続くんだ？」

　菊山の表情が大きく歪んだ。

「三年。入ったばかりの四級は俺が無期囚だから三年続くんだ。三級になれば月に二回ずつ、二級は週に一回ずつ、一級にはよほどでなければ、ならないんだと」

「三年か……担当さん、何とか早くなれないのか？」

　さっそく菊山は後ろの刑務官に屈託なく話し掛けたが、刑務官は無理ですねと頭を捻っている。

「オヤジ、仕方ないよ。辛抱してくれよ」

「そうか……どうだ、ほかの奴らとはうまくやってるのか？」

「まあ、それなりには」

「あんまり喧嘩せんで真面目にな。出ることを考えろよ」

　菊山の目が一瞬、光を放つ。

「はいよ、オヤジ」

　翔太は表情を緩めてこくりと頷いた。

　三〇分間という時間が数分に感じるくらいに菊山はエネルギッシュにしゃべり、翔太はひたすら相槌を打っている。

「じゃあまた来月、来るからな。しっかりやれよ。担当さん、俺の息子をよろしく頼むよ」

菊山はクシャッと笑って右手を挙げながら面会室を後にした。

「菊山のオヤジさん、元気だなあ。あの話しっ振りは凄い。年齢の欄を見てびっくりしちゃったぞ。馬力あるなあ……」

立会いの刑務官は書類を見ながら肩を竦めた。

「はい、馬力の塊です」

翔太はうれしい気持ちを素直に出した。

今日の面会の間中、心に引っかかっていたことがあったが、あの元気な菊山の姿を見ていくらか楽になった。

二〇年も務めたならば仮釈放もあると聞いてきたが、入所した日に最低でも三〇年はかかると言われそれを菊山に伝えられず、やはり再び外で会えないことを覚悟していたのだ。

一〇〇歳まで生きるというのは単に心掛けだけでは至難の業《わざ》だ。

病気、事故、さまざまなリスクを経てそれでもどうかという域である。

翔太は心の内では再び外で菊山と会えないかも知れないという思いが広がっていた。


「早かったな。最期はあっという間だべ」

「ふん。あんなに軀が不自由になったら、さっさとくたばった方が本人が楽だべや」

葬儀を終えた菊山と白井は菊山の家にいた。

古本が死んだのだ。

糖尿病の合併症が出て軀の自由も利かず目も悪くして闘病生活を送っていたが、本人の気力が萎《な》えたのか最期はあっけなく逝ってしまった。

菊山の脳裏に久しく巡らすことがなかった竜門

での記憶が映し出された。

「八〇を超えて本人はまだ生きたかったようだが、健康は大事だなあ」

栄子が差し出したコーヒーカップを手に白井は眉を寄せている。

「健康か。他人の手を煩わせてまで生きたくないべや。俺なら自分ですっぱり始末するな」

「お父さん、そんなこと言わないでよ」

傍に座っていた栄子が眉を顰めたが、菊山はかぶりを振ってさっさとくたばった方がお前もいいべやと憎まれ口をきいている。

「そういうことを言ってる間は大丈夫だよね、お父さん」

言葉と裏腹に二人の間の空気は和やかで白井と栄子が視線を合わせて笑った。

「私みたいに若い女房をもらったんだから長生きしてくれなきゃ、どんな軀になっても。それに翔太さんを思えば、どうあろうと生きなきゃならないでしょう」

栄子は白井にそうですよねと同意を促し、白井はそうだ、と菊山の肩を叩いた。

「そうだな。腕がなくても足がなくても目が見えなくてもあれのオヤジは俺だけだからな。心配ないさ。これまで何度も命を拾ってきたんだ。俺は不死身だ。俺の運命は強い星の下《もと》だからなあ。何があってもへっちゃらさ。ガハハハハ」

「大松も心臓が悪いらしいな。隠居してからすっかり元気をなくしとるぞ。そのうち元気でもつけに行くか、菊山」

大松は事業を拡大し自社ビルを持ち、夜の世界で成功を収めていた。

世間では会長と称されているが、菊山の前では昔の若い衆のままだった。

「おお。あれも調子に乗って隠居なんかしやがるからだ。遣いきれない金を持って一気に老けてくたばるなんてぞっとするな。おい、ずっと現役だぞ、男は」

菊山は肉が落ちてきた白井の肩を叩き、なっと声をかけた。

皺と染みが目立ってきた白井はおおっと表情を引き締めた。

「俺は絶対に長生きしてやるぞ。九〇どころか一〇〇まで生きて、あいつが帰ってきたらいっしょに遊び歩くんだ。旨い酒呑んで旨い物喰ってな。また俺のキムチとテールスープもいやというくらいに喰わせてやるさ。ガハハハハ」

「お父さん、頼みますよ、長生きして下さいね」

「長生きしてもっと稼いで遺せってか？」

薄ら笑いを浮かべる菊山に栄子はそうですよ、お願いしますね、と低い鼻をつんと上に向けた。


菊山は面会で古本の死を告げた後、翔太の顔と軀に視線を走らせた。

「お前。どこか悪いのか？　そったらに痩せて」

嘘は通らないぞ、という強い視線を翔太に送っている。

「いいや、悪くないよ」

翔太は屈託のない笑みを浮かべた。

「いや、その痩せ方は普通じゃないぞ。お前、ガンじゃないのかっ」

翔太は、ガンはおやじだろ、と肚の中で笑いながら手をひらひらさせている。

「オヤジ。ここはメシが日本一悪いので有名なんだ。栄養士が変わっていて受刑者にまともなメシを出さないんだ。いくら……」

その途端に菊山の怒号が面会室の中に轟いた。

「おい、お前ら、俺の息子にメシ喰わせてるのかーっ。この野郎、ちゃんと喰わせろっ」

菊山は翔太にではなく、面会中の記録を書いている立会いの刑務官を怒鳴りつけたのだ。

今にも間を隔てているシールドをぶち割り、かかっていきそうな気迫を全身から発していた。

噴き出した怒りで紅潮した顔、充血した目、眉間の皺は大きく盛り上がっている。

「お父さん、ちゃんと法律によって食べさせていますから心配しないで下さい。大丈夫ですから」

刑務官は口をぽかんと開けた後に両方の手の平を激しく振り必死に否定している。

「オヤジ、違うって落ち着けよ」

「うるさいっ。ちゃんと喰わせてたら何でこんなに痩せるんだーっ」

菊山の怒りの炎はますます燃え盛り、翔太はなだめるのにおおわらわである。

残りの時間いっぱいを使い何とか菊山の気を鎮めたが、帰り際にちゃんと喰えっと声を荒らげて出て行った。

「どうもすいません、関係ないのに」

翔太は刑務官に頭を下げた。

菊山との面会に何度も立会いしていた刑務官は笑みを浮かべて額の汗を拭いている。

「いやぁ、本当に元気のいいオヤジさんだなぁ……大したもんだ。とてもあの年とは思えんな。俺も三〇年以上やってるけど初めてだ。菊山もたいへんだな。ハハハハ」

刑務官は怒るどころか同情するように笑う。

もともと翔太の送られた施設の食事の悪さは全国から集められた悪党たちの間でも有名だったが、翔太の好き嫌いも影響していた。

ほとんどの野菜が食べられない翔太にとって肉を極力、出さないようにしているこの施設では食べる物がなく、いつも残していたのだ。

この一件以来、翔太は野菜を食べる努力をするようになった。

翔太が暮らしていた二階の部屋の窓から遠くに見える山々の稜線《りょうせん》が夕陽に照らされ、青白い光と鮮やかなオレンジ色が添い寝するように横たわっていた。

透明に近い水色の空に浮かぶ二筋の細い雲の間から沈みゆく太陽が覗いている。

菊山は翔太の使っていたソファに身をもたせて受話器を握っていた。

「それで怒鳴ってやったべ、ちゃんと喰わせろってよ。あいつ、頰がげっそりしてたからな」

(ええっそんなに痩せたの。あの子、頰っぺたがぷっくりして可愛かったのに。そう……でもお父さん、職員の人を怒っちゃダメですよ。ごはんを作ってる人じゃないんでしょ)

「バカ野郎、仕方ないべ。あれの痩せた顔を見てたらこっちは頭に血が上ったんだからな。俺の息子を痩せさせるなんてとんでもないべや。これ以上、痩せたらタダじゃおかんぞ、くそーっ」

菊山はテーブルの上に足を載せて顳顬に太い血管を浮き上がらせた。

(お父さん……そんなことして翔太が職員の人に憎まれて辛い思いをさせられたらどうするんですか。ああいうところは職員の人が仮釈放とか決めるんじゃないですか)

「そったらこと関係ないべや。辛い思いって言ってもな、理由がないならあいつのことだから文句くらい言うべや。損とか得じゃないべや」

律子は話しても仕方ないと思い話題を変えた。

(軀はどうですか? 悪いとこはありませんか)

「ないない。俺は鋼鉄だって言ったべや。お前みたいのと違うんだ。そういうお前こそどうなんだ。目が見えないんじゃ不便だべ。こっちへ出てくればいいべや。ちゃんと看護のできるババアでもめっけて暮らせばどうだ。俺は今も成金だから金くらいなんぼでも出すぞ。出てこないか？」

（お気持ちはありがたいけどこっちでいいわ。妹もよくしてくれてるし。本当にありがとうございます。私の軀は変わらないです。良くなることがないから進行するのを遅らせるくらい。何とかだましだましあの子の帰ってくる日まで待つわ）

「ふん。もつのか、それまで。しっかりせいっ、しっかりな。何かあればすぐに連絡よこせ。今の女に気兼ねするんなら森岡でも白井でもテツでもいるべ。いいな」

（はい。お父さん、本当にありがとうね）

「いいってや、そったらこと、いちいち言わんくても。あと訊きたいことがなければ切るぞ」

（また連絡くださいね）

「おお。来月の面会終わったらな。じゃあお前、軀、大事にせいやっ」

（お父さんも）

受話器を置いた菊山は翔太の洋服箪笥《だんす》のある部屋に行き、事件後に翔太のマンションから持ってきた夥しい服の数々を眺めている。

希望園に贈りかなり処分したが、それでも店が開けるほどの衣服があった。

菊山はシャツを手に取り、それを戻してはセーターを手にしている。

犬のモチーフが刺繍されている高価なブランド品のセーターを身に着けてみた。

小柄な翔太だが、胸囲があったために上に着る物のサイズは大きい。

菊山の胸で二頭のダルメシアンが今にも走り出しそうに身構えている。

鏡に映して菊山はセーターを引っ張ってみた。

菊山はジョンとパピーを散歩に連れて行く子供

の頃の翔太を思い出していた。

しばらくそのまま眺め、やがて大事そうに脱ぎ丁寧《ていねい》に畳んで箪笥の中に戻した。


翔太が下獄してから数年が経った。

「お父さん、この頃、食べないね。それくらいが普通なんだけどね」

この時、菊山は七四歳になっていた。

栄子は心配そうに眉尻を下げている。

これまでは朝から三杯食べていたが、近頃は一杯がやっとだ。

男はばくばく喰えなきゃ使いもんにならんべ、と昔から言ってきた菊山らしくない。

「お医者さんに診てもらったら?」

「うるさいっ。何が医者だ。自分の軀は自分が一番わかってる」

血相を変えて栄子を怒鳴る菊山だが、その表情には疲労が色濃く滲んでいる。

軀は怠く足が重りを付けたように重かった。

菊山は寝つかれぬ夜を過ごした翌日、栄子に泣きつかれ、渋々病院に出かけることにした。


「ええ、オヤジ、人工透析だって」

翔太にとっていきなりハンマーで頭を殴られたような衝撃だった。

「そうだ。週に三回、四時間も五時間も横にならなければならん。軀に疲れが蓄まって足が動かん。ちっくしょう、鋼鉄の軀も錆びてきたのかな」

目の前にいる菊山の顔はどす黒く軀は一回りも小さくなり、頬と首筋の皺が増えて顎の肉が微かに緩んできている。

身に着けている翔太の服も痩せたせいでたるんでいた。

翔太は軀から少しずつ力が抜けていった。

これまで一度も考えたこともない菊山の老いをとうとう見てしまったのだ。

　生あるものは必ず老い死にゆく。

　不老不死など幻でしかないと知っていたが、菊山にはまだその時は来ないと漠然と考えていた。

　この年になってもガキ大将のように笑いながら少し前にも若い奴を張り倒してやった、と話す菊山は、いつまでも老いとは無縁と思ったほどだ。

　自分の父だけは不死身だと信じたかった。いつまでも雄々しく君臨しているのだと信じたかった。

　叶うものなら自らの命を捧げてでも長生きしてほしい。

　しかし目の前の現実を見た時、その思いは木っ端微塵に吹き飛んだ。

　冷静に考えてみれば、それが自然なのだと思い直して翔太は己を叱咤《しった》した。

「週に三回。そんなに時間がかかるのか。オヤジ。メシは喰ってんのか？」

「おお。だけど一杯だけだ。それに食事制限があって味も薄いし、あれもダメ、これもダメじゃ喰っても旨くないべや。この四〇年間、落ちたことのない体重も減ってるんだ。父さんがこんなことになるなんてな。でもな心配すんな。透析しても何十年も生きる奴もいるし移植もあるんだ。いいか、父さんは不死身だ。心配するな、殺されてもくたばらんからな」

「うん。オヤジ、頑張れ」

　急に老いを見つけて動揺している翔太は、病人扱いすれば菊山が気分を悪くするだろうと思い、透析についてはそれ以上話さないようにした。

「父さんは帰るからな。また来るぞ。真面目にやれよ、いいな」

　右手を挙げる菊山の表情に寂寥感《せきりょうかん》が漂っていた。

　子供の頃から翔太にとって菊山は自分を照らす

太陽だったが、その燃える炎に翳りが差したのだ。

翔太の人生に闇が訪れた。

「この俺が透析だとよ。あいつもびっくりしとった。週に三回だ。病院と聞いただけで気分が悪くなるのによ、ふん」

菊山は翔太の部屋から律子に電話をしている。

(お父さん。嫌わないでこれからは病院に通って下さい。私は何もできなくて申し訳ないけれど毎日、お父さんの健康を祈っていますからね)

「バカ野郎っお前なんかに祈ってもらったって何も変わらんべ。第一、何に祈るんだ。神だとか仏だとか、そんなもんあるわけないべ。そったらことするくらいだら、てめえの健康でも祈ってろ」

(大事に軀を使って下さいね。もう若くないんですから。普通の人はとっくに老いというものと友達になってるんですよ。翔太が戻るまでだましだまし自分の軀と付き合って下さいね)

「ふん。だましだましか。自分の軀までだますようになったら人間も憐れなもんだべや。くそっ翔太がいなけりゃライフル自殺でもするとこだべ。こったら役に立たん軀なんか誰が付き合うもんかってな。だけどあいつのために辛抱だ」

受話器を握る菊山の手には骨が目立ち血管が浮き出ている。

(そんなことを言わないで下さい。翔太が心配をかけるのはお父さんにとって親孝行かもしれませんね。オヤジ、頑張れってね。お父さんに何かあればこの世で最も悲しむのはあの子ですよ。軀を労《いたわ》って下さいね。そして何とか翔太の帰りを待ってあげて下さいね。お願いですから)

「おお。わかった。お前は変わりないか」

(はい。同じですよ)

その後、翔太の様子を話して電話を切った菊山は鏡の前に佇んだ。

まるで別人かと思えるように頬の肉が落ちて皺と肉のたるんだ男が冥い目をして映っている。

「こらあ、根性だ。お前はいつも負けなかったべ。村で一番だったべ。しっかりせいっ」

低い声で呟き自らの拳で頬を殴った。

菊山が透析を始める少し前に胃ガンと宣告され闘病していた森岡が亡くなったのは、それから半年後だった。

そしてそれに合わせるように大松も逝ってしまった。

「年を取るってのは周りの奴がばたばたとくたばることなんだな。くそっ俺はくたばらんぞ、あれが帰ってくるまでは。石に齧りついてでも待っててやるんだ。俺は不死身だ、不死身なんだ」

菊山の双眸に闘いの炎が燃えていた。

エピローグ

オヤジが死んだ……あの不死身のオヤジが。

翔太の軀からすべての力が抜けていった。

人工透析を始めてから僅か四年。

菊山は人生を走り抜けた。

ニューヨークのビルに飛行機が飛び込んだ日のちょうど一週間後のことである。

菊山の誕生日。外はバケツをひっくり返したような土砂降りだった。その日、翔太は菊山の病状について、初めて栄子からの手紙を受け取った。


人工透析をしてからの菊山は食事の合わないこともあり時を経ると共に痩せていった。

翔太の服の中で小さくなった軀を泳がせながら父さんは大丈夫だ、心配するなと言い続けていた。

面会室で見る度に急激に老いる菊山の姿に、翔太は心が引き裂かれんばかりだった。

「ちゃんとメシ、喰ってるか、本は大丈夫か、寒くないか……」

菊山に言われる度に翔太は大丈夫だと笑うばかりだった。

鋼鉄のようだった軀がブリキのようになってきた菊山は、どんどん健康を害していった。

翔太のことが常に頭を離れず、それが大きなストレスとなったのだろう。

最後の誕生日の二カ月前、菊山は初めて背中の痛みを翔太に訴えた。

一年前から続いていたらしく痛み出すと息ができないと言った。

激しく動揺し病院へ行ってくれっと叫ぶ翔太に心配するなと手で制し笑ってみせた。

「父さんの軀は自分がよく知っている。父さんは不死身だぞ。何回も命を狙われてきたのに一度も死なん。ハハハハ」

豪快に笑ったが、声量もなく声に艶も張りもなかった。それが翔太の心を苛《さいな》んだ。心の中でオヤジ、すまない、俺みたいなバカ息子のせいで……

そう呟いた。

「お前にはまだ前途がいくらでもあるんだぞ。人間は力と根性さえあればいくつになってもやれるんだ。父さんの子だからな、父さんの血が流れてるんだぞ」

「わかってるって。オヤジ、見てろよ、次を見てくれ。俺はやるからな」


相変わらず面会時間の九割を菊山が話し、翔太は常に温和な笑みを浮かべて相槌を打っていた。

いつものように右手を挙げ、「また来るからな、父さんは。何か要る本はあるか」と訊きながら哀しそうに面会室から出て行った。

これが父と子の永遠の別離となった。


それから間もなく菊山は自宅で倒れて救急車で病院に運ばれた。肺ガンの末期ですでにレントゲンに肺は見えなかった。

余命二カ月から三カ月。

これが、菊山に残された時間だった。

ここまでの痛みを堪えたなんてと医者は目を瞠《みは》ったが、菊山にとってはいつものことだ。

「ヤブ医者め、俺の軀は俺が一番、知ってるんだ、この野郎っ」

点滴のチューブを引きちぎり集まってきた医師

たちを殴り倒し菊山は入院せずに家に戻った。

どこにそんな力が残されていたのか。医者は精神力だと、ただただ溜息を洩らすだけだった。

栄子からの初めての便りがあったのはそんな時であり、その瞬間、翔太の世界は砕け散った。

いつか来るとは知っていたが、こんなに早いとは……。もし、オヤジが死んだならば、オヤジの後を追おう。真っ先に頭に浮かんだのはそのことだけだった。

菊山のいない世の中に生きていても仕方がない。死ねばあの世とやらでいっしょになれるだろう、と翔太は考えた。

栄子の手紙が二通、三通と来て菊山の症状の重さが伝えられた。あの己の強さに誇りを持っていた男にとっては堪えがたい状態だろう。

翔太にはそれがわかっていた。

『一日でも長く生きてもらうために全力を尽くします。どうか翔太さんも力を貸して下さい』

という栄子の便りに返事を出した。

『よけいな延命はするな。あっさり逝かせてやってくれ』

これ以上苦しませたくない、という息子の気持ちだった。

自分で手紙を読むことも書くこともできなくなった菊山の直接の言葉はなかった。

菊山の死期が迫り翔太の脳裏には幾層にも重ねられた小さい頃からの菊山の思い出が蘇った。

俺はこいつが可愛くて可愛くてしょうがないべや。こらっ息子。父さんの気持ちがわかるべっ。

しっかりせいよ、しっかり。どこまでやれるか父さんは見てるからな。

三〇になろうとする息子に大勢の前で言う菊山の上気した笑顔が蘇った。

その夜、翔太は夢を見た。目の前に、菊山が雄々しく立っている。凛と光る月をバックにしたい。

菊山が翔太に笑いかけていた。

胸を張れ、翔太。しっかりせい、しっかり。ガハハハハ。父さんはいつでもお前を見てるぞ。

オヤジ……何でこんなところにいるんだっ。翔太が叫んだ時、菊山の姿が消えて独居房の鉄の扉がコツコツと叩かれた。起き上がった翔太に、沈痛な表情の職員が電報を差し出した。

『チチ　キトク　エイコ』

オヤジ……そうか、来たのか。

翌朝、菊山の訃報が届いた。

父と子の濃密な関係を知る獄の職員は、死ぬなよ、という言葉を翔太に掛けていた。

翔太は考えた。後を追う前に、自分が人を殺《あや》めるため、獄に入るために育てられたのではない、それを最後に証明したい。菊山があの世でさすが俺の息子と喜んでくれるようなことをやってみたい。

翔太の世界で沈みかけた太陽。消えた星座。今度は自らが太陽になり、星座となってやろう。

数日後、栄子から手紙と菊山の葬儀の写真が届いた。穏和な笑みを浮かべている遺影の菊山は、今にもおおっと右手を挙げて現れそうだった。出棺の写真にはキャデラックの霊柩車《れいきゆうしや》が写っている。

手紙には栄子の悲しみと菊山の最期の様子がしたためられていた。

『強く生きろ、まっすぐ生きろ、負けるな。ここは夢の国だ』

二度目に倒れて昏睡状態の中、白井が翔太の名を呼び掛けると菊山は声を振り絞った。

気持ちが落ち着いたら詳しい便りを出しますという栄子が最後に書いたのは菊山の荷物を整理した時のことだった。

菊山の書斎の金庫の抽斗の中に大切に仕舞われ

ていた物があった。

『翔太さんからもらった時は会う人、会う人に見せびらかしていたのですよ』

　そんな栄子の言葉が翔太の胸を震わせた。

『糸の解《ほつ》れた西陣織のキーケースと財布。

　そしてユートピアのロゴが入った給料袋。

　中からそっくり手つかずの昔の一万円札が出てきたのでびっくりしました。たぶんチビのだと思いますが、歯型も付いてましたよ。

　昭和五三年一月　七万八八五五円

　口ではパーッと使うと言ってたけど、とうとう二四年近くも経ちました』

　栄子がそれを遺影の前に差し出すと、菊山は秋晴れの空のような笑顔になったと書いてある。

　オヤジ、取っておいたのかよ。

　翔太は胸の奥からこみあげてくるものを覚えた。

『いろいろなプレゼントをしたけれど、お父さんが最も喜んだのは翔太さんの頑張りであり、いつもいつもいっしょにいたことですね。

　これからもお父さんはどこかでずっと見てることでしょう』

　栄子が書いている通りだった。必ずオヤジは見ている。この俺を放っておくはずがない。

　俺とオヤジは何があってもいっしょだ。

『あいつが何でもできるのも俺の血なんだ、俺の息子だからだ、と最後まで言ってました。どうかそれを誇りにして下さい』

　手紙を読み終えて窓の外に視線を向けた。

　オヤジ。長い間、ありがとう。ゆっくり休んでくれよ。オヤジ。見てろよ、次を見てくれ。まだこんなもんじゃないぞ。

　獄窓の向こうに広がる初秋の無窮の空の上で太陽がほんの一瞬、光輝を放った。

本書は二〇一一年三月に朝日新聞出版より刊行された
『夢の国』を大幅に加筆訂正し、改題しました。
この作品はフィクションであり、
実在する人物や団体などとはいっさい関係ありません。

美達大和　みたつ・やまと

一九五九年生まれ。二件の殺人事件で無期懲役。仮釈放を放棄して自ら終身刑に服する。著書に『人を殺すとはどういうことか　長期LB級刑務所・殺人犯の告白』（新潮文庫）、『死刑絶対肯定論　無期懲役囚の主張』（新潮新書）、『ドキュメント長期刑務所　無期懲役囚、獄中からの最新レポート』（河出書房新社）、『刑務所で死ぬということ　無期懲役囚の独白』（中央公論新社）など。本書が初の小説。

ブログ「無期懲役囚、美達大和のブックレビュー」
http://blog.livedoor.jp/mitatsuyamato/

マッド・ドッグ

二〇一七年一月二〇日初版印刷
二〇一七年一月三〇日初版発行

著者　美達大和
発行者　小野寺優
発行所　株式会社河出書房新社
〒一五一―〇〇五一　東京都渋谷区千駄ヶ谷二―三二―二
電話　〇三―三四〇四―一二〇一（営業）
〇三―三四〇四―八六一一（編集）
http://www.kawade.co.jp/
組版　KAWADE DTP WORKS
印刷　株式会社暁印刷
製本　小高製本工業株式会社

Printed in Japan　ISBN978-4-309-02536-0